잠옷을 입으렴

잠옷을 입으렴

이도우 장편소설

당신이 보기엔 별거 아니겠지만
내겐 그랬습니다.
내가 어른이 되어서도 말입니다.

– 엘리너 파전

꿈속에서 조용히 울었다. 슬픈 꿈이었다. 포플러 신작로를 따라 그 아이와 타박타박 걷던 시절. 등에 멘 책가방에서 필통 속의 연필들과 빈 도시락 수저가 달그락거리던 날들의 이야기였다. 나는 모암마을 옛집 마당에 서 있는 내 모습을 보았다. 저녁 햇살이 툇마루를 비추면 마루 기둥에 걸린 밀레의 「이삭 줍는 여인들」 그림과 플라스틱 칫솔통도 낯익게 떠오른다. 하얀 럭키치약. 칫솔모가 벌어진 온 식구의 칫솔들.

너는 길눈이 어둡구나.

외가에 맡겨진 지 얼마 안 돼 길을 잃어, 마을 사람의 경운기를 얻어 타고 집으로 돌아왔을 때 이모는 난감한 표정으로 말했다. 그러고는 수안을 불러다 이제 어딜 가든 둘넝이와 꼭 붙어다니라 했다. 나는 그때 처음으로 그 아이의 눈을 쳐다보았다. 아이답지 않게 깊고 어두운 눈. 서로 나이가 같았던 이종사촌 자매 수안이.

침대에서 내려오자 구겨진 잠옷 원피스 자락이 종아리로 미끄러진다. 재봉틀로 다가가 간밤에 마름질한 옷감을 손끝으로 쓸어 보았다. 부드러운 촉감이 전해졌다. 원단 시장을 몇 번이나 오가며 골라온 옷감이었다. 맞은편 벽거울에 내 모습이 비쳤다. 거울 속의 건조한 얼굴을 바라보며 나는 낯선 기분이 되었다. 서른여덟. 많이 변한 걸까. 요즘 나는 하룻밤을 자고 났더니 할머니가 되고 말았다는 이야기를 이해할 것 같다.

추워. 대체 구들장은 언제 고칠 거야?

뒷방에서 할머니가 볼멘소리로 보챘다. 못 들은 척 법랑주전자에 물을 붓고 가스레인지에 올렸다. 집 안이 춥다는 건 나도 안다. 보일러가 신통찮아 주방은 찬 기운이 감돌았고 개수대 유리창엔 엷게 성에가 얼었다. 의자에 걸쳐놓았던 니트 카디건을 집어 어깨에 두르고 맨발에 슬리퍼를 신었다.

너도 귀가 먹은 게야?

물이 끓기를 기다리는 동안 유리창에 긴 성에에 손가락을 갖다 대니 그 자리만 녹는다. 동그랗게 범위를 넓혀 성에를 떼어내자 언덕에 서 있는 마을버스가 보였다. 차고지에서 출발하면 서고슈퍼가 첫 정류장이었다. 언덕 아래 복개천을 지나 세진상가 전철역을 거쳐 다시 종점동네로 돌아오는 순환코스. 운전석에 앉은 그의 모습이 눈에 들어왔다. 서른 살쯤 되었을까. 올겨울 새로 온 젊은 마을버스 기사는 언덕길을 사이에 두고 건너편 앞집에 살았다. 버스를 타면서 푸른 셔츠에 새겨진 그의 이름을 쳐다본 적이 있었다.

가스불을 끄고, 말린 감잎을 넣은 투박한 잔에 물을 따랐다. 올

겨울 찻주전자를 두 개나 태워버린 뒤로는 찻물이 끓을 때까지 곁을 지키는 버릇이 들었다. 뒷방할머니는 이제 잠잠했다. 몇 해 전 이 집을 얻었을 때 할머니가 쓰던 냉장고며 옷장 같은 붙박이 세간이 남아 있어, 내가 갖고 들어온 것은 재봉틀과 옷가방, 흠집이 커 재활용센터도 가져가지 않은 탁자뿐이었다.

약장에서 가게에 들고 갈 재료를 꺼내 헝겊가방에 넣었다. 뜻 모를 한자들이 칸칸마다 새겨진 크고 단단한 구식 약장이었다. 한의사였던 죽은 집주인 할아버지가 쓰던 것이라 했다. 쓸모없으면 버려도 좋다고 했지만 수많은 서랍에 실패며 바늘쌈, 단추들과 자투리천을 수납할 수 있어서 나는 마음에 들었다. 서랍에 보관했다가 꺼낸 자투리천에서는 감초나 박하, 계피 같은 한약재 냄새가 은은히 배어나기도 했다. 얼마나 오랫동안 약재를 품고 있었으면 여태 냄새가 날까.

계피 냄새는 내게 오래전 수안과 툇마루에서 뒹굴며 놀던 봄날을 생각나게 했다. 함께 엎드린 채 다리를 흔들며 책을 읽거나 소곤소곤 비밀 얘기를 할 때. 새로운 놀이를 지어내려고 이마를 맞대고 궁리할 때. 모암마을 구멍가게에서 팔았던 얇은 계피맛 과자의 향이었다.

다녀올게요.

뒷방에선 대답이 없다. 외투를 걸치고 겨우내 얼어 있는 마당을 지나 페인트칠이 벗겨진 대문을 나섰다. 버스정류장까지 천천히 언덕길을 걸었다. 그렇게 걸으면 아무렇지도 않아 보였다. 빨리 걸

잠옷을 입으렴

으려 애쓰거나 뛰어야만 할 때 비로소 남들은 내 한쪽 다리가 불편하다는 걸 알아차렸지만, 살면서 내가 뛰는 일은 거의 없다.

그가 운전하는 버스는 이미 출발했다. 찬바람을 맞으며 슈퍼 앞에서 다음 버스를 기다리다 아침밥 대신 호빵을 샀다. 슈퍼 주인이 찜통 문을 열자 하얗고 더운 김이 끼쳐왔다. 버스가 상가에 도착할 때까지 운전석 뒷자리에 앉아 늙은 기사의 희끗한 머리를 바라보며 호빵을 마저 먹었다. 사람의 뒷모습에도 표정이 있다. 지난달 새로 온 기사의 뒷모습을 쳐다보다 룸미러 안에서 그와 눈이 마주쳤을 때, 어쩐지 기분이 이상했었다. 처음 보는 사람의 눈길에서 사심 없이 우호적인 감정을 느꼈다고 한다면 말도 안 되는 소리 같지만, 왠지 그 다정한 눈빛이 잊히지 않았다.

~~~

전철역에서 가까운 세진상가 1층에 내 가게가 있다. '실과 바늘'이라 적힌 간판이 건물 외벽에 걸린 수많은 간판들 틈에 비좁게 자리했다. 세 평 남짓한 옷 수선집. 가게 유리에는 명조체 글자들을 가지런히 붙여놓았다.

각종 옷 수선. 의류 리폼 전문. 생활소품. 바느질 재료.

열쇠로 출입문을 열면 손님들이 맡긴 옷들이 한가득 나를 기다렸다. 삼 년쯤 자리를 잡자 단골도 생겼다. 내 손이 한가할 때면 앞치마나 베갯잇, 겨울철 덧버선을 만들기도 했다. 요즘은 젊은 주부들에게 싸개단추가 인기였다. 다양한 천으로 감싼 싸개단추들을 바구니에 담아놓으면, 손님들이 마음에 드는 걸로 골라 가방이나 옷에 액세서리로 달기도 했다.

늘 같은 채널에 맞춰놓은 라디오에서 익숙한 시보가 흘러나올 때, 나는 재봉틀에 실을 감고 전원 스위치를 눌러 일할 준비를 한다. 오늘 찾아가기로 예약된 옷부터 차례로 챙겼다. 발판을 서서히 밟으며 재봉틀을 돌렸다. 오랫동안 귓가에 달라붙어 익숙해진 소리. 그건 마치 열한 살 봄의 기차 소리와도 같았다.

~~~~~

"철길을 내려다보지 마라."

플랫폼에서 만난 통일호 기차는 옷가방을 든 어린 나를 주눅 들게 할 만큼 거대해 보였다. 짧은 정차 시간을 놓칠세라 서둘러 계단을 오르는 동안 기차는 덜커덩 움직이며 역을 출발했다. 차표에 적힌 객차 좌석이 몇 칸 뒤쪽이라 쇠스랑으로 이어진 차량 연결 부분을 지나야 했다. 속도가 빨라지자 철길에 깔린 자갈들이 형체를 분간하기도 전에 뒤로 사라졌다. 아빠는 내 손을 잡아주며 내려다보지 못하게 했다.

선반에 가방을 올리고 창가에 앉아 스쳐가는 풍경을 홀린 듯 내다보았다. 잎이 무성한 나무들이 전신주와 함께 뒤로 달아났고 푸른 들판과 마을이 덜컹이며 흘러갔다. 아빠는 홍익회 판매원이 수

잠옷을 입으렴

레를 밀고 지나갈 때 삶은 달걀과 바나나우유를 샀다. 내가 껍질을 벗겨 하나를 내밀었지만 그는 고개를 저었다. 나는 입고 있던 낡은 원피스 치마폭에 소금 종이를 조심스레 내려놓고 달걀을 찍어 먹었다.

가족이 살았던 지방 도시에서 아빠는 작은 신발회사의 총무 일을 했다. 잿빛 함석지붕을 인 우리집은 포장 안 된 골목을 한참 올라가는 달동네에 있었다. 한밤중에 엄마가 가파른 골목길을 내려가 영영 사라져버린 뒤로, 나는 책가방을 챙겨 아랫동네 학교에 가기도 하고 어떤 날은 그냥 결석하기도 했다. 연달아 결석해도 찾아오는 친구가 없었기 때문에 빈집에서 혼자 밥을 챙겨 먹고 스케치북에 그림을 그리거나 마당을 심심하게 맴돌며 놀았다. 해가 저물면 아빠가 피로한 얼굴로 서류뭉치를 끼고 돌아왔지만, 밤늦도록 귀가하지 않을 땐 까무룩 먼저 잠든 날도 많았다.

"외가에서 살면 어른들 말씀 잘 들어야 한다. 엄살 부리지 말고."

바나나우유 빨대를 입가에 대주며 아빠가 말했다. 나는 고개를 끄덕였다. 태어나서 처음으로 먼 길을 나선 참이었다. 기차는 세 시간 반을 달려 소도시 역에 우리를 내려놓았다.

시외버스를 타고 외곽으로 들어가, 다시 털털거리는 완행버스로 바꿔 탄 다음에야 어느 시골 마을 어귀에 내릴 수 있었다. 포플러 신작로 앞이었다. 저녁 어스름 속에 키 큰 나무들이 줄지어 하늘로 뻗어갔고 길은 발아래 하얗게 떠올랐다. 나는 교과서와 옷가지가 든 가방이 무거워 두 손으로 번갈아 들었다. 아빠는 몇 발자국 앞서 묵묵히 걸어갔다. 낮은 집들이 띄엄띄엄 엎드린 마을 풍경은 내가 살았던 도시의 달동네와는 사뭇 달랐다. 오래된 기와집과 초가집들 사이에 한두 채 끼어 있는 슬레이트 지붕만이 비현실적으로 도드라져 보였다.

～～～

사립문에 들어섰을 때 외가의 첫인상은 막 내려앉은 밤의 기운을 배경으로 어둑하게 켜진 처마 밑 백열등 불빛 같은 것이었다. 창호문이 열리며 외할머니가 마당으로 달려 나왔고 곧이어 이모 내외와 막내삼촌도 나와 보았다. 낯선 친척들 앞에 마주 서 있는 일은 몹시도 어색했다.

외가도 살림이 넉넉하진 않았지만 엄마가 사라진 것이 자신들 탓인 양 면목없어 했기 때문에 나는 선선히 받아들여졌다. 하룻밤 자고 가라는 걸 마다하고 아빠는 늦은 저녁밥만 같이 먹고는 일어났다. 밤 기차를 타고 돌아가 다음 날 출근을 해야 한다고 말했다. 이모부와 내가 마을 어귀까지 배웅했다. 버스에 오르기 전 아빠는 마지막으로 말했다.

"자주 오지는 못할 거다. 잘 지낼 수 있지?"

나는 고개를 끄덕이며 울지 않으려고 애썼다.

"응."

아빠를 태운 버스는 어두운 포플러 신작로 저편으로 멀어져갔다. 그 후로 그를 본 것은 몇 번 되지 않는다.

잠옷을 입으렴

외할머니와 수안이 쓰는 방에선 묘한 냄새가 났다. 퀴퀴하거나 싫은 냄새가 아니라 햇볕에 잘 말린 풀을 한 갈퀴 긁어다가 부려놓은 듯 쌉쌀하고 서걱서걱한 냄새였다. 뒤란으로 낸 쪽문에 웃풍을 막는 노란 보자기 커튼이 달려 있었다. 뚜껑 닫힌 재봉틀엔 이불을 쌓아놓았고 문갑에는 로션병과 돋보기안경을 올려놓았다. 앉은뱅이책상에는 교과서와 공책이 방금까지 손을 탄 느낌으로 펼쳐져 있었다.

나는 가방을 윗목에 내려놓고 꿔다놓은 보릿자루처럼 서 있었다. 수안은 그런 나를 외면하고 책상에 앉아 다시 숙제를 시작했다. 약간 곱슬거리는 숱 많은 단발머리. 예쁘장한 얼굴. 시골 아이가 나보다도 얼굴이 희었다. 뜬금없이 나타난 이종사촌 따위엔 관심 없다는 듯이 그 아이는 공책에 또박또박 글씨를 써 내려갔다. 그나마 위안이 되었던 것은 수안이 잠옷 대신 입고 있던 빛바랜 빨간 내복이었다. 누구나 입는 낯익은 내복이었고, 그것도 오래 입었는지 기장이 깡똥하게 올라간 데다 소매는 해지고 목둘레는 늘어나 있었다. 낡은 옷밖에 없는 나도 마음이 놓였다. 외할머니가 재봉틀에서 이불을 내려 방바닥에 깔면서 말했다.

"둘넝이도 옷 갈아입거라. 마당에 내려가서 손발도 씻고."

처마 밑 백열등 불빛을 받으며 마당 수돗가에 쭈그리고 앉아 물통에 받아놓은 물을 바가지로 퍼내 세숫대야에 부었다. 온종일 햇볕을 받았던 물은 밤이 되어도 미지근했다. 세수하고 발을 씻고는 잠시 망설이다 옆에 놓인 빨랫비누를 묻혀 내 양말을 빨았다. 그 정도는 직접 해야 할 것 같았다. 젖은 양말을 꼭 짜서 방으로 돌아오는 길에 툇마루에 앉아 트랜지스터라디오를 만지는 막내삼촌을 보았다. 짧은 학생 머리에 얼룩덜룩한 교련 바지. 열여덟 살의 그는 라디오 안테나를 세워 신중한 표정으로 전파를 잡고 있었다. 방해되지 않으려고 발걸음 소리를 죽이는데 차분한 목소리가 들려왔다.

"잘 자라."

"…네."

나는 조그맣게 대답했다.

외가의 집채는 기역자 모양이었다. 세로획에 이모 내외가 쓰는 안방과 마루가, 가로획에 작은 방 세 개가 툇마루를 달고 나란히 붙어 있었다. 불 꺼진 가운뎃방이 읍내 사무실에서 아직 귀가하지 않은 경이 이모의 방이었다. 인구밀도를 공평하게 하자면 새로 온 내가 경이 이모와 한방을 쓰는 게 적당했겠지만, 그랬다면 별로 다정하지 않았던 그녀가 좋아하진 않았으리라.

그날 밤 나는 외할머니를 사이에 두고 수안과 양쪽으로 떨어져 잠을 잤다. 그들을 바라보기 어색해서 방문을 향해 돌아누웠다. 희끄무레한 창호지에 달빛에 비친 마당의 나무 그림자가 떠올라 있었다. 비로소 눈물 한 방울이 뚜르르 베개로 굴러떨어졌다.

~~~

환청인가. 빗소리가 들린다.

잠옷을 입으렴

밖을 내다보니 겨울비가 쏟아지고 있었다. 도로는 금세 젖어들고 전철 고가 아래 서 있는 자전거들만 비를 피하고 있었다. 주변 노점상들이 급하게 리어카를 끌고 다른 곳으로 옮겨갔다. 차가운 대기는 아스팔트 먼지를 날리는 비 냄새로 가득했다. 문득 허기를 느꼈다. 점심때가 지나 있었다.

작업대 한쪽을 치우고 집에서 싸온 도시락을 꺼내 먹었다. 쓸쓸하고 입안에서 깔끄럽긴 해도 혼자 먹는 밥이 편했다. 빈 도시락을 치운 뒤엔 작업대를 깨끗이 닦았다. 문을 열어 환기시키는 동안 비 냄새가 밴 바람이 실내로 차갑게 밀려들었다.

손님이 맡기고 간 바지에서 고장난 지퍼를 마저 뜯어냈다. 새 지퍼를 갖다 대고 노루발 압력을 주며 규칙적으로 박음질한다. 재봉틀이 손발에 와 닿는 느낌이 좋았다. 아니, 좋아한다고 생각해왔다. 내가 잘할 수 있는 일이 이것이라고 생각했다. 처음 외할머니한테서 재봉틀을 배웠을 때 규칙적인 움직임과 리듬을 타는 소리에 매료됐었다. 어느새 지퍼가 말끔하게 달렸고 나는 바늘이 지나간 촘촘한 흔적을 내려다보았다.

〰〰

수안은 며칠이 지나도록 내게 아는 척을 하지 않았다. 굳이 나쁘게 굴었던 것도 아니지만 전혀 눈길을 주지 않아서 마음 놓고 대하기 어렵게 만들었다. 이대로는 안 되겠다 싶었는지 외할머니는 읍내 오일장에 우리를 데리고 나갔다. 신작로에서 매 시간 한 대씩 지나다니는 완행버스를 탔다. 버스는 장터에 나가는 사람들로 복작거렸는데, 출입문 가까이 앉은 화려한 비로드 한복 차림의 여인이 내 눈길을 끌었다. 고데기로 구부려 멋을 낸 머리에 플라스틱 눈알이 박힌 가짜 여우목도리를 두르고 나이에 비해 붉다 싶게 입술연지를 발랐다. 사람들은 차장 대신 위세 당당한 그 여인에게 차비를 냈다. 여인은 돈을 덜 내는 사람을 감시라도 하듯 올라타는 이들의 얼굴을 뜯어보다 외할머니와 눈이 마주치자 허둥지둥 고개를 돌려버렸다.

"모가지에 땀띠 나겠네."

허드렛바지에 늘어진 스웨터를 걸친 외할머니가 들으란 듯이 구시렁거렸다. 신작로를 달리던 버스는 읍내로 들어섰다. 펄럭이는 천막이 장터 하늘을 가득 메우고 길가까지 난전이 들어차 운전수는 연신 경적을 울려 인파를 쫓아냈다. 내릴 때 외할머니가 동전을 내밀자 여인은 알반지를 낀 손을 내저으며 펄쩍 뛰는 시늉을 했다.

"놔두세요. 형님한테 어떻게 차비를 받는대."

"무슨 소리야. 내가 왜 자네 버스를 공짜로 타."

"놔두시라니깐. 아니 근데 얘는 누구랍니까?"

여인은 아까부터 궁금해서 죽을 뻔했다는 눈길로 내 아래위를 훑어보았다. 외할머니는 별 참견을 다 한다는 투로 대꾸했다.

"누군 누구야. 우리 손녀지."

"오라, 맏딸네?"

그러면서 여인은 손가방에서 담배 한 갑을 꺼내 외할머니 스웨터

잠옷을 입으렴

주머니에 억지로 찔러 넣었다. 옥신각신 끝에 외할머니는 못 이기는 척 받아 넣더니 버스가 매연을 내뿜으며 떠나자 코웃음을 쳤다.

"하긴, 무슨 염치로 나한테서 돈을 받아. 화투판에서 딴 고물버스 한 대로 유세는."

하얀 바탕에 첨성대가 그려진 은하수 담배였다. 수안이 이맛살을 찌푸렸다.

"저 여자가 주는 걸 받다니 자존심도 없어?"

"받긴 뭘 받아! 한사코 쑤셔 넣는 거 너도 눈이 있으니 봤을 거 아니냐."

수안이 비난하듯 쳐다보았지만 말로는 손녀딸 상대가 되지 못한다는 걸 일찌감치 터득한 외할머니는 인파 속을 앞서 걸어갔다.

햇볕이 짠한 오후였다. 난전마다 장사꾼들이 목청이 터져라 호객을 했다. 어물전을 지나고 코르덴 바지와 나일론 블라우스가 걸린 옷가게도 지나고 자루마다 채소와 약초 씨앗을 담아놓은 난전도 지나, 외할머니는 이따금 손녀들이 따라오는지 뒤돌아보며 부지런히 걸어갔다. 국밥집 가마솥에선 머릿고기가 둥둥 떠다니는 국이 김을 올리며 끓고 있었다.

~~~~~

외할머니가 걸음을 멈춘 곳은 장터 외곽에 인적이 뜸해진 굴다리 아래였다. 커다란 풍경화 합판이 실린 손수레를 옆에 두고 사진사가 길바닥에 앉아 있었다.

"얘들 곱게 찍어줄 수 있나?"

"두말하면 입 아프게요."

목에 카메라를 건 사진사가 말했다. 마치 크기를 줄인 극장 간판 같은 풍경화였다. 멀리 대궐 기와가 솟았고 돌다리가 놓인 연못엔 누각 그림자가 비쳐 어른거렸다. 꽃나무들 사이로 층층이 돌을 괸 석탑이 고즈넉했다. 사진사는 우리가 입은 평범한 옷을 보더니 손수레에서 비닐 가방을 꺼내 지퍼를 열었다. 색동저고리가 고개를 내밀었다.

"이왕 찍는 건데 궁중 한복도 입히지 그러세요. 싸게 해드릴 테니."

외할머니는 바지 허리춤에 찬 돈주머니를 만지작거렸지만 이내 승낙했다.

"그럽시다."

같은 사이즈 의상을 입으니 수안에겐 약간 크고 내겐 약간 작았다. 평상으로 개조한 손수레에 올라가 풍경화를 배경으로 나란히 앉았다. 수안은 이런 사진이 촌스럽고 내키지 않지만 외할머니 성의를 봐서 꾹 참는 표정이었다. 바람이 불어 옷고름과 머리카락을 헝클어뜨렸다.

사진 찍기가 끝나자 외할머니는 우리를 만두집에 데려갔다. 주인 남자는 도마에 연신 반죽을 밀고 여자는 뜨거움에 익숙해진 손으로 김이 솟는 솥에서 찐빵과 만두를 척척 집어냈다. 수안은 수저통에 꽂힌 젓가락을 짝이 맞는 것끼리 뽑아내 탁자에 내려놓았다.

"많이 먹어라. 설탕 듬뿍 찍어서."

외할머니는 찐빵 하나를 새하얀 설탕에 쿡 찍어 내 손에 쥐어주었다. 입속이 델 만큼 뜨겁고, 맛있었다. 좁은 홀에 장터 손님들이 밀려들어 접시가 비자마자 가게를 나서야 했다.

"장 보고 올 동안 너희는 손잡고 여기서 기다려라. 딴 데 가지 말고. 알았냐?"

손녀 둘을 데리고 다니기 번잡스러웠던 외할머니는 우리가 망설이며 손을 잡는 모습을 확인하고서야 장을 보러 갔다. 수안의 손은 차가웠지만 내 손은 따뜻해서 차츰 손바닥에 땀이 찼다. 어색해진 내가 손을 꼼지락거리자 수안은 한숨을 쉬더니 미련 없이 놓아버렸다. 이만하면 충분히 노력했다는 듯이.

"고양이 장수가 나왔나?"

수안이 중얼거리며 만두가게 처마를 벗어날 때 나도 같이 가고 얘기하고 싶었지만, 어느새 곱슬곱슬한 단발머리는 저만치 앞서가고 있었다. 편치 않은 내 걸음걸이로 서둘러 쫓아가고 싶진 않았다.

얼마나 지났을까. 한참을 지루하게 서 있던 나도 장터로 걸음을 옮겼다. 펑! 눈꽃 폭탄을 터뜨리며 튀밥이 튀겨지는 모습을 구경하다가 나프탈렌과 해충약을 쌓아놓은 난전도 구경하다가, 머리핀 좌판에선 장사치가 그만 가라고 할 때까지 쪼그리고 앉아 쳐다보기도 했다. 아직도 그날 입었던 바지가 기억난다. 유행 지난 바지에는 조그만 만국기 무늬가 프린트되어 있었다. 나는 잘 아는 국기부터 짚어보기 시작했다. 한국 미국 영국 일본 캐나다 스위스 덴마크 그리고… 무늬는 반복되는 패턴일 뿐 그보다 더 많은 나라는 바지 속에 들어 있지 않았다.

해가 기울어갈 때까지 외할머니도 수안도 만나지 못했다. 길이 엇갈린 모양이었다. 만두가게로 돌아가려 해도 방향을 알 수가 없었고 처음 와본 장터는 낯설기만 했다. 나는 기억을 더듬어 버스에서 내렸던 곳을 찾으려 했다. 차비가 없으니 신작로를 따라 걸어서 돌아가야겠지. 한 시간쯤 걸으면 될까. 혹은 두 시간? 그때 머리 위에서 굵직한 목소리가 들려왔다.

"어라, 너 수안이네 집에 새로 온 애 아니냐?"

모암마을 이장 아저씨였다. 함께 경운기를 타고 오는 동안 포플러 신작로에 어둠이 내렸다. 외가 마당엔 전등불이 환했고 외할머니와 이모가 사립문에 나와 서성이고 있었다. 읍내 파출소로 이모부가 신고하러 나갔다고 했다. 잘 찾아와서 다행이라며 내 어깨를 다독이는 외할머니의 목소리가 떨렸다. 이모는 파출소에 전화해 내가 돌아왔다고 알린 뒤 수안을 불러다놓고 말했다.

"이제 어딜 가든 둘녕이와 꼭 붙어 다녀라."

그때 처음으로 외사촌의 눈을 쳐다보았다. 비로소 미안한 빛으로 수안은 나를 마주 보았다. 며칠 뒤 장터에서 찍은 사진이 배달되자 외할머니는 흐뭇해하며 방에 걸어놓았다. 마치 당신이 할 일은 다 했다는 듯이. 이로써 너희들의 우애는 완성되었다 선포하듯이.

비가 그치고 어두워진 퇴근길은 자동차와 사람들로 혼잡하게 얽혔다. 도시의 네온사인 불빛이 젖은 도로에 반사되었다. 집으로 돌아오는 마을버스는 그가 운전했다. 종점에서 마지막 승객들을 내려놓고 버스는 차고지를 향해 언덕 너머로 사라졌다.

나는 흙탕물이 고인 웅덩이를 피해 서고슈퍼로 갔다. 재개발을 기다리느라 좀처럼 건물 수리에 돈을 쓰지 않는 동네였다. 슈퍼가 딸린 그 집도 꽤나 오래되었고 출입문도 여태 낡은 미닫이문이었다. 난로 옆에서 십사 인치 텔레비전을 보던 주인이 아는 척을 했다. 내 또래쯤이다. 낮에 미용실에 다녀왔는지 가게 안은 파마약 냄새가 풍겼고, 여자는 튀밥 기계에서 펑 튀어나온 것처럼 풍성하고 꼬불꼬불한 머리를 하고 있었다. 앞머리에 꽂은 인조 보석 핀이 반짝였다. 나는 조미김과 호박, 달걀 한 팩을 골랐다.

"저기요. 내 꿈 살래요?"

여자가 나를 바라보고 있었다.

"…꿈이요?"

"응. 간밤에 꿈을 꿨는데 내 해몽으로는 아주 좋은 꿈 같아서. 복권이라도 살까 싶지만 난 손에 재수가 없대요. 내가 사면 안 붙을 게 뻔해. 차라리 남한테 팔고 잘되면 얻어먹는 게 낫지. 살래요? 산다고 하면 이야기해 주고."

고개를 저었다. 남의 꿈 이야기 같은 건 듣고 싶지 않다. 내 잠자리로 찾아드는 꿈만으로도 버거우니까. 그녀는 그냥 해본 소리였다는 듯 어깨를 으쓱하더니 금고를 열어 물건값을 계산해 주었다. 그러고는 동전 몇 개를 쥐고 밖으로 나가 가게 앞 자동판매기에서 커피 두 잔을 뽑았다.

"마시고 가요. 한동네 살면서 여태 커피 한번 같이 안 했네."

눈앞에 내미는 따뜻한 종이컵을 받아 들고 자판기 옆에 내놓은 평상에 걸터앉았다. 밀크커피 맛은 밍밍했지만 추운 밤 뜨거운 것이 넘어가는 건 나쁘지 않았다. 퇴근하는 길인지 그가 언덕길을 걸어오고 있었다. 여자가 심상한 손짓으로 불렀다.

"산호 씨, 커피 마시고 가!"

방범등 불빛에 가까이 다가오는 그의 얼굴이 맑았다. 스웨터와 파카 점퍼로 갈아입은 그는 버스에서 볼 때보다 훨씬 편안해 보였다. 여자는 커피를 뽑아 그에게 건네고 내 쪽을 가리켰다.

"이분 알아? 우리 옆집 사는 분. 그리고 여기 총각은 앞집에 살아요. 이웃사촌끼리 인사라도 하라고."

그가 나를 향해 고개를 끄덕일 때 이미 날 알고 있다는 것을 깨달았다. 여자는 허물없이 또 꿈 이야기를 꺼낸다.

"산호 씨가 내 꿈 살래?"

"무슨 꿈인데요?"

"그게, 내가 소쿠리를 들고 숲인지 들판인지 앉아서 뭘 담고 있었는데 말야. 갑자기 하늘에서 눈이 내리는 거야. 흰 눈이 그렇게 소담스레 내릴 수가 없는 거야. 나 말고 다른 사람들도 같이 있었거든? 희한하게 내 소쿠리에만 눈이 소복이 쌓이잖아. 딴 사람들

잠옷을 입으렴

소쿠리엔 안 내리고 나한테만. 가득히 담기는데 진짜 기쁘더라구.
나 울었잖아, 행복해서."

"그런 꿈을 왜 팔려고 해요."

"아니, 좋긴 했는데 내가 갖고 있으면 허탕될까봐 그러지. 난 복
권을 사도 맞은 적이 없고 제비뽑기를 해도 걸린 적이 없고. 그러
니까 손에 재수가 든 사람한테 팔면 좋지 않을까 해서."

산호는 빈 종이컵을 휴지통에 버리며 빙긋이 웃었다.

"이제부터 잘되려나 보죠. 커피 고마웠어요."

그러고는 길을 건너기 전에 내 쪽을 향해 스치듯 말했다. 가세
요. 나도 작게 대꾸한다. 가세요.

집을 향해 걷다가 나는 충동적으로 돌아서서 다시 가게로 갔다.
미닫이문을 열자 형광등 빛이 어둑한 자리에서 여자가 고개를 든다.

"그 꿈 내가 살게요."

여자는 멀뚱히 바라보더니 짧게 되물었다.

"진짜?"

"네. 얼마 드릴까요?"

"오천 원만 줘요."

"만 원 드릴게요. 꿈을 사는 건데."

지갑을 열고 지폐 한 장을 꺼냈지만 그녀는 눈길을 도로 텔레비
전 화면으로 돌렸다. 마음은 먼 곳에 가 있는 듯했다. 손에 지폐를
쥔 채로 나는 문간에 서 있었다. 여전히 화면에 시선을 둔 채 그녀
가 물었다.

"근데 언니 이름이 어떻게 돼?"

그녀가 말하는 '언니'는 아무 여자한테나 부르기 편하도록 붙이는 호칭이다.

"…고둘녕이요."

"으응, 이름이 쉽지 않네. 누가 지어줬어요?"

"…엄마가 지었대요."

"그렇구나. 나는 봉란이."

바람이 불어와 머플러를 비집고 옷깃 속으로 파고들었다. 가게 외벽엔 전화기를 떼어낸 텅 빈 공중전화 상자가 몇 년째 방치된 채 겨울밤을 버티고 있었다.

"저것 좀 봐요. 혼자 보기 아깝네."

봉란이 가리키는 화면 속에서 힙합 패션의 비보이들이 묘기에 가까운 춤을 추고 있었다. 스테이지에 머리로 물구나무를 선 채 나사처럼 어지럽게 돌았다. 그녀는 털 슬리퍼를 신은 발을 심심파적으로 흔들며 신기한 듯 중얼거렸다.

"춤을 어쩌면 저렇게 고생스럽게 출 수가 있지?"

나는 말없이 지폐를 다시 지갑에 넣고 미닫이문을 닫고 돌아섰다. 여자는 애초에 꿈을 팔 마음이 없었던 거다. 별로 언짢다거나 속은 느낌은 아니었다. 그래요, 당신이 갖고 있어요. 당신 소쿠리에만 소복이 내려 담기던 함박눈. 다른 사람한테 나눠주지 말고 혼자서 다 가지는 하얀 눈 소쿠리. 예뻤겠지만 막상 내가 건네받아도 어떻게 간직해야 할지 알 수 없었을 테니까.

잠옷을 입으렴

집은 조용했다. 뒷방할머니는 잠든 모양이었다. 잠옷으로 갈아입고 한참을 작업대 앞에서 일했다. 침대에 누워 잠이 찾아올 때까지 뒤척이고 싶지 않았다. 눈꺼풀이 저절로 감길 때까지 다른 일을 하는 편이 나았다. 이윽고 피로가 몰려오자 스탠드를 켰다. 수안과 같이 방을 쓰면서부터 나도 모르게 닮아간 버릇. 그 아이는 불빛이 없으면 잠들지 못했다.

～～～

"할머니 용각산 냄새가 싫어."

어느 날 밤 외할머니를 사이에 두고 누웠다가 수안은 슬며시 내 쪽으로 넘어와 속삭였다. 잠결에 숨을 내쉴 때마다 외할머니 입에선 용각산 냄새가 흘러왔다. 나도 수안의 귀에다 대고 속삭였다.

"난 그 냄새 좋던데."

수안은 말도 안 된다는 듯이 콧잔등을 찡그렸다. 용각산은 해소기침을 하는 외할머니가 먹던 가루약이었다. 둥근 알루미늄통에 하얀 가루가 담겨 있어 조심해서 열지 않으면 입자가 풀썩 날리곤 했다. 수안은 그 독특한 향에 질색했지만 나는 감기 걸렸을 때 몇 번 받아먹기도 했다. 가루가 목에 걸리면 사레들리며 메마른 기침이 터졌으나, 녹은 뒤 혀에 남는 맵고도 쌉싸래한 맛이 싫지 않았다. 하루는 약상자에 적힌 한자가 궁금해 물었더니 외할머니가 대답했다.

"용龍자에 뿔 각角에 흩을 산散. 용의 뿔을 갈아서 만든 약이다 이런 뜻이지."

터무니없긴 했지만 한편으로는 일리가 있다고도 생각했다. 과연 용의 뿔 같은 약재가 들어간 게 아니라면 이런 희한한 맛이 날 리가 없잖아 하고.

어쨌거나 외할머니 곁에서 자는 게 불편하기는 나도 마찬가지였다. 자장가 때문이었다. 수안은 자주 늦게까지 잠을 못 이루고 뒤척였는데, 그럴 때면 외할머니가 다독다독 가슴께를 두드리며 자장가를 읊어주었다.

자장 자장 잘도 잔다
우리 손녀 잘도 잔다
앞집 개도 짖지 마라
뒷집 개도 짖지 마라

한결같은 가락으로 웅얼웅얼 들려오는 노랫소리는 잠의 물결에 떠밀려가는 내게도 스며들었다. 수안이 자장가를 들을 나이는 지났노라고 투덜대면 외할머니는 무섭지도 않은 협박도 했다. 아이가 잠을 안 자면 벽에서 구석할망구가 기어 나와 잡아간다, 천장에서 곰쥐가 내려와 다리를 깨문다, 망태할아범이 덜렁 집어다 망태에 담아간다…. 망태할아범의 이미지는 그 시절 양아치라 불리던 넝마주이와 겹쳐졌다. 나는 시커먼 넝마주이가 집게로 어린아이의 궁둥이를 집어 들어 등에 멘 바구니에 떨어뜨리는 광경을 꿈결같

잠옷을 입으렴

이 떠올리곤 했다.

　우리 방 천장엔 거뭇거뭇 미역줄기 말린 듯한 얼룩이 있어서, 낮에 보면 그을음이지만 밤에 불을 끄면 요상한 그림자처럼 보였다. 어떤 날은 이부자리에 누워 천장을 올려다보다 이웃집 개들의 울음소리에 귀를 세우기도 했다. 나는 자장가가 잠이 드는 데 도움이 된다고 느껴지지 않았다. 읊조리는 노랫말이며 운율이며 하나같이 서글프고 노곤했던 탓인지도 몰랐다.

은자동아 금자동아
은을 준들 너를 팔까
금을 준들 너를 팔까

　잠과 씨름하는 딸에게 분위기를 바꿔줄 것이 필요하다고 여겼는지 이모가 잠옷을 두 벌 사왔다.
　"잘 때 잠옷을 입으면 쾌적하단다. 이젠 내복 대신 이걸로 입자."
　똑같은 디자인의 하늘색 원피스 잠옷은 허리에 끈이 달려서 리본을 묶을 수도 있었다. 입어보니 역시 내겐 깡똥하고 수안에겐 조금 길었다.
　"둘녕이 것은 짧으니까 바꿔와야겠네."
　"괜찮아요. 작지 않아요."
　나는 잠옷이 마음에 들었기 때문에 상관없었지만 이모는 고개를 저으며 도로 벗게 했다. 수안이 곁에서 말했다.

27

"바꿔오면 그때부터 같이 입자."

그러고는 의리를 지켜 나중에 입겠다며 자기 잠옷은 머리맡에 놓아두기만 했다.

장터에서 산 흔한 잠옷일 뿐이었지만, 오로지 잠을 위한 옷이 생긴다니 기대감으로 두근거렸다. 종일 입었던 내복을 벗고 잠옷으로 갈아입는 일이 왠지 고상하고 격식을 갖춘 일과처럼 느껴졌다. 우리는 다음 장날을 기다리며 밤마다 책을 읽었다. 이모 내외는 둘 다 교사여서 외가엔 학교에서 가져온 읽을거리들이 꽤 꽂혀 있었다. 『소년중앙』, 『어깨동무』 같은 소년잡지와 마을 이장이 나눠준 『어린이 농민』 과월호도 열심히 읽었다.

닷새가 지나 이모가 잠옷을 바꿔왔다. 장바구니에서 새 잠옷을 꺼냈을 때 나는 약간 실망했다. 하늘색 잠옷과 디자인은 같았지만 한 치수 크게 바꿔온 것은 풀색이었다. 연두라기엔 더 탁한, 햇볕 아래 오래 걸어둬 한물 날아간 마른 풀색. 이모는 그날 우리 옷을 보관하는 서랍장을 따로 정해주었다. 그리고 수안과 내가 옷을 같이 입는 걸 좋아하지 않았다. 어쩌다 호기심으로 서로 바꿔 입을 때면, 자기 옷을 입어야지 하며 지적하곤 했다.

세월 지나 생각해보면 이모는 은연중 걱정했던 것이 아닐까 싶었다. 언니가 사라진 뒤로 조카딸을 돌보는 책임감과 편치 않은 감정이 공존했으리라. 그 시절엔 가끔씩 비치는 은이 이모의 불편함이 무엇 때문인지 몰라 혼란스러웠지만, 차츰 철이 들면서 깨달았다. 이모는 내가 엄마에게서 물려받았을지 모를 어떤 것을 수안이 옮을까봐 염려했다. 핏속에 흐르는 기질은 때로는 바이러스처럼 옆에 있는 사람에게 옮겨가기도 하니까. 마음이 가까운 이들에게 는 특히나.

~~~~

수안은 일찍 자려고 애쓰기보다는 지쳐서 잠들 때까지 버티는 편이 낫다는 걸 터득했다. 우리는 밤늦도록 종이인형 놀이를 했다. 모암마을 구멍가게에서 파는 종이인형은 종류가 빈약했지만 저마 다 그럴듯한 제목이 인쇄돼 있었다. 통통한 소녀 오로라도 귀여웠 고, 총천연색 옷들만 갖고 있던 방울공주도 기억난다. 그중에서 우 리가 가장 좋아했던 건 갈색머리 쌍둥이 소녀 롯데와 믹키였다. 캐 릭터가 둘인 데다 의상도 특별히 세련돼 보였다. 액세서리 지갑이 며 장갑과 채찍이 달린 승마복도 두 벌씩이었다.

종이인형 부피가 늘어나면서 가위질 솜씨도 일취월장했다. 옷들 이 다치지 않게 신중히 가위질하며 하이라이트인 파티 드레스는 마지막에 오렸다. 나는 흰 마분지를 사다가 새 옷도 디자인했다. 인형을 마분지에 올려놓고 연필로 윤곽을 따라 그린 뒤 체형에 맞 춰 옷을 만들었다. 멜빵바지, 시장 가는 옷, 모자 달린 외투…. 안방 경대에 놓인 신랑각시 인형을 본떠 혼례복도 그렸다. 수안은 내가 그린 옷을 더 마음에 들어 했다. 기분이 좋아진 나는 마분지로 가 구도 만들었다.

그렇게 조그만 살림살이를 늘리고 있노라면 수안이 외할머니가 깨지 않도록 살금살금 부엌에 나가 간장에 계란밥을 비벼오거나 누룽지 야참을 가져왔다. 어느 날은 김이 모락모락 오르는 야릇한 냄새의 국수를 끓여오기도 했다.

"이게 뭐야?"

"라면."

얼핏 칼국수 같았지만 훨씬 노르끄레했다.

"맛있지?"

"응."

나는 그때 라면을 처음 먹어보았다. 그건 작은 경이로움이었다. 아빠는 라면이 먹을 만한 음식이 아니라고 생각했는지 한 번도 밥상에 올린 적이 없었다. 밤참을 먹고 나면 우리는 냄비를 마당 수돗가에 가지고 나가 씻었다. 수챗구멍이 막혀 물이 빠지지 않을 때는 별안간 웅덩이가 생겼다. 라면 찌꺼기들이 떠다니는 구정물 속으로 별들이 가라앉았다. 외할머니가 빨래를 할 때면 수채 주변을 떠다니는 오색 비누거품처럼, 별들이 우리 발아래 밀려왔다가 빠져나갔다.

～～～

수안의 놀이에는 언제나 줄거리가 있었다.

"스펀지를 삼각형으로 접어서 세우는 거야. 그럼 인디언 오두막처럼 보이지."

소파나 침대를 들일 형편이 안 됐던 시절에 집집마다 장만했던

잠옷을 입으렴

스펀지 매트가 있었다. 나일론 커버를 씌운 그 매트는 우리 놀이에 단골 소품이 되었다. 한번 지어낸 줄거리는 여러 번 되풀이될수록 복잡해지고 풍부해졌다. 무인도 놀이를 할 때 우리는 난파선에서 살아남은 생존자였고, 인디언 놀이에선 오두막과 부족을 지키는 소녀들이었으며, 흡혈귀 놀이에선 매일 밤 피를 빨리다 구사일생으로 살아남는 승리자였다.

하지만 내가 제일 좋아했던 것은 옷장 속에 사는 아이들 놀이였다. 수안은 그 줄거리를 이전에 읽은 동화책에서 따왔다고 했다.

"무슨 책인데? 나도 읽어볼게."

"어디서 읽었는지 기억이 안 나. 생각나면 가르쳐줄게."

수안은 자기가 지어낸 이야기가 부끄럽게 느껴질 때면 어딘가에서 읽은 거라고 거짓말을 해 놀이에 일정한 권위를 부여했기 때문에 나는 더 캐묻지는 않았다.

"때는 전쟁 직후야. 우린 적군에게 부모님을 살해당한 고아들이고. 폭격에 집이 부서져서 낡고 커다란 옷장에 숨어 살아."

"옷장 안에서?"

"응. 매일 아침 그날 먹을 것을 구해와야 하고, 해가 저물면 딱한 벌뿐인 옷을 빨아 널고 후다닥 옷장으로 들어가야 해. 안 그러면 우리가 발가벗은 모습을 누가 볼 수도 있으니까."

"옷이 왜 한 벌뿐이야?"

수안은 그것도 이해 안 가느냐는 투로 한숨지었다.

"전쟁 직후라고 했잖아. 어떻게 여러 벌이 있겠니?"

나는 수긍했다. 이야기의 마지막은 우리가 숲에서 마법사를 만나 평생 맛난 요리를 할 수 있는 냄비와 따뜻한 옷, 생전의 부모님 모습이 들여다보이는 붉은 구슬을 선물로 받는다는 것이었다. 참근사하다고 생각했다. 냄비와 따뜻한 옷과 붉은 구슬이라니. 처음엔 그런 줄거리를 상상해낸 수안이 대단하다고 생각했지만, 얼마 후 나는 사과 궤짝에 꽂힌 독일동화집에서 고아들의 이야기 『슈티펠만의 아이들』을 발견했다. 책에서 읽었다던 수안의 말은 사실이었던 것이다.

우리가 적군을 피해 숨어 사는 오동나무 옷장은 외가 뒤란에 있었다. 차양 아래 눈비가 들이치는 자리는 면했지만 철따라 햇볕과 습기를 먹어 문짝이 틀어지고 쇠락해져 있었다. 사십여 년 전 외할머니가 시집올 때 짜온 혼수였는데, 이모 부부가 안방에 새 장롱을 마련하자 둘 데가 마땅찮아 뒤란으로 물러앉은 거였다. 녹슨 걸쇠를 벗기면 어둑하고 습기 찬 공간이 열렸다. 옷장 속은 둘이 나란히 드러눕기에 딱 알맞은 길이였고, 우리는 놀이를 하다가 실제로 그 속에서 깜빡 잠들어버릴 때가 있었다.

짧은 졸음은 아늑했고 하늘을 떠다니는 새털구름처럼 한가롭기도 했다. 그러다 문득 세상이 조용해 깨어나면, 우리 방 쪽문에 걸터앉아 턱에 손을 괴고 뒷산을 바라보는 수안을 보게 되었다. 그 모습이 소리가 차단된 유리창 너머의 풍경처럼 느껴져, 잠결에 귀가 먹먹해진 게 아닐까 싶기도 했다. 놀이는 끝난 건가… 나는 들리지 않게 중얼거렸다. 숨이 멎은 듯한 세상은 평화로웠다.

　　　　　　　　　　　　　　　　　잠옷을 입으렴

옷장 속의 아이들

율이 삼촌.

『슈티펠만의 아이들』을 읽은 적이 있었나요? 수안을 위해 이모부가 처음 외가에 들여놓았던 책이 그 무렵 유행했던 계몽사소년소녀세계문학전집이었습니다. 슈티펠만 고아들의 이야기는 독일동화집에 실려 있었어요. 아직도 나는 그 낡은 책을 가지고 있습니다. 책장은 어찌나 갈색으로 변했는지 만지면 낙엽처럼 바스락 부스러질 것 같습니다. 책은 다시 나무로 돌아가기를 원하고 있는지도 모르겠습니다. 그 이야기는 이렇게 시작됩니다.

슈티펠만의 아이들은 몹시 가난했읍니다. 만일 트라우트헨이
없었더라면 모두들 굶어 죽었을는지도 모릅니다.

그 시절엔 지금과 달리 '읍니다'의 맞춤법을 썼습니다. '습니다'로 바뀐 것이 언제부터였을까요. 아마 수안과 내가 중학교에 다닐 때였던 것 같습니다. 한동안은 필기할 때마다 어색했지만 차츰 우리도 새 맞춤법에 적응하게 되었습니다.

트라우트헨은 부모를 잃은 네 남매의 맏이였습니다. 그들이 살던 거리의 집은 불타거나 부서졌고 지붕도 없이 뼈만 남은 채 서 있을 뿐이었습니다. 네 아이들은 하나의 침대에서 잤는데 그 침대는 본디 옷장이었습니다. 저녁에는 날이 저물기만 하면 곧 침대로 들어갔습니다. 불을 켜고 싶어도 등잔이 없었기 때문입니다. 그렇지만 아이들은 아무리 어두워도 따뜻하고 큰 옷장 침대에서 네 남매가 함께 있는 것이 무엇보다도 제일 좋다고 생각했습니다. 크리스마스가 다가온 어느 날 저녁, 트라우트헨은 동생들을 데리고 숲으로 가기로 했습니다. 다들 두꺼운 저고리를 입고 털모자를 썼습니다. 막내 동생은 담요로 둘러서 썰매에 태웠습니다. 숲속은 몹시 춥고 퍽 조용했습니다. 불현듯 아이들이 숲속에서 불빛을 보았습니다. 가까이 가니 사나이 셋이 모닥불을 둘러싸고 앉아 있는 것이 보였습니다. 불 위에는 냄비가 걸려 있었고 그들이 쳐놓은 천막엔 커다란 칸델라가 매달려 있었습니다.

아이들이 숲에서 만난 세 사나이는 아마도 크리스마스 순례자이거나 혹은 천사들이었을 겁니다. 그들은 따뜻한 음식을 나눠주었고, 헤어질 땐 트라우트헨에게 불 위의 냄비를, 둘째에겐 칸델라를,

잠옷을 입으렴

셋째에겐 장작불을 피울 섶나무 다발을, 막내에겐 반짝이는 보석이 박힌 왕관을 벗어주었습니다. 그들이 사라진 뒤 아이들은 갑자기 추위를 느꼈습니다. 모닥불은 재조차 남아 있지 않았고 불을 지폈던 자리의 눈은 조금도 녹지 않았습니다.

아이들은 옷장 침대가 기다리는 부서진 집으로 돌아와 섶나무 다발로 난로에 불을 지폈습니다. 트라우트헨이 냄비에 먹을 것을 끓이는 동안 칸델라 불빛은 크리스마스트리 촛불처럼 밝게 빛났습니다. 막내가 왕관의 보석을 가지고 놀다가 느닷없이 기쁨에 겨워 소리쳤습니다. 아버지다! 어머니다! 다른 아이들이 보석에 눈을 대고 들여다보니 아버지 어머니가 다정스레 서 있는 모습이 보였습니다. 그 이야기는 이렇게 끝이 납니다.

슈티펠만의 아이들은 언젠가 다시 한번 행복해질 것입니다. 그때가 오기를 이 아이들과 함께 즐겁게 기다리기로 하지 않겠습니까? 어쨌든 슈티펠만 아이들의 방은 언제나 따뜻하고, 맛있는 음식도 많이 있고, 게다가 이렇게 밝답니다.*

율이 삼촌.

삼촌이 갖고 있던 푸른 유리알을 기억하나요? 평범한 구슬이 아니라 마치 수정처럼 표면이 정교한 단면들로 깎인 조금 특별한 유리알이었습니다. 삼촌이 그걸 어떻게 갖게 됐는지는 몰랐지만, 우리는 삼촌이 읍내 고등학교에서 돌아오지 않은 오후 나절 삼촌 방에 몰래 들어가 책상 서랍을 열고 유리알을 꺼내 자주 놀았습니다. 눈에 가져다 대면 세상이 온통 반짝이는 푸른빛으로 보였습니다. 바닷속 마을에서 살고 있는 기분이었습니다. 그걸 손에 쥘 때면 슈티펠만의 아이들이 떠올랐고, 나는 번번이 냄비와 칸델라와 섶나무 다발, 눈앞에 없는 것들을 비춰주는 유리알을 갖고 싶었습니다.

나는 보고 싶은 사람들이 있었습니다. 참을 줄도 알았고 내색하지 않는 법도 배웠지만 무언가를 기다린다는 건 역시 힘들기도 했습니다. 슈티펠만의 아이들처럼 즐겁게 꿈꾸며 기다리기란 쉽지 않은 일입니다. 숲에서 선물을 안겨주는 순례자를 만난다면 모를까, 그 시절 우리에게 그런 순례자가 되어줄 사람은 없었으니까요.

그래도 수안과 내가 사는 세상은 그런대로 따뜻했습니다. 외할머니의 부엌엔 맛있는 음식이 있었고, 모두가 잠든 뒤에도 처마에 매달린 백열등은 꺼지지 않아 우리 방은 밤새 달빛보다 더 노란 빛으로 차 있었습니다. 나는 새삼 수안과 나의 이야기를 하려고 합니다. 들어줄 사람이 삼촌 말고도 또 있으면 좋겠습니다.

참, 책을 펼친 김에 슈티펠만의 아이들을 쓴 지은이를 찾아보았습니다. 알베르데스라는 사람이에요. 그에 관해 더 이상 아는 바가 없지만 그 이야기를 써주어서 고맙습니다. 내가 늘 삼촌에게 고마워했던 것처럼요.

잠옷을 입으렴

*『슈티펠만의 아이들』, 알베르데스.
계몽사소년소녀세계문학전집 독일동화집. 1976년 발행본.

여름밤이면 마당에 돗자리를 펴놓고 더위를 식히며 보냈다. 저녁참에 지른 모깃불이 작은 산을 이루어 타들어가고 이웃집 돼지우리에서 퀴퀴한 냄새가 건너왔다. 나방과 모기떼가 처마 백열등을 에워싸고 윙윙거릴 때 외할머니는 옥수수와 삶은 감자를 내왔다. 수안은 옥수수엔 손을 대지 않고 삶은 감자만 먹었는데, 그나마 양푼에 으깨어 설탕을 뿌려 입에 갖다 대는 시늉만 하고 물러났다. 배앓이를 자주 했던 수안은 먹는 일을 고달파하는 편이었다.

"배 아파. 더워서 머리도 아프고."

그럴 때마다 외할머니의 대답도 한결같았다.

"배 아프냐? 미야리산 좀 먹어보지. 아니면 뇌선 한 봉 타주랴?"

외할머니의 문갑에는 만병통치약처럼 여기던 몇 가지 약이 상자 속에 양식처럼 저장돼 있었다. 장에 탈이 나면 물 한 그릇에 텁텁한 미야리산과립을 숟가락 가득 떠서 녹여 마시게 했다. 어떨 때는 밥에도 뿌려서 섞어주었는데 그런 밥상을 받으면 수안은 질겁

잠옷을 입으렴

했다. 식구들이 머리가 아플 땐 외할머니는 뇌선 가루를 물에 타왔다. 무슨 성분이었는지는 몰라도 금세 두통이 가시곤 했다. 어디선가 카페인 물질이 높다고 듣고 온 이모부가 뇌선을 많이 먹으면 중독된다며 조심스레 말하기도 했지만, 외할머니는 아랑곳하지 않았다. 그런 어려운 성분이 섞였다면 더더욱 효과가 있으리라 믿는 눈치였다.

약상자에서 제일 위풍당당했던 세력은 알보칠이었다. 혓바늘이 돋거나 입안이 헐었을 때 살살 발라주던 약이었는데, 액이 상처에 닿으면 어찌나 쓰리고 따가운지 눈앞이 번쩍하면서 절로 눈물이 핑 돌았다. 우리가 알보칠을 피해 도망다니면 외할머니는 기어이 쫓아와 입을 벌리게 하곤 그 기적의 물약을 바르며 엄숙하게 말했다.

"알보칠이 입병에는 제일이다. 오래 아플 것을 한 번에 몰아서 아프게 하고 낫게 하는 약이다."

외할머니는 상자 속에 나란히 놓인 정로환이나 활명수를 포함해 그 모든 약들을 당신이 개발해낸 양 자랑스러워했다. 한편 나는 외할머니의 부뚜막을 사랑했다. 저녁상을 물리고 긴 여름해가 지면, 부엌에서 밤참으로 먹을 옥수수나 감자를 삶는 시간이 좋았다. 부뚜막 나무쟁반엔 갖가지 기묘한 가루와 액이 담긴 조미료병이 놓여 있었다. 설탕보다 더한 단맛을 내는 사카린. 옥수수와 감자를 삶을 때 뿌리던 뉴슈가와 신화당 가루. 손끝에 보드랍게 달라붙는 소다가루. 식초보다 강해서 식도가 따가운 빙초산액. 나는 부엌 문턱에 걸터앉아 외할머니가 감자 삶는 모습을 지켜보면서 물었다.

"밥할 때도 저런 걸 넣어요?"

외할머니는 별소리를 다 듣겠다는 투로 껄껄 웃었다.

"밥에다가 왜 넣냐. 다른 데 넣는 거지."

작은 가겟방을 차려도 될 만큼 다양한 병들이 거기 있었다. 부뚜막은 외할머니의 조제실이고 제단 같은 곳이었다. 사위가 술을 마시고 온 날이면 거기 쭈그리고 앉아 맥소롱을 챙겼고, 쌉쌀하고 고소한 원기소를 손녀들의 영양 간식으로 꺼내주었다.

나는 가끔 생각했다. 무엇을 끓이든 부뚜막의 가루들을 눈송이처럼 펄펄 흩뿌리면 맛이 날 거라고. 거기다 논두렁 밭두렁에서 개구리라도 한 마리 잡아와 던져 넣으면 뭉글뭉글 마법의 수프가 끓여질 것도 같았다. 이모는 다른 집들처럼 개량 부엌으로 바꾸고 싶어 했지만 외할머니는 근력이 다해 밥을 못 짓기 전까지는 아궁이를 들어낼 수 없다고 역정을 냈다. 아궁이와 부뚜막이 사라진 외할머니의 부엌은 상상할 수가 없었다.

바싹 말린 옥수수 잎은 가방이나 방석을 만드는 재료가 되었다. 읍내 사무실로 출근하는 막내이모는 옥수수가방 따위는 거들떠 보지도 않고 비닐 핸드백을 멘 채 사립문을 나서곤 했다. 밤이 되어 마당 돗자리에 옥수수방석을 베고 누우면, 채 식지 않은 땅의 열기가 등에 스며왔다. 우리는 전등과 모깃불에 의지해 책장을 넘겨보기도 했다. 눈이 어두워진 외할머니는 당신이 젊었을 때 보던 책을 읽어달라고 할 때가 있었다. 나달나달한 갱지로 묶은 빛바랜 책이었는데, 무당집 깃발 같은 삽화가 조잡했지만 외할머니는 몇 번을

　　　　　　　　　　　　　　　잠옷을 입으렴

들어도 재미있어했다.

　책의 제목은 『능라도』였다. 말린 옥수수 잎이 엮이는 동안 우리는 가련한 주인공 남매의 인생사를 번갈아 소리 내어 읽었다. 평안도 땅에서 나고 자란 남매는 서울 부산을 지나 일본 동경까지 활약하며 다녔다. 살인자 누명을 뒤집어쓴 오빠는 끝없이 추격당하고, 홍도같이 착한 여동생은 오빠의 누명을 벗기려고 갖은 고생을 겪었다. 파란만장한 이 추리신파극의 결말에는 엄청난 반전이 기다리고 있었다. 살해당한 희생자의 눈동자를 검사해보니, 그 눈동자엔 세상을 떠날 때 최후로 바라본 살인범의 얼굴이 선명하게 찍혀 있었으니까. 죽은 이의 눈동자에 뚜렷이 박힌 마지막 잔상이 모든 것을 말해주었고, 마침내 오빠는 누명을 벗었다.

　"뭐야. 이게 말이 돼?"

　수안은 어이없어했지만 외할머니는 이 대목을 제일 좋아했다. 사람이 죽기 직전 바라본 마지막 모습이 눈동자에 남을 수 있는지 과학적으로 증명할 길은 없어도, 그렇게 시침 뚝 떼고 펼쳐지는 태연자약한 이야기가 몹시도 감탄스러웠다.

　마당에 누워 올려다보는 밤하늘엔 뭇별이 반짝였다. 외가엔 많은 식구가 살았지만 내가 모암마을에서 지내기 시작한 처음 두 해를 돌이켜볼 때, 손을 내밀면 질감이 느껴질 것 같은 식구는 수안과 외할머니뿐이었다. 다른 이들은 그림자처럼 멀게만 느껴졌고 그들의 적절한 무심함과 거리감이 나를 외롭게도 편안하게도 만들었다.

~~~~~

이듬해 여름에는 외할머니한테서 코바늘뜨기를 배웠다. 처음 바늘을 잡고 붉은 털실로 꽃병 받침을 만들어보려 했지만, 계속 코를 잘못 집어 가장자리가 오글오글해지더니 부채 같은 빨간 맨드라미꽃으로 변해버렸다. 어느 밤, 무슨 흥이 돋았는지 돗자리에 앉은 외할머니가 옥수수 잎을 엮으며 말했다.

"할미가 노래 한 곡조 불러보랴?"

그러곤 대답도 듣지 않고 처음 듣는 애달픈 가락으로 노래했다.

착한 아기 잠 잘 자는 베갯머리에
어머님이 홀로 앉아 꿰매어나니
꿰매어도 꿰매어도 밤은 안 깊어

가락이 멈추자 듣고 있던 수안이 이마에서 책을 내리며 물었다.

"그게 다예요?"

"그게 다지. 해방되기 전에 할미가 너희들만 해서 소학교 때 배운 노래지."

삯바느질하는 엄마 발치에서 혼자 잠든 아기. 아무리 옷을 꿰매고 꿰매어도 밤은 안 깊어. 쓸쓸한 노래였다. 착한 아기가 사는 집은 분명 가난하겠지. 바람이 불어와 이웃 돼지우리 냄새가 모깃불 연기에 섞여 흘러왔다. 작년에 산 잠옷이 작아져서 둘 다 옷자락이 무릎께에 닿았다. 나는 실을 불빛에 비춰가며 코바늘뜨기를 했

잠옷을 입으렴

다. 이제는 코를 빠뜨리지 않아 무엇을 떠도 가장자리가 맨드라미가 되는 일은 없었다. 수안은 책장을 넘기며 모암분교에서 풍금으로 배운 노래를 흥얼거렸다. 학년마다 학급이 하나씩이라 우리는 교실에서도 늘 함께였다.

애들아 나오너라 달 따러 가자
장대 들고 망태 메고 뒷동산으로
뒷동산에 올라가 무등을 타고
장대로 달을 따서 망태에 담자

달은 돗자리 위에 높이 떠 있었다. 나는 코바늘을 던지고 양푼에 담긴 으깬 감자를 떠먹으며 노래들은 참 제멋대로라고 생각했다. 우리는 열두 살이었고 달에 사람이 다녀왔다는 사실도 알고 있었다. 보기보다 훨씬 큰 위성이라는 것도. 언젠가 이모부는 수안의 숙제를 봐주다가 선생님다운 표정으로 이렇게 말했다.

"먼 훗날엔 지금처럼 기원전과 기원후로 나누지 않고, 인간이 지구에만 있었던 때와 처음 우주로 나간 때를 분류해 연대를 사용할지도 모른다."

정말 그럴지도 모르겠다고 생각했다. 이모부는 가끔 딸의 숙제만 돌봐주었지만 나는 나중에 공책을 보고 옮겨 쓰면 되니까 상관없었다. 노래 속에서 달은 망태 그물에 걸렸다.

재 건너 순이네는 불이 없어서
밤이면 바느질도 못한다더라
애들아 나오너라 달을 따다가
순이 엄마 방 안에다 달아드리자

나는 그런 집을 알고 있었다. 달을 달아놓을 만한, 달이 벽에 걸려 있어도 조금도 이상하지 않을 허물어져가는 토담집이었다. 마을에서 외따로 떨어진 느티나무 고목 옆이었다. 한쪽 흙벽 모서리가 계절마다 조금씩 벌어져, 언제쯤 무너질까 보는 이를 조마조마하게 했다. 그 몰골로 장마와 폭설을 견디며 여태 지탱해왔는데 지붕만은 깨끗이 다듬어진 채 지푸라기를 머리카락처럼 이고 있었다.

토담집을 지나다 보면 벌어진 벽 틈으로 방 안 풍경이 들여다보였다. 가구는 낡은 반닫이 하나가 다였고, 방구석에 곡식 말리는 자리때기만 철따라 바뀌어가며 널렸다. 혼자 사는 허리 굽은 노파가 아랫목에 앉아 주름진 손으로 곡식을 휘휘 쓸어주곤 했다. 날이 추워지면 노파는 마을에서 하우스를 치고 남은 비닐을 얻어다 틈새를 가려 겨울 칼바람을 근근이 막았다. 토담집은 애당초 전기를 끌어올 수 없어서 해만 지면 어둠에 묻혀버렸다. 우리는 나쁘다고 생각하면서도 지나갈 때마다 훔쳐보는 버릇을 버릴 수가 없었다.

모암마을 사람들은 모두 노파를 싫어했다. 누구도 친절하게 굴지 않았다. 젊어서 거짓말과 도둑질을 밥 먹듯 했다는 게 이유였다. 하지만 달을 딸 수 있다면, 그 외딴 토담집 흙벽에다 걸어놓으

잠옷을 입으렴

면 좋겠다고 생각했다.

~~~

안방에서 가끔 말다툼 소리가 들려올 때면 외할머니는 방구들이
꺼져라 한숨을 쉬며 돌아눕곤 했다.

"할아버지는 언제 돌아가셨어?"

가을날 모암분교에서 돌아오는 길이었다. 수안은 밭두렁에 멈춰
서더니 난데없이 배를 잡고 웃어서 나를 당황하게 했다.

"살아 있어. 가매마을에 살아."

뜻밖의 대답이라 나는 꽤 놀랐다.

"전에 장터 갔을 때 버스에서 만난 늙은 여자 생각나? 한복 입고
루주 새빨갛게 바른."

기억을 더듬어 그날의 장면을 끄집어냈다. 수안은 발걸음을 옮
기며 한물 지나간 시골 마을의 스캔들을 들려주었다.

"화투판에서 노름하다 눈이 맞았대."

"정말? 외할머니보다 젊던데."

"당연히 그렇지. 그 여자는 판돈을 크게 땄는데 할아버지는 몽땅
잃고 빚까지 졌대. 아마 우리집도 잡혀먹었을걸? 그래도 여자가 빚
은 안 갚아줬다나봐."

"같이 살기로 했다면… 빚도 갚아주면 좋았을걸."

"돈놀이하는 여자가 그럴 리 있겠어? 외할아버지 노름빚은 엄마
가 허리 휘게 갚아. 엄마가 아빠 눈치 많이 보는 거 모르지?"

수안은 시무룩하게 말했다. 나도 어렴풋이 그런 느낌은 받았다. 다만 처가살이하는 남편이 불편할까봐 신경 쓰는 줄로만 알았는데. 은이 이모 월급이 노름빛 갚는 데로 나간다니, 이모부 월급만으로 온 식구가 매달려 산다는 뜻이다. 나는 조금 마음이 어두워졌다. 그렇다면 이모부의 가장 노릇은 얼마나 고달프고 힘이 든단 말인가. 쌀쌀맞은 데다 월급은 어디에 쓰는지 생활비 한 푼 보태지 않는 경이 이모. 말이 없어 속을 모르고 내년엔 대학 등록금도 필요한 율이 삼촌. 집안 살림을 도맡아 하지만 어쨌든 부양해야 하는 외할머니… 그리고 나까지. 성실하고 유능한 교사라는 평을 듣는 이모부였어도 진짜 속은 어떨지 모르는 일이었다.

그 후로는 늦은 밤 안방에서 투닥투닥 말다툼이 건너올 때마다 외할머니 등 뒤에서 나도 같이 숨을 죽인 채 천장의 거뭇한 얼룩을 올려다보곤 했다. 늙은 여인은 재산도 많다는데. 수안이 말하길 그 집 딸이 시집갔다가 못 살고 돌아오자 가매중학교 앞에 문방구도 차려줬다고 한다. 그럼 외할아버지 빚 정도는 갚아줘도 되지 않을까. 여인이 끼고 있던 커다란 알반지를 떠올리고는 괜한 호의를 기대하며, 외가의 앞날을 걱정하느라 잠을 설쳤다.

한번 비밀스런 빗장이 풀리자 수안은 내가 오기 전에 일어났던 크고 작은 집안의 허물들을 소곤거렸다.

"할아버지가 처음부터 아주 나가 살았던 건 아니었어. 일 년에 절반은 집에서도 지냈거든."

"근데 왜 지금은 전혀 안 와?"

잠옷을 입으렴

"삼 년쯤 됐나? 할아버지가 몇 달 만에 왔더니 할머니가 별안간 광으로 달려가서 장도리를 들고 나왔잖아. 그걸로 발모가지를 찍어버린다고 펄펄 뛰는 바람에 울타리만 부서지고, 할아버지는 무서워서 저 할매랑은 못 산다고 가서는 다시는 안 왔어."

그러고는 코미디 같다며 키득키득 웃었다. 나는 웃음이 나오진 않았지만 수안이 그간의 이야기를 들려준 게 고마웠다. 비로소 진짜 식구로 편입된 기분도 들었다. 마을길을 속닥이며 걷다 보니 어느새 느티나무 고목 앞이었다.

"아가들아!"

탁하고 쉰 목소리가 우리를 불렀다.

"이리 와서 나 좀 도와주련?"

뒤돌아보고 우리는 멈칫했다. 마을 사람들이 도둑할망구라 부르는 토담집 노파가 잔뜩 구부러진 등허리를 하고는 거기 서 있었다. 검정고무신에 후줄근한 몽당바지, 목이 늘어질 대로 늘어진 러닝셔츠 속으로 쭈그렁 말라붙은 젖가슴이 낙타 혹처럼 대롱거렸다. 해져서 구멍이 뚫린 남자 속옷은 노파의 마른 몸에 더 헐렁거려 추워 보였다.

"무슨 일을요?"

수안이 의심스럽게 물었다. 노파는 단춧구멍만 한 작은 눈을 가늘게 뜨고 손짓했다.

"빨래를 빨았어. 내 혼자 힘으로 물기를 짜내지를 못해. 같이 좀 짜주련. 맛난 것도 줄 테니."

"빨래를 혼자서 못 짜요?"

"못 짜. 못 짠다니깐."

수안과 나는 서로 얼굴을 마주 보았다. 어떡할까? 글쎄. 들리지 않는 대화가 오갔다. 노파는 우리를 기다리며 노망 들린 양, 못 짜 혼자서는 못 짜 중얼거렸다. 지붕에 지푸라기를 인 토담집으로 따라갔던 것은 호기심이 의심보다 컸던 탓이었다.

돌투성이 맨땅에 녹슨 꼭지를 매단 수도관이 솟아 있고, 이불을 빨아놓은 커다란 고무대야가 널브러져 있었다. 노파가 혼자서 물기를 짤 수 없다고 한 건 얼마나 오래 덮었는지 제 색깔을 구별하기 힘든 이불이었다. 우리는 책가방을 토담집 문지방 아래 내려놓고 노파와 함께 힘주어 이불을 돌려 짰다. 너무 무거워 힘에 부쳤지만 어금니를 깨물다시피 하며 꽈배기로 돌려 짜 물이 떨어지도록 애썼다. 셋이 매달려서 장대로 받쳐놓은 빨랫줄에다 겨우 널고 나니 맥이 쭉 빠졌다. 노파는 검정고무신을 벗고 방으로 구부정 기어 올라가더니 낮은 시렁에서 때 묻은 접시를 내렸다.

"이리 들어와. 홍시 먹으려무나."

가장자리에 정체 모를 찌꺼기가 들러붙은 접시가 먹고 싶은 마음을 떨어뜨렸지만, 거절하기 미안해 홍시 하나씩을 집었다. 아까부터 윙윙대는 소리가 들린다 했더니 텃밭 구석에 조그맣게 양봉을 하느라 벌들이 날아다니고 있었다.

"애기들, 점 봐줄까?"

노파가 조그만 눈을 반짝이며 말했을 때 우리는 하마터면 흥분해서 홍시를 떨어뜨릴 뻔했다.

"점을 볼 줄 아세요?"

수안이 관심을 보이자 노파는 만족스레 엷은 입술을 말아 올리며 장판지를 기어가더니, 반닫이를 열고 기묘한 그림책을 꺼내왔다. 벌어진 벽 틈으로 바람이 새어들고 자리때기선 붉은 고추가 매운 냄새를 풍기며 말라가고 있었다.

"당점이다. 너부터 봐주마."

세월이 흘러도 그런 책을 다시 구경해본 적이 없다. 노파가 당점이라 불렀던 책은 외할머니의 『능라도』책처럼 나달나달한 갱지를 묶은 것이었는데, 매 쪽마다 동자보살이 그린 듯한 조악한 원색 삽화가 들어 있었다. 삽화 아래엔 도무지 알아볼 길 없는 뜻풀이가 한문과 언문이 섞인 채로 쓰여 있었다. 수안이 먼저 생년월일을 말했다. 노파는 엄지손가락에다 나머지 손가락을 번갈아 마주 짚어가며 무언가를 찾아냈다. 그러고는 당점 책장을 하나하나 넘겨보다 마침내 한 쪽을 딱 하고 펼쳤다.

"여기 있네!"

우리는 그림을 내려다보고 숨을 삼켰다. 큰 칼을 든 도깨비가 무섭게 섰는데 발치에 작은 인간 둘이 주저앉아 울고 있었다. 치마저고리를 입고 머리에 쪽을 진 여자와 다 해진 바지저고리를 걸치고 상투를 튼 남자였다. 여자의 눈에서 둥근 눈물방울이 뚝뚝 떨어지는데 꿇어앉은 남자는 도깨비에게 두 손이 닳도록 슬프게 빌었다. 노파는 수안을 보고 합죽한 입으로 매섭게 점괘를 말했다.

"너는 서방이 둘이야."

"네에?"

수안은 순간 뺨이 일그러지며 펄쩍 뛰었다.

"아, 뭘 놀라? 서방이 둘이라니깐. 걱정할 거 하나 없어, 다 방도가 있어."

태연한 노파를 향해 수안은 억울한 듯이 볼멘소리로 물었다.

"방법이 뭔데요."

"남자 한 놈을 연애를 건 다음에 내다버려. 연애질을 걸었다가 단물만 빼먹고 내다놓으라고. 그다음에 만난 놈한테 시집가면 돼. 액땜하는 게다, 그게."

수안은 어이없어하며 이맛살을 찡그렸다. 이제 열두 살인 소녀가 그런 점괘 따위 듣고 싶지 않았으리라. 노파가 이번엔 나를 쳐다보았다. 내 점괘를 알고 싶은 마음과 아무것도 듣고 싶지 않은 마음 사이에서 나는 갈등했다.

"어서 태어난 날을 대보라니!"

힐난 같은 재촉을 듣고서야 주눅 든 목소리로 날짜를 말했다. 노파는 아까처럼 손을 꼽아보더니 유난히 오래 책장을 뒤져 다시 탁한 쪽을 펼쳤다.

"옜다, 이게 너다."

누런 갱지 속엔 도깨비도 우는 인간도 없었다. 거기엔 울긋불긋 꽃동산이 만개해 있었다. 아, 다행이다… 한순간 마음이 놓였지만 그러나 자세히 내려다보니 꽃들은 아름답지가 않고 기이했다. 벌레

잠옷을 입으렴

먹은 듯도 하고 시들어가는 듯도 하고. 조악한 그림과 한물 날아간 색깔 때문에 더 그래 보였을까. 노파는 고깝다는 투로 말했다.

"너는 잘 살아. 초년에 부모 운이 없어서 떠돌기는 하지마는 나중엔 잘 살아. 남자한테 정도 받고."

아무 대꾸도 할 수 없었다. 수안에 비해 혼자 좋은 말을 듣고 나니 기뻐하기도 뭣했다. 당점 따위 엉터리라고 말하고 싶기도 했고 내 점괘를 생각하면 믿고 싶었다. 곁에 앉은 수안이 그런 내 마음을 눈치챘을 것 같아 더 부끄러웠다.

"왜, 잘 산다는데도 싫으냐?"

노파가 속을 떠보듯 물었지만 나는 시선을 더러운 방바닥에 고정한 채 입을 열지 않았다. 수안이 행복하지 않은데 나 혼자 행복해지면 안 될 것 같았다. 아니, 수안뿐 아니라 사람들이 살아가면서 얻는 행복의 평균이 있다면 나도 그 정도이길 바랐다. 혼자서 더 행복한 건 어쩐지 불안하고, 남의 행복에서 덜어온 듯해 편치 않을 것 같았다. 돌이켜보면 세상의 기쁨과 슬픔, 행복과 불행의 양이 처음부터 정해져 있다고 느꼈던 날들이 있었다. 누구 하나가 많이 행복하면 다른 하나가 그만큼 불행할지도 모른다고. 타인의 행복이 커진다고 해서 내 행복이 줄어들진 않는다는 진실을 깨닫기까지는 세월이 많이 걸렸다.

～～～

그날 밤 책가방을 챙기다가 나는 반짇고리가 없어진 것을 깨달왔다. 외할머니한테서 얻은 바늘과 실이 들어 있는 헝겊주머니였다. 수안은 의심스럽게 고개를 갸웃했다.

"낮에 우리가 책가방을 흙집에 한참 내려놨었잖아. 아무래도 좀 수상해."

문지방 아래에 가방을 뒀는데 빼낼 틈이 있었을까? 그 여위고 주름진 손이 소문처럼 그렇게 번개 같을까? 하지만 나도 이미 노파를 의심하고 있었다. 수안은 언짢은 기색으로 생각에 잠겨 방 안을 서성였다.

"날이 밝으면 학교 가는 길에 들러보자."

"응."

호기롭게 말하긴 했지만 둘 다 자신 없는 표정이었다. 노파와 다시 마주치고 싶지 않았던 것이다. 그래도 외할머니의 반짇고리를 잃어버리는 건 싫어서 이튿날 새벽같이 느티나무 토담집에 들렀다. 어제 그대로 빨랫줄에 널린 이불이 밤새 이슬을 맞아 축 처져 있었다. 집 앞을 기웃거렸더니 노파가 덜컥 방문을 열고 내다보았다. 벌어진 벽 사이로 우리가 오는 것이 보였을 터였다. 수안이 한 걸음 나서서 말했다.

"뭘 빠뜨리고 간 것 같아서요."

"무얼?"

"반짇고리요."

"그런 거 없다."

소녀들이 의심스럽게 서 있자 노파의 조그만 눈이 수챗구멍 속

잠옷을 입으렴

의 생쥐처럼 빛났다.

"왜, 내가 훔쳐갔을까봐? 책보따리에서?"

우리는 움찔 한 발자국 물러났다. 노파는 손을 뻗어 아궁이에 세워둔 부지깽이를 집어 들더니 새된 괴성을 내며 맨발로 튀어나오려 했다. 둘이 비명을 지르며 집 모퉁이를 돌아 뛰는데 노파의 쉰 목소리가 머리채를 낚아채듯 들려왔다.

"아가! 다리 저는 아가 말이다!"

나는 흠칫 놀라 뒤돌아보았다. 노파는 어느새 벽 틈으로 내다보며 심술궂게 말했다.

"너는 명이 짧어! 꽃이 피기만 하면 뭘 해, 열매도 맺어야 하는데. 꽃이 많긴 해도 금세 시든단 말이다."

놀랍고 무서워서 나는 목소리가 떨려 나왔다.

"그럼 어떻게 해야…."

"명이야 타고난 거니 어떻게 하고 말고 할 도리가 없어. 넌 오래 못 살어!"

"뭐야 저런 거, 다 거짓말이야!"

수안이 버럭 소리치더니 말릴 새도 없이 주먹만 한 돌멩이를 집어 힘껏 던졌다. 딱! 벽에 맞았는지 노파의 이마에 맞았는지는 알 수 없었다. 노파의 주름진 얼굴은 벽에서 사라졌다. 수안이 내 손을 붙잡고 뛰었다. 나는 뛰는 게 어려운 데다 방금 노골적으로 비웃음을 당한 뒤라 더 보폭이 흐트러졌다.

"잠깐만. 손 좀 놔봐."

수안이 듣지 못하고 막무가내로 잡아끄는 바람에 나는 넘어져 흙바닥에 미끄러졌다. 그제야 수안은 달리기를 멈추고 황망하게 내 몸을 일으켰다.

"아… 미안해. 괜찮아?"

돌에 긁혀 살갗이 벗겨진 무릎에서 피가 배어나왔다. 껄껄대는 노파의 탁하고 쉰 웃음소리가 도꼬마리풀처럼 들러붙어 따라다녔다.

~~~~~

반짇고리는 교실 책상 서랍에 들어 있었다. 전날 깜빡하고 놓고 온 것이었지만 노파에게 미안한 마음은 들지 않았다. 우리들 미래의 청사진을 심술 사납게 구겨놓은 데 비하면야. 점괘를 믿지 말자고 서로 약속했으나 불길한 말의 여운은 한동안 찜찜하게 발목을 잡았다.

낙엽이 떨어지고 해가 짧아진 어느 날 밤, 우리는 이부자리를 펴놓고 엎드려 숙제를 마쳤다. 외할머니는 마당 수돗가에서 늦도록 배추를 씻고 있었다. 수안이 뭔가 골똘히 생각하더니 불현듯 물었다.

"넌 죽기 싫지 않아?"

"언제, 지금?"

"나중에라도. 언젠가는 다 죽잖아."

"그야… 죽는 건 싫지."

"그치?"

　　　　　　　　　　　　　잠옷을 입으렴

"응. 그래도 꼬부랑 할머니가 되면 죽어야겠지. 할 수 없잖아."

내 대답에 수안은 한참 말이 없더니 슬픈 듯이 중얼거렸다.

"그건 정말 말도 안 되는 일이야."

그러고는 벌떡 일어나 앉으며 내 손을 잡아당겼다.

"나 손금 볼 줄 알아. 전에 할머니가 봐준 적 있어. 나는 생명선이 길대. 손금을 보면 그 점괘가 엉터린지 아닌지 알 수 있지."

나는 불안하게 손바닥을 펼쳤다. 수안은 한참이나 붙잡고 들여다보더니 어두운 낯으로 미간을 찌푸렸다.

"너 생명선이 짧구나. 꽤나 짧다."

역시 움직일 수 없는 진실이었나 싶게 수안은 한숨을 쉬었다. 나도 이마를 맞대고 내 오른손바닥을 들여다보았다. 자잘한 손금들 사이로 뚜렷한 세 개의 선이 나뭇가지마냥 뻗어갔는데, 엄지손가락 도톰한 살점을 따라 내려오던 손금은 중간쯤에서 멈춰 서 있었다.

"내 것도 볼래?"

수안이 손바닥을 펼치자 같은 위치의 선이 손목까지 이르도록 길었다.

"걱정 마. 생명선을 늘여보자."

"어떻게?"

"좀 아파도 참을 수 있겠어?"

나는 생각해보다가 응, 하고 대답했다. 수안은 챙겨놓은 책가방을 다시 열고 필통에서 연필칼을 꺼냈다. 나는 깜짝 놀랐다.

"뭐 하게?"

수안은 대꾸 없이 문갑에서 양초와 성냥도 꺼내오더니 촛불을 붙였다. 잠옷 차림으로 꿇어앉아 칼날을 펼쳐 천천히 촛불에 쬐어 소독하는 모습은 사뭇 진지하고 비감해 보이기까지 했다. 마침내 촛불을 훅 불어 끄고는 칼을 쥐고 무릎걸음으로 다가왔다.

"살짝만 그으면 될 거야. 참아봐. 겁나면 눈을 감든지."

한순간 망설였지만 나는 시킨 대로 고개를 돌리고 눈을 질끈 감았다. 손바닥 가운데 서서히 압력을 가하는 칼날의 존재가 느껴지더니 곧 뜨겁고 날카로운 아픔이 밑으로 주욱 이어졌다. 입술을 다물고 터지려는 비명을 참았다. 뜨거웠다, 손바닥이. 눈물이 주르륵 흘러내렸다. 눈을 뜨자 길게 베인 상처에서 피가 송송 배어나고 있었다. 새빨간 피를 보고 수안도 겁먹은 얼굴이었지만 애써 나를 안심시키려 했다.

"꼭 누르면 괜찮을 거야."

수안은 벽에 걸린 수건을 가져와 내 손바닥에 대고 힘을 다해 눌렀다. 금세 수건에 피가 번지고 이부자리에도 핏방울이 떨어졌다.

"많이 아팠어?"

나는 하얗게 질린 채 고개만 끄덕였다.

"그렇지만 생명선이 길어졌잖아."

또 한 번 고개를 끄덕였다. 그랬다. 새롭게 손목 근처까지 이어진 긴 생명선. 상처는 욱신욱신 아팠지만, 낫고 나면 그 자리에 길게 이어진 선이 있으리란 생각에 안심이 되기도 했다. 이윽고 피가 멎은 듯하자 수안은 약을 찾았다. 안티푸라민, 호랑이연고, 머큐

잠옷을 입으렴

로크롬. 수안은 이것저것 들었다 내려놓고는 머큐로크롬을 가져와 조심스레 상처를 소독하고 반창고를 붙여주었다. 상처 난 자리에 닿는 빨간약의 감촉은 지독히 아렸다.

피 묻은 수건을 문갑 속에 감추고 둘 다 지친 기분으로 자리에 누웠다. 외할머니가 배추를 씻어놓고 슬리퍼를 끌며 방으로 오고 있었다. 서둘러 이불을 덮고 눈을 감았다. 창호문이 열렸다 닫히는 소리. 외할머니는 젖은 옷을 벗어 윗목에 널어놓고는 내복 차림으로 이부자리를 매만졌다. 차가운 발을 아랫목으로 들이밀다 깜짝 놀라 큰소리로 물었다.

"이거 누구 피냐?"

우리는 이불 속에서 숨을 죽였다.

"냉큼 일어나봐! 이거 누구 피냐, 응?"

할 수 없이 나는 이불을 조금 끌어내리며 입을 열었다.

"…제 피요."

"코피 났냐?"

"아뇨."

"그럼 어디서 난 피냐. 다쳤냐?"

대답 대신 상처를 들키지 않으려고 오른손을 꽉 주먹 쥐고 있었다. 별안간 외할머니는 방문 고리를 걸어 잠갔다.

"수안이는 뒤돌아 눕거라."

"왜?"

"어서."

뜻밖에 말투가 엄해서 수안은 뒤란을 향해 누웠다. 외할머니는 나를 일으켜 세우더니 어지간히 짧아진 풀색 잠옷치마를 걷어 올리고 속옷을 확 벗겨 내렸다. 나는 놀라서 얼른 쪼그리고 앉았는데, 외할머니는 다시 일으켜 세워 내 부끄러운 곳을 들여다보고 속옷도 살펴보았다.

"그럼 그렇지. 벌써 그런 걸 시작할 리가…."

그제야 외할머니는 내 잠옷자락을 놓아주었다. 나는 얼른 속옷을 끌어 올렸다.

"왜… 왜 그래요."

"아니다. 됐다. 정말 코피 아니었냐?"

나는 겁을 먹고 무의식중에 코를 문지르며 고개를 끄덕였다.

"응, 코피였나봐요."

외할머니는 망측하다는 얼굴을 풀고 우리를 비키게 하더니, 빨지 얼마 안 된 이불을 버렸다고 구시렁대며 마당으로 들고 나갔다. 벽장에서 새 이불을 꺼내 펴고 전등을 끈 채 다시 누웠다. 아직도 손바닥이 몹시 아팠다. 자는 동안 피가 배어나와 이불을 또 버릴까봐 걱정이었다. 밖에선 외할머니가 달밤에 빨래하는 소리만 휘적휘적 들려왔다.

수안은 말이 없었다. 돌아눕자 마당의 아가위나무 그림자가 창호지에 비쳐왔다. 나무 그림자는 낮은 소리로 말했다. 걱정 말아라. 다 괜찮아졌으니까. 나무가 보내는 위로가 내 어린 영혼에 진동해왔다. 세월이 지났어도 수안이 만들어준 생명선은 손목까지 긴 흉

터로 남아 이어졌다. 지금도 불에 덴 듯 아프게 느껴질 때가 있었
다. 마치 어젯밤 일인 것처럼.

~~~~~

일요일 상가는 대부분 문을 닫아 한적하다. 나는 가게 셔터를 반
쯤 올리고 문을 열어 환기를 시켰다. 특유의 옷감 냄새, 수선을 기
다리는 옷에 밴 모르는 이들의 체취가 차가운 바깥공기를 만나 빠
져나간다.

"들어가도 돼요?"

유모차를 끌던 젊은 엄마가 셔터 아래로 가게를 들여다보았다.
몇 번 수선을 맡겼던 아파트 단지에 사는 여자였다.

"그러세요."

여자는 유모차를 길가에 세워두고 가게로 들어왔다.

"아기 턱받이도 있나요?"

"그건 안 만들어요. 유아용품점에 가시는 게 나을 거예요."

여자는 고개를 끄덕이고는 만들어놓은 소품들을 살펴보았다. 헝
겊 지갑과 덧버선, 베갯잇 같은 것들이다. 첫돌이 안 된 아기는 두
터운 숄에 감싸여 바깥에 순하게 앉아 있었다.

"유모차 갖고 들어오셔도 돼요."

여자는 아기를 내다보더니 평온히 대꾸했다.

"괜찮아요. 바람막이 때문에 하나도 안 추워요."

그런 뜻은 아니었다. 아기는 포근한 털모자를 썼고, 유모차에 씌

운 투명한 방한용 비닐 덮개는 추위를 막기에 완벽해 보였다. 다만 엄마들이 유모차에서 떨어져 있으면 나도 모르게 약간 불안해져서 그런 것뿐이었다. 지나가던 누군가가 슬며시 손잡이를 밀고 길모퉁이 너머로 사라지진 않을까. 그래서 가끔 혼자 서 있는 유모차를 만날 땐 엄마가 근처에 있을 줄 알면서도 가만히 지켜보곤 했다. 아기 엄마가 돌아와 그런 나를 흘끔 쳐다보면 새삼 돌아서서 가던 길을 재촉했다.

여자는 누비 덧버선 두 켤레를 골랐다. 날이 추워지면 주부들은 덧버선을 찾았고, 다른 가게에서 파는 대량 생산품보다 색깔과 모양이 다른 내 덧버선을 좋아하는 이들이 있었다. 자투리천을 이어서 만들기 때문에, 꼭 세트가 아니어도 마음에 드는 색이 들어간 것을 짝짝이로 고르기도 했다. 여자는 유모차 아래 그물망에 덧버선을 넣고 아기를 향해 환하게 웃어 보이고는 손잡이를 밀며 멀어져갔다.

~~~~

누군가 약장 서랍을 열고 있다. 잠결에 덜그럭거려 눈을 떠보니 뒷방 향이가 깨금발로 서랍을 열어보고 있었다.

너, 내 방에서 뭐 하니?

할머니 심부름해.

침대에서 일어나려는데 물먹은 솜처럼 몸이 무거웠다. 향이가 나무 잎사귀 같은 손을 내밀어 내 팔을 잡아당겼다.

　　　　　　　　　　　　　　　잠옷을 입으렴

할머니가 뭘 시켰는데?

보청기 찾아오랬어. 이 방에 있지 않아?

제대로 안 빗어 까치머리를 한 향이는 약장에 달린 수많은 서랍을 소꿉장난하듯 칸칸마다 열어보았다. 창으로 달빛이 비쳐 약재 이름을 적어놓은 한자가 춤추는 조그만 사람들처럼 보였다.

내 방 스탠드 불 네 마음대로 끄지 말랬지.

내가 안 껐어.

향이는 부루퉁하게 대꾸했다. 침대 머릿장에 등을 기대고 그런 계집애를 지켜보았다.

재봉틀도 건드리면 안 돼. 그거 내 외할머니 거야.

향이는 아랑곳 않고 재봉틀에 놓인 옷감을 까칠한 손끝으로 만지작거렸다.

이거 잠옷이지?

응.

내 거야?

아니, 네 거 아니야.

내가 갖고 싶어. 나한테 줘.

안 돼.

왜 자꾸 안 된다고만 해!

바락 소리를 지르며 계집애는 재봉가위를 집어 내 얼굴로 던졌다. 얼른 베개를 들어 막았더니 재봉가위는 튕겨나가 방바닥에 나뒹굴었다. 나도 몹시 화가 나서 베개를 그 아이에게 던져버렸다.

쾅쾅.

누군가 현관문을 두드린다. 나는 움직임을 멈추고 인기척에 귀를 기울였다. 이 늦은 밤 누가 찾아온 걸까. 숨죽이고 있으려니 또다시 두드려댄다. 담을 넘어왔나. 어떻게 마당을 건너온 거지?

그 사람이네.

향이가 못마땅한 기색으로 중얼거린다.

누구?

알면서.

새침하게 흘겨보는 아이를 무시하고 나는 잠옷 위에 카디건을 걸치며 밖으로 나갔다. 사람 그림자가 어둡고 반투명한 유리문 저편에 서 있었다.

"누구세요?"

"앞집 사는 사람입니다. 마을버스 운전하는."

아. 갑자기 집 안의 공기가 바뀌며 잠이 달아나는 느낌이었다. 그가 왜? 의아한 채로 대답 없이 서 있자 그가 다시 말했다.

"한밤중에 미안합니다. 부탁이 있어요."

나는 천천히 잠금장치를 풀고 현관문을 열었다. 얼음장처럼 차가운 밤바람이 기다렸다는 듯이 밀려들었다. 먼 길을 다녀온 얼굴을 하고 그가 서 있었다. 바람에 헝클어진 머리카락. 청바지와 두터운 파카를 입은 그의 입에서 하얗게 입김이 피어올랐다.

"비번이라 고향집에 갔다 왔어요. 근데 돌아와서 보니 보일러가 고장이라서."

"대문이 잠겨 있었을 텐데 어떻게….”

의심스런 내 표정에 그는 고개를 저었다.

"열려 있더군요. 밤에 자주 열려 있어요, 이 집 대문.”

"그럴 리가요. 내가 꼭 잠그는데.”

"밤늦게 막차 버스 세워두고 내려오면, 이 집 대문이 열려 있는 거 보곤 해요.”

산호라고 했던가. 그의 말투가 솔직해서 나는 당황스러웠다. 현관 계단에 놓인 화분들이 어둠 속에 춥게 잠들어 있었다. 그는 품 안에서 둘둘 말린 타월뭉치를 꺼내더니 내게 내밀었다.

"이 녀석 좀 재워주세요. 오늘 밤만이라도.”

물끄러미 내려다보는데 타월뭉치가 꿈틀거렸다. 그가 끄트머리를 조금 풀어주자 검은 털을 가진 새끼 개가 떨면서 고개를 내밀었다.

"고향집에서 기르는 개가 새끼를 낳았더라고요. 한 놈을 데려왔는데 지금 내 방이 너무 추워요. 난 괜찮지만 얘가 점점 차가워져서.”

그의 난처한 얼굴을 바라보다 나는 손을 내밀어 개를 안아들었다. 산호의 입가에 미소가 떠올랐다.

"고맙습니다.”

"…그보다 뭘 어떻게 해줘야 하는지. 먹을 거라든가.”

"오늘 밤은 그냥 마실 물만 조금.”

선선하고 편안한 눈길인데도 왠지 마음을 읽히는 것 같아 나는 시선을 피했다. 대신 손에 들린 타월뭉치를 좀 더 벗겨본다. 어른 주먹 두 개를 합친 것보다 클까 말까. 태어난 지 얼마 안 돼 보였다. 꼬리 끝까지 검푸른 털이어서 한밤중에 풀어놓으면 윤곽을 알아보지도 못할 것 같았다. 낯선 손길이 두려운지 녀석은 가늘게 떨면서 앞발로 허공을 휘저었다. 산호는 내가 현관문을 닫을 수 있도록 한 발자국 뒤로 물러났다. 그러고는 다정하게 말했다.

"대문은 제가 닫고 갈게요."

그가 가고 난 뒤 새끼 개를 안고 돌아서니 집 안은 기척 없이 조용했다. 형광등을 켜자 방바닥에 내가 던진 베개가 널브러져 있었다. 향이는 사라졌다. 재봉가위는 제자리에 얌전히 놓였고 뒷방은 고요했다.

나는 멍하니 서 있었다. 품에 안긴 개는 여전히 가늘게 몸을 떨었다. 문득 집 안 여기저기 젖은 흙이 묻어 있다는 것을 알았다. 현관에서부터 좁은 거실을 지나 내 방까지 가는 길이 흙으로 더럽혀져 있었다. 바닥에 내려놓은 적도 없으면서 헛되이 새끼 개의 발바닥을 들여다보았다. 깨끗하기만 했다. 가슴이 두근거렸다. 내 맨발을 들어보았다. 온통 흙투성이 긁힌 자국들. 그제야 나는 발바닥이 다친 것처럼 아프다는 사실을 깨달았다. 밤이 깊어가고 있었다.

잠옷을 입으렴

아가위나무

외할머니.

우리 셋이 함께 썼던 그 방. 창호문이 세 개나 있었던 그 방을 생각해봅니다. 마당을 향해, 뒤란을 향해, 그리고 부엌을 향해. 그래서 겨울이면 유난히 웃풍이 심했던 방이었습니다. 밤에 자려고 불을 끄면 수안이는 툇마루로 나가 처마에 걸린 백열전구를 꼭 켜놓고 들어왔지요. 그러면 창호지로 불빛이 스며들어와 밤새 우리 방은 달빛보다 노랗게 물들어 있었습니다. 밝은 데서 어찌 깊은 잠을 자느냐고, 또 쓸데없이 전기세를 나가게 한다고 할머니는 역정을 내기도 했지만 어쩌겠어요, 손녀딸이 전등을 켜놓아야 잠잘 수 있다는 데야. 처음엔 나도 불빛에 눈이 부셔서 잠이 달아났지만 차츰 그 방의 조도에 익숙해져갔습니다.

잠결에 방문을 향해 돌아누우면 창호지에 나무 그림자가 비치곤 했어요. 나는 모암집 마당의 아가위나무가 산사나무라는 걸 알지 못했습니다. 그 둘이 다른 나무라고 생각했거든요. 외가에 오고 몇 년 지나서야 이모부가 산사나무라 부르는 걸 듣고 나무 이름이 두 개라는 걸 알게 됐지만, 나는 할머니가 부르던 아가위나무가 훨씬 듣기 좋았습니다.

할머니는 자주 '이것이 누구 아편이다'라는 말을 입에 올렸어요. 너희 할아버지는 화투가 아편이고 나는 은하수가 아편이다, 없으면 못 살지, 라고. 하루가 저물고 나면 수돗가에서 발을 씻고 툇마루에 무거운 몸을 걸치고 앉아 은하수 한 대를 꺼내 물고는 우리에게 말했습니다. 꽃 좀 다오. 나는 처음에 그게 무슨 말인지 몰라 어리둥절했어요. 꽃을 달라니. 마당에 핀 꽃이라도 꺾어 오라는 건가. 우물쭈물하고 있으니 수안이 툇마루 구석에서 팔각성냥갑을 가져다가 담뱃불을 붙여주었습니다. 할머니는 불씨나 성냥을 꽃이라 불렀습니다. 살림하는 틈틈이 털썩 주저앉아 한 대씩 피울 때마다 거기 꽃 좀 다오 했으니까요. 아닌 게 아니라 한밤중에 할머니가 무슨 근심이 있는지 잠에서 깨어 이부자리에 쭈그리고 앉아 담배를 피워 물 때, 나는 발갛게 밝아졌다 스러졌다 하는 담뱃불을 꽃 같다고 느낀 적도 있었습니다.

그러고 보니 나도 불을 좋아했지 싶습니다. 여름밤 마당에 피워놓은 알싸한 쑥 냄새가 나는 모깃불도 좋아했지만, 부엌 아궁이에 겨를 넣고 태울 때가 제일 좋았던 것 같습니다. 처음엔 매캐한 겻불내가 코를 찔러도, 연기가 한소끔 나간 뒤에 아궁이를 들여다보면 작은 산을 이루고 타들어가던 겻불이 어쩌나 깊이 반짝이던지. 활활 타오르진 않아도 밤새 깊은 불을 품었습니다. 성탄절 무렵이면 읍내 빵집들이 가게 유리에 걸어놓던 색색의 꼬마전구도 아궁이 겻불의 붉은 반짝임을 따라가지 못했습니다. 여기서 빛나는가 하면 저기서 빛나고. 그건 정말 불씨를 끌어안은 꽃무덤 같았습니다.

나는 아편을 본 적도 없지만 늘 궁금했었습니다. 언젠가 수안이 배앓이를 하며 방바닥을 구를 때 할머니가 활명수도 먹이고 정로환도 먹이고 손가락 발가락을 돗바늘로 따서 검붉은 피를 내고. 그래도 차도가 없으니 수안이 배를 딱하게 문지르며 이럴 때 아편이 쬐끔만 있어도 좋은데, 아주 쬐끔만 먹여도 씻은 듯이 나을 텐데. 아쉬워하는 소리를 들었던 탓일 거예요. 할머니의 아버지, 그러니까 외외증조할아버지는 오래전 읍내에 처음 지었던 병원의 양의사였다고 했습니다. 그래서 집에 아편이 있었고, 할머니 소녀 적에 배가 아프면 쥐똥만큼씩만 떼어내 먹어도 나았다고 했어요. 퇴락해버린 옛 시절의 영화를 그리워하듯 할머니는 당신 아버지가 진료실로 썼던 마룻방 금고에 숨겨진 아편을 반추했습니다. 저는 한 번도 뵙지 못한 그 할아버지는 결국 아편중독으로 돌아가셨다 하셨지요? 그러면서도 할머니는 여전히 아편을 신성시해서, 나는 어린 마음에 몹시 궁금해 언젠가 꼭 한 번은 먹어보리라… 생각하기도 했습니다. 수안이가 배앓이를 심하게 할 때면 나도 덩달아 그 아편이란 것이 못내 아쉬웠습니다.

그러니 할머니, 나는 세상 어딘가에는 만병통치약이 있을 것 같

았습니다. 하다못해 호랑이연고라도 꾸준히 바르면 온갖 병이 낫는
줄 알았습니다. 할머니의 부뚜막에서 무쇠솥에다 만병통치약을 끓
여내 식힌 다음 대추알보다 작게, 꼭 아가위나무 붉은 열매만 한 크
기로 둥글게 빚어 환을 만들고 싶었습니다. 알뜰히 잘 만들어진 만
병통치환을 유리병에 담아서 읍내 오일장에 내다 팔고 싶었습니다.

할머니 말대로라면, 그 시절 이모부의 아편은 고상한 책과 그림
이었어요. 이모부는 시골집에는 어울리지 않는 중후한 빛깔의 서
재용 책상이나 안락의자 같은 것을 몹시 갖고 싶어 했습니다. 세계
의 명화가 올컬러로 실려 있는 화집도 좋아했지요. 생각해보면 외
가 식구들에겐 저마다 고단함을 잊게 해주던 자기편이 있었던 것
같습니다. 막내이모에겐 모암마을을 벗어날 수 있는 신작로 버스
가 그랬는지도 모릅니다.

그때 나는 마당의 아가위나무가 내 편이었어요. 가을 무렵 아가
위 열매가 붉게 익으면 팔뚝에 오소소 소름이 돋을 만큼 예뻐서,
몇 알 따다 호주머니에 넣고 학교에 가곤 했습니다. 한창 봄에 흰
꽃이 필 때는 방문을 활짝 열어둔 채 놀다가 숙제하다가 그만 노곤
해져 잠깐 잠들었다 깨어나면, 아가위나무가 나를 건너다보고 있
었습니다. 나는 언짢은 일 서러운 일이 생기면 아가위나무에다 버
렸습니다. 마당의 그 나무는 내가 버린 마음들을 다 받아내고 자랐
습니다. 그래도 아가위나무는 아프거나 시들지 않았습니다. 내가
잠들고 나면 낮에 내가 버렸던 그 마음을 나무 또한 밤바람에 실어

서 멀리 떠나보냈습니다. 그래서 아가위나무도 나도 함께 숨 쉬며 자랄 수 있었습니다.

그리고 수안이의 아편은, 그 아이는 그게 나라고 생각했습니다. 나는 그 마음이 고마우면서도 두려웠습니다. 언제까지나 변함없이 함께할 수 있을지, 내가 무엇을 해주어야 할지 알 수 없을 때가 올 것 같았습니다. 그때가 되면 수안이는 나를 놓지 않아도 내가 그 아이를 놓을 것 같았습니다. 아가위나무는 그런 내 마음을 알았을까요.

겨우내 막내이모의 귀가 시간이 자꾸 늦어져 외할머니는 신경을 곤두세웠다. 새벽에 나가면 한밤중에야 막차로 돌아왔고 사무실 일이 바쁘다는 핑계도 몇 번 대고 나니 변명거리가 궁했다. 은이 이모는 아우가 연애를 시작했을 거라 짐작했지만 막내이모는 아니라고만 했다. 꽁꽁 얼어붙은 새벽에 누군가 태워준 차로 집에 돌아온 막내딸을, 외할머니는 사립문으로 달려나가 머리채부터 잡아챘다.

"어서 불어라, 대체 어디서 뭘 하고 다니는지. 머리털을 다 쥐어뜯기 전에!"

경이 이모는 탐스러운 머리카락이 한 움큼이나 뽑혀나가는 수모를 당하면서도 끝내 입을 열지 않았다. 수안과 나는 방 안에서 조심스레 모른 척했다. 평소 그녀가 조카들에게 관심을 갖지 않듯이. 잠자리에 든 큰딸 내외가 신경 쓰인 외할머니는 막내딸을 가운뎃방으로 끌고 들어갔다. 잠시 후 옆방에서 경이이모가 철썩철썩 매맞는 소리가 건너왔다. 모른 척하려 해도 얇은 벽을 통과하는 매질

잠옷을 입으렴

소리는 그치지 않았다. 결국 잠은 다 달아났다.

"가봐야 하지 않을까? 말려야지."

"그냥 둬. 우리가 말린다고 될 일도 아니고."

수안은 쓸쓸히 대꾸했다. 우리는 마주 보며 눈빛을 교환했다. 실은 경이 이모가 무엇 때문에 밤늦게 귀가하는지 알고 있었다. 최근 들어 어째서 더욱 월급봉투의 단 한 푼도 생활비에 보태지 않는지도. 부서져라 창호문이 열리고 흐트러진 허드렛바지를 추스르며 외할머니가 들어왔다. 머리카락은 헝클어져 산발이 된 채 재봉틀에서 베개를 내리더니 제풀에 지쳐 드러누웠다.

"독한 것. 저게 내 배 속에서 나왔다니. 징그럽기도 하지."

분이 풀리지 않은 외할머니는 늙은 가슴으로 거친 숨을 몰아쉬며 넋두리를 했다. 옆방에서 서러운 흐느낌이 건너왔다. 수안은 이불을 뒤집어 썼다. 나는 아무래도 사실대로 말해야 하지 않을까 싶어 마음이 무거웠다. 막내이모는 천막교회에 다니고 있었다.

~~~~~

겨울방학 전부터 모암분교 교실에선 한창 만화책이 돌았다. 가매마을 만화방에서 책을 빌려오는 미주라는 아이가 마치 자기 것인 양 생색내며 돌렸기 때문에, 아이들은 읽는 순번을 정할 때마다 잘 보이려고 애썼다. 이상하게도 미주는 그다지 아첨도 못 하는 내게 늘 빠른 순번을 주곤 했다. 그러고선 평범한 얼굴을 그나마 특색 있게 만드는 덧니를 내보이며 활짝 웃었다.

"난 둘넝이 네가 좋더라. 친해지자."

그게 심기를 건드려 수안은 미주를 싫어했다. 미주도 수안에겐 책을 빌려주고 싶지 않은 눈치였지만 어차피 우리는 한집에 사니까 어쩔 수 없었다. 그렇게 만난 순정만화와 학원만화는 사금파리처럼 반짝이던 또 다른 세상이었다. 이따금 은이 이모가 가져다주던 철 지난 소년잡지의 만화와는 그림체도 정서도 사뭇 달랐다. 먼 나라의 혁명 이야기, 별빛을 뚫고 지구로 날아온 아름답고 낯선 존재들, 발레니 피겨스케이트니 연극이니 하는 예술의 세계, 정상에 오르기 위해 피나게 노력하는 근사한 주인공들, 그들의 운명적이고 슬픈 사랑까지도. 그림 속에 펼쳐진 화려한 스토리에 푹 빠져버린 우리는 방학 동안 외투와 장갑으로 무장하고, 신작로를 따라 이웃 가매마을 만화방까지 매일 찾아다니고 있었다.

만화방 여주인은 이웃 마을 사이에서 전부터 유명한 존재였다. 특히 아이들은 그녀가 얼마나 이상한 여자인가에 대해 경쟁하듯 떠들어댔다. 만화방은 간판도 없이 살림집 헛간을 개조한 곳이었다. 길쭉하게 자른 합판들 사이에 시멘트블록을 끼워 넣어 책장을 만들었고, 부엌과 연결된 통로엔 늘 빨랫감이 쌓여 지저분했다. 석유난로 냄새 때문에 한참 앉아 있다 보면 머리도 아팠다. 기우뚱한 철제책상, 방석이 찢어져 누런 스펀지가 삐져나온 의자가 변함없는 여주인의 자리였다.

수안과 나는 석유난로 냄새를 맡아가며 가까이 붙어 앉아 만화를 보았다. 한 권 값을 내고 둘이서 같이 읽으면 눈치를 줄 만도 한

잠옷을 입으렴

데 여자는 통 상관하지 않았다. 아이들이 실컷 책을 보고 계산할 때 슬쩍 권수를 줄여 돈을 내밀어도 말없이 거스름돈을 내주었다. 알면서도 모른 척하는 건지 정말 아무 관심이 없는 건지 알 수가 없었다. 여자는 출입문 너머 언제나 다른 곳의 하늘을 보고 있었다.

만화방에 들어서면 의자에 앉은 여자의 남산만 한 아랫배가 제일 먼저 눈에 들어왔다. 병이라고 했다. 근방에서 이유를 모르는 사람은 거의 없었다. 오 년 전 여자는 다른 지방에서 흘러 들어온 천막교회에 미쳐 죽자 살자 쫓아다녔다고 한다. 미주가 말하길 그 천막 단체는 한 지방에서 반년 이상 머무르지 않는다는데, 여자는 이동하는 교회를 따라 야반 보따리를 쌌던 거였다. 그들이 물러간 뒤 읍내 굴다리 아래서 밤마다 곡하는 소리가 그쳐 얼마나 조용해졌는지 모른다고 한마디씩 했다고 한다. 그 뒤로 여자의 소식은 깜깜 모르다가 이듬해 늦겨울, 우체국 계단에 쓰러져 있는 걸 가매마을 농부가 발견해서 트럭에 태워 왔다. 그때 여자는 이미 만삭이었다. 아이가 태어난 뒤에도 부풀어 오른 배는 이상하게 꺼질 줄 몰랐다. 여자는 말수가 적었고 만화방을 차려 근근이 자기 몫의 밥값을 벌어들일 뿐 밖으로 나오는 일도 드물었다.

짓궂은 아이들이 몰래 품에 책을 숨겨 나가거나 마음에 드는 그림을 찢기도 했지만, 수안과 나는 꼬박꼬박 제값을 내고 손상이 가지 않게 책을 보았다. 합판 맨 아래 칸엔 손때가 묻어 닳아빠진 클로버문고들이 꽂혀 있었는데, 우리는 거기서 『유리의 성』과 『천년 여왕』, 『파도여 안녕』, 『티모시 고마워요』, 『시관이와 병호의 모험』

같은 만화를 찾아내 빠져들기도 했다. 클로버문고에는 유명한 세계 명작의 줄거리를 따다가 우리나라 배경으로 그려낸 번안 만화가 많았다. 순정만화 중에는 일본만화를 해적판으로 내면서 한국 만화가가 그린 것처럼 가명을 표지에 써놓기도 했지만 그때는 까맣게 몰랐다.

어느 날, 우리는 오후 내내 난롯가에 머무르다가 자리를 털고 일어났다. 꺼내 읽은 만화책 권수를 센 다음 계산하려고 주섬주섬 주머니를 뒤졌다.

"아주머니, 돈 받으세요."

여자는 고개를 숙인 채 두꺼운 공책에 무언가를 쓰고 있었다. 미용실이라고는 생전 가보지 않은 듯한 부스스한 머리였지만 귓바퀴와 손톱은 청결해 보였다. 돈을 많이 벌지도 못할 텐데 무슨 출납부를 저렇게 꼼꼼히 기록하나 싶었다. 기다리던 수안이 재촉했다.

"저희 돈 받으세요. 일곱 권 봤어요. 세어보셔도 돼요."

"잠깐만 기다려."

나는 의아해졌다. 여자가 방금 공책에 적어 넣은 것은 모암마을 우리집 주소였다. 수안도 유심히 내려다보았다. 주소 옆에는 막내 이모의 이름 석 자 '조경이'가 올라가 있었다. 이모가 언제 만화를 빌려갔을까 싶은데, 여자는 공책을 신중히 덮었다.

신도명단 信徒名單

잠옷을 입으렴

표지에 써 붙여진 글자를 보고 등골이 오싹했다. 그즈음 다시 천막교회가 읍에 들어왔다는 소문이 모암마을까지 전해져오고 있었다. 집집마다 다 키운 아들딸들이 행여 엉뚱한 생각을 못 하도록 다 잡았는데 외할머니는 설마 하고서 미처 건사하지 못했던 거다. 비로소 점점 늦어지는 막내이모의 비밀스런 귀가를 이해하게 됐다.

"아야!"

난데없이 만화책이 날아와 내 목덜미를 때렸다. 돌아보니 저만치 딱딱한 나무걸상에 여자의 어린 아들이 올라앉아 헤헤거리고 있었다.

"재덕아, 그럼 안 되지."

여자가 무덤덤하게 나무랐지만 콧물이 흘러내리는 아이는 금세 다른 책을 끄집어내 고사리 손으로 풀풀 넘겨댔다.

신작로를 따라 돌아오는 길에 내가 말했다.

"할머니한테 알려야 할까?"

수안은 탐탁지 않은 것 같았다.

"경이 이모? 글쎄. 고자질 같잖아."

"그렇긴 하지만."

우리는 고민하면서 찬바람 부는 신작로를 걸어왔다. 한참 만에 수안이 결론을 내렸다.

"상관하지 말자. 이모도 우리한테 상관 안 하잖아."

그건 그랬다. 우리로선 막내이모와 만화방 여자가 나가는 단체가 좋은 곳인지 아닌지, 진짜 교회인지 사이비인지 신경 쓸 이유가 없었다. 그게 우리에게 어떤 영향을 끼치지도 않을 테고. 하지만 비밀은 오래가지 못했다. 심야 소동이 터진 이튿날, 외할머니는 이웃 소식통을 샅샅이 훑어 천막교회의 존재를 알아냈다. 그 겨울 내내 두 모녀의 다툼과 신경전이 끊이지 않았다.

〰〰

방학이 막바지에 이르자 우리는 어지간한 만화들을 죄다 섭렵해버려서 더 이상 볼만한 책이 남아 있지 않았다. 여주인은 신간을 구입할 생각도 없는 듯했지만, 멀리 신작로를 걸어온 게 억울해서라도 그나마 놓쳤을지 모를 재미있는 책을 빌려가려고 책장을 한참이나 기웃거렸다. 마침내 수안이 구석진 곳에서 어느 책을 꺼내 들었다.

"이거 재밌겠다."

나도 어깨 너머로 표지를 들여다보았다. 구슬처럼 새파란 눈동자를 가진 검은 고양이를 둘러싸고, 공포에 사로잡힌 여러 인물들의 초상화가 파노라마로 나열돼 있었다.

『**고양이를 산 사나이**』

"그거 공포만화잖아."

"뭐 어때."

수안은 어깨를 으쓱했다. 평소와는 다른 장르였지만, 어차피 볼

잠옷을 입으렴

만한 건 이미 다 보았으니 새로운 걸 골라도 나쁠 건 없었다. 출판된 지 꽤 오래된 두 권 분량의 그 책은 선이 굵고 거친 소년만화 화풍에 가까웠다. 괴기스런 표지 그림에 혹해서, 집으로 돌아가는 동안 우리는 장갑 낀 손으로 책장을 넘겨가며 나란히 걸었다. 잎이 떨어진 포플러 가로수에선 가지 사이를 스쳐가는 새된 바람소리만 들렸다. 만화는 검은 고양이를 얻은 한 남자의 이야기였다.

온 가족이 동반자살하고 싶을 만큼 가난한 집이 있었다. 어느 날 밤 아버지는 술에 취해 귀가하던 길에 코트 아래 무엇인가를 감추고 서 있는 수상한 사내를 만난다. 사내가 말했다.

'간절하게 바라는 소원이 있소? 그렇다면 내 고양이를 사가시오. 원하는 건 뭐든지 들어주는 영물이라오.'

'난 고양이 따위를 살 돈은 없어요.'

'걱정 마시오. 값은 단 삼 원이니까.'

사내의 말을 믿은 건 아니었지만 고작 그 값이라니 못 살 것도 없다 싶어졌다. 아버지는 주머니를 뒤져 동전을 꺼내 내밀었다.

'그렇다면 오 원을 드리지요.'

'아니오. 꼭 삼 원에 가져가야만 하오. 내가 이 고양이를 사 원에 샀었으니까.'

사내는 돈을 거슬러주며 경고했다.

'만약 고양이와 헤어지고 싶다면 꼭 다른 사람에게 값을 받고 팔아야 하오. 절대 거저 넘길 수는 없소. 단, 당신이 샀던 것보다 반드시

낮은 값에 팔아야 하오. 명심하시오.'

집으로 돌아온 아버지는 고양이를 쓰다듬으며 '부자가 되게 해다오,
부자가.' 하고 말했다. 그 후 집에 돈이 붙기 시작했다. 거액의 복권에
당첨되는가 하면, 장사를 시작했더니 금세 번창했으며 땅값도
올랐다. 가족들은 몹시 기뻐했다.

"너 같으면 살 거야?"

수안이 빨간 털목도리 위로 입김을 피워 올리며 물었다. 내가 짜
준 목도리였다. 나는 고개를 저었다.

"절대 안 살 거야. 이런 고양이는 사면 안 돼. 나쁜 일이 일어날
텐데."

"나쁜 일이 생기면 더 싼 값에 팔면 될 텐데?"

"그래도."

수안은 그럴 줄 알았다는 듯이 픽 웃고는 책장을 넘겼다. 바람에
신작로 흙먼지가 풀썩거리고 간간이 차들이 스쳐 달려갔다.

"둘녕아!"

고개를 드니 눈앞에 미주가 서 있었다. 솜을 넣은 누비 점퍼를
걸치고 양손 가득 붉은 고추가 든 봉지를 들고 있었다. 귀마개 옆
으로 찬바람에 튼 뺨이 발갛게 물들었다.

"만화방 다녀오니?"

"응. 넌 심부름?"

"그렇지 뭐."

잠옷을 입으렴

미주네 큰아버지가 가매마을에서 방앗간을 하는데, 방학 때면 온종일 거기서 심부름을 하고 용돈을 번다고 했다. 추위에 고생스럽게 다니면서도 미주의 표정은 낙천적이고 씩씩했다. 여전히 수다스런 입이 문제였지만.

"너네 막내이모도 천막교회 열혈신도가 됐다면서? 천막 철수할 때 따라간다는 소문이 파다하더라. 집에서도 알고 계셔?"

"글쎄⋯ 그건."

수안이 옆에서 버럭 화를 냈다.

"넌 어디서 주워들은 헛소문을 내고 다니니?"

미주도 질세라 발끈했다.

"주워들었다니. 헛소문인지 아닌지 두고 볼래?"

"그래. 우리 이모가 천막교회 안 따라가고 마을에 남으면, 넌 학교에서 내 앞에 무릎 꿇고 사과해. 어때?"

수안의 기세에 미주는 주춤했지만 그래도 꿀리기는 싫은 모양이었다.

"네까짓 것한테 왜 무릎을 꿇겠냐? 너네 이모가 가든 말든 무슨 상관이라고 내가 그런 내기를 해?"

"그러니까 애초에 자신 없으면 나서지 말란 뜻이야. 그럴 시간에 공부나 좀 하든가. 바닥을 헤매면서 한심하기는. 가자, 둘넝아."

수안은 쐐기를 박고는 내 손을 보란 듯이 잡아당겼다. 약이 잔뜩 오른 미주가 우리 뒤꼭지에다 소리쳤다.

"야! 너네 이모, 직장도 벌써 그만뒀대. 따라가려고 아예 작정을 했다더라. 못 믿겠으면 이모네 사무실로 전화해보든지!"

수안은 표정이 확 굳었지만 대꾸하지 않았다. 그게 정말일까. 불안해진 내가 돌아보니 미주는 마른 먼지 날리는 포플러 나무 아래 분한 얼굴로 서 있었다.

～～～

집 안은 초상이라도 치른 듯 고요했다. 외할머니는 어디 있을까. 며칠 전부터 경이 이모도 외출금지여서 딸을 감시하기 위해서라도 마실을 나가셨을 것 같지는 않았다. 따뜻한 방으로 구르듯 뛰어올라가 외투와 목도리를 못에 거는데, 별안간 벽장에서 사람 소리가 들려왔다.

"거기 누구니. 수안이니 둘넝이니?"

우리는 깜짝 놀라서 얼음이 되었다. 경이 이모가 벽장 속에 갇혀 있었다. 문고리엔 처음 보는 커다란 자물쇠가 채워졌고, 원래 벽장에 있어야 할 이불더미는 끄집어 내려져 방구석에 쌓여 있었다. 벽장 너머 보이지 않는 이모가 나무 문을 쾅쾅 두드렸다.

"거기 너희들이지? 나 좀 꺼내줄래? 대답해봐."

수안이 말없이 서 있어서 내가 대신 입을 열었다.

"…열쇠가 없어요."

괜히 일찍 돌아왔다 후회가 되었다. 순간 경이 이모와 우리들 마음의 거리가 이토록 멀다는 것을 깨닫고 서글퍼졌다. 이모에 대한 무관심이 최근 들어 조금씩 방어적인 두려움으로 바뀌어가고 있었다.

"내 말 잘 들어."

애절하게 호소하는 목소리가 건너왔다.

"세상은 죄악으로 가득하고 영혼들은 타락했어. 하지만 깨어 있는 사람은 알고 있단다. 이제 진정한 종말이 얼마 남지 않았다는 것을! 너희는 내가 사랑하는 조카들이야. 난 너희를 포기하고 싶지 않아. 우리가 이 땅을 떠날 때 좋은 나라에서 행복한 영생을 누리며 함께 살아야지 않겠니?"

분명 경이 이모였지만 전혀 다른 누군가의 목소리라 해도 이상하지 않을 만큼 귀에 설었다.

"사람의 육신은 헛되고 헛되다. 너희는 어리고 순결한데, 죽어서 육신은 썩어 흙으로 돌아갈지라도 영혼이 지옥 불구덩이에 떨어져서야 되겠어? 제발 이모를 믿어. 생명을 얻는 극과 버리는 극이 있는 거야. 우린 생명의 극 쪽에 서야 해. 응?"

그 속에 묻어나는 진심이 뼛속까지 절절해서 수안과 나는 방바닥에 못 박힌 채 기가 질려 듣고 있었다. 초조해진 그녀는 벽장문을 부서져라 두드리며 울음기 밴 고함을 질렀다.

"광에 가서 망치라도 가져다가 좀 부숴봐! 몇 번만 후려치면 될 텐데!"

원망 가득한 탄식의 비명이 울리자 팔뚝에 소름이 돋았다. 창호문이 벌컥 열리며 외할머니가 쫓아 들어왔다. 고무줄 바지를 다 끌어 올리지도 못한 품을 보니 뒷간에 갔던 모양이었다.

"자알 한다! 어린 조카들 꼬드기려고 수작을 부려? 얌전히 틀어박혀 있어. 그 천막 인간들 떠나기 전엔 절대 못 나올 줄 알아!"

벽장에 갇혀 막내이모는 큰 소리로 울기 시작했다. 대성통곡이었다. 곡소리에 섞어 아버지, 저를 구해주세요 울부짖기도 했다.

그날 밤 이불을 펴고 누웠지만 좀처럼 잠을 이룰 수가 없었다. 벽장에선 여전히 알아들을 수 없는 기도 소리와 흐느낌이 속삭이는 방언과 같이 새어나왔다. 외할머니는 집안일에 시달린 몸을 아랫목 구들에 지지며 기가 막힌다는 투로 구시렁거렸다.

"지 아버지 화투판에서 바람나 기어나간 지가 언젠데 아버지 타령이야. 하이고."

한동안 신세한탄을 늘어놓더니 피곤을 못 이기고 다릉다릉 낮게 코를 골기 시작했다. 어둠 속에서 끊일 듯 이어지는 흐느낌과 외할머니의 코골이가 기이한 하모니를 이루었다. 곁에 누운 수안이 중얼거렸다.

"…끔찍해."

동감이었다. 벽장에 경이 이모가 갇혀 있는 동안은 이 방에서 잠들 수 없을 것 같았다. 수안이 한숨짓더니 일어나 앉았다.

"그 만화 하편이나 보자."

"여기서?"

"부엌으로 내려갈까?"

"그래."

우리는 소곤거리며 낮에 빌린 만화책 두 번째 권을 챙겨 들고 살금살금 뒤꿈치를 든 채 방을 가로질렀다. 외할머니가 부엌으로 내

잠옷을 입으렴

려가는 쪽문을 가로막고 잠든 바람에 창호문으로 나와야 했다. 어두운 마당은 적막했고 차가운 달이 하늘에 걸려 있었다. 겨울밤 목재가 팽팽히 수축한 툇마루는 맨발로 디딜 때마다 얼음장처럼 시렸다.

삐걱 부엌문을 열자 아궁이에 피워놓은 군불 온기가 끼쳐왔다. 땔감나무와 겨가 타닥타닥 타는 아궁이불은 겨우내 우리 방을 덥혀주었다. 다른 방들은 몇 해 전 따로 연탄보일러를 달았지만 군불로 덥히는 아랫목이 훨씬 뜨끈한 법이라고 외할머니는 입버릇처럼 말했다. 천장에 전선을 따라 길게 내려온 백열등을 켜자 부엌은 아늑한 동굴처럼 변했다. 우리는 부뚜막에 나란히 걸터앉았다.

"앉지 말라는 데 앉았네."

"그러게."

우리는 킥킥거렸다. 외할머니는 부뚜막이나 문지방에 앉으면 안 된다고 자주 잔소리를 했다. 어깨를 맞대고 책장을 넘겼다.

언젠가부터 집 안에 어두운 기운이 감돌더니 아내와 자식들이 차례로 병에 걸리거나 다치고 창고에 불이 나며 나쁜 일이 이어졌다.

'이게 다 요물인 저 고양이 때문이야.'

가족들은 지금까지의 은혜를 잊고 검은 고양이를 미워하기 시작했다.

아버지는 호시탐탐 고양이를 없애버릴 궁리를 하지만 쉽지 않았다.

남에게 삼 원보다 싼 값에 팔아야 하는데 아무도 흉측한 고양이를 사려고 들지 않았다.

아버지는 산으로 데려가 숲에 버리고 왔으나 고양이는 아버지보다 먼저 집에 돌아와 있었다. 이번엔 자루에 넣어 강물에 빠뜨렸으나 그때도 먼저 돌아와 있었다. 가족들은 그제야 자신들이 초대한 것이 무엇이었는지를 깨닫고 공포에 떨지만 너무 늦었다. 결국 그들은 엄청난 재산만을 남긴 채 모두 차례차례 비명횡사하고 말았다.

수안이 소쿠리에서 곶감 두 개를 꺼내왔다. 꼭지를 떼어내 아궁이불 속에 던지고, 하얗게 가루가 앉은 곶감을 베어 물며 나는 생각했다. 그러니 어떤 것들은 남한테 거저 주면 안 되고 반드시 팔아야만 하는구나. 액운이라든지 행운이라든지 꿈이라든지. 그래야 곁에서 완전히 떠나가는 거구나 하고.

곶감을 먹은 뒤에도 아궁이불을 쪼이며 앉아 있었다. 방에 돌아가기 싫었다. 타닥타닥 타들어가는 붉은 겨 속에서부터 깊은 불꽃을 끌어안고 어둡게 반짝였다. 수안은 부지깽이로 아궁이 속을 헤집었다. 잠든 불꽃이 깨어나 살아 오르다 잠잠해졌다.

"그 사람들 따라가면 좋을걸."

내가 쳐다보자 수안은 다시 입을 열었다.

"경이 이모 말야. 같이 살기 싫어. 그냥 가버리면 좋겠어. 가서 하고 싶은 대로 하면서 혼자 살라지."

나도 생각해보았다. 그녀가 가버리는 게 나을까. 사라지는 게. 수안에게 그건 네가 몰라서 그래, 하고 얘기하고도 싶었지만 나도 모르기는 마찬가지란 생각이 들었다. 엄마가 사라져서 불행했나? 별

잠옷을 입으렴

로 그렇지도 않았다. 차라리 식구가 줄어들면 은이 이모 내외는 좀 더 편해질지도 모르지⋯. 나는 고개를 끄덕이며 동의했다.

"그래. 나도 가버렸으면 좋겠어."

그날 밤 우리는 부엌에 앉아 정말 막내이모가 사라지기를 바랐다. 아궁이엔 아무런 솥도 올려놓지 않았지만 그때 부엌에선 무언가 조용히 끓고 있었다. 뜨거운 미음 같은, 팥죽 같은 보이지 않는 무엇이 투명한 솥에 끓고 있었다. 백열등 불빛 아래 우리 마음도 같이 끓고 있었다.

~~~~

경이 이모는 닷새 뒤 벽장에서 나왔다. 외할머니가 사흘을 굶기고서야 밥을 넣어줘 이모는 많이 말라 있었다. 눈물로만 세수를 해 얼굴엔 땟국이 꼬질꼬질했고, 길고 숱 많은 머리카락은 엉겨 붙어 까치집을 짓고 있었다. 그녀는 기진맥진했는지 천막교회가 마을을 떠났다는 말을 듣고도 아무 소리 하지 않았다. 자기 방으로 기어 들어가 이불도 못 깔고 쓰러지더니 오그리고 누워 길고 긴 잠을 잤다.

이번에 따라나선 사람은 모암마을 처녀 하나와 또다시 가매마을 만화방 여주인이라고 했다. 처녀 집에서는 난리가 났지만 만화방 집은 워낙 한번 겪었던 일이라 시큰둥했다. 다만 여자가 어린 아들을 버리고 갔기 때문에 늙은 할아버지가 손자 뒤치다꺼리로 골머리를 앓는다는 소문이었다.

"미친 것."

외할머니는 여자를 욕했다. 아무리, 자식을 팽개치느냐는 뜻이었다. 그러다 내가 못 들은 척한다는 걸 알고는 황급히 입을 다물었다. 사람들은 여자가 이번에야말로 돌아오지 못하고 분명 객사할 거라고 했다. 갈수록 아랫배가 무시무시하게 부풀던데 그래가지고 일 년을 더 버티겠느냐고 수군거렸다.

한동안 내겐 여자가 병든 몸을 이끌고 고향으로 돌아오는 모습이 자꾸만 떠올랐다. 차마 집에 들어가진 못하고 읍내 우체국 계단에 쓰러져 있다가 지쳐 죽을 것만 같았다. 다음 날 사람들은 그녀의 시체를 발견하곤 거적을 덮어 야산에 묻어주겠지…. 그런 공상 뒤엔 여자에게 미안한 마음이 들어, 억지로 어딘가에서 잘 살고 있는 모습을 그려보기도 했다. 그러나 떠오르는 그림은 많은 신도들의 이름이 적힌 공책에 고개를 파묻고 끝없이 주소를 적고 또 적는 광경뿐이었다.

방학이 끝나기 전날 밤 우리는 부엌으로 내려가, 돌려주지 못한 두 권의 만화책을 아궁이에 넣었다. 표지를 감싼 비닐이 역한 냄새를 풍기며 시커멓게 타들어가더니 곧이어 책장에도 불이 옮겨붙기 시작했다.

"어차피 불길한 만화였어."

"응…."

검은 고양이와 한 가족의 초상이 아궁이불 속으로 스러져갔다.

세월이 흘러서야 알았는데, 그 만화를 그린 이는 아마도 『보물섬』을 썼던 스티븐슨의 단편소설 「병 속의 도깨비」를 베꼈던 것이

잠옷을 입으렴

아닐까 싶다. 악마가 들어 있는 유리병을 헐값에 사서 부와 행운을 얻지만, 결국은 샀던 값보다 더 낮은 값에 유리병을 팔아 악마로부터 벗어나려고 몸부림쳤던 사내들의 이야기. 우리가 고등학생이 됐을 때 수안은 학교 도서실에서 우연히 스티븐슨의 얇은 문고본을 읽고는 흥분한 채 책을 들고 내게로 뛰어왔다. 이것 좀 봐! 그 만화와 줄거리가 비슷해. 기억나? 햇살 비추는 교실에 앉아 「병 속의 도깨비」를 읽고, 기억 속의 표지에서 만화가 이름을 떠올려보려 했지만 생각나지 않았다. 한때 이런저런 스토리를 빌려와 그림을 그리며 생계를 꾸리던 무명 만화가였으리라. 그렇게 해적판 만화를 그리면 식구들을 건사할 만큼 돈을 벌 수 있었을까. 그도 검은 고양이를 샀던 아버지처럼 늘 가난하고 힘겨웠으리라.

수안과 나는 아궁이 앞에 앉아 만화책이 다 탈 때까지 바라보고 있었다. 이윽고 책은 불길 속에 스러져 자취를 감추었다.

~~~~

새끼 개가 방 안을 맴도는 기척에 잠에서 깨어났다. 눈이 마주치자 고개를 갸웃하며 올려다본다. 꼬리까지 검푸른 털. 순한 갈색 눈동자. 어느새 밖이 환해서 창을 열어보니 새벽에 내린 눈으로 언덕이 하얗게 덮여 있었다. 옷을 껴입고 개를 타월로 둘둘 감은 채 품에 안아 들었다. 마당에 쌓인 눈에 첫발자국을 내며 대문을 나섰다. 뭐라도 먹여야 할 것 같아 그에게 가보려 했는데 일찌감치 출근했는지 앞집 셋방 문에는 자물쇠가 걸려 있었다. 할 수 없이 발길을 슈퍼 쪽으로 돌렸다.

봉란은 아침부터 텔레비전을 틀어놓고 병상 다큐멘터리에 열중해 있었다.

"사람들은 저런 걸 왜 보는지 몰라. 스트레스야."

내가 들어서자 봉란은 기다렸다는 듯이 투덜거렸다. 그러면서도 줄곧 자막이 나오는 화면에서 눈을 떼지 못했다. 시한부 선고를 받은 환자복을 입은 아내를 두고, 남편이 병원 복도로 나와 창 밖을 보며 눈물짓는다. 품에서 낑낑대는 소리가 들리자 봉란이 비로소 돌아보았다.

"웬 강아지?"

타월 속에서 허우적대던 녀석의 까만 앞발이 밖으로 나왔다. 따듯한 분홍 혀가 내 빈손을 핥는다.

"잠깐 맡았는데 뭘 먹여야 할지 몰라서. 통조림 캔은 어떨까요?"

"그렇게 쪼끄만데 기름진 거 먹이면 안 좋지. 이거 먹여요."

봉란은 금고가 놓인 탁자 밑에서 부스럭 무언가를 꺼냈다. 겉에 고양이 그림이 그려진 사료봉투였다.

"고양이 키워요?"

"아니. 안 키우는데, 가끔 집 없는 고양이가 지나가다 찾아오더라구. 그래서 샀죠. 기껏 왔는데 아무것도 안 주면 고양이도 짜증날 거 아냐."

봉란이 쥐여주는 사료 알갱이를 손바닥에 받아 입가에 대어주자, 새끼 개는 한참 냄새를 맡더니 여물지 않은 혀로 핥아 먹었다.

잠옷을 입으렴

봉란이 그런 나를 지켜보다 입을 열었다.

"피곤해 보이네?"

"잠을 잘 못 잤나봐요."

"집터가 세요."

"네?"

"자기 사는 집. 터가 세다고."

가만히 보는데 봉란이 다시 말했다.

"이 동네 지세를 봐요. 언덕 기운이 무지 세서 좀 누를 필요가 있
어. 게다가 자기 집은 특히 그런 일도 있었고."

그런 일이라니. 봉란은 내 표정을 살피고는 그럴 줄 알았다는 투
로 눈썹을 찌푸렸다.

"몰라요? 모르고 들어갔구나. 부동산에서 말 안 했나 보네. 계약
할 때 누가 왔었어요?"

나는 삼 년 전 이맘때로 기억을 돌이켜본다. 집주인을 직접 만나
보지는 못했다.

"주인이 다른 도시에 살아서 다 일임했다고 부동산 측이 대신했
어요. 하지만 전화통화는 직접 했는데. 등기도 떼어봤고요."

봉란은 고개를 저었다.

"등기 같은 문제가 아니고 그 집에서 있었던 일을 말하는 거죠.
한의원집 부부가 몇 십 년 살았는데 늘그막에 뭐가 어떻게 됐는지
할아버지가 갑자기 죽었어요. 근데 그게 할머니 탓이라는 소문이
돌았거든."

"할머니 탓?"

"응. 할머니가 평생 맞고 살았는지 어쨌는지. 영감님이 겉보기엔 점잖은 한의사였는데, 모르지 막상 집 안에선 어땠는지. 초상 치르고 할머니가 반쯤 넋이 나가서 동네 사람 누구한테 횡설수설 하더래요. 할아버지가 몇 년 전부터 가는귀가 먹어서 말을 자꾸 못 알아들었다고. 하도 말귀를 못 알아들으니 여태까지 당한 일도 떠오르고 화가 나서 다듬이 방망이로 때렸대. 근데 잘못 맞았는지 그자리에서 죽었다고."

"설마. 정말로?"

생각지도 못했던 이야기라 나는 당황스러웠다. 헛소문이든 아니든 지금 내가 살고 있는 집인 것이다. 봉란은 어깨를 으쓱해 보였다.

"내가 왜 없는 말을 하겠어요. 그 뒤로 큰아들이 동네 보기 흉하다고 어머니 모시고 가고, 집을 내놨다가 재개발될지 모른다니까 그냥 전세로 돌린 거지."

나는 미간을 모으고 잠깐 생각하다 타월로 개를 다시 감싸고 가게를 나섰다. 봉란이 내 뒤통수에 대고 나름대로 조언을 한다.

"잠자리를 바꿔봐요. 머리를 지금 자는 데랑 다른 쪽에다 두고. 세간살이 위치를 바꾸는 것도 효과가 있을지 모르는데."

하늘에선 튀밥 같은 눈꽃이 또 쏟아질 것만 같았다.

～～～

집으로 걸어오는데 도로 건너편에서 빵빵 짧게 경적이 울렸다.

마지막 정류장에 승객들을 내려주고 운전석에서 산호가 나를 향해 손짓하고 있었다. 이리 와서 타요. 나는 망설이다 도로를 건너 마을버스에 올랐다. 핸들을 잡고 언덕을 넘어가며 그가 말했다.

"간밤엔 고마웠어요."

"아뇨, 뭐…."

운전석 뒷자리에 앉아 있으려니 새끼 개가 주인을 알아보는지 꼬리를 흔들며 앞으로 건너가려 했다. 금세 종점 차고지로 접어들었다. 지척임에도 이 동네에 사는 동안 한 번도 여기까지 와본 적이 없었다. 생각보다 넓은 장소였고, 마을버스 외에도 건너편 언덕 아래로 운행하는 시내버스가 여러 대 주차돼 있었다. 푸른 셔츠를 입은 기사들이 삽으로 눈을 치우는 소리가 공기 중에 퍼져갔다.

"차 한잔 마시고 가요."

그는 벽돌로 지어진 버스회사 사무실로 나를 안내했다. 철제책상과 전기난로, 벽에 화이트보드가 걸린 단조로운 사무실이었다. 무료한 얼굴로 서류를 정리하던 나이 든 남자가 흘끔 우리를 쳐다본다. 산호는 종이컵에 녹차 티백을 넣고 난로에 놓인 주전자에서 뜨거운 물을 따랐다. 남자가 회전의자를 돌리며 농담을 건넨다.

"아니 웬 손님을 데려오셨어? 애인?"

"왜 이러세요. 이웃에 사는 분이에요."

산호는 웃으며 김이 오르는 종이컵 두 개를 들고는 내게 밖으로 나가자고 눈짓했다. 건물 벽에 긁어다놓은 눈이 작은 봉우리만큼 쌓여 있었다. 그는 내게서 강아지를 받아들더니 목덜미를 장난스럽게 긁어주고 땅에 내려놓았다. 발바닥에 와 닿는 차가운 눈의 감촉에 부르르 진저리를 치다가 녀석은 차츰 호기심으로 근처를 탐색하기 시작했다. 밤새 보일러를 고쳤다는 산호는 좀 꺼칠해 보이긴 했지만 표정은 즐거웠다.

"새벽에야 겨우 고쳤어요. 이제 데려갈게요."

"난 동물은 한 번도 안 키워봤어요."

"그래요? 나는 태어났을 때부터 고향집 마당에 개들이 있었는데."

둘이서 양달에 쭈그리고 앉아 뜨거운 녹차를 마셨다. 언덕 아래 풍경이 한눈에 내다보였다. 삭정이처럼 여윈 나무들 사이로 바람이 싸늘히 불어왔다. 나는 그에게 물었다.

"이 동네 이사 온 지 얼마 안 됐죠?"

"네. 실은 이 동네엔 사람을 찾으러 온 건데. 근데, 당장 아는 척을 못 하겠더라고요."

"왜요?"

"그러게요. 나도 그걸 잘 모르겠는데. 좀 안쓰러워서 그런가, 지켜보고 싶어서 그런가. 아픈 것 같기도 하고….."

나는 고개를 끄덕거렸다. 무슨 사연이 있는 걸까. 금방 식어가는 온기가 아쉬워 종이컵을 감싸 쥐었다. 산호가 싱긋 웃으며 말했다.

"재미있는 이야기 해줄까요? 전에 내가 살았던 마을 이야기."

그는 점퍼 주머니에서 열쇠를 꺼내더니 남아 있는 눈 위에 지도를 그렸다. 차가운 쇠붙이가 눈밭에서 햇살을 받아 은빛으로 반짝

잠옷을 입으렴

였다.

"태백산맥을 따라가다 보면 잘 알려지지 않은 골짜기가 하나 있어요. 빙천마을이라고, 관광객들은 여간해선 모르는 곳인데 깊숙이 숨어 있죠. 한창 추운 겨울엔 기온이 상상하기 힘들 만큼 떨어져서 눈밭에 가슴까지 파묻히고 뼛속이 시려요."

나는 귀 기울여 듣고 있다.

"거기서 지냈던 나날이 정말 좋았어요. 사랑도 했었고."

그의 얼굴은 날씨 이야기라도 하듯 변함이 없었다.

"마을 여자와?"

"네."

산호는 빈 종이컵을 내려놓고 찬바람에 곱은 두 손을 비비며 선선히 말을 이었다.

"스물여섯 살 때였어요. 마을에 그 아가씨 집이 있었는데 한겨울엔 얼마나 추운지 모든 게 얼어붙어요. 그해 겨울엔 유난히 더 추워서 말을 하면 입에서 말이 나오자마자 얼어붙었죠. 얼음알갱이처럼."

"…말이 얼었다고요?"

"네. 너무 추우니까요."

나는 그를 물끄러미 응시하다 쌀쌀하게 말했다.

"장난치는 거군요."

산호는 짐짓 억울한 표정을 지었다.

"안 믿네요. 그럼 얘기하지 마요?"

"계속해봐요."

"마을 사람들은 겨울 동안엔 서로의 목소리를 들을 수가 없어요. 다 얼어붙어서 허공에 떠도니까. 봄이 오면 비로소 말이 녹아 뒤늦게 들려오죠."

그의 목소리는 누군가를 그리워하듯 나직해졌다.

"한동안 고향에 다녀왔더니 아가씨가 다른 남자와 결혼을 했어요. 산 아래 사는 부유하고 나이 많은 남자였죠. 결혼하던 날 집을 떠나면서 내게 전해달라며 무슨 말을 했대요. 내가 갔을 땐 한 발 늦어서 난 가족들한테서 그 얼음알갱이만 받아들고 왔어요."

나는 아마도 그다음 이야기를 안다.

"봄이 되니까 말이 녹았어요. 내 귀에 메아리처럼 쟁쟁히 울렸어요. 슬퍼서 견딜 수가 없었어요."

"무슨 말이었는데요."

"…비밀."

"하지만 난 알 것 같네요. 당신을 사랑해요. 그렇죠?"

그가 소리 없이 웃었다.

"맞아요."

나는 웃지 않았다. 웃음이 안 나왔다. 대신 그를 의심스런 눈빛으로 가만히 바라보고만 있었다. 그건 언젠가 율이 삼촌이 수안과 내게 들려주었던 이야기였으니까.

잠옷을 입으렴

봄이 오자 율이 삼촌은 모암마을을 떠났다. 일류대는 아니었어도 도시의 대학에 합격했고, 이모부는 등록금을 마련해주었다. 삼촌은 고개 숙여 인사하고는 옷과 책이 든 배낭을 메고 사립문을 나섰다. 신작로까지 배웅하려는 조카들에게 따라 나올 필요 없다며 잘 지내라는 다정한 인사만 남겼다. 수안은 섭섭해했지만 나는 배웅하지 않아도 돼 마음이 놓였다. 솔직히 말하면 신작로에서 버스를 타고 떠나는 사람의 뒷모습 같은 건 또 보고 싶지 않았다. 두 해 전 봄날 배웅한 아빠는 그 뒤로 좀처럼 찾아오지 않았다. 다만 잊을 만하면 편지가 날아오거나 동화책이 소포로 부쳐져 오곤 했다.

지난겨울 천막교회 사건 이후 외할머니는 경이 이모와 가운뎃방을 같이 썼다. 한동안 잠자리에 들 때마다 광목천으로 모녀의 한쪽 손목을 같이 묶어놓고 불편하게 잠들었다. 외할머니의 군살이 빠져나간 이부자리는 너르고 한갓져서 새삼 활개 치는 기분이었다.

"우리끼리 자니까 좋다."

"응."

"새 담임선생님은 마음에 안 들지만."

"응."

수안은 밤늦도록 자꾸 말을 걸었다. 나는 졸려서 괴로웠지만 묻는 말에 가까스로 대꾸했다. 깜빡 잠이 들면 수안은 내 어깨를 흔들어 중요하지도 않은 걸 또 물어보았고, 그러면 다시 무거운 눈꺼풀을 들어 간신히 대꾸하곤 했다. 수안은 쓸쓸히 중얼거렸다.

"왜 사람은 날마다 잠을 자야 할까. 스스로 선택할 수 있다면 좋 겠어. 매일 잠자고 깨어나면서 살거나, 평생 잠을 안 자고 살거나. 그럼 대신 빨리 죽으려나?"

나는 대답하려고 했지만 너무 졸려 입이 벌어지지 않았다. 가물 가물 잠의 우물 속으로 빠져든 뒤엔 언제나 수안이 혼자 남았다.

다행히 경이 이모는 다시 읍내 사무실로 출근을 시작했다. 이모 부가 과일상자를 사들고 찾아가 사무실 소장에게 술도 한잔 대접 하면서 앞으로는 처제도 그런 일이 없겠다 다짐한 덕택이었다. 외 할머니는 다 정 서방 덕분이라며 사위에게 미안해했다.

우리에게도 기쁜 일들이 생겼다. 막내삼촌이 있을 땐 들어가지 못했던 끝방을 자유로이 들락거리게 된 것이었다. 삼촌이 창호문 에 구릿빛 자물쇠를 채우고 떠났지만, 외할머니도 수안이 원하는 데는 이기지 못했다. 삼촌 물건을 건드리면 안 된다는 엄포를 놓고 선 문고리를 망가뜨려주었다. 주인 없는 방에 발을 디뎠을 때 두근 거리던 마음이 기억난다. 한 지붕 아래 존재하는데도 그곳은 다른 세상인 것만 같았다. 그때까지도 희미하게 배어 있던 이성의 냄새. 삼촌의 체취였지만 소년의 냄새라고 하는 게 더 맞을지도 몰랐다.

또 하나 기쁨은 아빠가 소포로 우리가 읽을 만한 문고판 책들을 보내준 일이었다. 그 시절엔 아이들이 읽을 책이 그리 다양하지는 않았는데, 사는 형편이 괜찮거나 교육에 관심을 가진 집에서나 몇 가지 전집을 사들이곤 했다. 우리 방엔 사과 궤짝 두 개로 만든 책 장에 계몽사소년소녀세계문학전집 오십 권이 꽂혀 있었다. 수안이

잠옷을 입으렴

모암분교에 입학하던 날 이모부가 사준 거라 했다. 전집을 수없이 되풀이 읽어 달달 외우던 참에 새로운 책들이 생겨 수안은 몹시 좋아했다. 나 또한 모처럼 아빠가 보내준 선물인 데다, 나도 외가에 보낼 것이 생겼다는 생각에 뿌듯해졌다.

"자, 이번엔 네가 골라. 마음에 드는 낱말만 뽑는 거야."

수안이 『작은 아씨들』을 건네주었다. 나는 책장을 넘겨가며 주의 깊게 글자를 골랐다. 그건 새롭게 시작한 놀이였다. 학교에서 돌아오면 우리는 막내삼촌의 끝방에 들어가 계몽사 전집과 선물받은 새 책을 열심히 탐독했다. 그리고 한 권씩 끝낼 때마다 책 속에서 마음에 들었던 낱말들을 뽑아놓고 서로 상대방의 낱말을 알아맞히는 빙고게임을 했다. 우선 공책에 가로세로로 다섯 칸씩 바둑판을 그린 다음, 스물다섯 개 낱말을 칸마다 비밀스럽게 적었다. 가위 바위 보를 해 이긴 사람부터 상대가 골랐을 법한 낱말을 하나씩 부르기 시작했다. 낱말이 상대의 공책에 들어 있다면 그 칸에 동그라미를 치면서 연달아 또 맞힐 기회가 주어지고, 없다면 순서가 넘어가 반격이 시작된다.

"크리스마스."

"맞았어."

"순례자."

"이런… 맞았어."

"다락방."

"틀렸어. 이젠 내 차례."

수안은 신나서 발을 동동 구르더니 지우개가 달린 연필을 입가에 대고 신중히 불렀다.

"트렁크."

"응, 맞아."

"뜨개질."

"맞아."

"포플린."

"…맞아."

의기양양해진 수안이 웃음을 터뜨렸다.

"넌 정말 너무 빤해!"

나는 약간 기분이 언짢아졌다. 자기가 더 많이 맞힌다고 그렇게 말할 것까진 없잖아? 수안은 다시 쾌활하게 불렀다.

"벽난로."

"맞아."

"피크닉."

"틀렸어. 내 차례."

나는 뾰로통한 채 공책을 들여다보았다. 절반쯤은 내가 선택한 낱말을, 나머지는 수안이 골랐음직한 낱말을 적어놓았다. 때로는 서로 겹친다 싶은 낱말도 있었다. 아래 칸에서 '잉크병'을 골라 부르려다 마음이 바뀌어 공책에 없는 낱말을 불렀다.

"성홍열."

수안은 꽤나 연극적인 표정으로 아쉬워했다.

잠옷을 입으렴

"아! 맞았어."

나는 한결 기분이 나아졌다.

동그라미를 친 낱말들로 가로세로 대각선을 따라 다섯 개의 줄을 먼저 잇는 사람이 이기는 그 놀이는 날마다 계속되었다. 『검은 말 뷰티』, 『말하는 떡갈나무』, 『에밀과 탐정』, 『돌리틀 선생 이야기』, 『이상한 나라의 앨리스』, 『보리와 임금님』, 『사랑의 요정』이 차곡차곡 쌓여갔다.

"도깨비불."

"맞았어."

"쌍둥이."

"맞아."

"후견인."

"그건 없어. 내 차례. 산파."

"미안하지만 없어. 내 차례. 4만 프랑."

"그건 좀 이상해. 한 가지 낱말이 아니잖아."

"좋아 그럼, 프랑."

"없어."

가끔은 사소하게 투닥거리기도 했다. 우리는 상대방이 자기 낱말을 쉽게 맞히면 속을 빤히 들킨 듯해 샐쭉해지곤 했지만, 도무지 못 맞혀도 텔레파시가 통하지 않은 것 같아 서운해했다. 변덕스런 사춘기가 찾아온 탓인지도 몰랐다.

"난 말이야. 나와 친구가 되고 싶은 사람이 있다면, 좋아하는 낱말 열 개를 적어보라고 하고 싶어. 거기서 내 맘에 드는 낱말이 적어도 다섯 개는 보여야 사귈 수 있을 것 같아."

수안이 심각하게 말했을 때, 그래서 모암분교 여자아이들이 수안과 놀지 않는 게 아닐까 나는 생각했지만 입 밖에 내지는 않았다.

~~~~

삼월은 아직 추웠다. 다른 방은 여전히 불을 땠어도 삼촌의 빈방은 아궁이 연탄불이 하얀 재로 변한 지 오래였다. 우리가 낮에 들어가 논다고 해서 가뜩이나 아껴 때는 연탄을 넣어줄 리 없었다. 창호문을 닫으면 냉골에 후드득 몸이 떨려왔지만 끝방을 나오고 싶진 않았다.

그 방의 사물들은 낡고 깨끗하고 간소했다. 서랍이 달린 나무책상과 의자가 있었고, 쌓아 올린 벽돌 사이에 널빤지를 얹어 만든 네 칸짜리 책장은 낮은 천장에 닿을 듯했다. 손때 묻은 라디오 옆으로 『좁은 문』, 『변신』, 『성채』, 『인간의 굴레』, 『감화원』 같은 어려워 보이는 책들이 가지런히 꽂혀 있었다. 삼촌이 조각칼로 깎은 나무 소녀상과 예수 얼굴, '우리는 우리가 쌓아온 기억의 총체다'라고 새긴 손바닥만 한 송판도 놓여 있었다.

하지만 삼촌의 비밀은 책상 뒤편에 있었다. 굴러떨어진 연필을 주우려던 우리는 구석에 숨겨진 서걱서걱한 푸른 천조각을 발견했다. 책상을 당기고 꺼내보니 그건 차곡차곡 반듯하게 개어놓은 텐트였다. 그제야 밤에 마당에서 끝방을 쳐다보면 이 방의 불빛만이

잠옷을 입으렴

유독 희미해 보였던 까닭을 알았다. 삼촌은 밤이면 방에 텐트를 쳐 놓고 지냈던 것이다. 그 속에 들어가 랜턴을 켜놓고서.

그의 비밀이 근사하고 낭만적으로 느껴져 우리는 흥분했다. 낚시터에 펼쳐놓으면 좋을 법한 작은 텐트를 방에다 치고는, 담요를 바닥에 깔고 뒹굴며 책들을 읽었다. 집에 도깨비 나오도록 무슨 짓이냐고 외할머니한테서 구박을 받았지만 아랑곳하지 않았다. 해가 저물면 삼촌의 랜턴을 밝혀 불빛에 곱은 손을 비벼가며 연필을 쥐고 낱말 게임을 했다. 양말을 겹쳐 신어도 발은 얼음장 같았다.

어느 날부터 수안은 기침을 하기 시작했다.

"텐트가 에스키모의 이글루인 셈 치자. 우린 그린란드에서 살고 있는 거지."

콜록콜록 책장을 넘기며 수안이 말했다. 『소공녀』에서 주인공 소녀가 공상했던 '~셈 치고' 놀이를 흉내 낸 거였다. 한번은 이렇게도 물었다.

"넌 세에라가 좋아, 조우가 좋아?"

"조우가 더 좋아."

"메그 조우 베스 에이미 중에선?"

"그래도 조우가 좋아."

"나도 그래."

맞춤법이 개정되기 전의 책들은 우리의 말투도 바꿔놓았다. 자연스럽게 책에서 얻은 지식대로 말하는 버릇이 들면서, 한동안 지나치게 우아하고 모음이 많은 외래어 낱말들을 대화에 쓰곤 했다.

101

그리인란드 세에라 조우 베에토벤 푸우 이이요오르 레코오드 오울드 팝송 비인 뉴우요오크….

"감기가 심해지잖아. 안되겠다. 병원에 다녀오너라."

수안의 기침이 좀처럼 낫지 않자 이모는 버스비와 병원비를 주면서 다녀오라고 했다.

"둘넝이하고 같이 갔다 올게요."

"그러렴."

이모는 지갑에서 버스비를 더 꺼내주었다.

장날이 아닌 날에 읍내 정류장에 내리니 자주 오는 곳인데도 어쩐지 낯설었다. 난전과 사람들로 복잡하던 거리는 의외로 넓고 휑했다. 정류장 게시판엔 읍에 하나뿐인 극장 포스터와 관광나이트클럽 광고물이 붙어 있었다. 우리는 조만간 나이트클럽에 출연한다는 유명가수들의 사진을 보고, 절찬상영중이라는 영화 포스터도 구경했다. 시계방 쇼윈도를 들여다보면서 나는 명랑한 종소리가 울리는 자명종이 갖고 싶었으나, 닭이 우는 새벽이면 부엌에 내려가는 외할머니가 있는 한 알람시계가 할 일은 없다는 걸 알고 있었다.

사거리 큰 병원을 찾아 들어가니 대기실에는 사람이 많았다.

"한참 기다려야겠어."

"그러게."

수안은 기다리는 건 지루한 일이라는 듯이 문을 닫고 나와버렸다. 한 군데 개인병원을 더 찾았지만 입구에 '비뇨기과'라고 적혀 있는 걸 보더니 들어가지 않았다.

　　　　　　　　　　　　　　　　　　잠옷을 입으렴

"어딜 가려고 그래?"

수안은 손수건으로 기침을 막으며 맹맹한 소리로 말했다.

"나도 몰라."

어느덧 우리는 번화한 사거리를 벗어나 뒷골목으로 접어들었다. 처음 가보는 한산한 길이었다. 낮은 집들이 모인 골목을 지나다가 마침내 어느 모퉁이에서 그 간판을 발견했다.

제 의원

"여기가 어떨까? 괜찮을 것 같은데."

"글쎄."

이발소 출입문처럼 생긴 알루미늄문을 밀자 두 사람이 겨우 지나칠 만한 좁은 통로가 나왔다. 맥소롱 소화제 이름이 새겨진 기다란 나무걸상이 놓인 그곳이 통로 겸 대기실이었다. 창구를 기웃거리자 수수한 평상복을 걸친 중년 아주머니가 얼굴을 내밀었다. 간호사 같았다. 수안은 의료보험카드를 건넸고, 아주머니는 카드의 진료기록란에 볼펜으로 '제 의원'이라 써 넣더니 무심히 말했다.

"바로 들어가."

진료실을 노크하고 들어서자 눈이 툭 튀어나온 늙은 의사가 두꺼비처럼 의자에 파묻혀 앉아 우리를 올려다보았다.

"누가 아파서 왔니."

"저요. 기침을 해서요."

수안이 둥근 보조의자에 앉았다. 의사가 청진기를 귀에 꽂고 가까이 다가왔다. 수안은 조심스럽게 블라우스를 올려 이제 막 멍울이 솟아오르는 가슴이 보이지 않도록 옷자락을 잡았다.

"자, 뒤로."

의자를 돌려 등을 내밀며 수안은 맞은편에 서 있는 나를 향해 혀를 내밀었다. 나는 웃음을 참았다.

"기침감기지 뭐."

늙은 의사는 점잖게 말하더니 수안의 엉덩이에 주사를 놓았다.

"약 잘 먹고 이틀 뒤에 오너라."

"네."

우리는 아주머니에게서 약봉투를 받고 병원을 뒤로했다. 금세 좋아질 줄 알았는데 그 뒤로도 제 의원에 다섯 번을 더 가야 했다. 잘 낫지 않았던 탓이다. 늙은 의사는 늘 같은 표정으로 앉아 있었고, 간호사 아주머니도 늘 같은 옷을 입고 있었으며, 병원의 모든 것도 늘 똑같아 보였다. 그곳의 시간은 고여 있는 듯했다. 우리 말고도 손님이 있기야 했겠지만 그곳에 다닌 보름 동안 손님들이 동시에 만나는 일은 생기지 않았다.

주사약 냄새가 얼마나 화한지 수안이 맞고 나오면 곁에 있는 나한테까지 냄새가 건너왔다. 수안은 심하게 기침하며 잠깐씩 어지러워했다. 걸상에 앉아 쉬다가, 괜찮아지면 다시 버스를 타고 모암마을로 돌아왔다. 아무래도 제 의원에 갔던 건 실수가 아닐까… 싶었지만 수안은 열에 들뜨고 기침에 힘들어하면서도 그런 말은 입

밖에 내지 않았다. 말이 되어 나오는 순간 즐거운 상상이 깨지기라도 하는 것처럼. 비록 손님 없고 허름한 병원이지만 어쩌면 우리가 찾아낸, 우리만이 알아본 숨은 명의라고 믿고 싶은 마음이 있었던 것일까.

~~~~

그날 밤 수안은 식은땀을 흘리며 고열로 앓았다. 신음 소리가 나를 잠에서 깨웠다. 이마를 만져보니 불덩이였고 내뱉는 기침은 어린 마음에도 예사롭지 않았다.

"할머니, 수안이가 많이 아파요."

툇마루에 서서 가운뎃방 문고리를 흔들며 불렀다. 안방의 이모 내외도 깨워 읍내로 전화해 택시를 오게 했다. 사립문 밖에 택시가 도착하자 이모부가 딸을 들쳐 업고, 이모는 지갑을 챙겨 허둥지둥 올라탔다.

"대체 이게 무슨 일이냐."

병원에서 소식이 오기를 기다리며 외할머니는 걱정에 싸여 연신 혀를 찼다. 나는 말없이 벽에 기대앉아 불안한 마음을 달랬다.

새벽녘에야 은이 이모는 피로한 모습으로 돌아왔다. 수안이 폐렴이 심해 입원했기 때문에 이모부가 병원에 남았다고 했다. 이모는 우리 방으로 들어와 그때까지 잠들지 않고 기다리던 내게 물었다.

"너희들 매일 삼촌 방에서 놀았지. 그 방이 무척 추웠다면서."

"네."

"그렇게 방이 추웠으면 할머니한테 연탄을 때달라고 하든지. 막무가내로 들어가서 놀면 어떡해. 수안이는 몸도 약한데."

나는 뭐라 말할 수가 없었다. 외할머니가 안절부절못하며 괜스레 변명을 늘어놓았다.

"내가 같이 잤으면 진작 아픈 줄 알았을 텐데 경이 방에서 자느라고…. 너도 알다시피 그것이 밤에 보따리를 쌀까봐서 말이다."

은이 이모는 들은 척 만 척 애써 불편한 미소를 지었다.

"이제 끝방은 출입금지다. 들어가지 마. 알겠지?"

"…네."

"둘넝이는 아픈 데 없니?"

나는 고개를 끄덕였다. 좀 안돼 보였던지 그녀는 망설이듯 내 머리를 쓰다듬었다.

"그래, 아프지 말아야지. 어서 자거라."

이모가 안방으로 올라가자 외할머니는 측은한 빛으로 나에게 물었다.

"할미가 여기서 같이 자랴?"

"…괜찮아요. 혼자 잘게요."

나는 불을 끄고 이부자리에 누웠다. 은이 이모의 마음을 이해할 것 같았다. 딸이 입원했으니 속상했으리라. 차라리 내가 폐렴에 걸렸다면 떳떳했을 것 같았지만 바보 같은 생각이란 것도 알았다. 불현듯 서러워졌다. 창호문에 아가위나무 그림자가 비쳐왔다. 내가 속삭였다. 나 있지, 그냥 죽어버릴까? 나무는 대답하지 않았다. 가

잠옷을 입으렴

지에 새잎이 돋아나 나뭇잎 그림자도 같이 피어 있었다. 뭐야, 이 젠 상대도 안 하겠다는 거야? 눈물이 나려고 하는데 나무가 말했다. 마음대로 하렴. 하지만 내 가지는 빌려줄 수가 없단다. 나는 이불을 덮어쓰고 조용히 울었다.

사어死語를 배우고 싶은 마음일 때

율이 삼촌.

오늘은 이상한 일이 있었습니다. 삼촌이 오래전 우리에게 들려준 이야기를 다른 사람이 알고 있는 것이었어요. 완전히 일치하지는 않았지만 나는 듣는 동안 삼촌의 이야기라는 걸 알아보았습니다. 그래서 속으로 많이 놀랐습니다.

무슨 이유였는지 어느 해 삼촌은 도시의 대학을 그만두고 모암 마을로 돌아왔습니다. 그즈음 우리는 중학생이었고, 삼촌이 돌아오기 전 수안에겐 한 가지 바람이 있었습니다. 아주 먼 나라의 말을 배우고 싶다는 것이었습니다. 누가 가르쳐주지 않아도 혼자서 날마다 공부하다 보면 언젠가 그 나라 말을 할 수 있을 거라고 믿었습니다. 그래서 사회과부도를 펴놓고 세계지도를 한참 들여다보다 골라낸 곳이 핀란드라는 나라였어요. 수안이는 핀란드 말을 공부해야겠다고 했습니다. 이모부 방에서 백과사전을 뒤적여 찾아보니 핀족과 랩족이 쓰는 그들만의 언어가 있다고 했습니다.

잠옷을 입으렴

핀란드라니. 나는 왠지 막막한 느낌이었습니다. 지구 어딘가에 그런 나라가 있다는 건 알지만, 날마다 모암마을에서 중학교가 있던 가매마을까지 오가기만 하던 내게 무슨 실감이 나겠어요. 사진에서나 보았던 스칸디나비아반도. 핀란드의 침엽수림과 노르웨이 자작나무숲. 북국의 오로라와 백야. 이런 것들은 모두 멀고 먼 나라의 비현실적인 공간이고 현상이었습니다.

수안은 학교에서 돌아오면 앉은뱅이책상에 앉아 노트를 펼치고는 추운 나라의 눈밭 같은 흰 종이에 연필로 정성 들여 적었습니다. syksy kulkee, talos sa ni, tule talvi tule, pajun oksat olisivat notkeita… 같은 것들을. 그 옆에다 괄호를 치고는 가을이 지나가면, 나의 집 안에, 오라 겨울이여 오라, 버들가지는 한들한들… 밑도 끝도 없는 뜻을 적어 넣기도 했습니다. 또 어느 날은 혼잣말처럼 라틴어는 어떨까? 중얼거리다가 세상에 없는 문자를 만들어보겠다고도 했습니다. 기이한 모양의 알파벳을 노트에 써보고, 한자보다 복잡한 상형문자를 그려보기도 했으니까요. 하지만 알다시피 그런 건 간단한 일이 아니잖아요? 수안은 반년 남짓 그 놀이에 매달려 있더니 계절이 바뀔 무렵 노트를 집어던지곤 방바닥에 드러누웠습니다.

그 시절 그 아이는, 어쩌면 세상에 없는 언어로 얘기하고 싶었는지도 모릅니다. 사람들에게서 잊혀져가는 꼭꼭 숨어 있는 말들을 찾아 배우고 싶었나 봅니다. 늘 쓰던 흔한 언어로는 말이 되어 나오지 않을 때. 이미 죽은 언어라는 사어를 배우고 싶은 마음일 때. 살다 보면 나도 그런 마음이 될 때가 있습니다. 그 어떤 언어도 내 마음을 표현하기에 합당하지 않다고 느껴질 때가 말입니다. 하지만 말도 글도 쉽게 만들거나 배울 수 없다는 것을 알고 있으니까, 그럴 때면 나는 그냥 침묵합니다.

　율이 삼촌이 수안의 노트를 본 건 볕이 좋던 어느 날이었습니다. 삼촌은 그 무렵 자주 그랬듯이 툇마루에 걸터앉아 책을 읽으며 해바라기를 하고 있었어요. 수안이 써놓은 이상한 알파벳을 보고 이게 뭐냐고 물었지요. 삼촌은 재미있다는 표정이었습니다. 모처럼 입가에 웃음이 떠올라 삼촌은 우리에게 핀란드보다도 추운 마을의 이야기를 들려주었습니다.

언제 어디서 들었는지 지금은 잘 기억이 안 나. 오래전 아주 추운 마을이 있었다고 해. 너무나 추워서 사람들이 말을 하면 그 자리에서 말이 얼음알갱이로 변해버려, 겨울 동안은 아무도 서로의 목소리를 들을 수가 없었대. 어느 날 마을의 젊은 처녀가 죽으면서 유언을 남겼는데 그 역시 얼어버렸지. 이웃에 사는 부자가 처녀의 유언을 사고 싶어 했고, 가난한 가족들은 그만 팔아버렸어. 이듬해 봄이 오니 허공에 떠돌던 말들이 녹아 메아리치며 들려오기 시작했대. 봄 내내 그 울림을 듣는 일은 정말 아득했을 거야. 귀를 틀어막고 싶지 않았을까? 먼 곳에서 처녀의 연인이었던 청년이 돌아왔지만

　　　　　　　　　　잠옷을 입으렴

**이미 팔려버린 유언을 돌려받진 못했어. 그건 그냥, 사랑한다는
말이었는데.**

햇볕이 노곤히 쏟아지던 오후의 툇마루였습니다. 하지만 어디선
가 동토凍土의 차가운 입김이 끼쳐오는 듯했고 또 조금 슬펐습니
다. 부자는 얼음알갱이가 된 처녀의 유언을 주머니에 넣어 다녔을
까요. 주머니 속에서 눈물 결정처럼 짤랑짤랑 부딪치곤 했을까요.
나는 그 이야기가 율이 삼촌이 지어낸 것이라고 생각했었습니다.
훗날 뒷부분만 그렇다는 걸 알게 된 뒤에도 내겐 그 모두가 늘 삼
촌의 이야기나 마찬가지였습니다.

수안이 글자를 만드는 일을 그만두었을 때쯤 모암마을에도 겨울
이 찾아왔습니다. 아침에 일어나면 처마 끝에 고드름이 매달려 있
었습니다. 새들의 울음소리는 얼어붙은 작은 우박처럼 우리집 지
붕에 떨어져 뒹굴었습니다. 그리고 새들은 멀리 우리가 모르는 이
방으로 날아가버렸습니다. 돌이켜보면 그해 겨울까지가 가장 평화
로웠습니다.

잠옷을 입으렴

퇴원해 온 수안은 전보다 여위고 핼쑥해졌다. 거울에 자기 모습을 비춰보다 다소 비감한 투로 말했다.

"앓고 났더니 마음의 나이를 먹은 것 같아."

돌봐주던 담당 의사에 대해 얘기할 때는 '내 주치의 선생님이…'라고 서두를 떼기도 했다. 수안이 막연히 동경해오던 주치의란 존재를 가진 셈이었다. 우리가 읽던 책 속엔 심심찮게 주치의가 등장했다. 알프스 산에서 뛰어놀던 하이디는 프랑크푸르트로 가 주치의를 둔 클라라의 친구가 되었다. 저택 거실에서 클라라가 휠체어에 앉아 있노라면 앞치마를 두른 가정부가 방문을 노크하며 말하곤 했다. 아가씨, 주치의 선생님 오셨어요.

수안은 아랫목에 이불을 펴고 외할머니가 새로 솜을 틀어준 베개를 베고 누워 있었다. 잠옷 소매가 말려 올라간 팔에 링거 주사 자국이 선명했다. 내가 퍼렇게 멍든 주사 자국을 살짝 문지르자 수안은 팔을 내맡긴 채 눈썹을 찌푸렸다.

"며칠 뒤 다시 가슴 사진을 찍어야 해. 주치의 선생님이 바이러스가 남았는지 확인해야 한대."

"응."

당분간은 주치의란 말을 자주 듣겠구나, 하고 나는 생각했다. 멍든 자국을 만져주며 곰곰 생각해보니 내겐 '왕진'이란 낱말이 한결 인상적인 것 같았다. 끝방 출입금지령이 떨어지기 전 삼촌의 책장에서 『성채』란 책을 꺼내 읽은 적이 있었다. 산골에서 의사로 일하는 주인공이 눈보라를 헤치며 가난한 사람들의 오두막까지 왕진을 간다. 폭우가 쏟아지는 한밤중이거나 골짜기 가득 눈이 내리는 날, 왕진은 그렇게 위험을 무릅쓰고 숨 가쁘게 찾아가는 분위기가 있었다. 목숨은 촌각을 다투고, 어디선가 말발굽 소리가 들려온다. 마치 『검은 말 뷰티』의 한 장면처럼. 왕진을 온 수의사가 마구간에 쓰러져 누운 명마를 진찰하고는 안락사밖에 도리가 없다고 말할 때, 마부 소년이 말의 목을 끌어안고 울다가 담요를 덮어주고 혼신을 다해 살려내는 비장하고 정의로운 느낌이 거기엔 있었다. 그건 부유한 저택을 드나드는 주치의의 왕진과는 또 다른 엄숙함이었다.

수안이 퇴원한 뒤로 이모 내외는 기쁜 기색이 가득했다. 딸의 병이 나은 게 기쁜가 보다 했더니 그게 아니었다. 외할머니가 주름진 뺨에 함박웃음을 지으며 우리 방 창호문을 열고 소식을 전했다.

"수안이 동생이 생긴단다, 동생이! 어째 네 엄마가 자꾸 밥이 안넘어가고 속이 울렁인다 하더니 웬 경사냐 그래."

수안은 이부자리에 누운 채 이야기를 뚝 그치고 툇마루를 내다

잠옷을 입으렴

보았다. 희한한 소리를 다 듣겠다는 듯이.

"동생?"

"오냐. 너 병원 있을 때 아무래도 이상해서 진찰을 받아봤단다. 벌써 석 달째라는구나. 아이고, 제발 아들이면 좋겠는데."

외할머니는 후딱 소식을 전하고는 마음이 급한지 방문을 닫아주고 부엌으로 내려갔다. 뭐라도 만들어 임산부에게 먹일 모양이었다. 수안과 나는 황망한 눈길로 서로를 바라보았다. 아기가 생긴다, 이 집에.

~~~~

봄철 내내 외할머니는 뒷산 중턱에 있는 절에 다녔다. 암자라 부르는 게 더 적당할 작은 절이었다. 은이 이모의 아기가 아들이기를 바라는 기도를 올리고 집안 식구 두루두루 복이 있으라 빈다고 했다. 그러던 어느 날, 절에서 무슨 말을 들었는지 외할머니는 슬리퍼를 끌고 심오한 기색으로 마당으로 들어와 수안을 찾았다.

"수안이를 팔아야 한단다."

툇마루에서 놀던 우리는 무슨 소리인가 싶었다. 외할머니는 아픈 무릎을 붙잡고 마루 끝에 털썩 걸터앉았다.

"할미가 성심성의로 빌고 있는데 암자 스님이 그러시더라. 이 집은 본디 자식이 하나만 점지된 집인데 이렇게 둘이 되면 하나가 자주 아프게 된다고. 전부터 툭하면 아픈 여식이 하나 있지 않느냐고. 그래 내가 수안이 생각하고서 있다 했더니 부처님 전에 팔아야 한다는구나. 애당초 태어나자마자 절에 팔려서 은덕을 입어야 살 수 있는 운인데, 여태 세속에서 그냥 지냈으니 어찌 안 아프겠냐고."

"무슨 소리를 하는 거야, 대체."

수안이 언짢아하며 볼멘소리를 냈지만 외할머니는 꿈쩍도 하지 않았다.

"다른 건 몰라도 이번만은 어른 말씀에 토 달지 마라. 할미 말 들어야 된다. 부처님 전에 너를 팔면 평생 무병무탈 하단다. 세상에, 알았으니 다행이지 뭐냐. 이제라도 이름을 올리면 된다는구나."

수안은 깊이 한숨을 쉬더니 들고 있던 책을 아무 페이지나 펼쳤다. 그러고는 눈을 감은 채 손가락으로 한 곳을 짚고는, 눈을 뜨고 손끝에 걸린 문장을 훑어보았다.

"역시 그렇군."

"뭐가?"

내가 물었다.

"오늘의 점괘. 낯선 이를 피해 나무 뒤로 몸을 숨겼다."

무릎에 펼쳐진 책은 『그리이스 신화』였다. 요즘 수안은 새로운 점괘 놀이를 했는데, 그때그때 책을 펼쳐서 손끝에 걸리는 문장이 그날의 점괘 또는 운세라고 믿는 것이었다. 그 문장이 지금의 상황과 어떻게 맞아떨어진다는 건지는 의문이었지만 나름대로 해석하는 수안의 설명을 들으면 비슷하게 맞는 것처럼 느껴지곤 했다.

외할머니를 따라 뒷산에 올랐던 그날 숲길의 풍경이 선연하다. 모암 사람들은 마을을 분지처럼 품고 있는 뒷산을 구월산이라 불

　　　　　　　　잠옷을 입으렴

렀다. 언제나 한결같이 구월인 산. 다래나무 줄기에 상처를 내고 수액을 받으려 매달아놓은 통이 눈에 띄었다. 그 수액이 신경통에 좋다고 어른들은 믿었다.

"이건 옻나무다. 조심들 해라."

외할머니가 여윈 나무 한 그루를 가리키며 말했다. 우리는 나무에서 최대한 떨어져 숲길을 따라갔다. 옻나무를 보는 것만으로도 몸이 가려워지는 것 같았다. 외할머니는 작은 체구를 이끌며 플라스틱 슬리퍼를 신은 채 잘도 올라갔다. 큰돈을 챙겨 넣은 소중한 쌈지를 행여 풀섶에 흘릴까 자주 허드렛바지 주머니를 만졌다. 뒤따라가던 수안이 못마땅하게 한마디 했다. 가진 옷 중에서 가장 좋은 원피스로 차려입어야 했기 때문에 산을 오르기에는 불편해 보였다.

"나를 절에 팔면 돈을 받아야지 왜 거꾸로 돈을 줘가며 판대?"

"원, 너를 거기다 두고 오냐? 사주를 판다는 뜻이지. 너는 부처님 수양딸이 되는 게야."

"내가 심청이야? 수양딸은 무슨."

"진짜 수양딸로 가는 게 아니고 그냥 사주만 파는 거라니깐. 그만 좀 따져라."

외할머니는 손을 홰홰 내저으며 걸음을 빨리했다. 평소 무릎이 아프다고 앓는 소리를 하면서 산길은 저리 만만히 가는가 나는 속으로 탄복했다. 등에 땀이 맺히고 숨이 가쁠 때쯤 완만한 능선이 나왔다. 진달래꽃이 가득 피어 진분홍 융단을 깔아놓은 것 같았다.

수안은 숨을 몰아쉬며 내게 말을 걸어왔다.

"너 진달래랑 철쭉 구별할 줄 알아? 철쭉꽃을 잘못 먹으면 목구멍이 부어서 숨을 못 쉬고 죽을 수도 있어."

나는 그저 고개를 끄덕였다. 실은 아까부터 다리가 아팠지만 티를 내지 않으려고 애쓰는 중이었다. 수안은 자칫 실수하면 죽을 수 있는 것들에 대해 예민했고 무의식중에 그런 경고를 자주 했다. 우리는 어릴 때부터 또래보다 풀과 꽃에 대한 지식을 좀 더 갖고 있어서 그게 묘한 자부심이기도 했다. 먹어도 되는 것들과 탈이 나는 것들을 구별할 줄 알았다.

진달래밭을 지나니 암자 오솔길을 따라 나무마다 연등이 달려 있었다. 작년 초파일에 달았던 것인지 햇볕과 비바람에 시달려 제 색깔을 잃어버린 연꽃이었다. 암자 마당에서 우리는 호롱박으로 약수를 마셨다. 물웅덩이 바닥에 지렁이떼가 뒹굴었지만 너무 목이 말랐기 때문에 개의치 않았다. 소매로 젖은 입가를 훔치는데 불당 계단에서 소리가 들렸다.

"보살님 오셨습니까."

먹물 옷을 입은 늙은 스님과 외할머니가 마주 합장을 했다. 그러고서 외할머니는 주름진 손을 수안의 머리에 올렸다.

"이 아이가 일전에 얘기했던 손녀딸입니다."

"그럴 줄 알았습니다. 올라오시지요."

돌계단을 오르며 수안은 다소 긴장되는지 내 손을 잡았다. 법당에 들어서자 금박을 입힌 불상과 울긋불긋한 탱화가 우리를 맞이

했다. 외할머니는 불상 앞에 향을 피우고 뒷걸음으로 물러나와 세 번 절을 했다.

"너희도 절을 하거라."

시키는 대로 우리는 엉거주춤 절을 했다. 향냄새가 법당에 짙게 번졌다. 귀퉁이가 닳아버린 방석에 앉으니, 서리가 내린 듯 짧고 흰 삭발머리의 스님이 수안을 향해 입을 열었다.

"너는 이제 한 해에 세 번씩 절에 올라와야 한다."

"세 번이나요?"

수안은 내키지 않는 표정으로 반문했다. 스님은 쥐고 있던 염주를 골똘히 굴리며 쭈글쭈글한 눈을 감았다. 외할머니가 염려 말라는 듯 대신 크게 고개를 끄덕였다.

"그래야지요."

그러면서 눈짓으로 나가보라는 시늉을 해 우리는 마음이 놓였다. 이제 남은 일은 두 노인들이 알아서 할 터였다. 법당을 빠져나오자 비로소 산속의 봄이 가슴에 와닿았다. 청명한 바람이 부는 비탈 아래로 능선이 펼쳐져 산 아래 모암분교가 손바닥만 하게 보였다. 하얗게 반짝이는 운동장엔 미끄럼틀과 그네가 성냥개비 같았고, 멀리 신작로를 따라 포플러들이 흔들리고 있었다. 저 작은 마을에서 우리가 살고 있다고 생각하니 어쩐지 허무해졌다.

"둘녕아, 이거 좀 봐. 둥치에 구멍이 났어."

수안은 약수터 근처 커다란 고목나무를 살펴보았다. 어른 둘이 한껏 팔을 벌려도 다 감싸지 못할 굵은 나무였지만, 절반은 죽어가는 것 같았다. 햇볕이 안 드는 쪽의 가지엔 잎이 하나도 달려 있지 않았다. 수안은 둥치에 난 구멍에서 혹시 다람쥐 같은 동물이 튀어나올까 조심하며 손을 넣어보았다.

"구멍 바닥이 평평해. 너, 주머니에 뭐 가진 거 있니?"

나는 입고 간 누비바지 주머니를 뒤져보았다. 동전 몇 개와 함께 주홍색 골무가 나왔다. 색깔이 예뻐서 주머니에 넣고 다니던 헝겊 골무였다.

"그것뿐? 더 특별한 게 있으면 좋은데."

"뭐 하려고."

"나무 구멍 속에 넣어두고 우리만 알고 있게. 일종의 비밀 장소인 거지."

비탈에서 일어나 고목나무 가까이 가보았다. 바짝 마른 껍질과는 달리 구멍 속은 촉촉하게 이끼가 끼어 폭신해 보였다. 가진 게 그것밖에 없었기 때문에, 나는 골무를 이끼에 가만히 내려놓았다. 초록 이끼는 융단처럼 보드랍게 내 골무를 감쌌다.

외할머니는 그림 두 장을 받아 품에 감춰 산을 내려왔다. 집에 도착하기 전에 그림을 펼치면 안 된다고 했다. 그림 속의 것들이 달아나버리면 곤란하니까. 하나는 우리 방 창호문 위에다 붙이고, 다른 하나는 은이 이모에게 주면서 안방 벽에 붙이라고 했다. 안방 그림은 아들을 낳게 해주는 부적이었고 우리 방 그림은 수안을 위한 거였다. 거칠게 휘갈긴 붓 자국 아래 귀가 축 늘어지고 털이 덥수룩한 검정개가 모습을 드러냈다. 먹으로 그린 눈빛이 기묘했다.

잠옷을 입으렴

"삽살개가 귀신을 쫓는단다. 벽사지, 벽사야."

외할머니는 깨금발을 하고 부적을 벽에 정성스레 붙였다. 수안
은 한참 삽살개 그림을 바라보았지만 그다지 믿는 눈치는 아니었
다. 대신 책을 꺼내 펼치더니 신중하게 손가락으로 한 문장을 짚었
고, 살짝 글귀를 확인하고는 다른 페이지로 넘겼다. 마침내 그럴듯
한 문장을 찾아 소리 내어 읽었다.

"…그들은 나이가 같았지만 개는 이미 늙어 있었다."

나는 수안이 보지 않게 혼자 빙긋이 웃었다. 수안이 얻는 점괘의
비밀은, 책을 펼쳐서 마음에 안 드는 글귀가 나오면 얼른 다른 장
을 넘겨 다시 찾는다는 점이었다. 그러니 운명적인 신탁이라 여기
기엔 무리가 있었지만, 아무려나 나는 새로 등장한 부적을 믿어보
기로 했다. 외할머니 말대로 삽살개가 잦은 병치레와 새벽까지 잠
못 드는 걸 낫게 한다면야, 기꺼이 속아줄 수도 있었으니까.

~~~

산에서 내려오는 길에 나는 오디를 많이 따왔다. 열매는 새금하
면서도 달아서 아이들은 봄철이면 오디를 따 먹고 입술이 까매지
곤 했다. 나는 냄비에 오디를 넣고 설탕을 부었다. 그대로 며칠 놔
두자 진득한 즙이 되어 내 손가락 끝에 까만 오디물이 들었다.

"뭐 하는 거야?"

수안이 부엌으로 통하는 쪽문에 걸터앉아 나를 구경했다.

"네 약을 만드는 거야."

"내 약?"

"응. 오디즙은 배앓이할 때 마시면 금세 낫게 한대."

수안은 고마워하며 흐뭇하게 웃었다. 언젠가 외할머니가 마당에 열린 아가위 열매를 따서 말리는 걸 곁에서 지켜본 적이 있었다. 바싹 말려 가루를 낸 뒤 즙을 만들면서, 아가위가 피를 맑게 해주고 종기가 났을 때 발라도 좋다고 했다. 나는 식물에 그런 효능이 있다는 사실이 무척 신기하게 느껴졌다. 또 조팝꽃을 따 먹으면 머리가 시원해진다는 사실도 알려주었다. 새하얀 조팝꽃은 꿀처럼 달콤한데 머리 아플 때 먹으면 그만이라고. 하지만 아무리 좋은 식물도 너무 많이 먹으면 안 된다는 말을 빠뜨리지 않았다.

"약은 곧 독이지. 돌아가신 내 아버님이 늘 그렇게 말씀하셨다."

그러고는 독을 지닌 꽃과 풀을 일러주기도 했다. 수안이 귀담아듣더니 내게 속삭였다.

"우리가 누구를 몰래 죽여버리고 싶다면 뜻밖에 간단할 것 같아. 이렇게나 지천에 독이 널려 있잖아?"

누군가를 몰래 죽이고 싶을 날이 있을지도 모르겠지만 그보단 나는 만병통치약을 만들고 싶었다. 한 알만 먹으면, 한 입만 마시면 모든 병이 깨끗이 사라지는 마법의 약에 관해 가끔 상상했다. 장터에 가보면 만병통치약이라 써 붙인 수상한 약병과 연고를 파는 장사치가 앉아 있었다. 그 연고를 한 통만 발라도 온갖 피부병과 나병까지 낫는다고 했다. 다만 의심스러운 점은, 그렇게 한 통만 발라도 낫는다면 다음 장날부턴 약을 살 사람이 없지 않을까.

잠옷을 입으렴

진득한 오디즙이 만들어지기를 기다리며 나는 조팝나무꽃을 따 모았다. 배앓이와 두통에 동시에 좋은 약을 만들고 싶었다. 진하게 우러난 오디즙에 찧은 조팝꽃을 가득 넣고, 밀가루를 조금 부어 반 죽했다. 검은 오디와 새하얀 조팝꽃, 밀가루가 섞인 회색 빛깔 반 죽으로 동글동글한 환을 빚었다. 팥죽 새알보다는 작고 정로환 알 갱이보다는 크게. 수안은 기대에 찬 눈길로 내 곁에서 환이 빚어지 는 모습을 지켜보았다. 백 개쯤 빚은 환을 채반에 얹어 그늘에다 며칠을 말렸다가 투명한 유리병에 차곡차곡 담았다.

"근사하다."

유리병을 받아든 수안은 몹시 기뻐했다. 제 의원에서도 낫게 하 지 못하는 자잘한 병들이 마침내 내 환약으로 다 나을 것처럼. 수 안은 약병을 책가방에 소중히 넣어 다녔다. 며칠 후 학교에서 배가 아프기 시작했을 때 수안은 평소와 달리 양호실에 가지 않고 가방 에서 약병을 꺼냈다. 쉬는 시간이었고, 일부러 눈에 띄게끔 한참을 만지작거렸기 때문에 아이들이 금세 우리 곁으로 몰려왔다. 미주 가 물었다.

"그게 뭐야?"

"둘녕이가 날 위해 직접 만들어준 환약이야."

"둘녕이가 약을 만들었어?"

아이들은 신기한 듯이 유리병을 살펴보았다. 다른 아이가 의심 스럽게 물었다.

"진짜 약이야? 효과 있는 거야?"

123

"그럼. 둘넝이는 민간요법을 잘 알아."

수안은 이 정도는 아무것도 아니라는 듯이 심상히 대꾸했다. 모두가 지켜보는 가운데 약병을 열어 환약을 서너 알 꺼냈다. 잠시 망설이더니 과감하게 대여섯 알을 더 꺼냈다. 주변이 얼른 교실 뒤로 달려가 주전자에서 물을 한 컵 따라왔다. 쏟아지는 호기심 속에서 수안은 환약 열 알을 다 삼켰다. 왠지 내 가슴이 조마조마했다.

"어때? 배가 안 아파?"

의심스러워하던 아이가 또 물었다. 수안은 살짝 입가를 찌푸리며 웃었다.

"약효가 나타날 때까진 시간이 필요해. 십 분이나 이십 분쯤."

아이들은 고개를 끄덕였다. 곧 수업이 시작됐기 때문에 수안의 배앓이가 나았는지 어땠는지 물어볼 수가 없었다. 나는 수업 도중 자주 옆에 앉은 수안을 쳐다보았다. 얼굴이 약간 창백하긴 했지만 태연히 앉아 공부를 하고 있었다. 하교 종이 울리고 아이들이 떠들어대며 교실을 빠져나갈 때까지 수안은 제자리를 지켰다. 미주가 책가방을 둘러메면서 물었다.

"수안이 배 아픈 거 나았니?"

"그럼. 완전히."

"와- 대단하다."

미주는 휘둥그레져 내 솜씨에 감탄하고는 교실을 나갔다. 복도에 아무도 없다는 것을 확인한 수안은 자리에서 일어나 학교 뒤편으로 뛰어갔다. 나는 책가방 두 개를 챙겨 뒤따랐다. 한적한 교사

뒷마당의 나무를 짚고 수안은 속의 것을 다 토해냈다. 괴로운지 어깨가 들썩거리고 있었다.

"…괜찮아?"

나는 불안하게 물었다. 등을 두드려주니 수안은 한 번 더 울컥 토하고는 눈가에 맺힌 눈물을 닦으며 겨우 대답했다.

"괜찮아."

"미안해. 약이 잘못됐나봐."

"아니야. 나으려고 그러는 거야."

수안은 손수건을 꺼내 입가를 닦고 지친 듯이 숨을 몰아쉬었다.

"명현반응 같은 거야. 낫기 전에 속에 있는 나쁜 것부터 토해내는 거야. 괜찮아."

"그래도 양호실에 가는 편이…."

"조용히 해."

수안은 내 팔을 붙잡고 입을 다물게 했다. 내 약이 실패했다는 것을 인정하기 싫은 고집이 전해져와 나는 더 이상 말을 할 수가 없었다. 아무리 미안해도 지금은 사과해서는 안 되는 것이었다. 수안의 말투가 조금 다정해졌다.

"너를 믿어."

"꽃에 내가 모르는 성분이 있었을지도 몰라."

"그럼 내 운명인 거지."

마치 몰락한 귀족의 딸이 노예로 끌려가는 순간처럼 수안은 의연한 태도를 보였지만, 그러나 또 토하고는 정말 기운이 빠져버렸다. 수안이 잘못될까봐 두려웠다. 나무를 붙잡고 고개를 숙인 그 아이의 입술이 바르르 떨리는 걸 나는 두근거리며 지켜보았다. 그 후로도 내가 만든 환약은 여전히 수안의 책가방 속에 들어 있었다. 다시 먹는 일은 없었지만 수안은 끝까지 약병을 버리지 않았다.

~~~

이런 곳에 창호문이 있을 줄 몰랐다. 늦은 밤 뒤척거리다 벌떡 일어나 재봉틀을 끌고 뒷방 문을 열었을 때였다. 봉란이 들려준 사연과 상관없이 그저 세간을 옮겨놓고 싶었다. 지금까지 뒷방을 오래 방치해두었다는 생각이 들었다. 사람이 쓰지 않는 방은 가라앉기 마련이니까. 뒷방을 차지한 낡은 경대를 밀어내고 그 자리에 재봉틀을 놓을 생각이었다. 집주인이 남긴 무거운 경대를 힘주어 밀어내자 뒤에 가려졌던 창호문이 드러났다. 나는 놀라서 한동안 가만히 서 있었다.

분명 캄캄한 밤일 텐데. 격자살 창호지로 투명하고 옅은 빛이 새어들고 있었다. 나는 망설이다 조용히 문을 밀었다. 저녁 햇살이 비쳐드는 툇마루였다. 율이 삼촌이 등을 돌린 채 라디오를 만지고 있다. 수안은 삼촌 곁에서 책을 읽고, 수돗가에선 외할머니가 나물을 다듬는다. 둘녕이는 어디 있을까. 나도 모르게 그 아이를 찾았다. 아무 데도 없다. 마당의 아가위나무만이 창호문에 서 있는 나를 알아본다. 나무가 속삭였다. 나쁜 꿈을 버리러 왔구나.

둘녕아!

잠옷을 입으렴

나는 흠칫 놀란다. 수안이 나를 보고는 책을 덮고 일어났다.

늦었잖아. 빨리 가자.

…어디를?

수안이 내 손을 잡았고 나는 이끌려서 툇마루를 지나 마당을 건너 사립문을 나섰다. 꼬불꼬불한 흙길을 따라 한참을 걸어가는데 날이 저물었다.

수안아. 나, 발이 아파.

맨발이니까 아프지. 신발은 어떻게 했어?

내려다보니 정말 맨발이었다. 조금만 참으라고 수안은 나를 잡은 손에 힘을 주었다.

다 왔어. 여기서 모일 거야.

느티나무 초가집, 벽이 벌어진 폐가였다. 여긴 이제 아무도 안 살 텐데? 나는 의아하게 생각했다. 수안은 익숙하게 문지방을 올라갔다. 이미 여럿이 모여 앉아 화로에 가래떡을 구워 먹고 있었다. 향이와 뒷방할머니도 보였다. 화롯불이 더운지 얼굴에 허연 땀 얼룩으로 소금꽃이 핀 뒷방할머니가 입이 미어져라 가래떡을 씹으며 말했다. 색시도 진작 같이 오자니깐. 당최 내 말귀를 못 알아들었잖아. 귓구멍은 뒀다 어쩌게.

향이는 마른 나뭇잎 같은 손으로 당점 책을 골똘히 들여다보았다. 나는 딸을 하나 낳는데 내가 키우다가 버리고 도망간대. 어라, 저기 왔네? 저 애야. 향이가 나를 똑바로 쳐다보면서 손가락으로 가리켰다.

어둑한 방 안엔 그들 말고도 무언가가 더 앉아 있었다. 어떤 손이 내게 가래떡을 내밀었지만 나는 먹지 않았다. 여전히 못마땅하게 노려보며 향이가 말했다.

근데 너, 우릴 화나게 했어.

내가 왜.

재봉틀을 방에다 밀어 넣으면 어떡해. 비좁잖아.

내 마음이야. 뒷방이 소란스러운 것도 싫고.

커다란 개는 왜 데려왔어? 다음부턴 들여놓지 마.

커다란 개?

모른 척하기는. 그 남자가 데리고 다니는 까만 삽살개. 나를 물었단 말이야.

거짓말 마. 갓 태어난 새끼인걸.

이걸 보고도? 네가 한번 물려봐. 그래도 새끼 개로 보이나!

향이가 발딱 일어나 치마를 걷어 종아리를 보여주는데 아가리 큰 짐승이 문 이빨자국이 깊게 남아 있었다.

시간이 없어요. 우리가 뭘 해야 하는지 말해줘요.

구석에 보이지 않게 앉아서 풀각시가 수줍게 말했다. 곁에는 마치 배필인 양 청개구리가 의젓한 태도로 풀각시를 지키고 있었다. 비로소 수안이 좌중을 조용히 시키고 입을 열었다. 놀이를 만드는 건 언제나 수안의 역할이다.

어렵지 않아요. 앞에 가는 이가 뿌려놓은 흔적을 밟고 따라가는 놀이예요. 하나씩 차례로 출발할 거니까 뒤따르는 이는 백까지 센

잠옷을 입으렴

뒤에 출발해야 해요.

향이가 좋아서 치마를 팔랑거리며 먼저 흙집에서 뛰어나갔다. 뒷방할머니가 뒤따르고 이어서 풀각시가 밤바람에 흔들리며 휘청휘청 떠났다. 청개구리도 폴짝폴짝 뛰어 어둠 속으로 사라졌다. 수안이 백까지 세더니 내게 말했다.

먼저 갈게. 잘 따라와.

같이 가면 안 돼?

안 돼. 놀이 규칙이잖아. 숫자를 다 세고 와.

폐가에 혼자 남겨지는 건 무섭고 슬펐다. 그래도 규칙을 어길 수는 없어 나는 입속으로 백까지 센 뒤에 초가집을 나섰다. 달도 없는 그믐밤. 아무것도 보이지 않았다. 무작정 발길을 옮겨 앞으로만 걸었다. 어둠에 눈이 익자 산으로 올라가는 오솔길이 희미하게 드러났다. 발바닥이 아팠지만 참았다. 아마도 이건 헨젤과 그레텔 놀이일 거야. 내가 찾아야 하는 흔적은 빵조각일까 조약돌일까. 누가 날 위해 무엇인가를 떨어뜨려 놓지 않았을까.

나뭇가지에 걸린 풀각시의 머리카락을 찾았다. 개굴, 청개구리 울음소리도 풀숲에 뒹굴고 있었다. 배가 고팠다. 아까 화롯가에서 가래떡을 먹을걸. 오솔길이 어디로 이어지는지 알 것 같다. 뒷산 암자로 가는 거구나. 암자에 도착하면 공양간에 들어가 아궁이에 솥을 걸고 물을 데워서 발을 씻고 싶었다. 시렁을 뒤져 뭐라도 꺼내 먹고 싶었다. 뭐든 다 먹을 수 있을 것 같았다. 문득 오솔길에 내가 빚었던 환약 알갱이가 드문드문 떨어져 있는 게 보였다. 수안이 남긴 흔적이다.

다 왔네. 어서 오너라.

돌아보니 고목나무였다. 기억이 났다. 둥치의 썩은 구멍에 손을 넣었더니 축축한 이끼 사이로 골무가 잡혔다. 기뻤다. 아, 내가 찾았다. 골무를.

나도 찾았어.

나도 찾았어.

수안이, 뒷방할머니와 향이가, 풀각시와 청개구리가 다들 골무를 내밀었다. 그럴 리가 없는데. 그건 내 골무고, 하나뿐이었는데. 어째서 다들 가지고 있는 거지? 골무는 내 거예요. 나는 그들에게 말하려 했지만 말이 되어 나오지 않았다. 새된 바람 같은 쇳소리만 목구멍에서 윙윙거렸다.

~~~

"정신 차려봐요. 내 말 들려요?"

누가 나를 흔들어 깨운다. 처음엔 꿈결처럼 멀리서 들리다가 갑자기 수면 위로 솟아나온 듯 목소리가 또렷해졌다.

"나 알아보겠어요?"

동네 언덕에 내가 서 있었다. 눈이 쌓인 도로변에 밤바람이 살을 에듯 차갑게 불어왔다. 내 어깨를 붙잡은 산호를 본 순간 추위가 현실이 되어 나는 와들와들 떨기 시작했다. 그가 파카를 벗어 내 얇은 잠옷 위에 덮어주었다.

잠옷을 입으렴

"몽유병인가 봐요. 밤에 이렇게 걸어 다니는 거, 댁도 알아요?"

"…알 때도 있어요."

"위험한 일을 겪을지도 몰라요."

오한으로 턱을 딱딱 부딪치며 나는 잠자코 고개를 끄덕였다. 알지만 내 마음대로 되는 일도 아니었다. 그가 나를 업으려 했지만 거절하고 맨발로 집을 향해 걸었다. 그는 한숨을 쉬며 그런 나를 부축했다. 몇 시나 됐는지 알 수 없어도 거리 간판에 대부분 불이 꺼진 걸 보니 깊은 밤인 것 같았다.

"사실은 전에도 봤어요. 그쪽이 밤에 걸어 다니는 거. 처음엔 그냥 이상하다고만 생각했는데, 가만 보니 몽유병이더군요."

셔터가 내려진 서고슈퍼 앞을 지날 때 그가 차분히 말했다.

"언짢으라고 한 말은 아니에요."

"알아요."

목소리가 갈라져 나왔다. 방범등 불빛 아래 대문이 활짝 벌어져 있었다. 무의식중에 매번 열고 나오는 대문을 산호는 집 안으로 들어와 다시 잘 닫았다. 나를 거실에 데려다놓고 그는 놀란 기색이었다.

"집 안이 왜 이래요?"

나도 낯선 곳에 온 사람인 양 어질러진 집 안을 멍하니 둘러보았다. 세간을 옮기다 피곤해서 잠시 기대앉아 눈을 붙였던 게 기억난다. 제자리를 벗어난 재봉틀과 쓰지도 않는 경대, 헤집어놓은 가구들이 방금 이사 온 집처럼 아무렇게나 부려져 있다. 세간 사이를 지나 그는 나를 욕실로 데려가더니 문턱에 걸터앉게 했다.

"발부터 씻어야 해요. 다쳤을지도 모르고, 동상 걸려요."

"…내가 할게요."

"됐어요. 아직 정신없을 텐데."

그는 세숫대야에 따뜻한 물을 받아서 발치에 앉아 묵묵히 내 발을 씻기 시작했다. 비누를 칠하고 더러워진 발을 문지르고 깨끗하게 여러 번 헹궜다. 나는 미안한 줄 알면서도 따뜻한 느낌에 발을 맡기고 있었다. 수건으로 닦아주며 그가 피식 웃었다.

"여자들은 왜 그래요?"

"…뭐가요?"

"우리 누나도 그래요. 철마다 혼자서 집 안을 다 바꿔놓죠. 한쪽 어깨로 장롱을 떠받치고 동시에 책상을 밀어요. 평소엔 병뚜껑도 못 열면서, 그럴 때만은 힘이 장사예요."

나는 웃으려고 했지만 기운이 없었다.

"도와줄게요. 저것들을 어디로 옮길 건지 말해봐요."

"아침에 내가 하면 돼요."

"집이 어지러우면 심란하잖아요. 정리해버리고 편하게 자요."

산호는 마치 내 지시를 기다리는 것처럼 바라보았다. 나는 포기하는 마음으로 입을 열었다.

"다들 원래 자리로 돌려놓을래요. 그게 좋을 것 같네요."

차라리 함께 지내는 편이 낫다는 것을, 그나마 뒷방의 그들이 곁에 있어주는 게 좋다는 것을 나는 깨달았다. 그들이 환상이거나 혹

　　　　　　　　　　　　　　　　잠옷을 입으렴

은 나쁜 것이라 하더라도 그들까지 사라진다면 외롭고 쓸쓸하리라는 것을. 실은 내가 줄곧 그들을 원했다는 사실을.

세간을 제자리로 돌려놓고 산호는 돌아갔다. 그를 보내고 현관문을 닫고 돌아서는데 모든 것이 다 사라진 것 같아 나는 슬펐다. 화로와 떡도, 풀각시와 골무도. 성냥팔이 소녀의 성냥불처럼 모두 사라지고 없었다.

~~~~

시골의 여름은 찌는 듯이 더웠다. 모든 방문을 활짝 열어놓았지만 여전히 덥기만 했다. 오래된 선풍기가 덜덜 회전하면서 문간에 쳐놓은 발을 맥없이 흔들었다.

"난 말이야, 학교 다니기가 싫어졌어."

부채를 부치며 책을 읽던 수안이 말했다. 엘리너 파전의 동화집 『보리와 임금님』을 일곱 번째 읽던 참이었다. 그즈음 수안은 이 책의 작가에게 홀랑 반해버려 약간의 환상을 품고 있었다. 영국에서 태어난 엘리너 파전은 어린 시절 몸이 약해서 학교에 다니지 않았다. 대신 책이 가득 쌓인 다락방에서 종일 책을 읽으며 지냈다고 한다. 도통 청소를 안 했는지 먼지가 가득한 방이었고, 작은 창문으로 햇살이 스며오면 책에서 피어오른 먼지들이 금빛 회오리를 일으키며 반짝거렸다고 했다. 그건 참 아름답고 눈부신 정경일 것 같았다.

내가 어린 시절에 살던 집에 '작은 책의 방'이라 불리는 방이
있었습니다. 그 안에는 집이 없는 나그네, 깨끗하게 정돈된 아래층
책장에서 쫓겨난 것들, 그런가 하면 아버지가 경매장에서 사온
물건 보따리에 끼어온 것들, 이렇게 잡동사니들이 있었습니다.
그 먼지투성이 작은 방의 창문은 여태껏 한 번도 열렸던 적이
없었습니다. 유리창을 통해 여름 햇살이 스며들어와, 금빛 먼지가
광선 속에서 춤추곤 했습니다. 방바닥에 웅크리고 앉거나 책장에
기대어, 몸은 비록 거북하지만 마음만은 책에 열중하고 있으면, 나의
코는 어느덧 먼지로 가득 차고, 곧 눈이 아파지곤 했습니다. 나는 가끔
목병이 나곤 했는데, 몇 번은 이 방의 먼지 탓이었는지도 모르지만,
나는 후회하지 않습니다. 일곱 명의 처녀들이 일곱 자루의 비를
들고 반세기 동안 죽 쓸어도, 나의 마음속에 스며든 사라진 절이나
꽃, 임금님, 숙녀들의 고운 머리, 또 시인의 한숨, 젊은 남녀들의
웃음소리를 쓸어낼 수는 없었습니다.

책 머리말엔 이런 구절들이 적혀 있었다. 나도 수안의 마음을 이
해할 것 같았다. 근사한 이야기를 쓰기 위해선 학교에 다녀서는 안
되는 거라고. 모든 사람이 똑같은 걸 배운다면 다들 똑같아지는 건
당연하지 않을까. 혼자만의 독특하고 멋진 이야기를 지어내려면
엘리너 파전처럼 학교 따위는 가지 않고, 먼지 가득한 다락방에서
종일 뒹굴며 놀아야 할 것만 같았다. 햇살 아래 금빛 먼지 기둥과
함께 지내야 근사한 동화가 춤추며 걸어 나올 거라고.

잠옷을 입으렴

하지만 이모 부부가 교사였으니 학교에 다니기 싫다는 소망은 이루어질 수 없는 꿈에 지나지 않았다. 외가엔 그처럼 많은 책을 쌓아둘 다락방도 없었고, 햇살도 방 안까지 환히 비치지는 않았으며, 좁은 벽장은 이불 몇 채만 넣어도 꽉 들어찰 뿐이었다.

나는 앉은뱅이책상 앞에서 아빠에게 편지를 썼다. 아빠가 보내준 책에 대한 감사 인사는 지난번 편지에도 썼지만, 달리 또 전할 말이 생각나지 않아 한 번 더 감사를 했다. 아빠는 잊을 만하면 편지를 보내주었고 나는 그때마다 꼬박꼬박 답장을 써서 부쳤다.

큰이모는 가을에 아기를 낳게 됩니다. 수안이는 동생이 생긴다는 사실이 무척 기대되는 모양입니다. 벌써 어떻게 놀아줄까를 고민하고 있어요. 저도 아기가 태어나면 잘 돌봐줄 것입니다. 어른들은 모두 바쁘시니까요.

나는 다소 양심의 가책을 느꼈다. 거짓말이 들어갔기 때문이었다. 수안은 동생이 생긴다는 사실에 별다른 관심이 없었지만, 이렇게 쓰는 것이 바람직한 편지쓰기일 것 같아 고치지 않기로 했다. 말미에 추신을 덧붙였다.

그럼 오늘 편지는 여기서 끝맺겠습니다. 아빠, 건강하시고 술을 많이 드시지 마십시오. 또 편지 쓰겠습니다. 둘녕 올림.

추신. 샤프펜슬을 동봉합니다. 제가 학교에서 청소를 잘해서
상품으로 받은 것입니다. 그럼 이만 총총.

　입가에 만족스런 미소가 스쳤다. 그 무렵 아빠에게 자주 편지를
썼던 이유는 '그럼 이만 총총' 때문인지도 몰랐다. 『보리와 임금님』
책 속엔 「어린 재봉사」라는 동화가 수록돼 있었다. 거기서 리처드
임금님은 장가들라고 성화 부리는 숙모님한테 답장을 쓰면서 끝에
다 이렇게 덧붙이곤 했다.

추신. 사랑하는 숙모님. 이번에도 필통을 동봉해주셔서 고맙습니다.
그럼 이만 총총.

　나는 그 문장이 몹시 마음에 들었다. 그럼 이만 총총. 비록 바쁘
고 중요한 일이 있지만, 그럼에도 불구하고 얼른 당신에게 편지를
쓰고 마무리합니다 하는 느낌이었다고 할까. '추신'과 '동봉'이란
말도 좋았다. 편지에 다른 무엇을 함께 넣고 봉할 수 있구나, 조그
만 선물을 할 수 있구나 하고.
　모암분교에서 받은 샤프펜슬을 편지봉투에 넣어봤는데, 비죽 도
드라져서 아무래도 봉투가 찢어질 것 같았다. 그래서 튼튼한 마분
지로 큼지막한 봉투를 만들어 편지와 샤프펜슬을 동봉했다. 며칠
뒤 답장이 날아왔다. 아빠는 무척이나 고맙다고, 다만 규격봉투를
사용하지 않아 아빠가 대신 소액의 벌금을 물었으니 다음번엔 규

　　　　　　　　　　　　　　잠옷을 입으렴

격봉투를 사용하는 게 좋겠다고 썼다.

나는 당황스러웠다. 규격봉투만을 사용하려니 부피가 있는 물품을 동봉하기는 어려웠다. 고민 끝에 다음 편지부터는 꽃이나 나뭇잎을 따다가 넣었다. 우산처럼 펼쳐진 꽃잎들이 납작하게 봉투 속으로 사라졌다. 때로는 코바늘로 뜬 재떨이 받침대를 동봉하기도 했다. 아빠는 한동안 자상하게 답장했지만 차츰 두세 통에 한 번씩 답장을 보내왔다. 여름방학 즈음엔 그나마도 그쳐버렸다. 신발회사 일이 바빠서 그럴 거라고 생각하면서도 나는 서운해졌다. 어쩐지 다시 편지를 쓸 용기는 나지 않았다.

〰〰

그 여름 은이 이모는 학교에 퇴직서를 냈다. 아기를 낳게 돼 두해쯤 휴직하려 했으나, 교장선생님을 비롯한 높은 사람들이 차라리 퇴직을 하는 게 바람직하다며 눈총을 주었다고 한다. 자존심 강한 이모는 두말 않고 사표를 내버렸다. 당분간 아기를 키우는 데 전념하다 나중에 얼마든지 복직할 수 있을 거라고 했다. 배가 불러올수록 이모는 힘들어했고 외할머니 일은 더 많아져갔다.

우리는 가끔 냇가에 나가 놀았다. 신작로에서 잡풀이 우거진 비탈을 내려가면 들판을 따라 냇물이 흘렀다. 마을 아이들은 벌거숭이로 첨벙이며 멱을 감고 송사리를 잡았다. 흘러간 물은 다시 오지 않는다지만, 우리 눈에 비친 냇물은 언제나 똑같아 보이기만 했다. 수안은 마분지로 종이배를 접어 모암집 주소를 쓴 쪽지와 냇가에서 잡은 물달팽이 한 마리를 실었다. 그러고는 반바지 자락을 걷어 올리고 허벅지까지 잠기는 냇물에 걸어 들어가 종이배를 수면에 내려놓았다. 종이배는 아슬아슬 흔들리며 햇살 아래 떠내려갔다.

"아무리 마분지라도 종이잖아. 곧 가라앉을 텐데."

냇가 자갈밭에 쭈그리고 앉아 내가 말했다.

"이건 연습일 뿐이야. 시험해보는 거지."

한동안 흘러가던 종이배는 고물이 기우뚱하더니 스르르 냇물 속으로 스며들고 말았다. 수안은 종이배의 짧은 항해를 지켜본 뒤 물가로 걸어 나왔다.

"다른 재료를 찾아봐야겠어. 뭐가 좋을까?"

우리는 나란히 뙤약볕 자갈밭에 앉아 생각해보았다. 신기하고 재미난 일이 드문 시골 소녀들에게 종이배나 병 속에 담긴 편지 놀이는 어딘지 간절한 데가 있었다. 다분히 운명적이면서 우연과 행운의 도움을 받아야 할 테니까. 『난파선』과 『몬테크리스토 백작』 같은 이야기들이 이런 공상을 더 부채질했다. 그건 불가능해 보이면서도, 어떻게 생각하면 얼마든지 일어날 수 있는 일일 것 같았다. 멀리서 날아온 풍선이나, 바다에서 어부가 건져 올린 조난자의 구호 요청이 담긴 유리병처럼. 바다를 떠도는 유리병을 건져 코르크 마개를 뽑으면 그 속엔 'SOS!'라거나 '그녀에게 전해주오' '내 눈은 점점 희미해져가고 있소' 따위의 구절들이 적혀 있을 것 같았다.

"사이다 병이 좋겠어. 그리고 마개도 필요해."

내 의견에 수안은 좋은 생각이라는 듯 손가락을 딱 튀겼다. 모암

　　　　　　　　　　　　　　잠옷을 입으렴

마을 구멍가게에서 사이다를 한 병 샀다. 가게 한쪽엔 예전에 열심히 사 모았던 종이인형이 여전히 걸려 있었지만 우리는 쳐다보지도 않았다. 이제 그 시절은 너무나 시시했고 가버린 지 오래였다. 가게 담벼락에 걸린 간이우편함 앞에서 땀방울을 닦으며 사이다를 나눠 마셨다. 코끝을 톡 쏘는 탄산음료 거품이 목을 타고 내려갔다.

냇가로 가서 집주소와 이름이 적힌 종이를 가늘게 돌돌 말아 초록빛 병 속에 넣고, 비탈에서 꺾은 강아지풀도 살살 밀어 넣었다. 병 입구를 막을 만한 나무토막을 주워 빡빡하게 끼웠다.

우리는 모암마을에 사는 정수안과 고둘녕입니다. 이 병을 줍는
사람이 있다면 여기에 적힌 주소로 소식을 주세요. 어쩌면 우리는
운명의 끈으로 연결된 사람들일지도 모릅니다.

물결 따라 떠내려가는 사이다 병을 바라보노라면 가슴이 두근거렸다. 그 열세 살 가을에, 세상엔 얼마든지 신기하고 좋은 일들이 많으리라고 믿고 싶었다.

방학이 끝나갈 무렵 우리는 제법 햇볕에 그을렸고, 수안은 부쩍 키가 커서 이젠 나보다 커 보이기까지 했다. 그리고 집으로 편지 한 통이 날아왔다. 우체부의 자전거가 사립문 앞에 멈추고 큰 소리로 수안과 내 이름이 불렸을 때, 수안은 툇마루를 구르듯 뛰어 내려갔다. 우체부는 이틀마다 마을로 찾아와 우편물을 배달하고, 구멍가게 담벼락의 텅 빈 간이우편함을 형식적으로 열어보곤 했다.

마을 밖으로 보내는 편지가 들어 있는 날은 일 년에 몇 차례 되지 않았지만 그렇게 올 때마다 열어보는 것이 그의 직업이었다.

깨끗한 흰색 규격봉투엔 읍내 우체국 소인이 잉크 자국 선명하게 찍혀 있었다. 보내는 이의 주소는 없었다. 수안은 봉투 귀퉁이를 찢어 편지지를 꺼냈다. 푸른 나뭇잎이 같이 묻어 나왔다.

모암마을에 사는 모르는 친구들에게.
안녕? 오늘 냇가로 나갔다가 물풀에 걸려 있는 사이다 병을 주웠어.
나무 마개를 빼내느라고 무척 힘이 들었단다. 하지만 그 덕분에
병 속의 편지가 냇물에 젖지 않은 것 같아. 참, 강아지풀도 잘 받았어.
너희들은 어쩌면 이렇게 재미있는 생각을 했니? 나는 이 편지를
받게 돼 참 반갑고 기뻤어.

"…정말 주운 사람이 있었나봐. 우리 또래인 것 같아."
나는 수안의 어깨 너머로 들여다보며 말했다. 수안은 말없이 편지를 읽고 있었다.

내 이름, 그리고 내가 사는 곳은 당분간 비밀로 할 거야. 그래야
너희들이 나를 더 궁금해할 테니까. 내가 우리집 주소를 단번에
알려준다면 뜻밖에도 가까운 곳에 산다는 사실에 너희가 실망할지도
모르잖아. 대신 이번처럼 사이다 병에 답장을 넣어서 냇물에
띄워주렴. 그래서 내가 또 건진다면 정말 운명 같은 우정이 될 거라고

잠옷을 입으렴

생각해. 그럼 이만 총총.

수안은 편지를 접어서 봉투에 넣었다. 내가 조심스레 물었다.

"편지가 마음에 들지 않아?"

"아니. 맘에 들어."

수안은 짧게 대꾸하고는 방으로 올라가 책상 서랍 속에 깊이 넣어두었다. 나도 따라 들어가 곁에 앉았다.

"답장을 냇물에 띄울 거야?"

"아니. 이젠 안 써."

"왜?"

수안은 책꽂이에서 공책을 꺼내 펼치고, 연필을 은빛 기차 모양 연필깎이에 꽂아 손잡이를 뱅뱅 돌려가며 깎았다.

"그만 놀고 방학숙제도 해야지. 많이 밀렸잖아. 개학이 내일모렌데 넌 숙제 안 할 거야?"

"응… 해야지. 할 거야, 나도."

나는 머뭇거리다 공책과 연필을 꺼냈다. 수안은 책상에서, 나는 방바닥에 엎드려 잠자코 숙제를 했다. 그날 밤 불을 끄고 이불에 누워 애써 잠을 청하는데 어둠 속에서 수안이 말했다.

"그런 답장 안 써도 돼."

등 뒤로 나직한 목소리가 건너왔다.

"그럼 이만 총총 하고 끝내는데 어떻게 모르겠니. 바보도 아니고."

나는 눈을 감고 잠든 척했다. 수안도 더 말하지는 않았다. 아침이면 서로 아무 일도 없었던 것처럼 모른 척하겠지. 아마 앞으로도 그날 답장에 관해서는 이야기할 날이 없으리란 걸 알았다. 조금 야속하기는 했지만, 그 뒤로도 종이배와 사이다 병을 생각하면 마음이 설레었던 것만은 사실이다. 엘리너 파전이 책 속에 썼던 것처럼. 당신이 보기엔 별거 아니겠지만 내겐 그랬습니다. 내가 어른이 되어서도 말입니다. 라고.

　　　　　　　　　　　　　　　잠옷을 입으렴

그럼 이만 총총

아빠, 오랜만에 소식 전합니다.

모암분교를 졸업하고 중학교 입학을 앞두고 있을 때, 아빠가 졸업과 입학 기념 선물로 보내준 것은 카세트라디오였습니다. 찾아오시지는 않았지만 중요한 날마다 소포를 빠뜨리진 않으셨어요. 말하지 않아도 그게 아빠 마음의 표현이었다고 믿고 있습니다. 졸업하던 무렵, 아빠가 재혼하셨다고 은이 이모가 말해주었습니다. 신중한 말투로, 그리 큰일도 아니며 어차피 떨어져 지내니 별로 달라지는 것도 없다고, 이모는 내가 혹여 상처받을까봐 염려스러웠는지 그렇게 말해주었습니다. 그래서 나는 괜찮은 것처럼 행동했습니다. 사실, 괜찮았습니다. 아빠가 혼자서 그 달동네에 살고 있는 것보다, 누군지는 몰라도 자상한 손길을 가진 어떤 여자와 한집에서 산다고 상상하는 편이 나았습니다. 아빠가 어떻게 지내시나 걱정할 필요가 없어져서 내심 안도감도 들었습니다.

그 달동네의 추억을 몇 개 간직하고 있습니다. 그곳에서 살 때 나는 처음 죽음에 대해서도 알았습니다. 화분 키우는 걸 좋아하셨던 아빠는 밤마다 삼림경비원의 눈을 피해 뒷산에 들어가 이끼를 캐오셨어요. 화분의 흙을 이끼로 덮어주고 싶으셨겠죠. 졸린 눈을 비비며 아빠를 따라 밤의 숲을 헤매다가 돌아오던 어느 날, 저 아래 시가지에서 불이 난 것을 보았습니다. 어느 집을 활활 태우며 불꽃은 밤공기를 사르고 있었지요. 아빠는 한 손엔 회중전등을, 한 손엔 이끼가 가득 찬 깡통을 들고 '저 정도 화재면 사람이 많이 죽었겠구나' 하고 말했습니다. 죽음에 대해 그전에도 알고 있었는지는 모르겠지만, 최초로 느끼고 이해하게 된 건 그때였던 것 같아요. 방금까지 숲에서 어둠에 눈을 익히며 걸어 나왔는데 갑자기 시야를 밝히던 붉고 커다란 불은 참으로 인상적이었어요. 두렵기도 했습니다.

아빠가 보내주신 편지에서 새 주소를 보고, 그 집에서 이사하셨다는 걸 알았습니다. 잘하셨습니다. 아… 그리고 카세트라디오 하니까 생각납니다. 좀 우스운 일이었는데, 수안과 나는 카세트테이프의 진행 방향을 두고 옥신각신했습니다. 앞으로 감는다고 할 때 버튼에서 'Rew'가 옳은 것인지 'F.F'가 옳은 것인지를 두고 다퉜어요. 나는 테이프의 가장 첫 곡으로 되돌아가는 게 맨 앞으로 가는 것이므로 'Rew'가 맞다고 했고, 수안은 노래가 흘러가는 방향이 앞이니까 'F.F'가 맞다고 했습니다. 다른 일들은 쉽게 의견일치를 보면서도 그 점에 대해서만은 양보하지 않아, 각자 자기 식대로

잠옷을 입으렴

카세트테이프를 다루었습니다.

아빠는 또 창비아동문고를 보내주셨죠. 모암집에서 우리가 가진 유일한 전집인 계몽사소년소녀세계명작이 이 세상 동화의 전부인 것처럼 알고 지냈을 때, 아빠가 보내준 창비아동문고는 작은 충격이었습니다. 읽고 나면 가슴이 아픈 이야기들이 많았습니다. 그래서 수안이는 그 책들을 그리 좋아하지는 않았어요. 몽실 언니의 다리가 부러져서 절름발이가 됐을 때 나는 울었습니다. 수안이도 그걸 읽고는 너도 어디서 굴러떨어졌던 거냐고 물어보더군요. 아니라고, 난 그냥 태어날 때부터 한쪽 다리가 조금 불편했을 뿐이라고 대답했습니다. 사실은 나도 잘 모릅니다. 나는 한 번도 엄마 아빠에게 왜 내 걸음이 불편한지에 대해 물어본 적이 없었습니다. 다들 모른 척해주었고 그 편이 편했으니까요.

창비아동문고에서 많은 아동문학가를 만났습니다. 이원수, 이주홍, 마해송, 윤석중, 권정생, 손춘익, 이오덕, 권태웅, 박상규…『못나도 울 엄마』,『떡배 단배』,『꼬마 옥이』,『해와 같이 달과 같이』,『고향을 지키는 아이들』,『밤에 온 눈사람』,『작은 어릿광대의 꿈』과 같은 작품들이 잊히지 않습니다. 계몽사 동화들이 아름답고 신비하고 먼 나라를 향한 동경과 그리움을 안겨주었다면, 창비문고들은 슬프고 가슴 아리지만 따뜻하고 정다운 이야기를 들려주었습니다. 그 추억들을 가질 수 있게 해주어서 감사했습니다. 그 시절 그 책들이 아니었다면 도대체 무엇을 하며 자라날 수 있었을까요.

그것은 우리 유년의 대부분이었습니다. 세상 곳곳에서 이야기를 써내는 이들과, 이야기를 아이에게 들려주는 부모들과, 그리고 우리와 같은 책을 읽으며 자란 아이들에게 나는 감사합니다.

또 소식 전하겠습니다. 그럼 이만 총총.

당신의 딸 둘넝 올림

추신. 송구한 질문이에요. 올해 몇 세가 되셨습니까? 모암마을에서 헤어지고 몇 년은 아빠 나이를 셌는데, 언제부턴가 놓쳤습니다.

길가에 코스모스가 피어나던 무렵, 은이 이모는 수안에게 피아노를 배우게 했다. 교습소는 가매마을에 있었는데 버스로 세 정류장이었지만 이모는 버스비도 아낄 겸 매일 그 정도는 걸어 다녀도 된다고 말했다. 이모는 딸한테만 피아노 교습을 시키게 된 것이 마음에 걸렸는지 둘넝이까지 가르칠 형편이 안 돼 미안하다고 했다. 나는 아무렇지 않다고, 사실 피아노에 전혀 관심이 없다고 말했다.

수안이 첫 레슨을 받던 날이 기억난다. 그 교습소는 가매마을 어귀에서 보이는 첫 집이었다. 시골집으로선 드물게 반듯한 단층 양옥이었고 창가엔 빨갛고 둥근 유럽풍 차양이 달려 있었다. 허리까지 오는 낮은 목제 대문을 밀고 들어서면 마당엔 잔디가 깔렸고 징검다리 같은 흰 돌들이 현관까지 이어졌다. 담장 대신 탱자나무 울타리가 아담한 집을 둘러쌌다.

레슨 순서를 기다리며 대기하는 거실은 좁은 편이었지만, 아이 서넛이 끼어 앉을 폭신한 소파와 꽤 많은 책도 꽂혀 있었다. 무엇

잠옷을 입으렴

보다 벽에 걸린 초상화 몇 점이 눈에 띄었다. 마른 체구에 부드럽게 컬이 진 파마머리의 피아노 선생님은 시골에 어울리지 않는다 싶게 곱게 나이 들어가는 여자였다. 삼십 대 중후반쯤 되었을까. 그녀는 마치 우리가 어른이라도 되는 양 금박 문양이 새겨진 도자기 찻잔에 유자차를 타서 내놓았다. 받침대까지 단정하게 받친 찻잔 세트였다. 새금한 유자차를 홀짝대다가 수안은 초상화에 눈길을 주더니 대수롭지 않은 척 입을 열었다.

"뉴턴이군요."

우스꽝스런 흰 가발을 어깨까지 늘어뜨린 채 근엄한 표정을 짓는 서양인의 초상화. 순간 마주 앉은 피아노 선생님이 웃음을 터뜨렸다.

"어머, 그건 헨델이야. 피아노 교습소에 뉴턴 초상화가 왜 있겠니?"

수안의 뺨이 귀밑까지 빨개졌다. 애써 태연한 척해도 뉴턴과 헨델의 초상화를 구별하지 못한 게 창피했을 터였다. 하지만 그때부터 내 외사촌은 피아노와 교습소 풍경에 마음을 빼앗기기 시작했다. 태어나서 처음 손에 쥐어본 고급스런 도자기 찻잔과 함께. 그리고 내게는 매일 한 시간씩의 기다림이 주어졌다. 수안은 내가 가매마을까지 함께 가주기를 바랐고, 나 또한 수안이 레슨을 마칠 때까지 교습소에서 기다리는 시간이 싫지 않았다. 실내를 희미하게 떠도는 방향제 냄새. 소파에 기대놓은 부드러운 쿠션. 마음대로 꺼내 읽어도 된다고 허락받은 ABE문고에서 『목화마을 소녀와 병

149

사』,『새벽의 하모니카』,『그때 프리드리히가 있었다』,『부엌의 마리아님』같은 책들을 뽑아 읽기도 했다.

책장 위 칸엔 아무도 손대지 않는 키 작은 문고판 책들이 빽빽이 꽂혀 있었다. 을유문화사, 범우사, 삼중당문고에서 나온 시리즈들로, 먼지가 뽀얗게 내려앉은 책장을 펼치면 한자가 드문드문 섞인 세로쓰기 활자들이 모습을 드러냈다. 세로로 봐야 하는 게 불편하고 내용도 낯설어서 제대로 읽어낸 적은 없었지만, 그해 가을 피아노 교습이 끝나기를 기다리며 수없이 책장을 훑어보는 바람에 어떤 제목들은 아직도 선명하다.『애타는 밤』,『그날의 햇빛은』,『사랑손님과 어머니』,『놓친 열차는 아름답다』,『생의 한가운데』,『움트는 겨울』,『허상과 장미』…. 그 문고판들은 지금은 다 어디로 갔을까.

~~~~~

탱자나무 울타리에 노랗게 열매들이 익어갔다. 탱자 냄새가 좋아서 나는 잔디가 시들어가는 마당 울타리 아래 앉아 뜨개질을 했다. 그러다 문득 고개를 들면 저만치 내다보이는 신작로 길에 포플러 가로수들이 줄지어 서서 하늘로 키를 높이고 있었다. 포플러들은 릴레이라도 하듯 잎사귀를 찰랑거리며 이 나무에서 저 나무로 무엇인가를 속삭였다. 허공에 뜬 이야기는 바람을 타고 신작로 끝으로 끊임없이 전해져갔다. 포플러가 출렁이는 소리는 막 마개를 딴 초록 사이다 병에서 솟아오르는 탄산 거품 같기도 했다.

"너 여기서 뭐 하냐?"

언제 왔는지 눈앞에 미주가 서 있었다. 학교를 마치면 방앗간 심부름에 바쁜 미주는 그날도 양손에 곡식자루를 들고 교습소 앞을 지나고 있었다.

"수안이 기다려."

미주는 그럴 줄 알았다는 듯이 비죽거렸다.

"사실은 너 그 집에서 부엌데기지? 수안이만 피아노 배우고 넌 안 배우고 말이야."

나는 한 박자 쉼표를 두고 짤막하게 대꾸했다.

"아니야."

곧 태어날 아기에게 주려고 털양말을 짜던 손길을 더 부지런히 놀렸다. 남자아이일지 여자아이일지 알 수 없었으므로 흰색 털실로 짜고 있었다. 미주는 무뚝뚝해진 나를 가만 내려다보았다. 좀 더 신경을 긁어볼까 어쩔까 망설이는 게 느껴졌다. 미주는 나를 좋아하고 친해지고 싶어 했지만 수안이 때문에 통 가까이 오지 못했다. 그래서 괜히 심술을 부려보는 모양이지만 워낙 낙천적이고 털털한 탓에 길게 가는 건 무리였는지 이내 가시를 거두었다.

"미안해. 그냥 해본 소리야."

나는 대답하지 않았다. 미주는 아랑곳 않고 자루 두 뭉치를 땅에 내려놓더니 내 곁에 털썩 주저앉았다. 빨지도 않고 입는지 두터운 자주색 누비바지엔 허옇게 가루가 묻었고, 보푸라기 핀 스웨터 소매 끝에도 때가 탔다. 손등이 트고 갈라져서 정작 털장갑이 필요한 건 미주가 아닌가 싶었다.

"그렇게 쪼끄만 양말을 누가 신게?"

"…수안이 동생."

"아, 맞다. 그 애 엄마 임신했지. 언제 태어나는데?"

"이제 곧."

미주는 거친 손을 뻗어 울타리에서 탱자 열매 서너 개를 후드득 뜯어내더니 코끝에 가져다 대고 냄새를 맡았다. 탱자 냄새가 곁에 앉은 내게까지 흘러왔다. 입속에 새금하게 침이 고였다.

"우리 할매가 하는 말이 탱자나무 밑에 앉으면 사람이 게을러 빠지게 된다던데."

내가 묵묵히 뜨개질만 계속하자 미주는 또 중얼거렸다.

"탱자탱자 논다고 하잖아. 그게 아무짝에도 쓸모없는 탱자 열매를 본떠서 하는 소리라더만."

"설마. 아니야."

"왜 아닌데?"

단호한 척했지만 미주가 되물었을 때 뭐라 반박할 근거는 없었다. 그냥 내가 탱자 열매를 좋아했기 때문에 아무짝에도 쓸모없다는 표현이 듣기 싫었던 것일 뿐. 탱자 냄새는 참 좋다. 그것만으로도 쓸모가 있지 않나. 대답이 궁해진 나는 자신 없게 한마디 덧붙였다.

"탱자는 약으로도 쓰여."

"누가 그래?"

"우리 할머니가."

외할머니한테서 직접 듣지는 않았어도 거짓말은 아니라고 생각
했다. 개똥도 약에 쓰일 때가 있다는데 탱자 열매가 약에 쓰일 일
이 왜 없겠는가. 어디다 쓰여도 쓰이겠지.

"어디 아플 때 쓰이는데?"

미주가 끈질기게 물었다.

"…가슴이 답답하고 기침이 날 때. 수안이가 즙을 자주 먹었어."

둘러대는 말에 미주는 그렇구나 고개를 끄덕이더니 이마를 찌푸
렸다.

"수안이는 왜 만날 여기가 아프다 저기가 아프다 하는 건데? 조
퇴를 밥 먹듯이 하고 말이야. 실은 꾀병 아니냐?"

"꾀병 아니야. 정말 아파서 조퇴하는 거지."

"하지만 내 보기엔 멀쩡하던걸. 어지럽다고 양호실에 가지만 낯
빛이 창백해지지도 않잖아. 그냥 엄살일지도 몰라. 버릇된 거야, 다
들 위해주니까."

그러면서 미주는 살짝 내 눈치를 보았다. 수안을 흉보고 싶은 마
음과 내 심기를 건드리고 싶지는 않은 마음이 왔다 갔다 하는 것이
다. 나는 한숨을 쉬고 그만 입을 다물었다. 미주뿐 아니라 모암분
교에서 수안을 못마땅하게 여기는 여자아이들이 꽤 있었지만, 나
도 어쩔 도리가 없었다. 사촌이 아니었다면 나 역시 수안과 가까웠
을지는 알 수 없는 노릇이었다.

한참을 노닥거리던 미주는 심부름을 더 이상 늦출 수 없게 됐을

때야 마지못해 곡식자루를 들고 일어났다. 생각해보면 저 아이도 안됐다. 방과 후에 제대로 노는 모습을 본 적이 없었으니까. 뜨개질하던 손을 멈추고 멀어져가는 미주의 뒷모습을 바라보았다. 신작로 포플러들이 짐을 들고 끙끙대며 걸어가는 미주를 두고 다시 소곤거렸다.

이따금 바람이 향기를 실어왔다. 포플러들은 높이높이 솟아올라 마치 땅이 아닌 하늘에서 태어난 목숨인 양 찬란하게 출렁거렸다. 바람이 불면 이파리들은 자잘한 파도처럼 부딪치며 번져나갔고, 어느새 잡힐 듯 말 듯한 향기가 되어 내가 있는 곳까지 실려 왔다. 그 순간들로 인해 수안을 기다리는 시간이 괜찮았다. 그리고 수안이 많은 노래를 배워올 거라 기대했다. 열세 살의 나는 노래와 피아노를 똑같이 생각했던 것 같다. 교습소 창문 너머 들려오는 멜로디는 도무지 노래와는 거리가 멀었지만 그런 복잡한 과정이 지나면 아름답고 좋은 노래를 많이 배울 거라고 믿었다.

〰〰

외할머니는 산에서 밤을 따왔다. 밤송이를 까느라 여기저기 긁힌 손에 식칼을 들고선 그 많은 밤 껍질을 다 쳐내고 속살을 둘러싼 보늬도 깨끗이 걷어냈다. 그러고는 자루에 담아주면서 피아노 교습소 가는 길에 가매마을 방앗간에 들러 빻아오라고 했다. 무거울 테니 버스를 타고 가라며 차비도 챙겨주었다.

수안이 교습소에서 피아노를 칠 때 나는 밤자루를 들고 방앗간

잠옷을 입으렴

을 찾았다. 흙바닥에 벽을 세우고 슬레이트 지붕을 얹은 방앗간은 커다란 창고처럼 보였고, 기계 돌아가는 소리로 몹시 시끄러웠다. 채광이 좋지 않아 낮인데도 어둑했다. 지붕을 받치는 철골에 커다란 형광등이 매달려 파리하게 불을 밝히고 있었다. 얼굴에 얽은 자국이 심한 주인 남자가 밤자루를 받아들었다. 기계 한 대에선 고춧가루가 부지런히 빻아졌다.

주인은 비어 있는 기계 투입구에 밤을 쏟아붓고 스위치를 작동시켰다. 요란한 소리와 함께 밤이 으깨지기 시작했고, 커다란 나무 주걱으로 휘젓자 아래 받쳐놓은 고무대야로 가루가 미끄럼을 타고 내려왔다. 한 번 빻아진 가루는 또다시 투입구에 쏟아져 더 곱게 빻아진다. 방앗간 화덕에 올려놓은 떡시루에선 뜨거운 김이 피어올랐다. 훈기와 갓 쪄내는 떡 냄새가 퍼져갔다.

밖에 털털대는 경운기 소리가 나더니 짐칸에서 미주가 뛰어내렸다. 경운기를 몰고 온 청년이 촐랑거리는 미주의 꽁지머리를 장난스레 잡아당겼다. 미주는 오만상을 찡그리며 그를 흘겨보다가 문득 나를 발견하고 눈이 동그래졌다.

"어, 둘넝이잖아. 방앗간엔 웬일이야?"

"심부름 왔어."

"잘 왔어 잘 왔어!"

단지 심부름을 왔을 뿐인데 뭐가 잘 왔다는 건지. 미주는 환한 얼굴로 내 어깨를 툭툭 건드렸다. 밤을 빻던 주인 남자가 비로소 아는 척을 했다.

"미주 친구냐?"

"네. 같은 반이에요. 모암마을 살고요. 인사해, 우리 큰아버지야."

엉거주춤 고개를 숙이니 주인은 얽은 얼굴에 새삼 어색한 웃는 시늉을 해 보였다. 원래 웃음이 드문 사람 같았다. 자루에 빻은 밤 가루를 담자 미주는 내게서 빼앗다시피 해 손수 들었다. 방앗간을 나설 때 경운기를 몰고 왔던 청년이 말했다.

"이제 가니?"

"응, 삼촌. 내일 봐."

청년이 안으로 사라질 때까지 미주는 언제 찡그렸냐는 듯 정답게 손을 흔들었다.

"너네 삼촌이구나."

"진짜 삼촌은 아니고. 일하는 오빠인데 그냥 그렇게 불러. 오늘은 수녀원에서 김치 담근대서 배추랑 무랑 갖다주러 같이 갔었어."

미주는 내 곁에서 나란히 걸으며 수다를 풀기 시작했다.

"너 수녀원 구경한 적 없지?"

"응."

"읍내 성당 뒤편에 있는데, 수녀들 사는 집엔 아무나 못 들어가지만 교리반 수녀님이 나를 아니까 특별히 들어오게 해줬어."

"너 성당 다녀?"

"어쩌다가 한 번씩. 큰어머니가 갈 때 가끔 따라가. 교리반 공부하고 나면 빵 같은 간식도 나오고. 레크리…에이션도 하고. 재밌어."

미주는 레크리에이션이란 발음을 천천히 신중하게 했다. 신경

잠옷을 입으렴

써서 외운 낱말처럼 들렸다. 다들 종교를 가지려고 애쓰는구나. 나는 속으로 생각했다. 절에도 가고 교회에도 가고 성당에도 가고. 가면 정말로 좋을까. 마음에 위로가 될까. 수안은 어디에 다녀야 잠을 잘 자게 될까. 악몽도 안 꾸고, 자다가 소스라치게 놀라 깨어나 두려움에 울지도 않고. 수안은 한밤중에 깨어나면 꼭 나를 흔들어 깨워 같이 있어달라고 하거나, 내 어깨에 이마를 기대고 울었기 때문에 나는 자주 잠을 설쳐야만 했다.

우리는 신작로로 타박타박 접어들었다. 가매마을에서 모암마을로 이어지는 구월산 능선에 단풍이 물들고, 포플러들도 빛바랜 잎을 하나둘 떨어뜨리기 시작했다. 버스정류장을 지나치면서 미주가 말했다.

"모암마을까지 이야기하면서 걸어가자. 대신 밤자루는 내가 들어줄게."

"이리 줘. 내가 들면 돼."

미주의 손에서 자루를 빼앗으려 하는데 그 아이는 등 뒤로 감추며 한사코 내놓지 않았다.

"괜찮아, 나는 만날 하는 일이니까 인이 배겨서 안 무거워. 그리고 너는 다리도⋯."

무심코 말해놓고는 실수했다 싶은지 얼른 입을 다물었다. 나는 못 들은 척했다. 둘이서 잠자코 길을 걸었다. 미주가 어색할까봐 내가 먼저 침묵을 깼다.

"매일 가매마을까지 일하러 오면 힘들지 않아?"

"귀찮을 때도 있지만 뭐, 할 수 없지. 큰아버지가 주는 용돈이 필요하니까. 엄마 혼자 농사짓는 걸로는 형편이 딱한걸."

나는 고개를 끄덕였다. 미주 아버지는 미주가 어릴 때 돌아가셨고 큰아버지네가 이런저런 도움을 주는 모양이었다. 미주는 새삼 옹호하듯 말했다.

"큰아버지가 저래 봬도 인정이 많아. 너 만화방 재덕이 알지?"

"재덕이?"

"그 왜… 천막교회 따라 도망간 만화방 여자. 그 여자 아들이 있거든."

아, 기억이 났다. 만화방 구석에서 헐벗은 채 콧물을 흘리며 아무렇게나 방치돼 자라던 아이.

"재덕이 할아버지도 몸이 안 좋아서 손자를 못 본다고 하는 바람에 고아원에 갈 판이었는데, 우리 큰아버지가 집에 데려다놓고 키워주고 있거든. 그냥저냥 학교 보내주고 일손이나 거들면 되지 않겠냐면서."

"그렇구나…."

참 사연들도 많다 싶었다. 서쪽 하늘에 노을이 졌다. 그렇게 미주와 함께 신작로를 걸어오는 일이 어쩐지 편안했다. 수안이와 다닐 때와는 또 다른 느낌으로. 미주가 콧노래를 흥얼거렸다. 포플러 잎사귀는 작은 손바닥… 짤랑짤랑 소리 난다 나뭇가지에. 나도 같이 흥얼거렸다. 그렇다. 작은 손바닥처럼 생겼다, 포플러 이파리는. 교실 오르간에 맞춰 저 노래를 처음 배웠을 때가 생각났다. 포플

러- 하고 부를 때 ㅍ의 옅은 바람이 입술 밖으로 새어나가는 느낌
이 좋았다. 청량한 한숨 같기도 하고. 나는 어딘가 조용한 기쁨에
젖어 말했다.

"나는 이다음에 나무가 있는 집의 주인이 될 거야."

미주는 커다랗게 끄덕였다.

"그거 좋지. 나무가 있으려면 마당이 넓어야 할 테고. 마당이 넓
으면 아무래도 부잣집이지."

"부잣집이 아니라도 나무가 있으면 돼. 탱자나무 울타리도 좋
고."

미주는 그럼 그럼 하며 동의해주었다. 그건 왠지 내게 큰 힘이
되었다. 그 순간 나는 그럴 수 있을 것 같았다. 언젠가 큰 나무가
자라고 향기로운 울타리를 두른 집의 주인이 될 것만 같았다. 그
집에서 매일 저녁 무렵 현관에 앉아 내 마당을 내다보면서 이날
을 생각해야지. 수안이가 피아노를 치고 나올 때까지 바라보던 산
의 능선과 신작로, 포플러와 그 적요한 기다림에 대해서. 탱자나무
열매의 노란 즙과 향기에 대해서. 그립게 생각해야지. 아마 마음이
조금은 아플지도 모른다. 그땐 이 마을을 멀리 떠났을 테니까. 하
지만 그때도 여전히 내 속엔 그들이 물들인 푸르고 촉촉하며 가슴
을 둔하게 찌르는 아픔이, 어떤 체취가 배어 있다는 것을 나는 알
겠지.

모암마을 어귀에서 자루를 돌려받았다. 미주의 이마에 땀이 송
송해 나는 주머니에서 하얀 가제 손수건을 꺼냈다. 은이 이모가 아

모레 화장품 아줌마한테 콜드크림을 사고 사은품으로 받은 손수건
이었다.

"땀 닦아. 그리고 이거 너 가져."

미주는 당황하며 손사래를 쳤다.

"됐어. 괜찮아."

"아냐, 난 또 있어."

미주는 망설이며 받았는데 기쁜 기색이었다. 노을이 스러지고
있었다. 날이 어둑어둑해지자 모암마을의 불빛이 하나둘 켜지기
시작했다.

~~~

수안은 그때까지도 돌아오지 않았다. 곧 오겠지 여기며, 처마 백
열등을 켜고 외할머니가 밤묵을 쑤는 모습을 쪼그리고 앉아 구경
했다.

"밤묵은 여간해선 찰지지 않아서 잘못하면 수저로 떠먹게 되니
까 물은 쬐끔만 넣는 거다."

외할머니는 보슬보슬한 밤가루가 담긴 커다란 양푼에 물을 조금
씩 따르며 말했다. 은이 이모가 부른 배를 내밀며 안방 문을 열고
나왔다.

"피아노 교습소에선 한참 전에 돌아갔다고 하는데 왜 여태 안
오는 거지? 둘녕아, 너 모르니?"

"제가 나가볼게요."

　　　　　　　　　　　　　　　　　　　잠옷을 입으렴

손을 닦고 일어서는데 외할머니가 툇마루 아래 연장통에서 손전등을 꺼내주었다.

"어둡다. 이거 들고 가거라."

마을을 지나 신작로까지 가는 동안에도 수안은 오지 않았다. 정류장에서 한동안 기다리다 가매마을로 향하는 버스에 올랐다. 차창에 코를 박고 어두운 바깥을 내다보았지만 모암마을로 걸어오는 사람은 보이지 않았다.

수안은 여태 교습소 탱자나무 울타리에 우두커니 서 있었다. 언제부터 그러고 기다렸는지 고집스런 입매를 꾹 다물고 시선을 아래로 향한 채였다. 손전등 불빛을 비추자 고개를 들었다.

"방앗간에 갔다가 미주를 만났어."

대답이 없다.

"늦어져서 네가 먼저 갔을 줄 알았어."

탱자 열매 향기가 곁을 맴돌았다. 나는 다정히 말했다.

"집에 가자."

천천히 수안이 발걸음을 뗐다. 손전등 빛을 앞세워 신작로를 되짚어 왔다. 사위는 깜깜하고 가끔 자동차가 스쳐갔다. 수안이 가라앉은 목소리로 입을 열었다.

"나 피아노 칠 때 기다리는 거, 지루해?"

"아니. 그래서가 아니라… 미주가 밤가루를 모암마을까지 들어다줬어."

우리 발자국이 자박자박 울리고, 멀리 냇물이 흘러가는 소리가 어둠에 섞여 들려왔다.

"…그 애랑 무슨 얘기했어?"

"그냥 이런저런. 노래 불렀어."

"무슨 노래."

"학교에서 배웠던 거. 포플러 잎사귀는 작은 손바닥, 그거."

"아아."

수안은 짧게 대꾸하고는 두 정류장을 지날 때까지 말이 없다가 문득 내게 물었다.

"포플러 꽃말 알아?"

"아니."

"비탄과 슬픔이래."

어디선가 풀벌레들이 울었다. 가을이라고. 그들이 찾아왔다고. 그러나 하루살이처럼 너무나 짧은 생애라고. 포플러의 꽃말은 비탄과 슬픔. 언덕 위에 가득한, 나를 보고 어서 오라고 흔드는 저 손들. 수안이 말하지 않아도 나는 어쩌면 알고 있었다. 포플러 신작로는 슬픈 길이라는 걸. 처음 이 길을 따라 모암마을에 찾아온 날부터 그립고 아픈 기억이었다는 걸.

내가 말이 없자 수안은 한숨을 쉬더니 피아노책이 든 가방에서 무언가를 꺼냈다.

"먹을래?"

얇은 비닐테이프 같은 계피맛 과자였다. 과자는 싸한 맛을 혀끝에 남기고 입안에서 순식간에 녹았다. 낮에 그토록 반짝였던 내 마

음의 기쁨은 이미 사라졌다. 언제나 웃음소리와 반짝이는 것들은 쉽게 사라져간다.

모암집 사립문 앞에서 미주가 기다리고 있었다.

"둘녕아."

미주는 수안을 보고 멈칫하더니 내 팔꿈치를 끌어 좀 떨어진 곳으로 데려갔다.

"이거 주려고."

그건 빳빳한 마분지로 만든 연습용 피아노 건반이었다.

"너 주려고 샀어. 이걸로 손가락 연습부터 해봐."

"…필요 없는데."

"아냐, 너도 연습해봐. 우리 학교 어떤 여자애가 말이야. 매일 종이 건반으로 연습했는데, 한 번도 실제로 쳐본 적이 없었는데, 학교에서 처음 풍금을 쳤더니 하나도 안 틀리고 칠 수 있더래. 이거 진짜야. 내가 봤어."

미주는 내 손에 종이 건반을 밀어 넣듯이 쥐여주었다. 모암마을 구멍가게에선 팔지 않는 음악 시간 학습용이었다.

"이건 가매마을 문방구에서 파는 걸 텐데."

"응. 아까 너랑 헤어지고 나서 바로 다시 갔다 온 거야. 문방구 문 닫기 전에 얼른."

미주는 뿌듯하게 웃어 보이고는 돌아서서 마을길을 뛰어갔다. 나는 종이 건반을 내려다보았다. 건반이 어둠 속에 하얗게 떠올랐다.

잠옷을 입으렴

어느 날 오후, 사립문 밖에 용달차가 섰다. 책에서 본 '마호가니'가 저런 게 아닐까 싶은 중후한 호두빛깔 책상과 검정색 회전의자가 내려졌다. 외할머니는 이게 다 뭐냐고 어리둥절해했지만, 용달차 기사는 집 주소와 이모부의 이름을 대며 배달이 정확하다고 말했다.

그날 밤 퇴근해 온 이모부는 마당에 전등을 밝힌 채 목장갑을 끼고 막내삼촌의 끝방을 정리했다. 삼촌이 쓰던 낡은 책상과 의자를 꺼내 뒤란에 가져다놓더니 책꽂이로 쓰던 널빤지와 벽돌무더기도 마당으로 꺼냈다. 차곡차곡 접힌 푸른 텐트가 나오자 의아하게 훑어보다가 그것도 뒤란 창고로 보냈다. 수안과 나는 잠옷 위에 헐렁한 스웨터를 껴입고 툇마루에 걸터앉아 그 광경을 지켜보았다. 이모부는 벽돌을 뒤란으로 나르다 멈춰 서서 이마의 땀을 닦았다. 그러고는 소녀들을 향해 말했다.

"앉아만 있지 말고 도와라. 같이 나르자꾸나."

우리는 떨떠름히 슬리퍼를 신고 나섰다. 벽돌 두 장을 팔에 안고 뒤란으로 가면서 수안이 중얼거렸다.

"이래도 되는 거야?"

나 역시 동감이었다. 율이 삼촌을 생각하면 이래서는 안 될 것 같았지만, 삼촌은 지금 지붕 아래 없고 어린 조카들은 아무런 권위를 갖고 있지 않았다. 어두운 뒤란으로 창호지 쪽문을 통해 눅신한 불빛이 흘러왔다. 안 그래도 좁은 공간이 오동나무 옷장에다 삼촌의 책상과 벽돌로 가득 차버렸다. 빗물이 떨어지는 흔적을 따라 붉게 물든 담벼락에 이끼가 거무죽죽했다.

은이 이모는 잔뜩 부른 배를 하고서도 빗자루를 들고 휑해진 끝방을 구석구석 쓸어냈다. 걸레를 빨아 남편을 위해 방바닥을 닦아주기도 했다. 이모부는 배달된 호두빛깔 책상과 책장을 방으로 옮겼다. 너무 무거워 수안과 내가 맞은편에서 함께 붙잡고 올려야 했다.

끝방은 달라졌다. 방구들이 꺼지지 않을까 싶을 만큼 육중한 책상과 책장, 회전의자가 놓였다. 이모부는 그 학구적인 공간에다 그동안 안방에 비좁게 쌓아놓았던 자신의 책들을 가져다 꽂았다. 교과연구서와 자료집, 교육지침서와 앨범들, 애지중지하는 세계의 명화집. 얼마 전 수상한 우수교사상 상패도 책장 한켠에 단정히 올라앉았다. 만삭인 이모의 잠을 방해하지 않기 위해 전화기도 옮겨갔다. 그는 목장갑을 벗고 기쁜 얼굴로 방 안을 둘러보았다. 비로소 그의 공간이 생긴 것이다. 끝방은 이모부의 서재가 되었다.

가을이 저물 무렵 아기가 태어났다. 우리는 읍내 병원의 신생아실 유리창 너머로 아기를 구경했다. 얼굴은 쭈글쭈글하고 배냇저고리 사이로 드러난 살갗은 황달기로 노랬다. 배 속에서 꼬물거리며 자란 배냇털이 이마와 목덜미에 붙어 있어 어딘지 우스꽝스러웠지만… 예뻤다. 사내아이였다.

~~~~~

아기와 함께 집으로 돌아온 은이 이모는 자주 낮잠을 잤다. 수안

잠옷을 입으렴

과 터울이 큰 동생인 만큼 노산이라 힘들었다고 했다. 자연분만 하려다 아기가 커서 죽을 고생을 하고는 결국 제왕절개로 낳았다면서, 외할머니는 말린 아가위 열매를 가루 낸 뒤 쑥과 함께 달인 탕을 산모에게 하루에 몇 사발씩 마시게 했다.

수안과 나는 약사발을 가져다주면서 이모의 수술 자국을 구경했다. 아기에게 젖을 물리다 윗옷을 헤쳐 보여준 수술 자리는 배꼽을 질러 세로로 길게 찢어지듯 나 있었다. 바늘이 뚫고 간 자리가 나눗셈 기호처럼 일정한 간격으로 발갛게 도드라졌다. 아기 양을 잔뜩 삼킨 늑대의 배를 엄마 양이 가위로 가르고, 새끼들을 꺼내고, 거기다 돌을 가득 담아 다시 꿰매 물에 빠져 죽게끔 했다는 이야기는 읽은 적이 있지만, 이렇게 눈앞에서 실감나게 보기는 처음이었다. 배를 가르고, 아기를 꺼내고, 다시 배를 꿰매 닫아버리다니. 의학이란 참 신기하면서도 의외로 단순하구나… 하고 나는 생각했다. 어떤 실을 썼을까? 바늘은 얼마나 컸을까? 이불 홑청을 꿰맬때 쓰는 돗바늘만 할까? 외할머니 반짇고리에 들어 있는 실과 바늘이 떠올랐다.

엄마 젖을 빠는 동안 아기 이마엔 송알송알 땀방울이 맺혔다. 산후조리를 돕느라 안방에 불을 세게 때서 숨이 턱턱 막힐 만큼 더웠다. 꼭 움켜쥔 주먹이 호두알만 했다. 처음 아기를 본 순간 병원 신생아실 앞에서 수안이 했던 말이 떠올랐다.

"이 아기도 언젠가는 늙고 죽게 된다니…"

다 늙은 노파처럼 혀를 차는 수안을 나는 못 들은 척했다. 갓 태어난 아기에게 그런 말은 좋지 않다. 밝고 따스하고 기쁜 이야기를 가장 처음 들려주는 게 옳다. 유리창이 가로막혀서 다행이라고 생각했다. 외할머니는 시루떡을 쪄서 이웃집들에 돌리고, 따로 떡 한 보자기를 싸가지고는 아기 이름을 지으러 뒷산 암자에 올라갔다.

"이름이 뭐예요?"

궁금했던 나는 외할머니가 사립문을 들어서는 기척이 들리자 얼른 방문을 열었다.

"이름이 금세 나오냐? 몇 날을 깊이 생각하고 맞춰봐서 짓는 거지. 할미가 잘 부탁드리고 왔다."

외할머니는 뻐근한 무릎을 주무르며 툇마루에 털썩 주저앉더니 은하수 한 개비를 꺼내 물고 꽃 좀 다오, 했다. 내가 성냥불을 댕겨주니 맛나게 한 모금 빨아들였다.

아기를 돌보느라 피로해진 은이 이모는 일찍 자고 싶어 했고 이모부는 밤늦게까지 뭔가를 하고 싶어 했기 때문에, 차츰 끝방에서 따로 자는 날이 많아졌다. 이모부는 새로 만든 서재에서 교습계획서 같은 서류를 작성하고 독서를 하거나 공부도 했다. 늦은 시간까지 타이프라이터 소리가 들려오고 가끔은 한밤에 전화통화를 하는 목소리도 건너왔다. 이모는 아기를 데리고 안방에서 잤는데, 젖이 잘 안 나오는 데다 텔레비전에서 분유가 더 영양가가 많다고들 하자 일찌감치 젖을 떼고 분유를 먹이기 시작했다. 산에서 받아온 아기 이름은 시웅이었다.

겨울이 지나는 동안 나는 외할머니한테서 재봉틀을 배웠다. 외할머니는 마을을 돌아다니는 기술자를 불러다 재봉틀을 손보게 했다. 부품을 갈고 기름칠하고, 이윽고 다르르 리듬을 타고 재봉틀이 돌아가자 나는 가슴이 벅차올랐다. 발판을 굴릴 때마다 작은 시소 같은 움직임이 무척이나 좋았다. 며칠이나 매달려 서툴게 만들어 낸 것은 웅이의 배냇저고리였다. 마분지에 그린 인형 옷이 아니라 질감이 느껴지는 진짜 옷을 만든 건 새로운 기쁨이었다. 안방에 들어가 배냇저고리를 내밀었다. 은이 이모는 잠을 설친 얼굴로 웅이를 안고 있다가 옷을 보더니 환하게 웃었다.

"고맙다. 둘녕이는 정말 손재주가 좋구나."

그러고는 내 머리를 따뜻한 손길로 쓰다듬었다. 둘이서 웅이에게 새 배냇저고리를 갈아입혔다. 아기의 짧은 팔에 소매가 너무 길었지만 이모는 잘 맞는다고 했다. 그즈음 이모는 세상 모든 것에 방심했고 너그러웠다.

～～～

툭.

누군가 밖에서 던진 눈뭉치가 내 방 유리창을 맞추고 떨어졌다. 일요일 아침이었다.

"아직도 자요?"

창을 열자 저만치 눈 쌓인 공터에서 산호가 손을 흔들었다. 간밤에 또 눈이 내렸지만 햇살은 환하고 포근한 날씨였다.

"그만 자고 나와요."

"왜요."

"그냥 나와요."

부스스한 모습으로 옷을 껴입고 털모자를 눌러쓴 채 대문을 나서자, 눈앞에 커다란 눈사람이 있었다. 어른 키만 한 높이의 눈사람은 번개탄 검댕으로 만든 크고 또렷한 눈 코 입을 가지고 나를 바라보았다.

"맘에 들어요?"

산호의 입가에서 하얗게 입김이 피어올랐다.

"네… 반갑네요, 눈사람."

"보초병으로 세웠어요. 다음번 밤산책 나올 때는 이 친구가 따라다닐 거예요."

그는 농담을 진담처럼 말한다. 웃자고 하는 소리인 줄 알면서도 내 마음은 조금 뭉클해졌다. 내 집 대문 앞에 서 있는 눈사람이라니. 마치 그에겐, 그가 만든 눈사람에겐, 그런 능력이 있을 것만 같았지만 이내 바보 같은 생각을 지워버린다. 산호는 추리닝을 입은 채 눈밭을 껑충껑충 뛰었다.

"자, 눈사람한테 말풍선을 만들어주세요."

"말풍선?"

"눈사람이 하는 말. 맞혀봐요."

그의 눈동자에 장난기가 반짝였다.

"…접근 금지?"

"틀렸어요."

잠옷을 입으렴

"몽유병 환자 조심?"

"설마."

그는 눈 속에 묻어두었던 팻말을 꺼내 눈사람 옆구리에 꽂았다. 납작한 나무판에 매직으로 쓴 글씨는 생각보다 사랑스런 필체를 갖고 있었다.

맨발은 안 돼요.

나는 피식 웃어버렸다.

"지나가던 사람들이 무슨 말인가 하겠네요."

"한 사람만 알아들으면 되죠."

싱긋 웃는 그의 모습이 속눈썹에 내려앉은 겨울 햇살처럼 눈에 어려왔다.

~~~~

시한부 선고를 받은 동네의 풍경은 을씨년스러운 데가 있었다. 재개발 때문에 몇 년째 주민들이 다투고 건설회사에서 찾아와 동네를 들썩여놓기도 했다. 건너편 산 아래까지는 아파트 단지가 되고, 서고슈퍼와 내 집 쪽은 깨끗이 밀어내 큰 도로로 확장된다고들 했다. 가게에 들르니 봉란은 전기난로 곁의 의자를 내게 내밀었다. 걸어오느라 차가워진 다리에 발갛게 달아오른 난롯불을 쬐자 간질간질 따뜻해졌다. 몸이 녹는 동안 내가 물었다.

"우리 동네는 아직이래요?"

봉란은 알 도리가 있냐는 듯 어깨를 으쓱했다.

"모르지 뭐. 여기 주민들 고집이 제일 세대요. 터줏대감들 중에 추진위원회랑 사이 안 좋은 이도 많고. 건설사가 원로들 안 챙기고 위원회만 대접했다고 노인정에서 무척 화냈대나 어쨌대나. 첫 단추를 잘못 끼우긴 했지, 자기들끼리 밥 먹고 술 먹고 야유회 가고. 분양권 더 챙기고."

"소문이 사실인가요?"

"물증은 없지만 심증은 있는 그런 거 아니겠어요? 아흔 살 노인 이름까지 올린 집안도 있다니까. 그치만 일이 진행될 때까진 별수 없으니 당분간 참는 거지."

나는 허리를 숙인 채 난로에 손바닥을 내밀고 앉아 듣고 있다. 모두들 적당한 때가 될 때까지 가시를 숨기고 산다. 일단은 필요한 게 있으니 꾹 참고 뒷날을 벼른다. 막상 동네가 허물어지면 나는 어디로 가야 할까. 전세로 들어온 지 삼 년밖에 되지 않아 분양권 같은 건 받지 못한다. 아무 도시든 마을이든 내가 가고픈 곳으로 가면 되지만, 자유롭다기보다는 늘 막막한 것이 이사였다. 가게가 있으니 상가 주변에 집을 얻는 게 이치에 맞겠지만 문득 다 정리하고 떠날까 싶기도 했다.

"자기는 주인이 집 사란 소리 안 해요? 한의사 할아버지 아들 명의로 돼 있나? 어차피 여기로 돌아올 사람들 아니니까 팔려고 할 텐데. 집값 좀 쳐주고 산다 해도 새 아파트 입주하면 그게 더 낫지."

　　　　　　　　　　　　　　　　잠옷을 입으렴

나는 난로의 따뜻한 붉은빛에서 고개를 든다.

"지금 팔려고 하나요. 아무 말 없는 거 보면 그 사람들도 계획이 있겠죠."

봉란이 버릇대로 슬리퍼 신은 발을 흔들며 장난스럽게 말했다.

"귀신 나오는 집에서 불평 없이 살아줬으면 고맙다 해야 되는데. 그치?"

나는 핏 웃었다.

"웃기는. 뭐 나오잖아. 그렇지? 귀신 있지?"

"아무것도 없어요."

봉란이 흐응 콧소리를 내며 재밌어해서 나는 미간을 찌푸렸다.

"귀신 얘기가 그렇게 좋은가?"

"좋잖아. 귀신 얘기가 제일 재밌지, 뭐가 재밌남. 안 그래도 요즘 밤만 되면 동네 풍경도 괴괴한데."

그건 그랬다. 아랫동네부터 재개발이 시작되면서 소음이 시끄럽고 분위기도 불안정해, 일찌감치 떠난 집들이 많은 탓이었다. 낮에는 별다른 티가 나지 않았지만 밤이면 산 아래 엎드린 오래된 동네의 불빛들이 마치 이가 빠진 듯 듬성듬성했다. 불 꺼진 창들. 깊은 밤에도 무방비하게 열린 대문들. 은하빌라. 금성연립. 녹수빌라. 팻말은 그럴듯했지만 어느새 글자에 입힌 금박은 벗겨지고, 유리창에 붙여놓은 빛바랜 시트지만 남겨진 초라한 다세대 주택들이었다. 쇠락해가는 언덕의 밤풍경은 스산한 묘지 같기도 했다.

돌아오는 길에 집 대문 앞에서 눈사람과 마주 보며 한참을 서 있었다. 그 단순한 하얀 얼굴에도 표정이 있었다. 어쩐지 '맨발은 안돼요'에 어울리는 표정 같기도 했다. 나는 우습다고 느끼면서도 팔을 둘러 그 커다란 얼굴을 안아주었다. 동네가 허물어질 때까지 눈사람이 이곳에 서 있기만 한다면, 언덕에 겨울만 있다 해도 나쁘지 않겠다고 생각했다.

~~~~

봄이 오자 수안과 나는 가매마을 중학교에 입학했다. 가매국민학교와 같은 운동장을 쓰기 때문에 그곳 아이들은 이미 익숙했지만, 모암분교에서 진학한 우리들에겐 새 장소였다. 하지만 교사가 낡고 급수시설도 신통치 않아 청소 시간에 양동이 물을 뜨러 가는 당번은 수돗가에서 한참 줄을 서야 했다. 일학년은 세 개의 학급이 있었다. 1반은 남학생반, 2반은 여학생반, 3반은 혼성반이었는데 나는 여학생반이었고 수안은 혼성반이었다. 전부터 아이들 사이엔 곧 모암분교가 폐교되고, 가매중학교 역시 읍내 중학교에 통폐합될 거란 소문이 떠돌았다. 그럴듯했지만 막상 모암분교가 없어진다면 슬플 것 같았다. 그래도 모교였으니까.

그해 봄 외가는 평화로웠다. 외할머니는 손녀들의 새 교과서에서 가사 과목을 발견하고는 그게 어떤 공부냐 물어보더니 못마땅하게 구시렁거렸다.

"밥하고 반찬 만드는 일을 뭐 하러 공납금 거두고 학교에서 가르치나. 집에서 배우면 되지. 학교는 더 훌륭한 걸 가르쳐야지."

책가방을 챙기던 수안이 대꾸했다.

"그런 게 아니야."

"뭐가 그런 게 아니야. 단추 달고 바느질하는 걸 일부러 학교 가서 배울 일이 뭐냐."

"그것도 안 배우면 못하는 거지 뭐. 그리고 그런 것만 배우는 게 아니야. 그건 일부분이지."

소학교 중퇴 학력인 외할머니는 문득 자존심이 상했는지 가사 교과서를 차곡차곡 넘기며 가는눈을 뜨고 삽화를 훑어보았다.

"이것 봐라. 전부 옷 만들고 쌀 안치고 바느질하는 그림이구먼. 얄궂네. 양념도 일일이 요만큼 넣어라 조만큼 넣어라 하는구나. 그냥 맛을 보고 넣으면 되는 게지."

그 속엔 이 정도쯤이야 식은 죽 먹기보다 쉬운 당신의 뿌듯함이 깃들어 있었다. 중학교를 다니지 않았어도 손바닥 보듯 훤히 가사 과목을 안다는 당당함. 수안과 내가 버튼 호울 스티치니 바이어스 박음질이니 개더스커트 재단을 숙제로 해갈 때면 옆에서 토를 달곤 했다.

"아이고, 뭘 저런 걸 갖고 시험을 치르다니."

수안은 바느질이 서툴러서 번번이 내가 수안의 숙제까지 해주었고, 외할머니도 못 이기는 척 마주 앉아 거들곤 했다. 때로는 밤늦게 이부자리에서 돋보기를 쓰고 가사 책을 넘겨보기도 했다. 토를 다는 재미였다. 당신에겐 그나마 이해할 수 있는 교과서가 그것뿐이었으니까. 외할머니는 가사 교과서와 사랑에 빠진 것이었다.

등굣길에 물상 시간에 필요한 준비물을 사기 위해 학교 앞 문방구에 들러야 했다. 근처에서 수안은 걸음을 멈추더니 고개를 저었다.

"나는 안 들어갈래."

"왜?"

"보기 싫어서."

수안이 말하는 건 외할아버지였다. 같이 사는 여자가 딸에게 문방구를 차려주었는데, 그즈음 딸이 다른 일자리를 얻었는지 노인이 가게에 나와 있곤 했다. 한쪽이 유리알 눈이라는 건 전부터 들어서 알고 있었지만, 막상 문방구에 들어서자 노인의 눈을 똑바로 보지 않으려고 애썼다.

"모형 행글라이더 세트 두 개 주세요."

낡은 의자에 앉은 노인은 가만히 나를 바라보더니 턱짓으로 바닥을 가리켰다. 제대로 닦지 않는 모노륨 장판에 행글라이더 조립 세트 상자가 가득 쌓여 있었다. 공통 준비물이라 많이 들여놓은 모양이었다. 두 개를 집어 들고 지갑을 열었다.

"얼만가요?"

대답이 없었다. 고개를 드니 노인이 시비조로 물었다.

"…은이가 아들을 낳았다고?"

당황스러워 나는 금방 대꾸하지 못했다. 노인이 나를 알아본다고는 전혀 생각하지 않았기 때문이었다. 중학교에 입학하고 며칠 안 돼서 수안과 나는 문방구에 들렀는데, 그가 우리를 알아보는지

잠옷을 입으렴

시험해보고 싶어서였다. 그날 수첩을 하나씩 사고 돈을 냈더니 노인은 아무 말 없이 금고에 받아 넣었다. 수안은 무례한 태도로 거스름돈을 챙기고는 인사도 없이 문방구를 나섰다. 가자, 둘넝아. 들으란 듯이 내 이름을 부르며.

나는 조심스레 입을 열었다.

"아… 네. 시웅이예요."

"너는 향이 딸이고?"

"네."

"불효한 여식들. 아비가 집 밖에서 지내도 살았나 죽었나 들여다보지도 않는구나. 경이만 한 번씩 와서 용돈 하라고 푼돈이나마 주고 가는구먼."

노인은 입담배라도 씹어서 뱉듯이 말했다. 기가 막혔지만 그 와중에도 막내이모가 가끔씩 여길 들르는구나 생각했다. 속마음을 얘기하지 않기로는 막내이모도 율이 삼촌 못지않아서, 외할머니는 저 애 속에 뭐가 들어앉았는지 알 길이 없다, 내가 죽으면 귀신이 돼서나 들여다볼까 살아서는 모른다고 푸념하곤 했다. 기다려도 잔돈을 내줄 기미가 안 보여 나는 다시 말했다.

"거스름돈 주세요."

노인은 비아냥대듯 노려보더니 금고에서 동전을 꺼내 진열장에다 툭 내려놓았다. 이해할 수 없는 적의. 도대체 왜, 우리가 무엇을 잘못했기에. 동전을 집어 문방구를 나서는데 노인의 목소리가 들려왔다.

"그거 아느냐. 네 엄마가 왜 집을 나가서 행방이 오리무중인지."

나는 굳은 표정으로 문턱에 멈춰 서서 그를 돌아보았다. 노인은 속에 쌓아두었던 미움을 거리낌 없이 퍼 올렸다.

"네 할미가 시집 와서 피를 더럽혀 놓았다."

"네…?"

"아편쟁이 집안이야. 많이 배우면 뭐해. 정신이 이상해서 저 혼자 아편 하고 딸자식 학교도 보내다 만걸. 그래도 의사였노라고 네 할미는 그저 훌륭한 위인인 양 감싸고돈다만은."

외할머니의 아버지 이야기라는 걸 깨달았다. 아편중독으로 죽었다는 말은 들었어도 자세한 사연을 내가 알 리가 없었다. 노인의 유리알 눈이 초점 없이 내 얼굴을 훑고 다녔다.

"손주가 태어나도 보러 가지 않는 이유가 있다. 율이 녀석 어릴 때 같을까봐 그런 거야. 도무지 그런 놈은 처음 봤다. 울지도 않고 웃지도 않고. 그 녀석한테 내 대를 이어야 하다니. 향이만 해도 그렇다. 그 애가 시집간다고 했을 때, 끝까지 지아비 그늘에서 살아낼 거라고 애진작 믿지 않았지. 난 이렇게 될 줄 알았다."

더 듣지 않고 문방구를 나섰다. 다시는 여기에 발을 들여놓지 말자고 결심했다. 준비물은 미리 읍에 버스를 타고 나가서 사두면 되니까. 밖에서 기다리던 수안이 나를 향해 슬몃 눈썹을 치켜올렸다. 무슨 일 있었어? 나는 아무렇지 않은 얼굴로 고개를 흔들었다. 수안이 함께였다면 가만히 있진 않았겠지. 노인의 약점을 정곡으로 찌르며 한마디 쏘아줬을 테니까. 하지만 나는 수안에게 말하지 않

잠옷을 입으렴

왔다. 그럴 만한 가치가 있는 일이 아니기 때문이었다.

개나리꽃이 떨어져 내린 등굣길을 따라 교복 입은 학생들이 줄 지어 교문을 향해 갔다. 행글라이더 세트는 한눈에도 허접스런 불량품이었다. 이걸로 모형을 만들어도 제대로 날려질 리가 없었다. 교육청에서 과학 실험의 비중을 늘리라는 공문이 내려왔기 때문에 급한 대로 행글라이더 모형 제작을 하게 됐지만, 기껏 고무밴드를 동력 삼아 허공에 튕기는 수준의 제품일 뿐이었다.

때때로 어두침침한 문방구를 지키던 심술궂은 노인의 말이 귓가에 떠오르곤 했다. 전혀 마음 쓰이지 않았다면 거짓말이지만, 그래도 학교에서 돌아와 웅이를 돌볼 때면 금세 마음이 평안해졌다. 웅이는 내가 어디에 쭈그리고 앉아 해바라기할 때 옆에 앉혀놓으면 기분 좋을 얼굴을 가졌다. 어깨에 내려앉는 나비나 잠자리 같은 곤충을 쫓아내지 않을 표정을 가졌다. 웅이는 아기 옷을 바느질하는 내 곁에서 기어다니며 옹알이를 하고, 그러다 눈길이 마주치면 반달눈과 보조개를 그리며 배시시 웃었다.

한가한 낮이면 노인은 터져서 솜이 삐져나온 의자를 문방구 앞에 내놓고 앉아 햇볕 아래 졸고는 했다. 집안 식구들의 피가 깨끗하지 못하다고 혐오스런 눈빛을 보내던 노인치고는 꽤나 지저분한 행색이었다. 광대뼈 아래 움푹 파인 뺨은 여위었고, 주름지고 건조한 손마디는 녹슨 못처럼 딱딱해 보였다. 잠결에 거칠게 숨을 쉬느라 벌어진 입안엔 이빨이 군데군데 빠져서 달아났다. 돈이 많다는 그 늙은 여인은 더 늙어가는 남자에게 틀니를 해줄 마음은 없나 보았다.

그렇게 잠든 노인을 보고 있노라면 문득 의문이 들었다. 우리에게 꼭 할아버지가 있어야 한다면 이런 노인은 아니어야 할 것 같았다. 병아리 같은 유년에, 무릎에 올라앉아 옛 이야기를 듣고 군밤도 얻어먹는 할아버지였다면 어땠을까. 시골 학교에서 운동회가 열리면 자전거를 타고 와 손주들에게 풍선을 사주는 할아버지였다면. 왜 우리는 가족과 혈연을 선택할 수 없는 걸까 하고.

그러나 버리고 가서 더 많이 잃은 건 이 노인이라고 생각했다. 종착역에 가까워오는 그의 인생은 결국 한 번도 빛나지 않았다. 어떤 날은 멀쩡히 깨어 있는데도 우리를 전혀 알아보지 못하는 공허한 눈빛을 했다. 그 앞을 수안과 나는 더 무심히 지나다녔다. 가방 속에 책과 뜨개질감과 도시락을 넣은 채. 그는 늙어버렸고, 우리는 자라고 있었다.

잠옷을 입으렴

여름날 새로운 국어 선생님이 전근을 왔다. 긴 생머리를 등허리까지 늘어뜨리고 블라우스와 팔랑거리는 플레어스커트를 입고서, 박연희 선생님은 월례조회 단상에 올라와 인사했다. 계절이 바뀌어도 무채색 일색인 교직원들 사이에서 스물여섯 살 젊은 연희 선생님의 모습은 군계일학이었다. 고인 연못 같던 학교에 산들바람이 불어 수면을 간질이는 듯했다. 모두들 국어 시간을 기다렸다.

연희 선생님이 우리 반에 들어온 날, 하얀 블라우스와 종아리를 스치는 꽃무늬 스커트보다 더 눈길을 끈 건 손에 쥔 연두사과였다. 마치 데생 연습이라도 시킬 것처럼 교탁 가운데 풋사과를 내려놓더니 부드럽고 자신감 있는 태도로 좌중을 둘러보았다.

"지금은 내가 가장 좋아하는 계절이야. 왜냐하면…."

그녀는 웃으며 사과에 한 손을 얹었다.

"이 연두사과가 나오니까. 풋과일이라 시고 떫다고 느끼는 사람도 있겠지만 나는 청춘이 생각나서 좋아. 풋풋하고 덜 익었고 잘못

먹으면 배앓이하고. 하지만 바로 그게 청춘 아니겠어? 여러분도 연
둣빛을 닮았다고 생각해. 인생에서 가장 좋은 시절을 보내고 있으
니까. 우리 같이 열심히 하자. 도와줄 거지?"

가지런한 치아를 보이며 웃는 연희 선생님에게 몇몇 아이들만
고개를 끄덕였을 뿐 섣불리 대답은 나오지 않았다. 미리 준비해온
이상적인 인사말이 낯설었기 때문일까. 아니면 좋은 가정환경에서
구김 없이 사랑받으며 자란 것처럼 자신만만해 보였기 때문일까.
선생님은 교탁을 손등으로 두드리며 재차 확인했다.

"크게 대답을 해야지, 끄덕이지만 말고. 다들 열심히 할 거지?"

그제야 띄엄띄엄 네에- 소리가 들려왔다.

연희 선생님이 온 뒤로 교내 독서토론반이 새로 생겼다. 선생님
이 적극적으로 건의해서 만들어진 서클이라 했고, 각 학급에서 언
변이 능숙하고 국어 성적이 좋은 아이들이 주로 참여했다.

"아오리 사과를 언제까지 들고 다닐까 애들끼리 내기했는데, 열
흘이라고 말한 애가 이겼어. 그것도 근사치라 그런 거고 보름은 들
고 다닌 거 같아. 갈색으로 변하지 않은 걸 보면 매일 새 사과를 들
고 왔나봐. 미리 한 상자 사둔 걸까?"

코바늘뜨기를 하며 나는 수안에게 말했다. 수안은 책상 앞에서
뒤돌아보지 않고 대꾸했다.

"아오리는 일본 말이야."

"그럼 뭐라고 불러. 그냥 풋사과?"

"연희 선생님은 연두사과라고 불러."

잠옷을 입으렴

수안은 얼마 전부터 독서토론반에 가입해 책을 읽고 밑줄 긋고 정리하는 일에 빠져 있었다. 토론에서 발표할 내용을 메모하고, 누군가 반대 의견을 제시했을 때 논리적으로 반박할 답변을 미리 적어보기도 했다. 그 무렵 수안이 인정한 라이벌은 학생들 사이에 똑똑하고 멋지다고 소문이 파다한 남학생반 반장 백승모였다.

"나하고 의견이 비슷한 친구야. 생각이 통한다는 건 좋은 일이기도 하지만 서로 빼다 박은 것처럼 주장이 똑같으면 곤란하잖아. 엄연히 차별점이 있어야지."

수안은 토론에서 확인하는 승모와의 공통점이 싫지는 않은 모양이었으나, 지나치게 비슷해 보이진 않도록 신중히 다른 점을 만들어나갔다.

백승모는 가매마을과 읍을 통틀어 가장 잘사는 집 아들이었다. 아버지는 큰 공장을 운영하는 사업가이고 큰아버지는 국회의원이라고도 했다. 승모네는 가매마을에 눈에 띄는 현대식 집을 짓고 살았고, 읍에도 건물을 여러 채 갖고 있어서 광명극장과 세종여관도 그 가운데 하나였다. 여관 건물 맨 위층엔 승모 남매가 자유롭게 쓰는 방이 있다고 했다. 층마다 객실이 일고여덟 개인데, 그 넓이로 꼭대기층 벽을 트고 단 두 개의 방을 만들었으니 얼마나 넓은지 모른다고, 남매의 생일이나 축하할 날엔 친구들을 불러 모아 신나게 논다고도 했다. 학교 아이들 중에는 언젠가 세종여관 꼭대기 방에 초대받기를 은근히 기대하는 경우도 많았다.

"이학년 여자 선배가 백승모를 집 앞으로 불러냈대. 친구하고 싶다고. 그랬더니 누나 친구랑 어떻게 친구 하냐고 거절했대. 그럼 자기도 좋은 누나라고 생각해주면 안 되겠냐고 했더니, 누나는 지금 하나로 충분하다고 냉정하게 쫓아냈대."

청소 시간에 미주가 유리창을 닦으며 들려준 이야기가 떠올랐다. 미주는 교복 치마가 불편하다고 속에 체육복 반바지를 받쳐 입고는, 치마는 홀러덩 걷어 올린 채 창틀에 앉아 마른걸레질을 했다. 여학생들은 백승모와 그 친구들 이야기로 더러 꽃을 피웠다. 승모네 거실엔 이태리제 응접세트와 외국에서 들여온 레이저디스크 플레이어라는 게 있어서, 언뜻 보기엔 전축 레코드처럼 생겼지만 대신 은빛이고 그 속엔 영화가 담겨 있다고 했다. 놀러간 친구들에게 승모가 영화를 틀어주었는데 자막이 없어 친구들은 화면만 보고, 승모가 줄거리와 대사를 설명해주었다고도 했다. 여태 카세트테이프로 음악을 듣고 비디오테이프도 어쩌다 구경하는 시골 중학생들에게 레이저디스크는 너무 앞서간 사치품이어서, 나는 설명을 듣고도 상상이 안 갔다. 레코드에서 영화가 나온다니. 유리창 청소가 인기인 이유는 남학생반이 운동장과 테니스코트 청소를 맡은 탓이었다. 창틀에 낀 먼지를 닦다가 운동장에서 친구들과 웃고 있는 백승모를 바라보곤 했다. 이만큼 떨어진 거리에서도 그 아이의 잘생긴 이마와 짙은 눈썹, 남자다운 입매가 뚜렷했다.

나는 코바늘을 움직여 둥글게 모티브를 떠나갔다. 외할머니가 바깥에서 다 떨어진 테니스공을 주워왔는데, 웅이가 방바닥에 던졌다가 집었다가 하며 가지고 놀았다. 그래서 공에다 털실 옷을 씌워 폭신하게 만들려는 참이었다.

"그거 잠깐 멈추고 들어봐."

수안이 말을 걸어와 손길이 끊긴다. 수안은 목을 가다듬어 분위
기를 잡더니 노트를 읽기 시작했다.

그대 사는 곳 가까이에

바람은 잠잠하고

당신도 알다시피

머리를 숙이고 있는 건 술 때문이 아니야

땋아 내린 작은 머리

문밖에 전나무 가지가 흔들리고

젊은 처녀는 언덕과 계곡을 지나 사라졌네

"누가 쓴 시야?"

수안이 빙그레 웃었다.

"너도 시라고 생각했지? 아니야. 승모가 적어준 건데 외국 민요
집 레코드에 실린 제목들이야."

수안이 건네주는 노트 한 귀퉁이를 나는 낯설게 내려다보았다.
처음 보는 백승모의 글씨. 의외로 섬세한 서체였다.

"일곱 곡이 실렸는데, 집에서 듣다가 무심코 처음부터 끝까지 제
목을 읽었더니 손색없는 시가 되더래. 그 애는 셋째 넷째 줄을 이
은 게 마음에 든다더라. 당신도 알다시피 머리를 숙이고 있는 건

술 때문이 아니야…. 그럴듯해. 둘넝이 넌?"

나는 다시 읽어본다.

"글쎄… 젊은 처녀는 언덕과 계곡을 지나 사라졌네. 너는?"

"문밖에 전나무 가지가 흔들리고."

수안은 노트를 덮어 책가방에 넣었다. 그 마음속에 바다 건너 어느 나라의 민요로 만든 시가 맴도는 것 같았다. 잘 시간이 지나 처마 밑에 백열등을 켜고 들어온 수안은 이부자리에 누우면서 말했다.

"승모가 음악 같이 듣자고 초대했어. 하지만 가게 되더라도 그 음반은 안 들으려고."

"왜?"

"그냥 선율을 상상하는 게 더 아름다우니까. 노래를 직접 들었다가 혹시나 실망하긴 싫어. 안 듣는 게 나아."

수안은 이불을 끌어 올리며 내 쪽으로 돌아누웠다.

"어떻게 그 애는 노래 제목을 붙여서 읽어볼 생각을 했을까? 좀 독특해."

나는 천천히 말을 고르며 대답했다.

"그런 놀이는 우리도 여러 번 했었잖아. 생각 안 나? 책 제목 이어 붙이던 놀이. 대장간 골목, 막다른 집 일번지에는, 부엌의 마리아님이…."

한때 우리가 읽었던 ABE 문고의 기억을 떠올리며 완전한 문장으로 이어보려고 애썼다.

"…마리아님은 마녀가 아니에요."

잠옷을 입으렴

"끝이 이상해."

수안이 풋 웃음을 터뜨렸다.

"생각났다. 나도 해볼게. 음… 아버지가 육십 명 있는 집, 일곱 개구쟁이가, 거인의 바위굴을 찾아서, 오렌지꽃 피는 나라로 떠났습니다."

"응. 잘했어."

수안은 빙긋이 웃었다.

"오랜만에 하니까 재밌네. 오렌지꽃 피는 나라를 실제 국가에서 찾아보자면 남유럽 이탈리아가 어울리겠다. 아무튼 나는 오래 살아야 해. 써야 할 이야기도 많고 여행할 곳도 많아."

그즈음 수안이 여행을 동경하기 시작한 건 역시 연희 선생님 영향이 아닐까 싶었다. 교무실을 청소하는 아이들이 말하기를 연희 선생님 책상 유리엔 세계여행을 다녀온 사진이 여러 장 끼워져 있다고 했다. 때때로 수안은 사회과부도의 지도를 펴놓고 연필로 어느 한 지점을 콕 찍어서는 어딘지를 확인했다. 그렇게 연필 끝에 걸린 지명을 노트에 적고 여행 계획을 세웠다. 때로는 작은 지구본을 돌려보며 나라들의 수도와 주요 도시 위치를 확인하기도 했다.

"백야가 계속되는 땅에 가보고 싶어."

스칸디나비아반도를 짚으면서 수안이 말했다. 낮처럼 환한 밤이라니 그 또한 상상이 가지 않았지만, 지구 어딘가에는 그런 땅이 있다는 사실이 신기했다. 북극의 오로라와 폭설. 노르웨이 자작나무 숲. 핀란드 랩족의 썰매 같은 것들이 수안의 마음을 노크했다.

잠옷을 입으렴

사회과부도와 지구본의 낯선 지명들은 수안이 그들을 찾아낼 때마다 잠에서 깨어나 깜짝깜짝 놀라는 것 같았다.

연희 선생님은 서클 활동이 끝난 뒤에도 승모와 수안을 따로 남게 해, 토론 때 못다 한 이야기를 나누고 참고할 만한 추천도서를 적어주곤 했다. 특별 대우한다며 아이들은 수군거렸지만 선생님은 마음이 통하는 제자에게 더 많은 지식을 전해주고 싶은 의욕을 굳이 숨기지 않았다. 나는 방과 후 혼자 모암마을로 돌아올 때가 많아졌고, 수안은 그 속에서 첫사랑을 시작했다. 그리고 밤마다 이야기를 쓰려고 했다. 노트를 많이 마련했고 책가방은 늘 무거웠다. 노트엔 짧은 한 줄 글귀들이 칸마다 적혀 있었다.

천 개의 물건
그때 달빛이 있었다.
6시 서쪽 창문
날씨가 좋으면 찾아가겠어요.

그 많은 메모들은 평생 수안이 써내야 할 이야기의 제목들이었다. 수안은 삼 년마다 한 권씩 책을 완성하고 싶다고 했다. 노트에 적힌 대로 다 쓰려면 삼백 살까지는 살아야 할 것 같았다. 가을이 지나고 겨울이 지나 해가 바뀌어도 노트는 여전했다. 새로운 영감은 자꾸만 떠올랐고 그걸 제목과 줄거리로 바꾸느라 밤늦게까지 앉아 있었다. 언제부터 진짜로 쓰기 시작할 건데? 내가 물으면 수안은 늘 똑같이 대답했다. 재료가 다 모이면. 아직 구상이 덜 끝났어. 그런 식으로는 아무것도 쓰지 못할 것 같았지만 나는 입 밖에 꺼내 말하지는 않았다.

~~~~

방 안에서 독특한 냄새가 났다. 내가 이 냄새를 기억하지 못할 리가 없다. 아니나 다를까, 침대 발치에 산초나무가 잘 익은 열매를 가득 매달고 자라나 있었다. 행여 사라질까 두려워 소리 없이 이불을 걷어내고 나무 곁으로 다가갔다. 벌레 하나 안 먹은 산초 열매들이 터질 듯이 까맣게 잠들어 있었다. 꼭지를 잡고 다발을 따내다 가시에 손을 긁혔다.

그건 뭐에 쓰게?

향이가 문지방에 쭈그리고 앉아 물었다.

몰라도 돼. 조용히 해.

약 만들 거야?

쉿.

나는 향이를 돌아보며 입술에 손가락을 갖다 댄다. 바람도 없는데 산초나무 잎이 흔들렸다. 잠에서 깨기 전에 열매를 다 따야 한다. 옷자락에 수북해진 열매를 흘리지 않도록 잘 모아 약장 서랍을 열고 그 속에 넣었다. 서랍을 닫기 전 검고 윤기 흐르는 열매 몇 알을 입에 넣고 톡 깨물었다. 알갱이가 잇새에서 터지면서 입안이 산초 향으로 가득 찼다.

잠옷을 입으렴

너 뭐 하니, 그거 벗지 못해?

향이가 작업대에 놓아둔 잠옷을 부대자루마냥 머리부터 집어넣고 있었다. 달려가 와락 낚아채는데 계집애는 마른 나뭇잎처럼 푸석한 손으로 꽉 쥐고 놓지 않았다.

잠깐 입어보는데 어때서 그래!

네 거 아니라고 했지! 아직 덜 만들었단 말야. 때 묻게 하지 마.

옥신각신하다 머리 위로 벗겨버리는 바람에 투둑 바느질 자리가 뜯어졌다. 나는 놀라서 잠옷을 들여다본다. 옷감은 찢어지지 않았지만 화가 났다. 작업대 의자에 앉아 바늘에 실을 꿰며 나는 향이를 쳐다보지도 않고 말했다.

가버려. 뒷방으로 가.

길이 험해졌어. 올 때도 한참 걸렸는데.

나는 들은 척 않고 한 땀 한 땀 손바느질을 한다. 이 잠옷은 전부 손으로만 짓고 있다.

그 아이 주려는 거지. 그걸 입으면 잘 잘 수 있다고 생각해?

대답이 없자 계집애는 침울해진 얼굴로 오도카니 문지방에 앉더니 갑자기 자기 등 뒤로 손을 넣어 더듬거렸다.

아 따가워. 이게 뭐야.

도꼬마리 열매였다. 촘촘한 갈퀴 같은 가시가 향이의 등에 따개비처럼 붙어 있었다. 바느질하던 손을 놓고 그 등에서 가시열매를 떼어내는데, 가만 보니 따라온 게 한두 개가 아니었다. 머리카락에도 금빛 이삭이 붙어 있다.

이런 게 어디서 붙어온 거지?

네가 씨앗을 아무 데나 뿌렸잖아.

무슨 씨앗.

딴소리하긴. 자, 봐!

향이가 방문을 활짝 밀었다. 밖이 온통 풀 나무 천지라 나는 멈칫했다. 봉투에 담아둔 씨앗을 언제 저렇게 뿌렸던 걸까. 뒷방으로 가는 길은 도꼬마리와 도깨비바늘풀로 빽빽해서 스치기만 해도 따가울 것 같았다. 향이가 나를 원망스레 보았다.

다 뽑아줘. 베어버려.

놔둬. 어차피 아침이면 사라질걸.

안 사라지면 어떡해?

그래도 오래 못 가. 곧 이 동네를 허문다고 하니까. 그럼 이 집도 허물겠지.

향이는 놀란 것 같다. 머뭇거리더니 재차 물었다.

진짜? 이 집이 허물어져?

그렇다니까. 다 부숴버린대. 동네가 없어지는 거야. 여긴 커다란 길이 될 거고, 넌 갈 데도 없을 거야. 그럼 날 그만 괴롭히게 되겠지.

나는 심술궂게 말한다. 향이는 입을 다물고 말이 없다. 나는 바느질을 계속했다. 측은한 마음도 들었지만 티를 내선 안 된다고 여겼다. 그렇게 되면 영영 떠나려고 하지 않을 테니까.

잠옷을 입으렴

"재봉틀 소리 너무 신경 쓰여. 좀 중단할 수 없어? 생각이 안 나."

책상에 앉아 골똘히 노트를 들여다보던 수안이 내게 말했다. 우리는 열다섯 살이었고 키가 조금 더 자랐다.

"미안. 금방 끝나. 오 분만."

재봉틀을 닫고 내려가니 수안은 펜대를 굴리며 열심히 무언가를 쓰고 있었다. 이상한 알파벳과 기호가 빼곡했다. 새로운 문자를 만드는 중이라고 했다. 학교에서 영어를 배운 게 자극이 되었는지 알파벳을 변형시킨 형태의 문자들이었다.

"이게 아마 근본적인 라틴어 비슷한 걸 거야."

수안은 좀 자신 없는 표정으로 말하더니 혼잣말처럼 물었다.

"라틴어를 독학할 수 있을까?"

"글쎄… 책에는 라틴어 배우는 장면이 나오긴 하지만, 서점에서 사전을 팔까?"

나는 갸웃거렸다. 같이 읍내에서 가장 큰 서점을 찾아가 라틴어 사전에 대해 물어봤지만 서점 주인은 황당한 얼굴로 그런 건 없다고 했다. 수안이 다시 물었다.

"그럼 핀란드어 사전은요?"

"그것도 없다."

수안은 실망했지만 굴하지 않고, 어디서 찾아냈는지 핀란드어가 두어 페이지 실린 『세계의 다양한 언어들』이란 책을 기어이 구했다. 그러고는 자기가 만든 문자의 규칙을 내가 외우기를 원했다. 나도 외우려고는 했는데 워낙 규칙들이 까다로워 쉽게 외워지지 않았다. 수안의 새 언어는 모음이 많아 맑은 음절이 주로 들려왔다. 그 아이는 세상에 없는 언어를 만들기 위해 애썼는데, 뭐랄까… 음악 시간 노래 시작 전에 발성 연습하던 '아에이오우'를 순서를 바꿔서 조합해 듣는 느낌에 가까웠다. 또 어려운 점은 자꾸 문법 규칙이 바뀐다는 것이었다. 먼젓번 규칙에 문제점을 발견하면 새로 손보고, 또 문제점을 발견해 바꾸고, 그러다 정 바꾸기 힘들어지면 몇 가지 '예외의 경우'를 정해 내게 설명해주었다.

"우리, 익숙해지면 이 언어로 편지도 주고받고 일기도 써보자."

수안이 말했을 때 나는 응 하고 대답했지만, 내일이면 또 달라질 규칙을 외우느니 뜨개질을 하거나 웅이와 놀아주고 재봉틀을 돌리는 편이 훨씬 즐거웠기 때문에 그저 건성이었다.

학교에서 가끔 수안은 쉬는 시간에 우리 반으로 건너와 내게 쪽지를 건네주고 갔다. 꼼꼼하게 접힌 쪽지를 열면 여간해선 해독하기 어려운 문자들이 적혀 있었다. 수업이 끝날 때까지 암호 같은 글자를 풀다 보면 절반쯤 의미가 파악될 때도 있었고, 전혀 알 수 없기도 했다. 수안은 수업이 끝날 무렵 다시 찾아와 쪽지의 답을 받았다. 서로 의사소통에 성공하면 기뻐했지만, 실패한 날은 실망의 기색이 스쳐갔다. 몇 번 그러고 나니 미안하기도 하고 나는 조금 언짢아졌다. 그래서 며칠 뒤 수안이 또 쪽지를 보냈을 때는 제대로 해독해보지도 않고 그냥 글자 아래 답을 썼다. 동문서답이어도 할 수 없다는 마음으로.

잠옷을 입으렴

별로 대단한 일은 아닌 것 같아, 내 생각엔.

답장을 건네받은 수안은 확 기쁜 얼굴이 되어 입 모양으로 '나도 동의!'라고 속삭여왔다. 뭔지는 몰라도 원하는 대답과 엇비슷했던 것 같아 나는 다행이라 생각했다.

그날 밤도 수안은 계속 예외가 생기는 문법 규칙 때문에 신경이 곤두서 있었다. 최근엔 좀 지쳤는지 학교에서 쪽지를 주고 가는 일도 이전보다 줄어들었다. 외할머니가 씻어다 준 포도를 먹으며 숙제를 하는데 문득 가까운 곳에서 귀뚜라미 소리가 들렸다. 나는 포도를 집던 손을 멈추고 쫑긋 귀를 기울였다.

"잠깐. 이 소리 안 들려?"

귀뚤귀뚤 귀뚤귀뚤

수안이 펜을 내려놓고 같이 귀를 기울였다. 나는 무릎걸음으로 방바닥을 옮겨 다니며 귀뚜라미를 찾았다. 쉽게 눈에 띄지 않았지만 울음소리는 끊이지 않고 들려왔다.

"귀뚜라미가 방에 들어왔나봐. 구석에서 우는 것 같은데. 어떻게 들어왔지?"

"뒤란에서 들어왔나 보지."

수안은 무심히 대꾸했다. 이불을 걷고 문갑 뒤쪽과 사과 궤짝까지 샅샅이 훑은 뒤에 나는 귀뚜라미를 찾아냈다.

"여기 있다!"

조심스레 손가락 두 개로 집어 올리고는 벽장을 열어 모암분교 때 방학숙제로 썼던 초록색 곤충채집통을 꺼냈다. 플라스틱 채집통 속에 귀뚜라미를 넣고 구멍을 닫았다. 귀뚜라미는 잠시 침묵하더니 내가 엎드린 채 통 속을 들여다보자 이윽고 다시 울기 시작했다. 그날 밤 멍하니 귀뚜라미를 들여다보며 내가 떠올린 것은 '~야요'의 문체였다. 그것은 계몽사 전집에서 제일 마지막 권이었던 한국현대동화집에 실린 『귀뚜라미와 방울벌레』라는 이야기였다.

귀뚤귀뚤 귀뚤귀뚤

또르르 또르르

"여보셔요, 거기가 어디여요?"

"네, 여기는 성이네 집 툇마루지요. 그런데 실례지만 당신은 대체 누구신가요?"

"아, 참 내가 먼저 할 인사를 잊었군요. 나는 바루 대구 시외 준이네 사과밭에서 살던 귀뚜라미랍니다."

"아이구, 아주 먼 여행을 오셨네요?"

"대구에서만 오래 살다 보니 서울 구경이 하고 싶어서요. 그래 오늘은 마침 준이 언니가 서울 오는 바람에 나도 같이 사과 바구니에 꼬옥 숨어서 아주 멋진 통일호 기관차를 타고 왔지요."

가을이 무르익은 나날의 한밤이면 나는 가끔씩 이 대화를 떠올

　　　　　　　　　　　　　　　　잠옷을 입으렴

리게 된다. 특히나 창문 밖 풀숲에서 벌레소리가 들려오는 밤이면 더욱 그렇다.

따르릉 따르릉
"누구신가요? 당신은?"
"나 말이지요? 난 오늘 저녁 안양 포도밭에서 이리로 소풍을 하러 온
달달이 방울벌레야요."
"네네, 잘 알아요. 바로 성이 사촌누나의 과일 바구니를 타고 온
손님이시로군!"
"아무렴! 타고 왔지요, 버스를 탔을 때에는 어찌나 겁이 나던지 꽁꽁
숨바꼭질을 하며 왔지요."

처음 그 이야기를 읽었던 때는 한밤중이었다. 그날 밤 책 속의 벌레소리는 금방이라도 벽에서 튀어나올 것처럼 귓가에 울려댔다. '방울벌레야요.' 단 한 번 등장할 뿐이었지만 내가 '~야요'의 문체를 사랑스럽게 생각하게 된 것은 전적으로 이 동화 때문이라 해도 과언은 아니었다. 처음으로 접한 '야요'였기 때문일 거다.

"달이 하도 밝으니 옛날 생각만 나지요?"
"우리, 좀 재미나는 얘기를 합시다. 내가 먼저 할까요? 포도밭에서
일어난 이 눈앞에 선한 얘기들을?"
바람이 우수수 불어갔습니다. 그러자 지금껏 서로 긴 날라리

수염으로 얘기를 주고받던 귀뚜라미 소리가 뚝 끊어지고 방울벌레 소리만 흘러나기 시작합니다.

"성이 사촌누나 옥이 아씨를 보고 모두들 피아노 소리처럼 뾰족하다고 흉을 보지요? 하지만 그것도 모르는 소리예요. 지금 그 얘기를 하기로 하겠어요. 나는 며칠 전 그 아가씨네 포도밭에서 내 눈으로 똑똑히 보았어요. 아가씨는 혼자가 아니었어요. 어느 눈이 맑고 이마가 넓은 남자 학생과 얘기를 하고 있었어요. 그때 그 남자는 샛별과 같은 눈동자로, '나는 옥이 씨를 좋아합니다'라고 똑똑히 말을 했어요. 그러나 옥이 아가씨는 갑자기 하던 말을 멈추고 아주 싸늘한 눈초리로 그 학생을 마주 보더니 다시는 아무 말도 않고 그냥 피아노 연습실로 뛰어 들어가 버리고 말았어요."

"그게 무슨 뜻인가요? 영 알 수가 없는데…."

"그날 그 청년은 혼자서 쓸쓸히 돌아갔지요. 그가 바로 옥이 아버지 친구의 아들이라나요. 올해 ×× 대학교 삼학년 학생이지요. 피아노 연습실로 뛰어 들어간 옥이 아가씨는 바하의 ×× 곡을 차근차근 눌러봤어요. 베에토오벤의 월광곡을 쳐 내려갔어요. 그리고 나중에 한숨을 쉬고 쇼팡의 연습곡, 이별곡을 눈 감은 채 두드리고 있었어요."

내가 기억하는 그들의 통신은 이러했었다. '~야요'로 끝나는 대화체에 관해, 나는 이 이야기가 쓰인 시절 사람들의 말투가 정말 그러했었는지 궁금할 때가 있었다. 어쨌거나 '~야요'는 이상한 뉘앙스를 간직한 채 마음에 남아, 달 밝은 가을밤 벌레들이 울 때 내

　　　　　　　　　　　　　　잠옷을 입으려

기억을 헤치며 떠오르곤 했다. 그러고는 휘영청 달빛 아래 밤이 새도록 벌레들이 소곤댔다는 이야기다.

귀뚤귀뚤 귀뚤귀뚤 뚜르르 뚤, 뚤, 뚤, 뚤, 뚤…
딸랑딸랑 딸랑딸랑 따르르 딸, 딸, 딸, 딸, 딸… *

단지 그뿐이지만 이 동화는 내가 최초로 만난 낭만적이고 애절해 보였던 어른들의 사랑 이야기였다. 귀뚜라미와 방울벌레에게서 엿듣고 만, 어린 조카가 알게 되어 어쩐지 미안해지는 이모들의 비밀 이야기처럼.

집안일을 끝낸 외할머니가 찬바람을 옷자락에 묻히며 방으로 들어왔다. 얼굴을 닦은 수건을 못에다 걸고, 갈라진 손등에 안티푸라민을 꼼꼼히 바르더니 내가 곤충채집통 속에 집어넣은 귀뚜라미를 보고 쯧쯧 혀를 찼다.

"고만 놔줘라. 한 철 사는 것을 굳이 잡아 가두냐."

"밤새 문을 열어둘 거예요. 내일 아침엔 나가고 없을걸요?"

나는 채집통의 구멍을 반쯤 열어놓았다. 귀뚜라미는 움직이지 않고 가만히 있었다. 외할머니는 약상자를 문갑에 도로 넣어두고 끙 하고 일어나 잠을 청하러 가운뎃방으로 건너갔다. 툇마루를 밟고 가는 외할머니의 노랫소리가 흥얼흥얼 들려왔다. 수안이 펜을 탁 내려놓더니 한숨을 쉬었다. 한창 예민해져 있는데 등 뒤에서 들려오는 애깃소리 노랫소리가 방해된다는 뜻이었다. 수안은 포기한 채 노트를 덮고는 내 곁에 파고들어와 이불을 머리끝까지 뒤집어쓰고 누웠다. 그러고는 나지막하게 속삭였다.

"…난 너무 지식이 부족해."

나는 뭐라 위로할 수가 없었다. 수안의 마음을 알 것 같았다. 자작나무 속같이 하얀, 백야의 지평선과 설원처럼 하얀 노트는 무수히 연필 자국으로 채워졌지만, 그럴수록 먼 나라와 낯선 민족에 대한 그리움은 더욱 멀고 아련해질 뿐이었다. 어린 시절 책 속에서나 보았던 침엽수림과 오로라가 번지는 밤하늘. 그건 외할머니의 흘러간 노래처럼 북국으로 차가운 기차를 타고 오천 킬로미터를 달려가야 만나게 될 풍경일 것 같았다. 칸델라 등불을 높이 치켜들고 남쪽에서 온 손님을 벽난로 안락의자로 안내하는 집주인의 환영. 우리들의 가난한 판타지는 그저 기묘한 개화기 유행가 가사 같은 머나먼 이국땅에 있었는지도 몰랐다.

*『귀뚜라미와 방울벌레』, 윤인수.
계몽사소년소녀세계문학전집 한국현대동화집. 1976년 발행본.

~~~~

이듬해 가매중학교에 스카우트 특별활동부가 생겼다. 연희 선생님이 지도교사가 되면서 수안은 부모님에게 걸스카우트에 들고 싶다고 말했다. 고등학생이 되면 공부하느라 시간이 부족할 테니, 올해만큼은 야영과 단체활동을 경험하며 시야를 넓히고 싶다고 했

잠옷을 입으렴

다. 아쉬운 소리를 좋아하지 않는 수안으로선 드문 부탁이었지만 은이 이모는 쉽게 답하지 못했다. 나 때문이었다. 이전에 피아노를 수안에게만 가르친 것이 맘에 걸렸던 이모는 이번엔 무리해서라도 나까지 걸스카우트에 넣겠다고 했다. 겨우 일 년 활동하려고 의무적으로 구입해야 하는 물품의 가격이 만만치 않았기 때문에 나는 망설였다. 고맙긴 해도 외가 살림이 그리 넉넉하진 않았으니까.

"저는 안 해도 괜찮아요."

은이 이모는 잠든 웅이를 품에 안은 채 내 얼굴을 물끄러미 바라보았다.

"걸스카우트가 싫다는 뜻이니, 굳이 안 해도 괜찮다는 뜻이니?"

"굳이 안 해도…."

"그야 꼭 할 필요는 없지. 하지만 나는 네가 이런 활동도 해봤으면 좋겠구나. 넌 친구가 많지 않으니까 단체에서 남과 어울려보는 것도 필요해. 뭐든지 경험하면 득이 되는 거다."

분유 얼룩이 묻은 허름한 티셔츠. 반복되는 육아와 일상으로 지친 목소리였지만 이모는 교사의 권위가 묻어나도록 애쓰며 말했다. 이 정도는 네게 해줄 수 있고, 해주고 싶다는 의지가 담겨 있었다. 우리 방으로 건너와 나는 사과 궤짝에 놓인 내 저금통을 집었다. 제법 묵직해진 무게를 가늠해보다 필통에서 연필칼을 꺼냈다. 빨간 플라스틱 돼지저금통에 칼날을 찔러 넣고 배를 갈랐다. 몇 년째 넣기만 하고 한 번도 꺼낸 적 없었던 백동전들이 장판에 와르르 쏟아졌다. 주머니에 동전을 쓸어 담아 안방으로 들고 가서는 이모 앞에 내밀었다. 낯선 눈길로 주머니를 쳐다보다 그녀는 입을 열었다.

"이게 뭔데."

"그동안 저축한 건데 단복 살 때 보탰으면 해서요."

잘못 본 것일까. 이모의 눈 속에서 노여운 불씨가 성냥불처럼 켜지는 것 같더니, 눈꺼풀을 감았다 뜨자 꺼지고 없었다.

"너는 남의 마음을 편하게 하는 법을 몰라."

"네?"

"됐으니 도로 가져가. 네가 걱정하는 것만큼 형편이 어렵진 않다."

예의 없는 짓을 했다고 꾸지람을 듣는 것 같았다. 실수한 걸까, 그저 조금 보태려 한 건데. 내가 당황한 채 앉아 있자 이모는 쓸쓸한 웃음을 보였다.

"넌 너무 애어른 같아서 탈이지."

웅이를 이부자리에 누이는 걸 보고 나는 조용히 안방을 나왔다. 어른들의 마음이 편해지는 방법은 내 생각과 다른 부분이 있구나 싶었다. 돈이 더 들더라도 나까지 걸스카우트를 시켜야 은이 이모 마음이 편해지는 거였다. 수안이도 좋아했고, 외할머니도 손녀들이 하겠다는 게 뭔지는 모르지만 둘이 같이해서 잘됐다며 기뻐했다. 내가 걸스카우트에 들어가는 일로 모처럼 온 가족이 안도하는 것 같았다.

잠옷을 입으렴

~~~~

스카우트연맹 지역사무소는 시외버스를 타고 나가는 이웃 도시에 있었다. 은이 이모는 오랜만에 장롱을 열고 외출복을 꺼내 입었다. 아기를 낳은 뒤 다소 살이 붙어서 투피스가 끼었지만 아직 입을 만은 하다고 거울 앞에서 중얼거렸다.

걸스카우트 수품 보급소에서 단복을 보고 나는 실망했다. 예전에 읍내 아이들이 입고 다니는 걸 보았던 갈색 원피스를 생각했는데, 그건 브라우니가 입는 거라고 했다. 소녀대는 흰 셔츠에 녹색 조끼와 스커트, 모자가 한 세트였다. 단복에 맞춰 어깨띠와 스카프, 배지를 골랐고 교본, 노래집, 호각과 밧줄도 구입했다. 지갑을 여는 이모의 뺨이 상기돼 있었다. 우리 앞에선 태연한 척했지만 역시 지출이 컸다. 한 달 생활비 절반이 날아갔는데도 아직 사지 못한 수품들이 남아 있었다.

수안은 야영장비 앞에서 걸음을 떼지 못했다. 하이킹에 딱 어울리는 카키색 배낭과 침낭, 랜턴과 나침반, 야영장에서 비를 만났을 때를 대비한 판초까지. 달그락거리는 양철컵 하나도 특별해 보였다. 다행히 보급소 판매원은 처음부터 야영장비까지 구입할 필요는 없다고 말해줘 우리를 안심시켰다.

짐을 들고 연맹 건물을 나설 때 백승모 일행과 마주쳤다. 그들도 보이스카우트 수품을 잔뜩 사서 나오는 길이었다. 승모는 이미 야영장비를 갖춰 배낭을 메고 챙 넓은 캠핑모자까지 쓰고 있었다. 고급스런 양복 차림의 승모 아버지는 훤칠한 키에 희끗거리는 귀밑

머리가 위엄 있어 보였다. 평생 궁하지 않게 살아온 아버지 연배의 남자는 저런 모습이구나 싶었다.

"여학생들 어머니 되십니까? 처음 뵙습니다."

승모 아버지가 내민 손을 은이 이모는 어색하게 마주 잡았다. 새삼 꼭 끼는 투피스와 잘 먹지 않은 화장이 신경 쓰였는지 악수한 손을 놓고선 한 발자국 뒤로 물러났다. 우리는 승모 곁에 서 있는 남학생에게 눈길이 갔다. 승모가 친구 옷자락을 잡아당기며 소개했다.

"인사해. 이충하 알지?"

"응. 알아."

수안이 고개를 끄덕였다. 어떤 아이인지 대강 알기는 했다. 말을 심하게 더듬는 소년. 처음엔 남녀합반에 배정받았는데 부모가 찾아와서 승모가 있는 남학생반으로 옮겨달라고 했다던, 말이 없지만 어쩌다 입을 열면 엄청나게 더듬어서 인내심이 필요한 소년이었다. 읍내에서 진료과목을 여러 개 운영하는 개인병원의 원장이 충하 아버지였다. 승모네만큼은 아니어도 부유한 집 아들이고 성적도 좋았기 때문에 인기 있을 법도 했는데, 이충하는 그렇지 않았다. 내성적이고 모난 데다 친구도 별로 없었다. 그날도 키만 껑충하니 마른 몸을 주체하지 못하고 딴 곳을 쳐다보기만 했다.

"충하도 보이스카우트야?"

수안이 일부러 말을 걸어주었지만 충하는 대꾸하지 않았다. 불편한 표정으로 눈꺼풀을 빠르게 깜빡거렸다. 복도에서 가끔 지나

잠옷을 입으렴

친 적이 없었다면 어디가 좀 모자란 아이로 오해하기 쉬웠을 것이다. 나는 안경 너머 그의 속눈썹이 굉장히 길다는 걸 깨달았다. 눈 아래 그늘이 질 만큼.

기사를 승용차에서 기다리게 하고, 승모 아버지는 모처럼 아들 친구들을 만났으니 빵이라도 먹고 가자고 했다. 정중하게 청했기 때문에 이모도 거절하지 못하고 뒤따랐다. '하얀 풍차'라는 제과점 겸 카페였다. 조명 아래 향긋한 빵 내음이 가득했고 유리 진열장엔 빵과 과자마다 한글과 영어로 쓴 명찰이 놓여 있었다. 카펫이 깔린 실내를 가로질러 우아한 곡선 계단 옆에 자리를 잡자 점원이 다가와 테이블에 메뉴판을 내려놓았다. 커다란 이탈리아 피자를 두 개 주문하고 각자 마실 것을 골랐다. 은이 이모는 비엔나 커피를 달라고 하면서 우리를 돌아보았다.

"수안이랑 둘넝이는 밀크셰이크를 먹는 게 어떠니? 괜찮지?"

둘 다 고개를 끄덕였지만 그때까지 밀크셰이크를 먹어본 적은 없었다. 이모는 우리가 평소 밀크셰이크쯤은 익숙한 소녀들로 보이고 싶었던 거다. 충하는 마실 것을 시키지 않았다. 손톱가에 일어난 거스러미만 신경질적으로 뜯다가 피자에도 손을 대지 않았다. 곁에서 권하던 승모도 결국은 포기했는데, 나중에 알았지만 충하는 입이 짧은 데다 낯선 사람이 있는 자리에선 절대로 먹지 않았다.

달콤한 밀크셰이크 맛이 채 가시기도 전에 승모 아버지는 다음엔 서점에 들러 각자 책을 골라보라고 제안했다. 공부하는 학생들한테 책만큼 좋은 선물은 없다면서 우리가 선택하는 책은 다 사주겠노라 했다. 선뜻 그래도 될지 수안과 나는 이모를 쳐다보았다. 이모는 미소를 지으며 허락했지만 따라오진 않고 제과점에 남아 기다렸다.

서점은 매장이 너무 넓어 한눈에 들어오지 않았다. 미로처럼 이어지는 공간에 셀 수 없이 많은 책장이 있었다. 승모가 안내하지 않았다면 원하는 서가를 찾는 데만도 한참 걸렸을 것 같았다. 승모는 고교생인 누나와 함께 자주 이 서점을 찾는다고 했다. 수안과 나는 서가에서 반가운 코너를 발견하고는 살짝 흥분했다. 사루비아문고, 파름문고, 레먼북스가 꽂힌 여학생을 위한 서가였다. 수백 권의 정다운 문고본을 앞에 두고 우리 입에선 저절로 안타까운 한숨이 새어 나왔다. 고르는 책은 다 사주겠노라 했지만 그럴 수는 없다. 남의 집 아이들에게 어떻게 수십 권을 사주겠는가. 두 권 고르기도 미안한데. 우리는 우열을 가릴 수 없는 책들을 손가락으로 훑어나갔다. 『작은 사랑의 멜로디』, 『파레아나의 편지』, 『스우 언니』, 『녹색의 장원』, 『벽돌집의 레베카』, 『라일락꽃 필 무렵』, 『양치는 언덕』, 『내 청춘 마리안느』, 『내일이면 늦으리』, 『푸른 교실』, 『안녕 에반즈 선생님』…. 이 많은 이야기 가운데 한 권씩만 살 수 있다는 건 너무 가슴 아픈 일이었다.

"그게 너희들이 고른 책이냐."

고개를 드니 승모 아버지가 내 손에 들린 『스우 언니』를 내려다보고 있었다. 그는 문고본 서가를 훑어본 뒤 신중하게 이맛살을 모았다.

잠옷을 입으렴

"소녀들이 좋아하는 연애소설이니?"

당황한 나머지 바로 대답하지 못했다. 연애소설인가? 열여섯 살 여자아이들이 연애소설을 고른다면 좀 불온해 보일 것 같았다. 하지만 이런 문고본이 연애소설이나 그 비슷한 거라고 생각해본 적은 한 번도 없었다. 물론, 사랑에 대한 스토리가 있긴 했지만 말이다. 수안이 대답했다.

"그냥 재밌을 것 같아서요."

승모 아버지는 보호자다운 자상한 미소를 보였다.

"그런 것 같구나. 골랐으니까 약속대로 사주마. 대신 이건 내가 추천하는 책이다."

눈처럼 흰 양장에 금박 제목이 박힌 책을 수안이 받아들었다. 딱딱한 커버에서 금빛 알파벳이 반짝였다.

Rainer Maria Rilke

"라이너 마리아 릴케 시집이다. 시뿐만 아니라 삽화가 아주 아름다운 책이지. 내가 좋아하는 여류화가의 그림이 들어가 있단다. 꼭 읽어봐라."

그가 자리를 뜨지 않고 지켜보아서 수안은 커버를 열고 페이지를 넘겼다. 왼쪽엔 시, 오른쪽엔 그림이 실려 있었다. 올컬러 인쇄여서 페이지를 꽉 채운 삽화가 더 강렬했다. 나는 딸꾹질이 나올 만큼 충격을 받았다. 여자들이 이렇게 이국적이고, 환상적으로 아

잠옷을 입으렴

름다우며 무섭기도 하다니. 정글에서 튀어나온 듯, 어느 부족의 천막에서 걸어 나온 듯, 기묘한 분위기를 지닌 여인들이 흐드러진 화관을 쓰고 시집 속에서 살고 있었다.

"이제 재미만 찾을 나이는 지났지 않니. 깊이 있는 독서를 해라."

승모 아버지는 만족스럽게 우리 어깨를 두드려주고는 가버렸다. 수안은 잠시 복잡한 표정이더니 빼놓았던 파름문고를 도로 서가에 꽂았다.

"…안 사?"

"됐어."

그때 승모가 맞은편 서가에서 이쪽을 향해 손짓했다.

"정수안, 이리로."

수안은 어깨를 으쓱하더니 시집을 내게 건네주었다.

"독토반 도서 같이 골라야 할 것 같아. 좀 맡아줘."

"응."

수안이 가고 난 뒤 나도 『스우 언니』를 제자리에 돌려놓았다. 수안의 태도가 맞다. 이 책을 좋아하지 않는 사람한테 책값을 내게 하고 싶지는 않았다. 시집 뒤쪽을 펼쳐 그가 말한 '여류화가'의 이름을 찾았다. 천경자千鏡子. 세상엔 이런 그림을 그리는 사람도 있구나.

서점을 돌아보다 취미 코너에서 편물책을 발견했다. 화사하고 따스한 옷과 소품 사진이 실렸고 코바늘 대바늘뜨기 도안도 상세히 수록돼 있었다. 외가에는 편물에 관한 책이 은이 이모가 월부혼수품으로 장만했던 『가정대백과 - 편물편』뿐이었고, 그나마 유행에 한참 뒤떨어졌기 때문에 나는 새 도안집을 사기로 했다.

종일 돌아다닌 바람에 다리가 아파왔다. 구석에 놓인 나무 의자에 앉아 다들 책 고르기가 끝날 때까지 쉬기로 했다. 무심코 바라보니 바로 앞에 충하가 있었다. 추리소설 서가에서 충하는 옆구리에 서너 권을 끼고 손에도 한 권을 들고는 완전히 빠져들어 읽고 있었다. 『필립 마로우의 憂愁』. 내가 모르는 한자였다. 필립 마로우의… 뭐라는 것일까. 그때 충하가 고개를 들어 우리는 눈이 마주쳤다. 미처 외면하기도 늦어버린 어정쩡한 순간. 힐책하는 시선이 날아와 나는 괜스레 변명처럼 말했다.

"쉬는 참이었어."

대답이 없자 슬그머니 기분이 나빠졌다. 대체 무슨 상관이야. 책도 마음대로 못 고르고, 앉아 있는 것도 안 되나? 그러고 보니 수안도 나도 참 많은 책을 읽었다고 생각했는데, 이렇게 큰 서점에 와보니 그렇지도 않다는 걸 알았다. 동화전집과 소년잡지를 읽고 신작로를 따라 만화방에만 다녔지 이런 서점은 처음이니까. 특히 나는 두껍고 어려운 세계명작고전은 거의 읽어본 적도 없다. 어쩐지 의기소침해지고 말았다.

"그 한자 뭐야?"

그러려고 했던 건 아닌데 나도 모르게 퉁명스러워졌다. 충하는 책 표지를 흘끔 보고 대답할까 말까 망설이는 기색이더니, 체념한 듯 입을 열었다. 입술을 모았지만 쉽사리 소리가 나오지 않았다. 우- 우-

잠옷을 입으렴

"…우수."

『필립 마로우의 우수』. 끝까지 말 안 할 줄 알았는데 뜻밖이었고, 게다가 하도 힘겹게 대답을 하니 미안한 말이지만 기분이 조금 나아졌다.

"형사구나. 범인 이름치곤 낭만적이니까."

충하는 국민체조 목운동처럼 고개를 한 바퀴 돌리고는 다시 애썼다. 타- 타-

"탐정."

"그러니까."

"혀, 혀, 형사랑 타타탐정은… 다… 다… 다, 달라!"

힘들여 말을 끝낸 충하는 미간을 확 찌푸리며 외면해버렸다. 그러곤 초조하게 책을 다 챙겨서 계산대로 가버렸다. 나는 피곤한 기분으로 걸상에서 일어났다. 모두가 모였을 때 승모 아버지는 가져온 책들을 꼼꼼히 살폈다. 승모는 독서토론반에 필요한 도서를 열 권도 넘게 골랐는데 맨 위에 얹은 『광염 소나타』를 비롯해 대부분 근현대 한국 시와 소설이었다. 따로 챙긴 한 무더기 책들은 승모 누나가 사다달라고 부탁한 거라 했다.

"윤모가 이번 토론 주제는 뭐라더냐?"

"실존주의에서 자살이란 허용 가능한 일인가. 뭐 그 비슷해요."

그는 아들의 대답을 듣고 고개를 끄덕였다. 읍내 여고에 다니는 백윤모는 가매중학교를 졸업한 선배였다. 도내 백일장 중고부 장원을 여러 번 휩쓴 덕분에, 이웃 도시 고교 문예부들까지 백윤모의 이름을 안다고 했다. 지갑을 꺼내 책값을 계산하는 승모 아버지의 얼굴엔 아들딸에 대한 자부심이 가득했다. 딸의 독서토론 주제까지 궁금해하는 아버지라니, 딱히 부러웠던 건 아니지만 낯선 풍경이라 신기했던 것 같다. 하지만 생각해보면 우리에게도 이런저런 책을 사준 아버지들이 있으니까 하고 나는 속으로 중얼거렸다.

스카우트연맹까지 걸어와 작별 인사를 했다. 터미널까지 모셔다드리면 좋겠는데 승용차 좌석이 모자라서 미안하다고 승모 아버지가 말했다. 은이 이모는 질세라 마음 쓰시지 않아도 되며 오늘 딸들에게 잘해주셔서 감사하다고 했다. 차에 오르기 직전 충하가 나를 향해 말했다.

"버, 범인 이름을… 제… 제목에 쓸 리가… 이이있겠냐?"

그러고는 대답도 듣지 않고 차에 올라타 쾅 문을 닫아버렸다. 수안이 어이없어했다.

"저 애 뭐라고 하는 거니?"

승용차는 속력을 높여 시야에서 사라졌다. 어느새 저녁 무렵이었다. 터미널까지 가기 위해 시내버스를 타야 했지만, 은이 이모는 아침에 신은 비둘기색 스타킹에 코가 나가버린 것을 발견했다. 핸드백을 어깨에 추스르며 이모는 비장하게 말했다.

"우리도 택시 타자."

내 귓가엔 충하의 목소리가 뱅뱅 맴돌고 있었다.

잠옷을 입으렴

~~~~

첫 모임 날, 연희 선생님은 칠판 가득 판서를 해가며 걸스카우트 창설 과정과 역사, 세계로 퍼져가는 데 공헌한 인물에 관해 열의를 가지고 설명했다. 그게 기본이라고 했다. 무작정 단복을 입고 레크리에이션 노래를 부르고 캠핑을 가는 게 중요한 것이 아니라고. 처음 영국 런던에서 보이스카우트를 만들어 행진을 했고, 그걸 본 많은 소녀들이 스스로 대열을 이루어 함께 행진하면서 걸스카우트라는 명칭을 붙였다고 했다.

"그러니 보이스카우트는 어른들이 조직해준 단체였지만, 걸스카우트는 소녀들이 주체적으로 일어나 만든 조직이었던 거야."

연희 선생님은 교실에 모인 학생들과 시선을 맞춰가며 말을 이어나갔다.

"우리나라는 광복 이후 창설된 대한소녀단이 한국걸스카우트의 태동이었어. 나라도 언어도 다른 청소년들을 바람직한 세계시민으로 성장시키는 과정이 스카우트 활동의 핵심이야. 여러분도 지구촌에서 함께 살아가는 세계시민의 마인드를 가졌으면 좋겠어."

교실은 조용했다. 들뜬 기분으로 모였다가 한 시간을 설명과 노트 필기로 보낸 아이들은 조금씩 곤혹스러워했다. 계속 이런 식일까 걱정스러운 표정들이었다. 나는 연희 선생님의 진지하게 빛나는 얼굴, 그 단호함에 조금 감탄하는 마음이 되었다. 그녀는 우리더러 좋은 나이라고 했지만 누가 뭐래도 지금 인생에서 가장 아름다운 시절을 보내고 있는 건 그녀 자신 같았다.

연희 선생님은 스카우트 세계대회와 평화운동, 문맹퇴치 활동도 설명했다. 우리도 뜻이 있다면 충분히 참가할 만한 활동이라고 했다. 그녀의 언변에는 힘이 있었고, 그래서 듣는 동안에는 모든 게 가능해 보였다. 정말 언젠가는 풍토병이 만연한 낙후된 나라로 날아가 가난하고 불쌍한 원주민들을 보살피고 글을 가르치며 문맹을 퇴치할 수 있을 것만 같았다. 우리는 걸스카우트 세계우애일이 2월 22일이라는 것을 노트에 받아쓰고, 단복 조끼에 아시아태평양연맹 배지도 달았다.

선생님은 여기가 비록 시골 학교지만 가능한 한 적극적으로 캠프에 참여할 생각이라고 말했다. 스카우트의 꽃은 국제 잼버리 캠프인데, 우리가 고교에 진학해서도 꾸준히 활동한다면 세계에서 모여든 스카우트를 만날 기회가 있을지도 모른다고 했다. 그러니 외국어 공부는 인생에서 매우 중요하다고. 만약 시골 학교 소녀들이 국제 캠프에 참가하지 못한다면, 연희 선생님의 유려한 문체로 높은 분에게 장문의 편지를 써서라도 특별 초청을 받게 될 것 같았다. 다양한 피부색을 가진 소녀들과 깃발이 펄럭이는 캠프장에서 반갑게 손 흔들며 인사할 것 같았다.

우리는 매주 두 번 방과 후에 모여 노래와 게임을 배웠다. 간단한 율동과 함께 노래를 부르라치면 연희 선생님의 입이 한쪽으로 가볍게 올라간다는 걸 알았다. 잼버리송, 예뽀이따이따이, 아람쌈쌈 같은 캠프송은 이전에 스카우트를 경험했던 아이들은 아는 것 같았지만, 나는 어느 나라 말인지 통 짐작도 할 수가 없었다. 아프

잠옷을 입으렴

리카어가 이럴까 싶기도 했다.

운동장에서 조를 이루어 나침반을 들고 길 찾는 모의훈련도 했다. 연희 선생님은 깃발을 한가운데 세우고 바람의 방향을 알아맞히게 했다. 휴식 시간 매점에서 사온 소보로빵에 우유를 마시며 다들 스탠드에 앉아 있을 때, 햇볕을 가릴 야구모자를 쓴 연희 선생님은 깃발을 접으며 말했다.

"세상엔 나침반 같은 사람과 풍향계 같은 사람이 있어. 나침반 같은 사람은 길을 잃어도 자기가 찾아가야 할 곳을 알게 되지. 어디에 갖다놓아도 바늘은 정확한 방향을 알려주니까, 목표가 분명한 거야. 반면 풍향계 같은 사람은 바람이 불 때마다 목표를 놓쳐. 그 사람이 기준 삼았던 풍향계는 늘 변하니까. 난 여러분 인생에도 나침반이 하나쯤 있었으면 해."

때로는 보이스카우트와 걸스카우트가 모여 포크댄스를 출 때도 있었다. 파트너를 바꿀 땐 모두가 빙그르 몸을 한 바퀴 돌리며 체인지를 했다. 오후의 봄볕이 쏟아지고 식수대 수도꼭지들이 햇살을 받아 은빛으로 빛났다. 국기게양대에서 태극기가 한가로이 흔들렸다. 이상한 말이지만 그 순간만큼은 나도 정말 세계의 평화를 간절히 바라는 마음이 되기도 했다.

가슴을 부풀게 하는 신선한 느낌은, 그러나 교문을 나서는 순간 신기루처럼 파스스 흩어져갔다. 농부들이 일하는 논밭 너머 낯익은 신작로. 먼지 긴 완행버스가 매연을 뿜으며 달려가고, 때 묻은 마을 개들이 지루하게 굴뚝 아래 엎드려 있다가는 별안간 짖어대곤 했다. 간판이 바래가는 문방구를 지나 시골길을 걸어가노라면, 눈앞에 펼쳐진 세상은 참 작고 좁았다.

~~~~

얼마 후 포플러 신작로를 따라서 누군가 돌아왔다. 도시의 대학으로 떠났던 율이 삼촌이 집을 나설 때보다 훨씬 낡아버린 배낭을 메고 돌아왔다. 그는 중후한 서재용 책상이 절반을 차지한 끝방 앞에서 믿기지 않는 얼굴로 우두커니 서 있었다. 그 풍경이 몹시도 생경하다는 듯이. 식구들은 반가워하면서도 당황했다. 어른들은 삼촌의 방을 바꿔놓은 데 대한, 수안과 나는 그걸 지켜주지 못한 미안함 때문이었다.

"어서 와, 처남. 온다고 미리 연락을 줬으면 내가 읍에서 소고기라도 끊어왔을 텐데. 객지에서 제대로 챙겨 먹지 못했지?"

이모부는 두 팔을 벌리며 반겼지만 삼촌은 아무 말도 하지 않았다. 외할머니가 찬장을 뒤져 급한 대로 몇 가지 찬을 마련해 저녁상을 차렸다. 마루에 밥상을 놓고 둘러앉았을 때 율이 삼촌은 허기진 모습으로 밥 한 공기를 묵묵히 먹어치웠다. 그제야 우리는 삼촌이 어딘가 변했다는 것을 깨달았다. 선이 가늘고 섬세했던 외모가 좀더 남자다운 골격으로 변했고, 수줍고 조용하던 인상에 다가가기 힘든 느낌이 더했다. 끝방이 마음에 걸렸던 이모부가 입을 열었다.

"율이 처남 방을 서재로 만들었어. 빈방이 아까우니까. 집에 머무는 동안 내 책상을 써. 나는 당분간 교무실에 남아서 일하면 돼.

　　　　　　　　　　　　잠옷을 입으렴

대학생이니 그 정도 책상도 괜찮지."

은이 이모와 외할머니의 얼굴이 눈에 띄게 편해졌다. 삼촌은 수저를 든 채 밥상을 내려다보다가 입을 열었다.

"저는 제 책상이 편합니다."

이모부는 도량 있게 웃으며 한 번 더 권했다.

"사양할 것 없어. 어차피 쉬러 왔어도 공부를 해야 하잖아."

"그렇지. 그게 얼마나 비싸고 좋은 책상인데…."

외할머니는 뒷말을 흐렸고, 은이 이모는 모래를 씹는 표정이었다. 이모부만이 어른스럽게 풀어가려고 애썼다.

"그래, 언제까지 있다가 갈 작정이야, 처남?"

"이제 안 갑니다."

모두가 숟가락질을 멈췄다. 이모가 귀를 의심하며 되물었다.

"안 간다니. 대학에 안 돌아간다고?"

"응."

"그만둔 거야?"

외할머니한테서 기침 섞인 떨리는 숨소리가 새어 나왔다. 이모부는 더 이상 웃지 않았고 은이 이모는 동생을 쏘아보았다. 처음 입학금은 이모부가 내주었지만, 두 번째부터는 율이 삼촌이 더는 도움이 필요 없다고 해서 아르바이트를 하는 줄 알고 기특하다 했었다. 실은 한참 전에 학교를 그만두었다고 했다.

"제 방을 원래대로 해놓으려 해요. 매형 짐을 좀 치워주십시오."

밥상에 정적이 흘렀다. 수안이 국을 삼키는 소리가 곁에서 들려왔다. 은이 이모는 숟가락을 소리 나게 탁 내려놓았다.

　내 기억이 맞다면 아마도 초여름이었을 거다. 끝방에서 무거운 마호가니빛 책상과 회전의자를 꺼내 안방에다 넣어봤지만, 도저히 공간이 안 나왔다. 크지도 않은 방을 장롱과 경대가 차지한 데다 아기용품도 쌓여서 책상까지 들여놓는다면 창고나 다름없을 것 같았다. 이모부가 각도를 이렇게도 돌려보고 저렇게도 돌려보는데, 보다 못한 은이 이모가 벌컥 짜증을 냈다.

　"그만 좀 해요! 이 방에 놓을 데가 어디 있어. 나랑 웅이랑 책상에 이불 깔고 잘까 그럼?"

　끝방은 다시 율이 삼촌에게로 돌아갔고, 니스칠 나뭇결이 아름다운 서재 책상 세트는 애물단지가 되어 안방 마루에 한동안 놓여 있었다. 책상 귀퉁이가 방문을 절반이나 가렸기 때문에, 은이 이모는 방을 드나들 때마다 제발 이 답답한 것들 좀 치우라며 괴로워했다. 섣불리 퇴직한 것을 후회하며 다시 복직하고 싶다고도 했다. 이모를 대신해 임용된 교사가 아이들한테 인기 있고, 동료들 사이에서도 신임을 얻는다는 소문을 듣고는 더 심경이 좋지 않은 듯했다. 모든 것을 외할머니에게 맡기고 교사 신분을 되찾고 싶은 마음만이 굴뚝같아 보였다.

　밤늦게 귀가한 어느 날, 이모부는 책상이 살아 있는 무엇이기라도 한 것처럼 증오의 눈길로 쳐다보더니 마루에서 내려 뒤란 처마 밑에 갖다 부려놓았다. 오동나무 옷장 곁에 마호가니 책상이 나란히 놓였다. 비가 들이치지 않도록 비닐을 덮었지만 습기를 막을 수는 없을 터였다. 이모부는 차라리 속이 후련한지 뒤란을 돌아 나와 마당 수돗가에서 차가운 물로 오랫동안 세수를 했다. 식구 누구도 창호문을 열어 밖을 내다보지 않았고 입을 열지 않았다. 적막한 어둠 속에서 이모부의 세수 소리만 들려왔을 뿐이다.

모닥불을 위하여

율이 삼촌.

그해는 어찌나 빨리 흘러갔는지. 훅 날아가버린 시간을 떠올려 보면 아득해질 때가 있습니다. 삼촌이 돌아오고 끝방에서 무얼 하는지 통 알 수 없던 날들에, 그래도 우리는 예전처럼 그 방에 삼촌이 있어서 좋았습니다.

어느 날부턴가 삼촌은 읍내 공사장에서 일하기 시작했지요. 육체노동을 할 줄은 몰랐는데 처음엔 몸살을 앓더니 곧 적응하는 것 같았습니다. 몇 달이 지나 어깨는 벌어지고, 며칠씩 면도를 하지 않아서 턱수염은 까뭇까뭇하고, 머리카락도 길어졌기 때문에 인상이 달라 보였습니다. 말수는 없어도 마당에서 마주치면 빙그레 웃어주던 모습은 여전해서 우리는 안심했습니다. 삼촌은 벌어온 돈을 다 외할머니에게 드렸지요. 모두들 아슬아슬 잘 지낸다고 생각했습니다.

그날들에 우리는 생전 처음 배낭을 메고 호각과 밧줄과 나침반을 챙겨 야영을 갔습니다. 첫 야영장에서 보았던 캠프파이어는 잊을 수 없습니다. 밤하늘을 사르며 타오르는 화톳불을 둘러싼 채, 웃고 노래하고 손뼉 치고 더러는 연극도 했습니다. 슈티펠만 아이들이 숲에서 만난 모닥불도 그보단 작았을 거예요.

텐트에서 자다가 일어나 어둠 속에 랜턴을 들고 간이화장실까지 걸어가노라면, 어깨 위로 쏟아지던 별들이 더 하얗게 빛났습니다. 집에 가고 싶다거나 벌레가 무섭다거나, 등이 배긴다는 아이들도 있었지만 우리는 그렇지 않았습니다. 야영장 텐트에서 자는 일은 삼촌 방에서 텐트를 찾아냈을 때와는 달랐습니다. 삼촌 방에선 작고 아늑했지만, 야영장은 땅바닥의 잔돌을 아무리 골라내도 누우면 등이 배겼습니다. 완두콩 공주는 이런 데서 자는 건 어림도 없겠다며 수안은 웃었습니다. 몇 겹이나 쌓아 올린 이불 아래 완두콩 한 알을 넣어두고는 진짜 공주인지를 알아냈다는 안데르센 동화 말입니다. 그렇다면 성에 사는 공주 따윈 될 필요가 없었어요. 천막에서도 잠들 수 있는 거위치기 아가씨가 백번 나았습니다.

그 야영장들이 어디였는지 지금은 다 기억나지 않아도, 텐트촌 위로 새벽 먼동이 터오던 순간의 우윳빛 여명, 벗어놓은 여러 짝의 신발들과 흙바닥에 축축이 내려앉은 이슬, 세면장에서 풍겨오는 싸구려 비누 냄새, 야영장 뒤편 숲 냄새, 맛없고 물기 없던 음식들, 이삼일 낮을 익혔다가 친해진 척 '안녕 안녕, 다음에 또 만나. 편지할게-' 하고선 배낭 메고 돌아선 순간 잊히던 얼굴의 아이들, 마지막 밤의 캠프파이어, 불길 속에 나무가 타는 매캐한 연기, 얼굴은 소매로 가릴 만큼 뜨겁고 등짝은 밤바람에 시리던 그 촉감, 몇 개의 구호와 센티멘털한 맹세와 시한부 우정과 또한 그런 밤이면 뜻도 모르고 불렀던 노래들이 아직 내게 남아 있습니다.

살면서 우주의 삼라만상이란 걸 느끼는 순간이 있다면, 그렇게 불타오르는 화톳불 앞에서 서로의 얼굴을 마주 보던 때의 마음과 비슷하지 않을까 싶었습니다. 왜 수안이 야영을 꿈꿨는지도 알 것 같았습니다. 세상 고락과 번민을 잊게 해주던 그 야영장들은 어린 날의 도피처였습니다.

그래서 나는 야영장에서 도망쳤습니다. 두 번 야영을 다녀온 뒤로는 가지 않으려고 했습니다. 수안이 화를 냈어도 집에 남았어요. 어린것이 돈 드는 게 무서워 그런가 외할머니가 속상해하면서, 율이 삼촌이 벌어다드린 걸 내게 건네며 같이 가라고 했지만, 아니었습니다. 나는 갔다 왔고 그걸로 충분했습니다. 어떤 건지 알 것 같았거든요. 아름답고 자유롭고 전혀 다른 세계 같아서 두려웠습니다. 몹시 아름다운 건 감당이 안 됐고 익숙해지지도 않았습니다. 그 밤. 모닥불. 노래들. 수안은 야영장으로 도망쳤고, 나는 반대로 야영장에서 도망쳤습니다. 수안이가 집을 비우는 동안 나는 외할머니와 웅이랑 지내고 미주와 장에도 갔습니다. 그런 날들이 계속됐으면 좋았을 것입니다. 하지만 아름다웠던 야영도 끝나는 날이 찾아왔습니다.

잠옷을 입으렴

연말이 다가오자 세진상가 번영회에서 새 달력이 나왔다. 번영회 총무를 맡은 지물포 주인이 내년도 회비 고지서와 함께 돌돌 말린 달력 두 개를 건네고 갔다. 퇴근길 서고슈퍼에 들러 하나를 줘야겠다고 생각했다. 날이 일찍 어두워져 마을버스에서 내리니 한밤중 같았다. 봉란은 무릎담요를 덮은 채 한가로이 텔레비전을 보고 있었다.

"내년도 달력이에요. 필요할 것 같아서."

"어머, 고마워요. 안 그래도 이번엔 달력을 어디서 얻을까 했는데."

봉란은 벽에 걸린 헌 달력을 내리고 새 걸로 바꿔 걸었다. 올해 마지막 십이월 한 장이 첫 페이지에 덤으로 붙어 있었다. 붉은 펠트 모자를 쓴 여인의 초상화가 모습을 드러냈다. 이번 달력은 명화 시리즈였다.

"이뻐라. 누가 그린 거죠?"

"글쎄요. 르누아르 같아요."

"고상해서 좋네. 근데 밑에 상가 주소가 너무 튄다, 안 어울리게."

봉란이 한 발짝 물러나 바라보며 나름 촌평을 했다. 다들 어디선가 본 듯한 친숙한 그림들. 금고에 얹어둔 헌 달력이 바닥으로 미끄러졌다. 허리를 굽혀 줍다 보니 지난 팔월 봉란이 쓴 메모가 눈에 들어왔다. 남해안 4박 5일. 날짜마다 동그라미도 쳐놓았다.

"올여름 남해안 다녀왔었어요?"

"몰랐어요? 가게 문 닫고 갔다 왔잖아. 닷새 동안."

그랬던가. 셔터가 내려진 걸 본 기억이 없다. 봉란이 자리로 돌아와 앉으며 쿡쿡 웃었다.

"나는 분기별로 여행 떠나는 사람이야. 가을엔 설악산 단풍 구경도 갔잖아요."

"가을? 그땐 나도 기억하는데? 가게 문 닫은 적 없잖아요."

"몰라, 따지지 마요. 난 갔다 온 거니까."

그제야 나는 피식 웃었다. 봉란의 여행은 달력 속에서만 계획되고 실현되는 거였다. 일 년에 며칠쯤은 쉬어도 괜찮을 텐데 봉란은 언제나 돈을 모아야 한다고 했다.

집으로 돌아와 거실에 새 달력을 걸었다. 간소하고 무미건조한 공간에 명화 복제본이 걸리니 좀 나아 보였다. 한 장씩 넘기며 그림을 구경했다. 여인들이 테마였다. 봄날엔 꽃밭에, 여름날엔 초원에, 가을날엔 피아노 앞에 모여 앉은 여인들. 마지막 장은 드가의

「무대 위의 무희」로 끝이 났다.

연말이면 새 달력을 벽에 걸어야만 새해를 맞을 준비가 된 것 같았다. 해마다 마지막 달이면 외가 식구들은 하나둘 달력을 옆구리에 끼고 귀가했다. 이모부는 일부러 은행에 볼일을 보러 갔고, 경이 이모는 사무실 거래처가 돌리는 달력을 챙겼다. 외할머니도 이장 집에 줄을 대어 농협 달력을 얻어왔다. 농협 달력은 숫자만 커다랗고 아무 멋이 없기 때문에, 우리는 그 위에다 경이 이모의 달력을 포개 걸어놓았다. 한결같이 항구에 배가 드나드는 사진이 실린 종합무역상사 달력이었지만 그나마 나았다. 마을 어귀 모암상회에도 새 달력이 걸렸다. 소주 회사가 보내온 열두 달 비키니 모델들이 미닫이문에 붙었다. 눈두덩은 파랗고 입술은 빨갛고, 사자갈기 같은 파마머리도 보기 싫지는 않았다.

달력 수급이 끝나면 연말연시 연하장이 왔다. 이모부와 은이 이모는 모암마을에서 누구보다 많은 연하장을 받았다. 학생들과 학부모, 동료 교사들이 보낸 카드가 툇마루에 쌓이면 우리는 봉투를 열어 그림을 구경했다. 붉은 해를 가로질러 하얀 두루미가 날아가고, 눈 내린 초가집 굴뚝에서 연기가 피어났다. 물레방아 얼어붙은 개울물에는 은박가루가 묻어 반짝거렸다. 이모 부부가 가장 보람을 느끼고 뿌듯해하는 시기였다.

나는 달력을 르누아르의 그림이 있는 맨 앞 장으로 돌려놓았다. 또 한 해가 저물어가고 있었다.

날이 더워지니 학교 운동장 등나무 벤치 그늘이 도시락 장소로 인기였다. 발 빠른 아이들은 점심시간 벨소리가 울리면 서둘러 도시락을 챙겨 자리를 잡으려고 달려갔다. 연희 선생님과 독서토론반 아이들도 가끔 벤치에 모여서 점심을 먹었다. 미주와 나는 친구들 틈에 끼어 앉거나, 자리가 없을 땐 다른 쪽 나무그늘에서 먹곤 했다.

"아주 그림이 좋구나, 좋아."

깍두기를 씹으며 미주는 슬쩍 고까워했다. 연희 선생님 사단을 두고 하는 말이었다. 그들끼리만 통하는 이야기를 소곤대다가 까르르 웃는 소리도 들려왔다. 중심에 앉은 연희 선생님은 언제나 돋보이는 존재였다. 날씬한 몸을 감싸는 물색 원피스나 감색 바지 정장에 리본을 매고 오는 날은 더 눈에 띄었다. 미주는 부러워하면서도 말은 심술궂게 했다.

"박연희 선생님, 대놓고 백승모하고 정수안만 이뻐해. 그치?"

그거야 눈이 있으면 아는 사실인 걸 새삼스럽게. 스카우트 활동이 없는 날은 어김없이 독서토론반이 모였다. 승모는 양장본 세계문학전집을 차례대로 수안에게 빌려주었고, 그 영향으로 수안은 예전 책들을 멀리하고 두꺼운 세계명작에 빠져든 지 오래였다.

외할머니가 싸준 도시락 반찬들은 하나같이 조금씩 간이 짰다. 음식 솜씨가 사라져가는 것 같아 안타까웠다. 이전에는 뉴슈가나 신화당가루, 빙초산, 미원 같은 조미료들이 마법의 가루마냥 신묘

잠옷을 입으렴

해 보였는데, 이젠 그저 값싼 첨가물일 뿐이라는 것도 알았다. 외할머니의 관절염이 심해지고 아침에 일어나 손발이 붓는 날이 많아지면서 반찬은 점점 짜고 국은 들큰해졌다. 그래도 꼬박꼬박 새벽같이 아궁이에서 밥을 짓고 손녀딸들과 사위의 도시락을 쌌다. 그러다 언제부턴가 이모부는 자기 도시락은 싸지 않아도 된다고 말했다. 읍내 학교 교사들이 단체로 대어 먹는 식당이 생겼는데 맛도 좋고 위생도 깔끔하다고 했다. 외할머니는 그래도 집밥만 하나원… 하면서도 한결 마음이 놓이는 눈치였다. 날마다 사위 반찬을 바꿔 담는 일은 아무래도 신경이 쓰였을 테니까.

"박연희 선생님 되게 웃긴다? 너 모르지."

미주가 얼굴을 바짝 가져다 대고 속삭였다. 방금 먹은 마늘종 냄새가 풍겨왔다.

"뭘?"

미주는 슬쩍 주위를 둘러보더니 내 귓가에 대고 말했다.

"아는 사람은 아는데, 남자랑 동거한대."

나는 포크로 계란말이를 집다가 멈칫했다.

"…정말이야?"

"그럼 정말이지. 내가 없는 얘기 하는 거 봤냐?"

그건 사실이었다. 미주의 소식통은 가끔 과장되긴 했어도 정확한 편이었다. 그러면서도 의외로 입이 가볍지는 않아서, 지금도 특별히 내게만 가르쳐주는 비밀이란 걸 알았다.

"우리 큰어머니가 그러더라. 성당 다니는 아주머니들은 더러 아는데, 연희 선생님이 실은 전에 수녀가 되려고 했었대. 근데 견습 수녀 하다가 박차고 나왔다나?"

나도 모르게 저쪽 벤치에 앉아 인기를 독차지하는 선생님을 건너다보았다. 수녀가 되려 했다고? 그녀가 수녀복을 입고 긴 두건으로 머리카락을 가린 모습을 상상했지만, 잘 어울리지 않았다.

"…그런데 왜 그만둔 거래?"

"글쎄다. 큰어머니 말로는 지금 같이 사는 그 남자 때문에 파계한 게 아니겠느냐 그런 얘기지."

파계. 그 나이의 우리가 입에 올릴 만한 무게의 낱말은 아닌 것 같았으나 다른 표현을 찾기도 어려웠다. 하지만 그게 뭐. 나는 계란말이를 먹으며 속으로 생각했다. 남녀가 같이 살면 어때서. 물론 교장선생님이나 학부모들이 알면 좋아하진 않겠지만, 서로 사랑하니까 같이 사는 게 아닐까. 문득 얼마 전 수안이 했던 말이 기억났다. 주말에 토론반이 모일 때는 학교 교실보다는 빵집이나 멤버의 집이 모임장소로 정해질 때가 있다고. 승모네 집에 모두가 초대받은 날은 수안도 입고 갈 옷에 약간 더 신경 썼다. 그래도 모암집으로 초대할 마음은 없다고 했다.

"다른 식구들한테 방해되잖아. 엄마도 별로 좋아하지 않을 테고. 의무적인 건 아니니까 괜찮아. 연희 선생님도 자취방은 공개 안 하는걸."

"그래?"

"응. 애들이 선생님 방에서 하자고 여러 번 졸랐는데 끝까지 싫

잠옷을 입으렴

다는 거야. 좁아서 그렇다고는 하지만 우린 궁금한데."

수안은 그렇게 말했다. 선생님의 자취방에 놀러가는 일에는 특별한 설렘이 있겠지. 방은 어떻게 꾸며놓았을까, 앨범 구경도 하게 될까 하고. 하지만 미주 말이 사실이라면 연희 선생님은 거절할 수밖에 없었을 것이다. 바람이 불어와 등나무잎 하나가 내 도시락 뚜껑에 떨어져 내렸다.

~~~~

"야영을 또 간다고?"

저녁 밥상 앞에서 은이 이모는 약간 예민해져서 되물었다. 수안은 기회가 닿을 때마다 야영에 참가하고 싶어 했기 때문에 그해 들어서만 벌써 세 번을 다녀왔다.

"여름방학 중에 여러 학교가 합동으로 참가하는 도내 스카우트 캠프야. 규모도 크고, 가고 싶어요."

은이 이모는 잠시 말이 없더니 내게 물었다.

"둘녕이도 가니?"

"아뇨. 저는 안 가요."

이모부가 흘끔 쳐다보았지만 아무 말도 하지 않았다. 밥상을 물리고 나오는데 갑자기 외할머니가 내 팔을 붙잡고 부엌으로 데려갔다. 허드렛바지 주머니에서 꼬깃꼬깃 접힌 지폐다발을 꺼내더니 억지로 내 손에 쥐어주었다.

"이번엔 너도 가라. 율이가 같이 보내라고 주더라."

"아니에요, 그런 거 아닌데."

"여러 말 말고 따라가라니까. 아, 좋은 데니까 수안이도 가려는 거 아니겠냐."

외할머니는 누가 볼세라 서둘러 내 등을 떠밀어 부엌 밖으로 밀어냈다. 당황스러워 지폐를 꼭 쥔 채 서 있자 외할머니는 들어가라고 눈짓하며 부엌문을 닫았다. 이럴 필요 없다고 생각하면서도 나는 마음이 짠했다. 삼촌에게도 외할머니에게도.

팔월 중순 즈음 도내 스카우트 캠프가 대대적으로 열렸다. 무개영 계곡 야영장으로 단체버스가 속속 집결했고, 우리는 인솔자인 과학 선생님과 연희 선생님으로부터 2박 3일 캠프 활동의 주의 사항을 전달받았다. 숲을 탐험하는 크로스컨트리 코스가 꽤 복잡하기 때문에 대원들은 긴장해야 할 거라고도 했다. 야영장은 먼저 도착한 이웃 학교 대원들로 북적이고 있었다. 대대 깃발이 나부끼고 보별로 텐트를 치느라 분주했다. 나뭇가지에 매단 확성기에선 캠프송이 흘러나왔다. 다른 학교 대원들과 섞이도록 배정했기 때문에 수안과 나는 보가 갈라졌다.

텐트 설치를 끝낸 뒤에야 배식 천막 앞에서 수안을 다시 만날 수가 있었다. 우리는 움푹 팬 스테인리스 식판에 점심식사로 나온 닭죽을 두 국자씩 받았다. 막 자리에 앉는데 기다란 나무식탁 저편에서 비명 소리가 들렸다. 우리 학교 일학년 여자아이가 의자에서 튕겨나듯 물러나 일그러진 얼굴로 어찌할 바를 모르고 서 있었다. 방금 떨어뜨린 숟가락과 건져 올린 닭 대가리가 식판 옆에 나뒹굴었

잠옷을 입으렴

다. 뎅강 목이 끊어진 채 솥에서 푹 고아진 그것은 표정 없이 흐물흐물해 보였다. 시선이 쏠리자 아이는 귀밑까지 빨개지며 변명처럼 말했다.

"난… 이런 거 못 먹어요."

맞은편 식탁에서 누가 슥 일어나더니 떨어진 닭 대가리를 휴지로 감싸 집었다.

"이미 죽었는데 너무 무서워하지 마. 얘가 무안하잖아."

백승모였다. 농담처럼 말했기 때문에 주변 아이들도 덩달아 웃었다. 여자아이는 비로소 쑥스럽게 따라 웃고는 닭죽을 먹기 시작했다. 승모가 우리를 보고 다가왔다.

"여기까지 와서도 붙어다니는구나?"

수안이 피식 웃었다.

"그러게. 그러는 넌, 충하는 어쨌어?"

"어디 숨어서 혼자 도시락 먹고 있을 거야."

"도시락?"

승모는 포기했다는 듯 미간을 찌푸렸다.

"응. 근데 불쌍해. 날이 더워서 김밥이 오는 동안 쉬어버렸어. 새벽에 아주머니가 만드신 것 같던데."

"그럼 어떡해?"

"살짝 쉰 것뿐이니까 괜찮다고 먹겠대. 문제는 저녁 도시락도 같은 김밥이라는 거지. 암튼 맛있게 먹어라."

승모는 수안의 어깨에 가볍게 손을 짚고는 자리로 돌아갔다. 야영장에 도시락을 싸가지고 오다니. 별스런 아이라고 생각하면서도 나는 궁금해졌다. 어디 숨어서 먹고 있단 걸까.

식사가 끝난 뒤 텐트마다 보장을 뽑았다. 리더가 되고 싶은 소녀들이 자기소개를 끝내자 순간적으로 기 싸움이 오가는 게 느껴졌다. 다들 똑똑해 보였는데 그중에서도 키가 크고 우아한 느낌을 지닌 이웃 학교 소녀가 우리 보장이 되었다. 말투는 다정해도 똑 부러지는 카리스마가 있었다. 오후 내내 우리는 다음 날 밤 캠프파이어 때 선보일 촌극을 미리 준비했다. 보장은 소재든 배역이든 대원들의 의견을 존중한다며 귀담아들었지만, 최종적으로는 자기 결론을 관철시켰다.

저마다 맡은 배역을 연습하다 보니 어느새 시간이 훌쩍 흘렀다. 이번에는 야영장 뒤편 오솔길을 하이킹하며 네잎클로버를 찾아야 했다. 가장 짧은 시간 안에 네잎클로버를 찾아 돌아오는 두 팀에게 상품을 주기 때문에, 연구대 교사는 팀별로 출발 시각을 기록했다. 사방에 흔한 클로버 풀밭은 금세 초록색 단복을 입은 소녀대로 점령당했다.

"이거 네잎클로버 맞지?"

누군가 방금 찾은 잎을 들어 올리자 다들 가까이 다가가 들여다보았다. 이파리 둘레를 따라 짧고 가느다란 솜털이 났다. 잎은 네 개였으나 비슷하게 생긴 다른 풀이었다.

"아니야. 클로버치곤 너무 커."

소녀들은 앉은걸음으로 다니며 손바닥으로 풀밭을 쓸었다. 하얀

잠옷을 입으렴

꽃이 남아 있는 곳은 집중적인 공략 대상이 되었다.

"그러니까 클로버가 토끼풀인 거지?"

"아닐걸. 클로버는 더 하트 모양이야."

"하얀 무늬도 있지 않아?"

"무늬 없어."

여기저기서 네잎클로버를 찾았다고 했지만 번번이 아니었다. 누가 투덜댔다.

"왜 걸스카우트는 네잎클로버를 찾지? 보이스카우트는 보물찾기를 한다던데. 그게 더 재밌겠다."

풀밭 저편에는 곁에 깃발을 내려놓은 수안이 대원들과 풀잎을 헤집고 있었다. 보장이 된 것 같았다. 대원이 풀잎을 건네자 수안은 웃으면서 고개를 끄덕였다. 학교에서도 집에서도 저런 표정은 잘 짓지 않는데. 야영장에만 오면 수안은 반짝거렸다. 즐겁고 자유로워 보였다. 언제라도 배낭을 메고 지도를 챙겨 떠날 준비가 된 것처럼.

"찾았다! 이번엔 진짜야."

우리 보에서 소리쳤다. 완벽하게 예쁜 네 개의 하트 모양 잎이었다. 보장이 받아서 손바닥만 한 작은 봉투에 조심스럽게 담고는 깃발을 들었다. 그러고는 씩씩하게 외쳤다.

"자, 본부석까지 빨리 뛰어가는 거야!"

"그건 괭이밥인 것 같아."

한바탕 뛸 준비를 하던 대원들의 눈길이 내게로 향했다. 나는 풀밭에서 천천히 일어났다.

"클로버가 아니야. 괭이밥이야."

다들 짜증스러운 기색이 떠올랐다. 다른 보가 우리 곁을 가로질러 먼저 풀밭을 뛰어갔다. 보장이 마음에 없는 웃음을 지으며 말했다.

"클로버 맞아. 내가 확인했어."

"클로버는 토끼풀이야. 잎 가장자리가 자잘한 톱니 같아."

보장은 대원들을 돌아보며 독려했다.

"먼저 뛰어가고 있어. 곧 갈게."

우르르 발자국들이 멀어져가자 보장의 우아하고 예쁜 얼굴에서 웃음기가 사라졌다. 그 아이는 나를 정면으로 응시했다.

"네가 클로버를 잘 알면 처음 시작할 때 모두에게 얘기했어야지. 그런 게 단체활동이니까. 다 찾은 뒤에 혼자서 안다고 하면 황당하잖아, 내성적인 줄은 알겠지만."

저녁 바람이 불어와 이마에 맺힌 땀방울이 스르르 말라갔다. 깃발을 들고 오솔길을 뛰어가는 소녀의 단발머리가 흔들렸다. 소녀는 문득 돌아보더니 왜 뛰지 않느냐고 눈빛으로 내게 물었다. 나는 고개를 저었다. 난 안 뛰어. 보장은 뒷걸음질 치더니 더는 상관하지 않고 돌아서 달려갔다.

모두 사라지고 풀밭이 텅 비었을 때에야 나는 걸음을 옮겼다. 그 아이 말이 옳았다. 혼자 돌아오는 길에 본부석 뒤쪽 후미진 바위에서 충하를 보았다. 야영장에선 나무에 가려져 볼 수 없는 곳을 용케도 찾아내 바위에 앉아 책을 읽고 있었다.

234

"저런 곳에 있었어? 보물찾기도 안 했네."

나는 중얼거렸다. 클로버도 보물도 없는 곳에서 소년은 외롭고 고요해 보였다.

~~~

배식 천막에서 저녁식사를 받았다. 제일 빠른 시간 안에 돌아온 보의 대원들은 상품으로 받은 나무잠자리 목걸이를 걸고 식사를 했다. 우리 보는 이등이었는데 초콜릿크림이 들어간 소라빵을 받아서 일등과 너무 차이가 났다. 나는 내 물통에서 물을 따라버리고 따뜻한 국을 담았다. 저녁은 배가 고프지 않을 만큼만 먹고 소라빵을 챙겨 천막을 뒤로했다. 긴 여름해도 서산으로 기울고 있었다. 본부석 뒤로 올라가는 숲길은 오후의 오솔길과는 다르게 거칠고 가팔랐다. 인기척을 느끼고 충하가 고개를 들었다. 좀 놀란 것 같았다. 한동안 서로 바라보다 내가 입을 열었다.

"왜 밥을 안 먹어?"

충하는 당황한 마음을 감추려고 했다.

"지, 집에서 도도도시락 싸왔어."

"몇 개나?"

"두 개."

"그럼 내일부터는 굶어?"

그는 찌푸린 채 대답하지 않았다.

"넌 뭐 하러 야영을 와?"

"나도 오, 오고 싶지 않아."

그러고는 어색한지 시선을 돌렸다.

"부, 부모님이 가, 가라고 하니까 강제로."

외면한 채 딴 곳을 보는 소년의 속눈썹이 저녁 그림자만큼이나 길다고 느꼈다. 문득 충하는 배낭을 열고 은색 도시락을 꺼냈다.

"나, 바바밥 먹을 거야. 가."

보란 듯이 도시락을 꺼냈지만 막상 주저하더니 이윽고 가만히 뚜껑을 열었다. 김밥은 완전히 시들어 풀이 죽어 있었다. 나는 소라빵과 국이 담긴 물통을 바위에 내려놓았다.

"그건 못 먹겠다. 이거 먹어."

충하는 김밥 하나를 입에 넣고 씹었지만 도저히 안 되겠는지 도로 뱉어버렸다.

"상했잖아. 배 아파. 난 갈 테니까 천천히 먹어."

그가 불편할까봐 돌아보지 않았지만 등에 꽂히는 시선이 느껴져서 나는 내려오는 걸음이 미끄러지지 않도록 힘을 주어야 했다.

야영장은 휴식시간이었다. 텐트에서 어질러진 배낭을 정리하는데 보장과 같은 학교에서 온 아이가 말했다.

"좀 더 분발했으면 우리가 제일 먼저 들어올 수 있었는데. 나무 잠자리 정말 귀엽더라."

"그게 뭐가 중요해. 보원이 다 함께 행동해야 의미가 있는 거지."

보장은 대수롭지 않은 척 대꾸했다. 왠지 날 두고 하는 말인 것 같아 못 들은 것처럼 밖으로 나왔다. 해가 진 야영장은 어둑했다.

잠옷을 입으렴

본부석은 조명을 밝혔고 나무에 설치된 전등에도 불이 들어왔다. 이웃한 텐트로 가서 수안을 향해 손짓하자, 이야기를 나누던 수안이 날 보고는 자리에서 일어났다.

"방해했어?"

"아냐. 쉬는 참이었어. 산책할까?"

수안은 스스럼없이 내 손을 잡았다. 그렇게 손을 맞잡고 텐트촌을 거닐다 보니 한결 기분이 나아졌다.

"네가 보장이야?"

"응. 웃기지. 난 야영장에서만 인기니까."

"그래. 웃겨. 학교에서도 그처럼만 행동하면 좋을 텐데."

우리는 함께 키득거렸다. 수안이 즐거우니까 됐다고 생각했다. 충하가 내 눈에 들어온 건 그때였다. 바위에서 내려와 바로 찾아왔는지 등에 배낭을 멘 채로, 충하는 내게 물병을 내밀었다. 나는 수안의 손을 놓고 그걸 받았다. 물병은 비어 있었다.

"천천히 줘도 되는데."

"나, 남의 거니까."

침묵이 흘렀다. 어두운 야영장에서 충하와 나와 수안은 어정쩡한 거리만큼 떨어져 서 있었다. 지나가던 소녀들이 그를 보고는 눈을 동그랗게 떴다.

"보이스카우트다. 여기 금남 구역인데."

침묵을 깨고 내가 말했다.

"이제 가."

충하는 아랑곳없이 다시 책 한 권을 내밀었다.

"비, 비- 빌려줄게. 읽고 내, 내일 오- 오수시간에 돌려줘."

그러고는 배낭을 추스르며 보이스카우트 텐트촌을 향해 가버렸다. 그건 『추운 나라에서 온 스파이』였다. 갑자기 수안이 풋 웃었다.

"여기서 내일까지 다 읽고 돌려달라는 거야? 빌려주는 게 아니라 떠맡기면서?"

"…그만 웃어."

"고둘녕, 펀드네? 그 물병도 네가 준 거지. 남자애한테 관심 갖는 거 처음 본다."

"좀 안됐다고 생각할 뿐이야. 그러는 넌 백승모랑 정말 좋아하는 것 같던데 뭘."

"응, 좋아하지."

수안이 너무 선선히 대답해서 나는 약간 충격을 받았다. 그런 줄은 알았지만 이렇게 쉽게 시인할 줄은 몰랐던 탓일까. 그렇게 말하는 수안은 행복해 보였고, 내 마음은 조금 가라앉고 말았다.

그날 밤 랜턴으로 충하가 주고 간 책을 읽었다. 텐트 안에선 여덟 명의 소녀들이 간간이 몸부림치는 기척과 작게 코 고는 소리가 들려왔다. 새벽이 가까워오도록 책장을 넘기는데 한 아이가 잔뜩 졸린 목소리로 투덜거렸다.

"눈부셔. 그거 꺼."

"미안해."

나는 랜턴을 끄고 어둠 속에서 기다렸다가 뒤척이는 기척이 사

잠옷을 입으렴

라지자 가만히 다시 켰다. 노란 불빛은 추운 나라에서 돌아온 스파이를 비추었다. 재미있어서 다 읽고 싶었는데. 나는 엎드린 채 팔을 베고 가물가물 책장을 넘기다 잠들어버렸다.

~~~~

야영 둘째 날 오수시간은 소녀들에겐 장난치며 노는 기회나 마찬가지였다.

"낮잠도 일정이야?"

누군가 까르르 웃으며 시작한 베개싸움이 순식간에 번졌다. 나는 텐트 밖에서 기다리다가 본부석에서 돌아온 보장에게 말했다.

"오후에 크로스컨트리 나는 안 갈래."

이번에도 보별로 경쟁하게 될 텐데 나 때문에 뒤처지는 건 싫었다. 크로스컨트리 코스는 바위 많은 험한 숲길이라 다른 대원들처럼 빨리 통과할 수는 없을 것 같았고, 나는 그들을 초조하게 만들고 싶지 않았다. 보장은 짐짓 아쉬운 표정을 지으며 다정히 웃었다.

"하지만 모두 함께 통과해야 인정을 받는데. 그럼, 네가 아프다고 할게. 텐트에서 쉰다고. 병결로 기록하면 되겠지."

그러고는 걱정 말라는 투로 내 팔뚝을 가볍게 두드리고 텐트로 들어갔다. 나는 오히려 속이 후련해져 모자를 눌러쓴 채 책을 들고 바위로 향했다. 충하는 여전히 그곳에서 내가 오는 모습을 지켜보고 있었다.

"…뒷부분은 다 못 읽었어."

내가 내미는 책을 다시 밀어내며 소년은 입을 열었다.

"마, 마저 읽어."

"여기서?"

안 될 것 있느냐는 눈빛. 나는 바위에 걸터앉아 남은 이야기를 읽었다. 처음엔 곁에 있는 소년이 신경 쓰였지만 차츰 아무렇지 않아졌다. 읽다가 문득 고개를 드니 충하는 야영장 하늘 너머 멀리 시가지를 바라보고 있었다. 책 읽는 게 느리다고 재촉하면 어쩌나 했는데 그러지도 않았다. 마지막 페이지를 넘겼을 땐 오수시간이 이미 끝나버렸다.

"다 읽었어."

충하는 말없이 받아서 배낭에 집어넣었다. 검은 표지의 동서추리문고가 여러 권 고개를 내밀었다. 『모자수집광사건』, 『Y의 비극』, 『네덜란드 구두의 비밀』. 억지로 끌려온 키만 껑충한 소년은 애초에 캠프 활동을 할 마음이 없었다.

"넌 추리소설만 읽어?"

그의 입술에서 휘파람 같은 비웃음이 새어 나왔다.

"너, 네가 본 건 처- 첩보소설이었어."

그건 그렇지만. 그래도 추리문고 타이틀을 달고 나왔으니 추리소설이라고 해도 되는 거 아닐까.

"어?"

충하가 자세를 바꾸며 긴장했다. 크로스컨트리 행렬이 본부석 뒤쪽으로 올라오고 있었다. 스카우트 전 대원이 야영복 대신 단복을 갖춰 입고는 대열을 이루어 이쪽을 향했다. 선두에서 대대 깃발을 든 승모가 대원들을 인솔했다. 그들은 단체로 노래를 불렀다. 캠프까지 십 마일, 캠프까지 십 마일. 일 마일만 더 가면 구 마일이다. 충하가 배낭을 둘러메더니 바위에서 성큼 내려왔다.

"가자."

숲으로 들어가는 소년을 나는 따라갔다. 여름날 햇볕이 무색하도록 숲속은 나무가 울창해 서늘했다. 스카우트 노랫소리가 멀어지고 계곡에서 흐르는 물소리가 들려왔다. 경사가 완만한 계곡가에 이르자 충하는 양말을 벗고 맑은 물에 발을 담근 채 세수를 했다. 그는 마치 내가 함께 있다는 걸 잊은 것 같았다. 숲 저편에는 십자가가 달린 뾰족한 지붕이 솟아 있었다. 반듯한 창문들이 나뭇잎에 반쯤 가려진 붉은 벽돌 건물이었다. 나는 막연히 수녀원일 거라고 생각했다. 한때 연희 선생님이 세상과 담을 쌓고 머물렀던 곳이 저렇지 않을까 하고.

충하는 배낭에서 빈 도시락과 건빵봉지를 꺼냈다. 건빵 몇 개를 으깨더니 도시락에 담고, 비닐봉지를 씌워 한 귀퉁이만 벌렸다. 아침에 뭘 먹었는지 알 것 같았다. 그는 물가로 내려가 비닐을 씌운 도시락을 돌 아래 물속에다 차분히 내려놓았다. 소년은 다슬기를 잡으려고 한다. 햇살이 수면에 반짝였다.

젖은 맨발로 돌과 흙을 밟으며 충하가 걸어와 내 곁에 앉았다. 우리는 아무 말도 나누지 않았다. 숲에서 불어오는 바람을 느끼며 그저 쉬었다. 계곡물은 흘러가는데 시간은 멈춘 것 같았다. 편안한

꿈같기도 했다. 충하는 배낭 주머니를 열어 작은 분필 상자와 조각
칼을 꺼냈다. 저런 것도 넣어 다니나 속으로 중얼거리다 무릎에 얼
굴을 묻은 채 조금 졸았다. 눈을 뜨니 충하는 조각칼로 깎은 분필
두 자루를 손에 쥔 채 계곡을 바라보고 있었다.

"…그게 뭐야?"

충하의 눈길이 내게 향하더니 한 손을 펴 보였다.

"이오니아 기둥이야."

세계사 시간에 만난 그리스 신전이 떠올랐다. 소년은 분필에 대
리석 기둥을 새겨놓았다. 몸체를 따라 섬세한 무늬를 넣고 기둥 끝
엔 신전을 받치는 장식 문양을 조각했다. 흰 분필에 불과하건만 아
름답다고 느꼈다. 그는 천진하게 다른 손도 폈다.

"이건 도리아 기둥."

"근사하다."

진심으로 말했다. 충하는 내 손에 기둥 두 개를 내려놓았다.

"버리지 마."

안 버려, 라고 소리 없이 속삭였다. 분필로 만든 기둥은 금방이
라도 부러질까 두려웠지만 그래도 영원히 간직하겠다고 생각했다.
그러다 문득 깨달았다.

"너 방금 말 안 더듬었어."

충하는 당황했다.

"내, 내가?"

"응."

"모, 몰라. 그랬나."

조용하던 숲속에 붉은 벽돌 건물의 종소리가 뎅뎅 울려 퍼졌다. 충하는 계곡에 내려가 도시락을 확인하더니 내 쪽을 향해 들어보였다. 다슬기가 가득 들어 있었다. 그가 웃는 모습을 처음 보았다. 그때 나무 사이로 누가 지나갔다. 저만큼 계곡 윗길을 따라 승모가 숲으로 가고 있었다. 혼자 깃발도 없이 흰 셔츠에 교복 바지를 입은 채. 충하가 도시락을 들고 다가와 이상해진 내 표정을 보고 의아한 눈빛을 했다.

"방금 백승모 같았어. 저쪽으로 올라갔는데."

하지만 숲길에는 아무도 없었다.

우리는 계곡가에서 머무르다 크로스컨트리가 끝날 때쯤에 내려왔다. 어느덧 해는 구름 속으로 사라지고 산기슭에 안개가 깔렸다. 야영장은 시상식이 한창이었고 승모가 단상에 올라 대표로 우승 트로피를 받았다. 역시 착각이었던 거다. 흐린 하늘을 올려다보며 나는 멍하니 말했다.

"…비 올 거 같아."

회색빛 구름이 산 아래로 가라앉고 있었다.

～～～

그날 밤 캠프파이어 도중 비가 쏟아지기 시작했다. 습기 찬 바람이 불어와 나뭇잎들이 부딪치며 서걱거렸다. 화톳불이 꺼지자 타다 만 장작이 금세 젖어갔다. 진행위원들은 음향기기를 본부석 천막으로 옮기느라 빗속을 뛰었다. 조명이 켜진 야영장 너머 산과 계곡은 칠흑 같은 어둠에 잠겼다. 사람들마저 잠자리에 들자 사위는 세찬 빗소리만 가득 퍼져나갔다.

언제부터였을까. 바람은 더 거세지고 차가운 비가 텐트 안까지 들이쳤다.

"누가 선생님 좀 불러와봐. 여기서 못 잘 것 같아."

하나둘 춥고 이상한 느낌에 눈을 떴다. 어둠에 잠긴 세상은 온통 소리만 살아 있었다. 퍼붓는 빗소리. 숲의 바람소리. 야영장을 뛰어다니는 발자국 소리가 어지러웠다.

"둘넝아."

판초를 뒤집어쓴 수안이 회중전등을 들고 텐트를 찾아왔다. 나는 불편한 잠자리에서 몸을 일으켰다.

"비가 심상치 않아. 이대로 있어도 될까 모르겠는데."

"…지금 몇 시야?"

"새벽 네 시. 날이 전혀 안 밝았어."

여름날 이 시각이면 먼동이 터야 하는데, 호우를 몰고 온 먹구름에 가려 산과 계곡은 캄캄했다. 판초를 걸치고 텐트를 나서자 콸콸거리는 계곡 물소리가 바로 곁에서 흘러가는 것처럼 크게 들렸다. 세 치 앞을 분간하기 어려운데 조명등만이 뿌옇게 시야를 터주었다. 연구대 교사들과 캠프관리인이 본부석으로 집결하자 대원들도 서둘러 뛰어갔다.

"철수하세요! 집중호우예요. 캠프 다 걷어야 되니까 빨리 애들 데리고 대피하세요."

우비를 입은 캠프관리인이 빗소리에 질세라 크게 소리치자 교사들은 당혹스러워했다.

"어두워서 잘 보이지도 않는데 아이들을 데리고 어떻게 내려가요? 날이 좀 밝은 뒤에 움직이면 안 돼요?"

"큰일 날 소리예요. 산 날씨 한번 변하면 무서워요. 사고 생기면 안 되니까 빨리들 준비하세요!"

"그래도 야영장이 더 안전하지 않습니까?"

관리인은 답답하다는 듯 비에 젖은 눈썹을 찡그렸다.

"아, 고립되니까 문제죠. 몇 년 전에도 여기까지 물이 들어찬 적이 있었다고요. 안전수칙이니까 따라주세요."

그러고는 서둘러 어디론가 향했다. 잠시 후 나무에 매달아놓은 스피커에서 요란한 사이렌이 울리고 대피를 알리는 안내방송이 퍼져 나왔다. 보이스카우트 중에는 모험이라도 시작된 양 들뜬 남자아이들도 있었지만, 소녀들을 비롯한 대부분은 잠이 덜 깬 얼굴로 두려워했다. 상황이 이렇게 되자 대대와 보는 해체되고 학교별로 모이게 했다.

"텐트는 어떻게 해요? 우리 짐은요?"

"지금은 챙길 여유가 없어. 비 그치면 다시 와서 가져갈 수 있으니까, 바로 출발하자."

"우리 큰일 난 거예요, 텔레비전에서 본 것처럼?"

"아니야."

판초 모자를 뒤집어쓴 연희 선생님이 딱 잘라 말했다.

"너희들은 그냥 선생님들만 따라오면 돼. 그저께 올라왔던 길이 니까 딴짓만 안 하면 위험하지 않아. 버스에서 내렸던 공원 주차장 알지? 거기까지 가는 거야."

남자 선생님도 승모를 불러 보이스카우트 텐트를 돌며 남아 있 는 아이들에게 빨리 하산 소식을 전하게 했다. 승모는 고개를 끄덕 이고는 빠르게 빗속으로 달려갔다. 올라오는 데 한 시간 걸렸던 등 산로가 내려올 때는 몇 배나 길게 느껴졌다. 시야가 가려진 어둠 속을 폭우를 맞으면서 무리지어 하산했다. 손전등을 쥔 교사들을 중간중간에 배치하고, 앞뒤로 아이들이 찰싹 달라붙어 미끄러운 산길을 서로 붙잡고 걸어 내려왔다. 섬광처럼 번개가 치고 천둥소 리가 머리 위를 울렸다. 걸스카우트 하나가 울음을 터뜨렸다.

"집에 가고 싶어."

넘어져서 엉덩방아를 찧고 다리를 다치는 아이들이 생겨났다. 등산로 밑에선 계곡물이 바위에 부딪치며 폭포수처럼 빠르게 떠내 려갔다. 우리는 최대한 계곡에서 떨어져 길 한쪽으로 바짝 붙어 내 려왔다. 얼마나 지났을까. 드디어 현수막이 비에 젖어 들러붙은 관 리사무실 건물이 보였다. 먼 하늘이 희부옇게 밝아왔다.

"다들 괜찮아? 인원 체크해."

물이 흥건하게 고인 주차장에 몰려서서 대원들을 확인하는데 갑 자기 누군가 소리쳤다.

"백승모가 없어요!"

"뭐? 승모가 왜 없어!"

"없어요. 아까 텐트 돌아다니는 거 봤는데."

"왜 이제 얘기해! 누구 승모 본 사람 없어?"

그 순간 어쩐지 심장이 내려앉는 것 같았다. 보이스카우트 중에 승모가 분명 없다는 것을 확인하자 다들 긴장감이 흘렀다. 판초를 둘러도 쏟아지는 빗방울이 옷 속으로 스며들어 온몸이 다 젖었다. 추위에 떨며 입술이 하얘진 연희 선생님이 애써 안심하자는 듯이 말했다.

"다른 학교 팀들과 내려오는 중인가 보다. 대대장이니까 뒤에서 대원들 챙기느라 늦어졌는지도 모르겠네."

수안은 굳은 얼굴로 아무 말도 하지 않았다. 방금 우리가 탈출한 산이 새벽빛에 모습을 드러냈다. 눈앞에 펼쳐진 풍경은 믿기 어려울 만큼 낯설었다. 밝아오는 여명에 엄청나게 물이 불어난 계곡이 뚜렷이 드러났다. 넘실대며 요동치는 물은 곧 등산로를 넘볼 것 같았다. 멀리서 고함소리가 들려왔다. 이웃 학교 지도교사가 진흙길을 미끄러져가며 내려오고 있었다. 그는 우리 과학 선생님에게 달려와 황급히 소매를 끌어당기더니, 하얗게 질린 채 아이들이 듣지 못하게 무엇인가 이야기했다. 과학 선생님이 돌아보며 소리쳤다.

"신고 좀 해요! 관리실에 전화 있어, 빨리!"

연희 선생님이 사무실 건물로 뛰어가고, 남자 교사들은 침수가 시작된 산길을 되짚어 올라갔다. 끝까지 갈 수 있을지 알 수 없었다. 나는 몸이 떨려오기 시작했다. 문득 수안이 내 손을 잡았다. 으스러질 만큼 힘주어 잡아서 몹시 아팠다. 손을 빼내고 싶었지만 그러지 못했다. 쏟아지는 빗소리에 섞여 환청 같은 비명이 들려올까 무서워 귀를 막고 싶었다. 아무도 승모 이름을 입에 올리지 않았다. 추위 때문인지 두려움 때문인지 텅 빈 주차장 나뭇가지 아래서 덜덜 떨고만 있었다. 끝나지 않을 것 같은 시간이 흐른 뒤, 사이렌 소리와 함께 경찰과 소방대원들이 계곡을 향해 올라갔다. 어느새 어둠이 걷히고 사위는 훤히 밝았다. 열여섯 살의 여름이었다.

~~~~

온장고에서 꺼낸 두유와 캔커피는 손바닥이 델 만큼 뜨거웠다. 가게 평상에 산호와 앉아 밤이 내린 종점동네를 바라보았다. 그는 함께 있을 때면 언제나 허물이 없어서 내 마음도 편하게 만들었다.

"버스 운전한 지 오래됐어요?"

"아뇨. 여기가 처음. 정착하기 전에 여러 직업을 가져보는 게 목표라서요. 여기저기 살아봤는데 이 동네에 기사 모집 공고가 붙었더군요. 운전 일도 해봐야겠다 싶었죠."

"그럼 그전엔 뭐 했어요?"

"공사장에서 집 짓는 일도 했고, 친구와 포장마차도 해봤고. 웨이터로도 일했고."

나는 고개를 끄덕였다. 두유는 아직도 너무 뜨거워 마실 수가 없었다. 봉란은 번번이 온장고 온도를 잘못 맞춰놓는다.

"근데 진짜 직업은 스파이예요."

　　　　　　　　　　　　잠옷을 입으렴

그의 농담이 꽤나 진지해서 나는 피식거렸다.

"그렇겠죠. 어련할까."

가게 문이 열리고 봉란이 나오더니 귤이 담긴 봉지를 평상에 내려놓았다.

"이것 좀 먹어봐요. 제주 귤이래."

그러고는 귤껍질을 벗기면서 물었다.

"산호 씨는 애인 없나봐. 데이트 안 해요?"

그가 싱긋이 웃었다.

"그게 사정이 있어서. 애인 생기면 조카들한테 혼나거든요. 당분간은 못 만들걸요."

"어머나, 핑계 한번 깜찍해라."

산호는 정말인데, 하더니 생각난 듯 주머니에서 수첩을 꺼내며 내게 말했다.

"참, 보여주고 싶은 게 있어요."

수첩 커버에 끼워놓은 사진 한 장이 가게에서 흘러나오는 불빛에 드러났다. 옥상 지붕에 풍향계가 솟은 여관집. '양지여관'이란 간판이 붙은 대문 옆에서, 지금보다 더 젊은 산호가 어린 소녀들을 어깨동무로 감싸 안고 화단에 걸터앉아 있었다. 뚜렷하게 찍힌 수탉 모양 풍향계가 눈길을 사로잡았을 때 나는 안색이 변했다. 잘못 본 게 아니라면 거긴 내가 아는 곳이었다.

"고향집 조카들이에요. 누나하고 매형이 여관을 하거든요."

어깨 너머 같이 들여다보던 봉란이 입을 열었다.

"흠, 그렇다면야."

그녀는 횡하니 가게로 들어가더니 금고 서랍에서 사진을 꺼내와 쑥 내밀었다. 앞니가 빠진 까무잡잡한 여자아이.

"내 딸."

산호가 웃음을 터뜨렸다.

"이런. 내가 졌어요. 결혼한 줄은 몰랐는데."

"그렇죠?"

봉란이 깔깔 웃었다.

"뭐, 결혼은 안 했고. 그냥 애만 낳았죠. 지금은 할머니가 키우는데 여기 아파트 지어지면 데려와서 살려고."

그러고는 말이 없는 내 눈치를 흘끔 보더니, 화제를 돌리며 찬바람에 부르르 몸을 떨었다.

"아 추워. 안개 끼네. 나 들어가요."

봉란이 가게 안으로 사라지자 평상에는 침묵이 흘렀다. 언덕에서 안개가 흘러와 허공으로 퍼져갔다. 망설이던 산호가 마침내 입을 열었다.

"전부터 말하고 싶었는데… 미안해요, 그동안 기회를 잘 못 찾아서. 사실은 두 달 전 처음 이 동네에 찾아왔을 때, 그냥 온 건 아니었어요."

나는 대답하지 않는다. 그가 무슨 말을 할지 어쩌면 알 것 같았고, 그냥 아무 말도 안 했으면 싶었다. 편안했는데. 모처럼 좋은 이웃이 생겼다고 생각했는데. 마을버스를 운전하는 평범하고 다정한

　　　　　　　　　　　　잠옷을 입으렴

청년으로 충분했는데. 이건 반칙이었다.

"예전에 우리 여관에 왔을 때 만난 적 있었죠. 기억할지는 모르겠지만."

두유는 마시기 알맞게 따뜻해졌지만 나는 그냥 손에 꼭 쥔 채 안개가 내리는 건너편 연립주택 단지를 바라보기만 했다. 산호는 천천히 말을 고르는 듯했다.

"당신이 잘 지내는지 보고 싶었던 것 같아요. 언젠가 한 번은 만나서 얘기하고 싶었고."

"무슨 말인지 잘 모르겠네요."

나는 조용히 일어났다. 뚜껑을 열지도 않은 두유병을 평상 아래 쓰레기가 담긴 종이박스에 던져 넣었다.

"늦었어요. 그만 들어가 볼게요."

그를 남겨두고 나는 외투 옷깃을 여미며 밤길을 걸어왔다. 안개를 호흡하면 기관지를 건드려 기침이 나온다고 하던데. 숨을 쉴 때마다 목으로 무엇인가 덜그럭거리며 올라와서 힘들었다. 그는 새삼 해묵은 흉터를 헤집는다. 그의 이야기를 듣고 싶지 않았지만, 또한 확인하고 싶기도 했다. 그는 왜 내 앞에 나타난 걸까. 어째서, 우리를 알고 있는 걸까. 안개가 내 마음 깊은 곳을 건드렸다.

~~~~

가라앉은 마음으로 집에 오니 좁은 거실에서 뒷방할머니와 향이가 곶감을 나눠 먹고 있었다. 합죽한 입으로 오물거리며 뒷방할머

니는 억울하게 중얼거린다. 내가 다듬이 방망이로 때려죽였다고들
하는데 오죽하면 그랬겠어. 영감이 가는귀가 좀 심히 먹은 게 아니
었어. 말귀를 알아들어야 말이지.

그 얘길 또 해. 한 얘길 또 하고 또 하고.

향이가 투덜거렸지만 뒷방할머니는 나오지도 않는 눈물에 눈시
울을 문지른다.

진지 잡수라 해도 때리고. 말만 하면 흉을 잡았다고 때리고. 죽
은 뒤에 자식들이 그러잖아, 영감은 귀먹은 적 없으니 내가 거짓말
한다고. 그래 내가 너무 억울해. 증거로 보청기를 들이밀려고 했는
데 온데간데없잖아.

향이가 샐쭉하니 나를 가리켰다.

네 방에 있지 않아? 좀 찾아보라니까. 근데 얼굴이 왜 그래?

나는 코트도 벗지 않고 그들 사이에 털썩 주저앉았다. 우두커니
생각하다 입을 열었다.

분명 그 여관집 풍향계였어. 수탉 모양 풍향계 말이야. 그림책에
서 말고 실제로 본 건 그때가 처음이었는데.

그때가 언젠데.

그러니까, 수안이와 함께 갔을 때.

글쎄. 난 모르지.

향이는 무심히 곶감을 뜯어 먹는다. 어디선가 낙엽 냄새가 흘러
왔다. 거실을 떠도는 약초와 열매 향기에 마구 뒤섞여 나는 어지러
웠다. 구석진 곳에 그림자가 있었다. 한 아가씨가 의자에 덩그마니

잠옷을 입으렴

외롭게 앉아 침울해 보였다.

거기 왜 그러고 있어요? 혼자 있지 말고 이리로 와요.

그러나 아가씨는 고개를 저었다. 낙타색 스카프를 쓰고 같은 색깔의 짧은 망토를 걸쳤다. 발목까지 내려오는 긴 치맛자락엔 낙엽 부스러기가 묻었고, 곁에는 오래된 나무 갈퀴가 놓여 있었다. 숲에서 낙엽을 긁어모으다 온 것 같았다. 향이가 종알댔다.

아까 달력에서 내려왔어. 내가 거기 있으라고 했어. 가까이 오는 게 싫어서.

왜?

슬픈 게 너무 많아. 가까이 오면 물을 것 같잖아.

향이가 곶감을 조몰락거리며 장난을 친다. 달력에서 내려온 건 십일월 아가씨였다. 왜 내려온 거지? 그림 속에 머무를 때 그녀는 옆모습밖에 보이지 않지만, 지금이라면 얼굴을 볼 수 있을 것 같았다. 순간 뒷방할머니가 바락 소리를 질렀다.

넌 어서 보청기를 찾아내라니까! 그 방에 있는 게 틀림없어. 약장은 다 뒤져본 게야?

알았어요! 찾아봐도 없으면 다시는 보청기 소리 하지 말아요.

화가 난 나는 벌떡 일어나 방으로 향했다. 문을 쾅 닫자 밖의 향내가 잦아들었다. 오늘밤은 모두가 마음에 안 든다. 다들 밉고, 주제넘고, 쫓아버리고 싶다. 보청기를 찾으면 갖고 가버리라고 던져줘야지.

나는 방 안을 샅샅이 뒤진다. 침대 밑, 작업대 구석구석, 약장 서

랍들도. 옷감 마름질에 쓰는 긴 대나무자로 약장 아래를 쓸어 본
다. 무엇인가 먼지뭉치에 섞여 굴러 나왔다. 정말 이런 데 숨어 있
었네? 손으로 집었더니 물컹했다. 가만 보니 진짜 귀였다. 늙고 주
름진 귓바퀴가 아니라 아직 윤기가 남아 있는 소녀의 귓바퀴. 갑자
기 슬퍼졌다. 슬픔이 스며드는 게 두려워 나는 귀를 움켜쥐고 침대
로 기어들어가 이불을 덮고 누웠다. 이대로 잠들고 싶었다. 구석에
서 그림자가 다가왔다. 십일월 아가씨였다.

할 말이 있어요.

…어떤?

당신 기억 속에 십일월이 무거워서, 내가 힘들어요. 계속 한 아
이를 안고 있어야 하잖아요.

어떤 아이를?

혼자 죽은 아이요. 이제 내려놓고 싶어요. 난 좋은 날짜 속에 머
무르고 싶은데.

나는 혼란스러워진다.

하지만 그건 팔월이었는데.

아니에요, 십일월이었어요. 당신도 알면서.

어느새 곁에 온 향이가 앙칼지게 소리쳤다.

저리 가! 달력으로 돌아가.

아가씨는 그렇한 눈길로 원망스레 보더니 낙엽 갈퀴와 함께 어
둠 속으로 사라졌다. 나는 졸린 눈을 비비며 속삭였다.

팔월이었지, 엄마?

잠옷을 입으렴

응, 네 말이 맞다. 마음 쓰지 마.

향이는 따스하게 내 머리를 쓰다듬고는 침대 곁에서 잠들 때까지 지켜보았다. 나는 가물가물 졸음에 겹다.

~~~

그날 밤 시간당 이십 밀리미터가 넘는 집중호우가 쏟아졌다고 했다. 야영 중이던 스카우트가 한밤에 긴급대피를 하고 소년 한 명이 사고로 숨진 뉴스는 비가 그칠 때까지 수시로 전파를 탔다. 하산 도중 계곡으로 미끄러진 이웃 학교 학생을 구하려다 물에 빠져 숨진 소년에게 교육청은 표창장을 전달했지만, 가족 누구도 받으러 오지 않았다. 여름날은 길었다.

나는 툇마루에 걸터앉아 외할머니 곁에서 하릴없이 마당을 내다보고 있었다. 은하수가 단종된 뒤로 외할머니는 도라지를 피우기 시작했다. 구석에 피워놓은 모기향 연기에 섞여 쏩쓰레한 담배 연기도 허공으로 흩어져갔다. 수안은 툇마루 기둥에 기대앉아 있었다. 승모가 죽고 난 뒤에 수안은 멍하니 말이 없어지곤 했다. 빨리 여름이 가버리면 좋을 것 같았다.

개학하고부터는 자주 연희 선생님을 찾아갔다. 그즈음 수안은 누군가와 이야기하지 않으면 견디기 힘든 것 같았고, 그러기엔 연희 선생님이 가장 잘 들어줄 수 있는 대상이었다. 상담실에서 선생님은 함께 눈물을 흘리며 괴로워했고 수안의 마음을 감싸주었다. 둘이서 해가 저물도록 승모가 남긴 독서토론 노트와 문집을 정리하며 추억을 나누기도 했다.

하지만 날이 갈수록 연희 선생님은 곤혹스러워했다. 야영장 사건 이후 학교를 찾아오는 경찰과 지역신문 기자와 학부모들을 만나서 설명하고 사죄하고 책임을 인정하느라, 그녀도 몹시 지쳐 있었다. 생기 넘치던 얼굴은 살이 내려 초췌해졌고 눈자위는 충혈됐다. 무엇보다, 선생님은 자책하고 있었다. 그래서 수안과 이야기를 나누면 더욱 괴로워져 더 이상 상담 요청을 받아줄 수 없다고 했다. 수안이 다시 찾아갔을 때 상담실 문에는 자물쇠가 걸려 있었다.

"이해가 안 가. 연희 선생님이 날 피해."

어느 날 밤 수안이 말했다. 목소리에 어렴풋 서린 노여움이 마음에 걸렸다.

"이제 그만 내버려두면 안 돼? 선생님도 자꾸 떠올리기 슬퍼서 그러는 걸 텐데."

"슬프다고 피해? 그렇다면 지금까지 우리한테 했던 말들은 다 뭐야. 이건 도망치는 거지."

"그럼 어떡해. 계속 마주 앉아서 슬퍼해야 해? 내일도 모레도 글피도 계속?"

수안은 몹시 서글픈 눈빛으로 그런 나를 바라보았다.

"우리한테는 적어도 그보다는 더 오래 아파해야 될 유대감이 있었어. 선생님은 그걸 알아."

물론 나 역시 안타까웠다. 소년과 가까웠든 그렇지 않든, 그가 어린 나이에 그런 식으로 세상을 등진 건 마음 아픈 일이었으니까.

　　　　　　　　　　　　　　　잠옷을 입으렴

하지만 수안은 그 죽음에 의미를 부여하고 깊이 추모하고 싶어 했고, 그건 주위 사람들의 마음을 불편하게 했다.

"그러고 보니 토론반 아무도 선생님 집을 아는 사람이 없어."

수안이 중얼거렸다. 나는 한숨을 쉬었다.

"선생님 집은 알아서 뭐 하게."

"새삼 이상하다는 생각이 들어서. 어째서 승모와 내가 가보고 싶어 했을 때 언제나 거절했는지. 실은 귀찮았던 게 아닐까, 생각했던 것만큼 우리에게 애정이 없었던 게 아닐까… 그런 의심이 들어."

"그건 아닐 거야. 그래서 초대 안 한 건 아니야."

"네가 어떻게 알아?"

"그건….'"

수안은 당황하는 나를 빤히 쳐다보았다. 마치 이간질하는 기분 같아서 내 입으로 비밀을 말하고 싶지는 않았는데. 그렇지만 이미 늦었다. 나는 마침내 솔직히 털어놓았다.

"미주가 연희 선생님 집을 알아. 하지만 그 집에 찾아가는 건 안 될 거야."

"…어째서?"

"남자와 같이 산대. 그러니까… 동거하나봐."

방 안은 조용했다. 잠시 침묵이 흐른 뒤 수안은 애써 담담한 표정을 지었다.

"그래? 그럼 미안하지만… 미주한테 좀 물어봐줘. 이번 주말에 선생님 집을 안내해줄 수 있는지. 부탁할게."

나는 굳은 채 소리 없이 끄덕였다. 그래도 될지 확신은 없었지만, 불안하게 흔들리는 수안을 말릴 수 없을 것 같았으니까.

미주는 쉽사리 그 집을 찾아냈다. 연희 선생님은 읍내 성당에 다니는 아주머니 집에 세 들어 살았고, 가끔 방앗간 심부름을 했던 미주는 그 파란 대문을 기억했다. 정미소 뒤편 마을회관 근처에서 미주는 걸음을 멈추고 안쪽 골목을 가리켰다.

"맨 끝에 파란 대문 집이야. 난 여기서 기다릴게. 그리고 내가 가르쳐줬다는 말은 하지 마."

우리는 미주를 마을회관에 남겨두고 골목길로 들어갔다. 바닥 시멘트 틈새로 잡초가 솟아났고, 담벼락은 집집마다 굴뚝에서 흘러내린 물 자국으로 벌겋게 번져 있었다. 전깃줄이 좁은 골목 하늘을 가로질렀다. 막다른 파란 대문은 열려 있었다. 수안이 가만히 대문을 밀었다.

"계십니까?"

대답이 없었다. 앞마당은 텅 비었지만 어디선가 웃음소리가 들려오는 것 같았다.

"계신가요?"

소리는 집 뒤쪽에서 건너왔고 우리는 멈칫거리다 그리로 향했다. 뒷마당으로 출입하며 독립된 부엌을 쓰는 구조의 셋방이었다. 어깨를 드러낸 러닝셔츠에 추리닝 바지를 입은 남자가 쪽마루에 드러누워 책을 읽고 있었다. 우리를 보자 그의 눈썹이 의문스럽게 올라갔다.

"실례합니다. 박연희 선생님을 만나 뵈러 왔는데요."

남자는 몸을 일으켜 앉더니 가까이 놓인 재떨이에 담배를 비벼 끄고, 곤란한 표정으로 덥수룩한 머리카락을 긁었다. 그러고는 부엌에 대고 큰 소리로 불렀다.

"연희야, 누가 왔다."

"누가?"

손에 고무장갑을 낀 연희 선생님이 부엌 문간에 고개를 내밀었다. 양념을 버무렸는지 장갑이 벌겋게 물들어 있었다.

"너희들….."

놀란 얼굴은 이내 딱딱한 얼음장같이 변했다. 상냥하던 입매가 일그러진다.

"정말 집요한 애들이구나? 집으로 찾아오는 거 싫다고 했잖아. 참 너무한다!"

가슴이 두근거렸다. 수안은 창백해졌지만 꿋꿋하게 뒷마당 나무 그늘에 서 있었다.

"그냥 보고 싶었어요. 선생님 사는 집."

"네가 왜 나 사는 걸 보겠다는 건데?"

"유일하게 안 보여주신 거니까요."

"그걸 알면서 꼭 이렇게 봐야겠니?"

"선생님은… 우리를 다 보셨잖아요."

수안은 고개를 들고 연희 선생님을 허무하게 응시했다.

"그래서 선생님 방에서 모이지 않으려고 했던 거군요. 우스워요.

그게 뭐라고. 솔직히 말씀하셨으면 이해했을 텐데."

"뭐? 우스워?"

선생님의 뺨이 확 붉어졌다.

"진짜… 너 사람 질리게 하는구나. 네가 뭔데 날 찾아와서 추궁하고 비웃어? 나도 이제 다 싫어진다. 교장, 교감, 학부모! 너희들까지 대체 나한테 왜 이러는 건데. 내가 뭘 잘못했는데? 승모 일이… 내 탓이었니? 내가 너희들한테 무슨 폐를 끼쳤는데! 나한테 왜들 이래!"

소리 지르는 눈가에 어느새 눈물이 맺혔다.

"자꾸 이러면 난 차라리 사표를 낼 거다. 그래서 소문만 따라다니는 이 손바닥만 한 고장을 뜰 거야. 그러니 내가 제발 그러지 않도록, 너희들도 그만 가줄래?"

그녀의 입술이 바르르 떨리더니 끝내 참담해진 얼굴에 주르륵 눈물이 흘렀다. 근래 부쩍 여위어서 집에서 입는 치마가 다리를 감싸고도 폭이 너무 남아 보였다. 목이 멘 그녀 앞에서, 수안도 눈물이 글썽했지만 꾹 참고 울지 않으려 했다. 흘러내린 머리를 귀 뒤로 넘기며 그만 돌아가겠다는 듯이 고개 숙여 인사했다.

"알겠습니다. 찾아와서 죄송했어요. 안녕히 계세요."

파란 대문을 나서 골목을 빠져나오는 동안 수안은 뒤돌아보지 않았다. 연희 선생님이 혹시나 따라 나와 수안을 부르지 않을까 싶어 나는 자꾸 돌아보았지만, 파란 대문은 움직이지 않았다. 다 그런 것이었다. 어린 존재를 사로잡은 우상은, 그러나 어느 날 그들의 세계로 우리가 한 발짝 걸어 들어갈 때면 새삼 긴장하고 경계하기 시작했다. 모든 걸 이해해주던 마음은 상대가 선을 넘는 걸 깨닫는 순간 경고음을 보냈다. 사람 대 사람으로 서로의 깊은 곳을 엿본 기분일 때, 우리는 실망했고 배신감을 느끼며 약간씩 상처받았다.

미주는 마을회관 계단에 쭈그리고 앉아 기다리고 있었다.

"표정들이 왜 그래. 선생님 봤어?"

"응."

셋이서 터벅터벅 읍내 사거리까지 걸었다. 이대로 버스정류장으로 가는가 싶었는데 수안이 미주에게 말했다.

"오늘은 고마웠다. 내가 뭐라도 사고 싶어."

"어?"

미주는 당황했지만 수안은 이미 앞서 걸어갔다. 우리는 길가에 차양을 내건 분식집으로 들어갔다. 그즈음 유행하던 즉석떡볶이를 주문하고는 벽에 걸린 앞치마를 내려 걸쳤다. 커다란 프라이팬에 넘치도록 떡과 어묵, 튀김만두, 당면, 야채와 삶은 계란이 담겨 나왔다. 탁자에 놓인 휴대용 가스레인지에 프라이팬을 올리고 우리는 가끔 뒤적여가며 음식이 익기를 기다렸다. 미주가 궁금해했다.

"선생님이 뭐래?"

수안은 주걱으로 프라이팬을 저으며 심상히 대꾸했다.

"별로. 환영받진 못했어."

"그 남자가 있었구나."

미주는 혀를 차더니 다들 알게 된 터에 터놓자는 듯이 말했다.

"연회 선생님 같이 사는 남자 말인데, 데모꾼이래. 앞장서서 주동하다가 형사들한테 쫓기게 돼서 선생님 방에 숨어 지내는 거래."

미주는 국자를 집어 들더니 익은 야채와 어묵부터 접시에 담아 차례차례 돌렸다.

"그 집주인이 우리 큰어머니가 아는 사람이잖아. 그 아주머니가 그랬대. 학교 선생이 남자랑 동거나 하고 그럼 되겠냐고, 애들이 알면 뭘 배우겠냐고, 후딱 결혼식 올리고 살지 젊은 사람이 왜 그러냐고. 그랬더니 선생님이 무릎 꿇고 사정했대. 소문내지 말아 달라고, 큰일 난다고."

나는 떡볶이를 먹기도 전에 목에 걸릴 것 같았다.

"그렇다고 무릎까지 꿇을 필요가."

미주는 떡이 잘 익었나 국자로 꾹 찔러보고는 떡도 각자 접시에 퍼 담아주었다.

"애인 보호하려고 그러는 거지. 데모하다 끌려가면 쥐도 새도 모르게 죽거나 병신 된다잖아. 애인이 죽을지도 모를 판에 뭔들 못하겠냐? 하도 딱해 보여서 아주머니들이 쉬쉬 해준다고 그랬어. 뭐 그래봤자 아는 사람은 다 알지만."

수안이 포크를 내려놓고 컵에 든 물을 마셨다. 미주는 국자로 나를 가리키며 씨익 웃었다.

"하여간 둘넝이 너, 비밀 꼭 지킨다더니 수안이한텐 말했다 이거지. 하긴 너네는 그런 사이니까."

잠옷을 입으렴

분식집 출입문으로 내다보이는 사거리에 은행나무잎이 노랗게 물들어갔다.

～～～

집으로 돌아왔을 때 우리는 마당에서 벌어지는 광경을 목격했다. 처음엔 무슨 일인지 잘 알 수가 없었다. 웅이가 왜 울면서 마루에 널브러져 있는지, 외할머니와 율이 삼촌은 왜 그렇게 망연자실한 얼굴들인지. 은이 이모만이 파마머리가 산발로 흐트러진 채 이모부에게 증오하듯 소리쳤을 뿐이다.

"미술 선생이라며! 보기 드문 미인인 데다 화실 운영해도 될 만큼 능력도 넘친다며! 그래서 좋아했던 거야?"

"제발 그만해. 이거 놔!"

아내에게 멱살을 잡힌 이모부가 뿌리치려 했지만 막무가내였다. 은이 이모는 마치 이성을 잃은 사람 같았다. 그대로 멱살을 잡은 채 초인적인 힘으로 싸리 울타리까지 남편을 밀고 갔다. 눈빛에 미움과 원망이 가득했다.

"뭘 그만해? 아버지도 그 모양이었는데 당신까지 뭐야. 이게 뭐야! 어째서 이 집은 다 이 모양인 거야!"

울타리 나뭇가지에 등허리를 사정없이 찔리며 이모부도 폭발했다.

"그래, 네 말이 맞다! 여자들 기가 너무 세서, 남자가 버틸 집이 아닌 거야. 그걸 이제야 나도 깨달았네, 왜 그럴 수밖에 없었는지!"

사립문에 서 있던 나는 가슴이 아팠다. 그건 너무 비겁하고, 해서는 안 될 말이었는데. 이모부는 늘 성실하고 묵묵히 책임을 다해 온 사람이었고, 그에게서 그런 말을 듣고 싶진 않았다. 외할머니한테도 다른 식구한테도 그건 비수 같았다. 은이 이모는 헉 숨을 삼키고 남편을 바라보더니 문득 허공을 가르며 뺨을 때렸다. 그러고는 수돗가에서 양은 세숫대야를 움켜쥐고 달려와 텅 소리가 나도록 휘둘렀다. 이모부는 머리를 움켜쥐고 휘청거렸다. 쓰러질 뻔하다 가까스로 울타리를 붙잡아 싸리에 긁힌 손바닥에서 피가 배어났다. 율이 삼촌이 이모 손에서 세숫대야를 빼앗아 수돗가에 던져버렸다.

이모부는 어지러워하며 장독대에 걸터앉아 피 묻은 손으로 머리를 눌렀다. 그는 아내를 쳐다보지 않았다. 그러고 싶지 않은 것 같았다. 대신 핏발 선 눈으로 저녁 그림자가 깃드는 마당을 노려보고 있었다. 무엇인가 목구멍에서 꾸역꾸역 치밀어 올라 그는 씹어뱉듯 입을 열었다.

"이 집은… 내가 숨 쉴 공간이 없어. 저당 잡힌 당신 아버지 빚 함께 갚았고, 피차 마찬가지였지만 언제나 주머니는 넉넉하지 않았어. 그래도 이해했다. 사는 게 그런 거다 싶었지. 하지만 집에 와도 낙이 없는 건 괴롭더라. 흔한 텔레비전도 당신이 머리 아프다고 장모님 방으로 보냈고. 그것도 괜찮아. 근데 내 책상은…."

이모부는 잠시 고개를 숙였다. 그 나이에 서러움을 들킨 부끄러움이었다.

잠옷을 입으렴

"내 책상은 뒤란에서 비바람을 맞으며 썩어가지. 좋아하는 화집 하나 꽂아둘 공간이 없어. 안방은 아기 물건으로 가득 찼고."

은이 이모가 견디지 못하고 소리쳤다.

"당신 아들이잖아!"

"그래, 내 아들이야! 나도 웅이 사랑해!"

이모부도 버럭 소리쳤다.

"하지만 나도 탈출구는 있어야 할 거 아니야! 이 집 식구들 생각해봐. 처제는 자기만 알고, 처남은 멀쩡한 대학 그만두고 집에 와서 저러고 있어. 장모님만 뼈 빠지게 일하시지, 당신은 웅이 돌본답시고 집안일은 손 하나 까딱하지 않으니까. 당신 엄마만 하인처럼 부리고!"

보다 못한 외할머니가 주춤대며 떨리는 목소리로 변명했다.

"내가 무슨 하인처럼 일했나. 다 내 자식이고 사위고 손녀들이고…."

"네! 자식이고 손녀들이고. 압니다. 하지만 저는 처제 처남 그리고 처형 딸까지, 저도 어깨가 무겁습니다!"

나는 얼어버린다. 수안의 어깨도 팽팽히 긴장한다. 그 속엣말들 모두가 진심이었으리라 믿지는 않지만, 이모부 마음에 분명 그런 고단함이 숨어 있는 걸 왜 몰랐을까. 아니, 실은 모두들 알고 있었으면서 왜 모른 척해왔던 걸까. 그의 목소리에 물기가 어렸다.

"내가 나가겠습니다. 적어도 그 여자는 저를 맘 편히 해주었습니다. 최소한, 사람이 쉴 수 있게 해주었습니다. 도시락도… 장모님이 애들 도시락 싸는 게 너무 힘드시니까, 저는 도시락을 안 싸 갔습니다. 그 여자가 제 도시락을 매일 챙겨주었습니다, 됐습니까?"

그렇게 부르짖고는 이모부는 벌떡 일어나 사립문으로 나가버렸다. 우리는 흠칫 비켜섰다. 그는 우리를 알아보지도 못했고, 붉게 충혈된 눈엔 눈물이 맺혀 있었다. 우두커니 선 은이 이모는 천천히 식구들을 돌아보았다. 그러고는 외할머니를 향해 넋이 나간 듯이 속삭였다.

"엄마… 저 사람 도시락 그동안 안 싸줬었어?"

외할머니는 대답을 못 하고 주름진 눈가만 훔쳤다. 이모는 율이 삼촌을 보고 나를 보고 수안을 보고, 그리고 다시 나를 보았다. 모두를 낯선 사람처럼 응시하다 기묘한 걸음으로 슬리퍼를 끌고 안방으로 돌아갔다. 마루에선 웅이가 달래줄 사람 없이 울었다. 가서 안아줘야 한다고 생각하면서도 움직일 수가 없었다. 갑자기 은이 이모가 휙 돌아서더니 안방 경대에 놓인 꽃병을 낚아채 삼촌에게 던졌다. 꽃병은 삼촌의 어깨를 스치고 끝방 벽에 부딪치면서 산산조각 깨졌다. 파편들이 마당에 나뒹굴었다.

"그러니까 너는 왜 잘난 학교까지 관두고 그 방을 차지하고 있는 건데? 그 사람이 갈 데가 없었다잖아."

나지막하게 전해져오는 분노와 슬픔. 묵묵히 고개를 숙인 삼촌의 표정은 그늘로 가려져 읽히지 않았다. 저녁 햇살 아래 부서진 꽃병 조각들만 선연했다.

잠옷을 입으렴

~~~~

죽음은 아직도 남아 있었다.

마을 느티나무 길을 지날 때마다 토담집 벌어진 흙벽은 점점 더
틈을 넓혀갔다. 그 틈 사이에서 언제부턴가 노파는 이부자리에 누
워 늘 잠을 잤다. 여느 해처럼 집 앞에 붉은 고추를 말리지도 않았
고, 추수가 시작될 무렵에도 창호문은 꿈쩍하지 않았다. 어쩌면 마
을 사람들은 은연중 짐작했는지도 모르겠다. 한참 전부터 노파가
보이지 않았다는 것을. 그렇다고 우리가 그 죽음을 확인할 필요는
없었을걸, 굳이 수안은 그렇게 했다.

"오늘도 누워 있네? 가까이 들여다보자."

늦가을 오후 토담집을 지날 때였다. 나는 그러고 싶지 않았다.
무엇을 확인하려고? 그즈음 수안은 우물의 바닥을 보고 싶어 하는
사람 같았다. 두레박이 어디까지 내려가는지 심연으로 밧줄을 내
려보는 듯한. 하지만 난 그런 건 알고 싶지 않았다.

"자는 걸 거야. 집에 가자."

"그러니 확인해보자고."

수안은 성큼 걸음을 떼더니 벌어진 벽 틈으로 얼굴을 가져다 댔
다. 나는 조금 떨어져서 기다렸다. 한참 들여다보던 수안이 오막살
이 집채를 돌아 창호문으로 갔다.

"뭐 하려고?"

내가 불렀지만 수안은 벌컥 방문을 열었다. 매캐한, 무언가 썩어
가는 역겨운 냄새가 밖으로 밀려 나왔다. 나는 수안의 등 뒤로 다

가가 손을 뻗어 그 아이의 눈을 가렸다.

"보지 마."

"뇨."

수안이 얼굴에서 내 손을 떼어냈다. 그러고는 의문이 풀렸다는 듯 속삭였다.

"거봐. 죽었잖아."

소름이 돋았다. 수안은 문간에 신을 벗어두고 조심스레 방으로 올라섰다. 노파의 이부자리 곁에 쭈그리고 앉더니 시신을 내려다보았다. 나는 문밖에서 불렀다.

"뭐 하는 거야. 어서 나와."

"가서 사람들 불러와."

"같이 가."

"난 여기 있을게. 네가 가서 불러와."

"수안아."

대답이 없다. 그 아이는 고개를 살짝 기울이고 무릎에 두 손을 얹은 채 노파를 지켜본다. 나는 뒷걸음질 치다가 달리기 시작했다. 모양이 흉해지는 것도 상관없이 사력을 다해 뛰었다. 느티나무와 공동펌프와 논밭길을 가로질러 집으로. 사립문에 뛰어들자 부엌에서 나오던 외할머니가 깜짝 놀라더니 창백한 나를 보고는 정색을 했다.

"왜 그러냐. 네가 이리 급하게 다니고."

"그 할머니⋯ 초가집, 흙집 할머니요. 죽은 것 같아요."

잠옷을 입으렴

외할머니의 안색이 달라지더니 들고 있던 간장 종지를 툇마루에 내려놓으며 쯧쯧 혀를 찼다. 서둘러 울타리를 나서서 이장님 집으로 향했다. 잠시 후 마을 사람들이 웅성거리며 느티나무 길로 몰려갔다. 힘을 쓸 만한 장정 서넛도 함께 갔다. 흙집에 이르러 사람들은 멈칫했다. 수안이 문지방에 걸터앉아 머리를 문짝에 기대고 하늘을 올려다보고 있었다. 너나없이 망자의 모습을 보지 않도록 노파의 얼굴은 깨끗한 손수건으로 덮인 채였다.

조용히 입구를 비켜주는 수안을 보았을 때, 나는 빠져나오지 못한 눈물이 그 속에 고여 있음을 알았다. 수안은 좀 더 슬프고 싶었다는 걸, 아직도 승모의 죽음을 미처 다 슬퍼하지 못했다는 것도 깨달았다. 누군가의 죽음과 사라져간 것들에 대해, 우리는 인내의 시간을 두고 품위 있게 슬프고 싶었다. 농밀하게 슬픔을 나누고 음미하고 싶었다. 그러나 잘 되지 않았다. 진짜 슬픔은 그런 것이 아니었다. 품위 있지도 아름답지도 않았다.

노파의 시신은 진물이 흐른 이부자리에 둘둘 감겨 치워졌다. 마을 아낙들이 코를 막은 채 더러워진 방을 걸레로 훔쳐주었다. 최소한의 정성이었다. 노파는 찾아오는 자식들도 없었기 때문에 마을에서 조금씩 추렴하여 화장시켜 산에 뿌려졌다.

그 후 겉으로는 평온한 나날이 흘렀다. 은이 이모와 이모부는 더 이상 싸우지 않았고, 아무도 지나간 사건에 대해 입을 열지 않았다.

마더 구스

이건 부엌으로 내려가는 계단이다. 집에 언제부터 이렇게 깊은 부엌이 있었을까. 낡은 목재 계단은 디딜 때마다 삐걱거린다. 부실한 난간을 잡고 더듬으며 아래로 내려갔다. 부엌문은 반쯤 열려 있다. 슬며시 밀어내자 따뜻하게 타고 있는 아궁이가 눈에 들어온다. 커다란 솥 두 개가 부뚜막에 올라가 있다. 나는 이 부엌이 약을 만드는 곳이라는 걸 깨닫는다. 흙바닥 지푸라기 둥우리에 엄마 거위 한 마리가 들어앉았다. 거위는 내게 말했다.

신발 속에 할머니가 살았지.
아이들이 많아서 쩔쩔맸지.
밥은 안 주고 국만 조금 먹여
회초리로 쫓아서 이불 덮고 자게 했지.

쳇, 그건 마더 구스잖아. 나도 알아.

잠옷을 입으렴

나는 입술에 손가락을 갖다 댄다. 부엌벽 너머 작은방에서 누군가 잠들었다. 깨어나기 전에 약을 만들어야 한다. 부뚜막 옆에 내 약장이 있었다. 나는 서랍을 열고 산초 열매를 꺼낸다. 탱자와 치자, 아가위와 도꼬마리 잎도 꺼낸다. 엄마 거위가 날 따라다녔다.

　산초 열매는 귀 아플 때 좋지. 귀에서 이상한 소리가 들릴 때 말이야. 나뭇가지는 빻아서 달걀 흰자위랑 밀가루 섞어 반죽해. 통증이 오는 곳에 바르지.

　나도 안다니까, 조용히 해.

　산초 열매는 검고 윤기가 흘렀다. 언젠가 외할머니가 말했다. 집에 싸리 울타리 대신 산초나무 울타리를 칠 걸 그랬다고. 산초 냄새는 귀신을 쫓으니 잡귀도 돌아가고 병마도 오지 못한다고. 나는 솥에다 물을 붓고 산초 열매를 넣어 달이기 시작한다. 뭉근히 끓는 동안 도꼬마리 잎을 찢었다. 그 잎으로 만든 환을 먹으면 뼈마디가 아프고 저린 병이 낫는다고 했다.

　도꼬마리는 독이 있어. 잘못 먹으면 온몸이 붉어져. 제대로 삶지 않을 땐 독약이나 다름없을걸.

　나는 못 들은 척한다. 모든 약엔 독이 있는 법이니까. 잘만 다루면 좋은 약이 된다. 도꼬마리 잎은 뜨겁게 삶아 나쁜 기운을 빼고 절구에 담아 찧었다. 밀가루를 조금 붓고 이겨서 둥글게 환을 빚었다. 그동안 산초 열매는 푹 달여져 걸쭉한 검은 즙이 되었다. 부뚜막에서 바가지와 그릇들이 그런 내 모습을 숨죽여 지켜보았다. 거미가 백열등 알전구에다 줄을 잘도 쳐놓고, 거꾸로 매달려 내려와 함께 지켜보았다. 뉴슈가와 빙초산 양념병이 덜그럭거리며 안달을 했다.

안 돼, 너희들은. 지금은 쓰지 않을 거야.

나는 양념병을 저만치 치워버리고 그 자리에 탱자와 아가위를 내려놓는다. 아가위 붉은 열매는 언제나 곱고, 탱자 열매는 터질 듯이 싱싱하다. 칼로 열매들을 저며 오래 끓여서 시럽을 만든다. 엄마 거위가 날개를 퍼덕거렸다.

언덕 밑에 할머니가 살았지.
만약에 할머니가 아무 데도 안 갔으면
할머닌 지금도 언덕 밑에 살겠지.

그걸 말이라고 해?

나는 미간을 찌푸리며 부뚜막에서 식힌 열매즙을 유리병에 옮겨 담았다. 깔때기에 넘치지 않도록 조심조심. 검고 붉고 노랗고, 그리고 푸르스름한 환약이 담긴 병이 나왔다. 이 정도면 됐을까. 색색 유리병을 부뚜막에 나란히 올려놓고 그 앞에 쭈그리고 앉아 들여다본다. 흡사 만병통치약이라도 얻은 듯했다. 읍내 오일장에서 파는 출처를 알 수 없는 연고와 환약들보다 못할 리 없다. 한 통만 써봐도 온갖 병이 씻은 듯이 낫는다는 장터의 약들은, 그러나 팔리지 않아 먼지를 뒤집어쓰고 있었다. 내 약은 그럴 리 없다. 병에 마개를 닫는데 거위 날개가 팔을 스쳐서 하마터면 떨어뜨릴 뻔했다. 소리 죽여 화를 낸다.

닿지 않게 조심하라니까.

엄마 거위는 산초 열매같이 까만 눈으로 나를 빤히 올려다보며 슬프게 말했다.

임금님이 병사들을 이끌고 산으로 올라갔지.
그렇지만 내려올 땐 혼자였단다.

하지 마. 나가!

나는 부지깽이를 휘둘러 거위를 쫓아버렸다. 우리는 마더 구스를 좋아했지만 책에 실린 노래를 처음 읽었을 땐 마더 구스가 무엇인지 알지 못했다. 쉬운 단어조차 배우기 전이어서 mother도 goose도 못 알아들었으니까. 하지만 그 무심하고 기묘한 느낌만큼은 좋아했다. 나는 바구니에 유리병을 담았다. 작은방은 아직도 깊이 잠들어 고요하다. 아궁이불이 잦아들고 부엌은 낮게 가라앉고 있었다. 나는 작은방을 향해 속삭였다. 세월이 흘러도 만약 네가 아무 데도 안 갔다면, 너는 아직도 그곳에 있는 거겠지. 그렇지?

잠옷을 입으렴

가을이 저물 무렵 율이 삼촌이 끝방을 비우고 토담집으로 들어갔다. 노파가 죽은 폐가에서 혼자 지내기 시작했을 때, 이모부는 마을 사람들이 어떻게 생각하겠느냐고 몹시 언짢아했지만 삼촌은 그저 담담했다. 땅 주인은 진작 폐가에 불이라도 지를걸 하는 눈치였으나 워낙 무던한 성품의 노인이라 새로 깃든 객도 내버려 두었다.

외할머니는 반찬을 만들어 우리에게 삼촌이 지내는 폐가로 가져다주게 했다. 보자기에 싼 반찬통과 아직 따뜻한 시래깃국이 든 양은냄비를 방 안에 들여놓았다. 삼촌이 일하러 나가고 없을 때는 둘이서 기다리기도 했다. 날씨는 쌀쌀해지는데 불은 때는지 나는 아궁이를 들여다보았다. 타다 남은 장작에서 간밤의 온기가 느껴졌고, 부뚜막에는 밥을 해 먹은 냄비가 놓여 있었다. 벌어진 벽 틈을 비닐로 막아서 추위 걱정은 덜었지만 전기가 안 들어오니 밤이면 캄캄하게 지내는 게 신경 쓰였다.

"뭘 그렇게 걱정해? 다 큰 어른인데."

내가 흙집을 돌아다니며 살피면 수안은 딱하다는 듯이 혀를 찼어도 본심은 아니었다. 우리는 그래도 율이 삼촌에게만은 동지의식 같은 게 있었다. 나는 폐가에 필요한 것들을 꼽아보았다. 일단은 양초와 성냥이 필요했고 작은 밥상과 주전자, 겨울이 오면 물을 데워 쓸 양동이도 필요했다. 하지만 삼촌 생각은 달랐던 모양이었다. 이튿날 잡동사니가 담긴 양동이와 밥상을 사서 들렀을 때, 그는 새로운 사물들과 함께였다. 정확히 말하면 두상들이었다. 삼촌은 하얀 석고로 빚어진 폐가 식구들의 이름을 알려주었다.

"이건 줄리앙. 이건 아그리파. 그리고 칸트. 인사할래?"

그는 모처럼 장난스레 웃었다. 석고상들은 윗목에 점잖고 생각많은 손님들처럼 자리했고, 방바닥에는 그리다 만 데생이 놓여 있었다. 걱정했던 것과 달리 삼촌은 외롭지도 쓸쓸하지도 않아 보여서 우리는 안심이 되면서도 서운했다.

"저런, 어떡하지? 밥그릇이 모자라네. 수저도 모자라고. 이렇게 머릿수가 많을 줄 알았나 뭐."

셋이서 오붓하게 밥상에 둘러앉았을 때, 수안이 농담을 해 우리는 같이 웃었다. 상을 치운 뒤 챙겨온 것들을 꺼냈다.

"밤에는 촛불이라도 켜요."

삼촌은 양초 한 통을 받아들고는 새삼 수줍게 머뭇거렸다.

"고맙다."

그가 지내게 된 뒤로 토담집에 대한 기억은 다르게 채색되어갔다. 먼지 쌓인 들창과 찢어진 창호지 사이로 저녁 햇살이 비쳐들

잠옷을 입으렴

때 나는 집에도 혼이 있다는 말을 믿게 되었다. 형편없이 스러져가도, 잡초 우거진 돌담에 주저앉아 있어도 마음은 편안했으니까. 율이 삼촌은 아마 그 집이 양지바른 곳에 지어졌기 때문일 거라고 했다. 양지바르다는 말이 따스했다. 사람들이 무덤 자리에 그 표현을 쓰는 것도 그래서일 거다. 마지막 남은 축복 같아서.

밤이면 촛불을 켜고 랜턴을 걸어놓고 지냈다. 노파가 살 땐 꺼림칙했던 흙집이 삼촌이 머무르면서 차츰 차분한 우리들의 아지트로 변해갔다. 우리는 학교에서 돌아오면 옷을 갈아입고 흙집에 들렀다. 가끔은 웅이 손을 잡고 데려가기도 했다. 웅이는 어둡고 조용한 방에서도 무서움을 타지 않고 잘 놀았다. 세 돌이 지나 잘 걷고 곧잘 뛰기도 했지만 말이 늦었다. 윗목에 털썩 주저앉아 석고상을 빤히 쳐다보다가 빙그레 웃기도 했다. 짧은 해가 지면 삼촌은 촛불 옆에 손을 가져다 대고, 여러 동물 모양을 만들어 벽에 비치는 그림자를 보여주었다. 웅이는 한참 그림자를 바라보다 고사리 같은 손으로 일렁이는 촛불을 만져보려 했고, 삼촌은 번번이 웃으며 촛불을 저리로 치웠다.

우리가 오면 삼촌은 아궁이 부뚜막에도 촛불을 놓고 후딱 밥을 지어 몇 가지 찬과 함께 밥상을 들여왔다. 넷이서 오순도순 둘러앉아 불빛 아래 먹는 저녁밥은 다정하고 각별한 데가 있었다. 삼촌 무릎에 앉은 웅이는 서툴게 숟가락을 잡고 흘려가며 밥을 떠먹고 김치 조각을 집어 올리며 즐거워했다. 상을 물리면 물이 차갑다며 설거지도 늘 삼촌이 했다.

너무 늦지 않게 돌아갔어야 하는데 그만 내가 까무룩 잠든 날이었다. 웅이랑 놀아주다 눈을 떠보니 절절 끓는 아랫목에 둘이 나란히 누워 이불을 덮고 있었다. 웅이 이마에 맺힌 땀방울을 닦아주고 몸을 일으켰다. 방 안엔 우리 말고는 아무도 없었다. 창호문을 열자 밤하늘 아래 무너진 돌담에 앉은 두 남자가 보였다. 남자는 담배를 입에 물고 율이 삼촌 쪽으로 고개를 기울여 성냥불을 붙였다. 그러고는 둘이서 간간이 웃으며 두런두런 이야기를 주고받았다.

슬리퍼를 신고 내가 다가가자 말소리가 그쳤다. 달빛을 받으며 율이 삼촌이 나를 보고 웃었다. 턱수염이 자라고 귀밑이 까뭇까뭇하던 삼촌은, 어느새 어깨는 각이 지고 손마디가 굵어진 어른이 되어 있었다.

"인사해. 삼촌이 아는 선배. 내 조카예요, 형."

젊은 남자가 담배를 든 손을 심상히 흔들며 인사했다.

"안녕? 반갑다."

어두웠지만 나는 그를 알아보았다. 연희 선생님 자취방 마루에 누워서 책을 읽던 남자. 그날 당황스럽게 머리를 긁적이던 남자는 지금 삼촌의 흙집 담장에서 무방비한 미소를 짓고 있었다.

"…안녕하세요."

그는 나를 알아보지 못했다. 삼촌이 함께 피우던 담배를 비벼 끄며 말했다.

"애들 일어났으니 방에 들어갈까요?"

잠옷을 입으렴

"아냐. 이제 가봐야지. 늦으면 걱정하니까."

일어나던 남자는 문득 신고 있던 운동화를 내려다보더니, 손에 든 담배를 입에 물었다. 그러고는 허리를 숙여 한 손으로 느슨해진 운동화 끈을 묶었다. 그의 다른 한 팔은 소매 속에서 맥없이 처져 있었다.

"아, 제가 묶을게요."

"됐어. 익숙하다."

삼촌이 도와주려 했지만 그는 단번에 거절했다. 흙집을 떠나기 전 삼촌 어깨를 툭 치면서 그가 말했다.

"내 석고상들한테 안부 전해줘. 특히 칸트한테. 내가 보고 싶어도 잘 참고 있으라고. 좋은 날 올 거라고."

그러고는 껄껄 웃으며 느티나무 길로 멀어져갔다. 남자를 배웅하는 삼촌을 보면서 내 기분은 이상해졌다. 율이 삼촌도 다른 사람과 있을 때는 가족들이 모르는 얼굴을 한다. 삼촌은 담장 밑에 버려진 담배꽁초를 주워 아궁이에 던졌다.

"참, 수안이는 먼저 갔다."

"대학을 그만둔 게 아니라… 쫓겨났던 거예요?"

삼촌은 그런 나를 물끄러미 바라보더니 소리 없이 웃었다.

"어떻게 알았지? 내가 너무 공부를 못했어."

"집에 들어오세요."

대답이 없었다.

"돌아왔으면 좋겠어요."

"그 집에서 있을 만큼 다 있었어. 싫든 좋든 떠나야 할 때가 있는 거야."

삼촌은 미안하다는 듯이 내 머리를 쓰다듬으며 가볍게 헝클어뜨렸다. 그 순간, 내가 언젠가 이날을 그리워할 때가 있으리란 걸 깨달았다. 고요한 밤의 폐가에서 그와 함께 보냈던 짧은 나날들을. 잠든 웅이를 외투에 감싸 안고 돌아오는 길에 달이 계속 따라왔다. 초가지붕을 뚫고 풍덩 떨어져 흙집 벽에 걸리면 좋을 만한 보름달이 마을을 비추었다. 느티나무도 논밭도 슬레이트 지붕들도 다 밤인사를 건네는 것 같았다. 나는 꼬불꼬불한 마을길을 걸어왔다.

사립문을 들어서자 은이 이모가 툇마루에서 기다리고 있었다.

"이제 오니?"

"네."

이모는 댓돌을 내려와 잠든 웅이를 건네받았다. 흘끗 외투를 벌려 새근새근 숨 쉬는 아이를 보더니 작게 한숨을 쉬었다.

"다음부터는 웅이 데려가지 마라. 사람이 죽어나간 집에 어린애 데려가서 좋을 것 없어."

나는 당황해 할 말을 찾지 못했다. 어쨌거나 얼마 전 사람이 죽은 집인 건 사실이었으니까. 방문이 열리고 수안이 밖을 내다보았다.

"내가 데려간 거라고 했잖아. 둘녕이는 웅이 돌보면서 놀아준 건데, 그렇게 말하면 서운하잖아요."

"누가 뭐라고 했니? 늦은 시간까지 밖에 데리고 있지 말라는 뜻일 뿐이야. 들어가라, 쌀쌀하다."

잠옷을 입으렴

은이 이모는 수안을 상대하고 싶지 않은 듯 말을 자르고, 가운뎃방으로 들어가 초저녁잠에 곯아떨어진 외할머니 곁에 웅이를 뉘었다. 서걱서걱 밤바람이 싸리 울타리를 스쳤다.

그날 밤, 좀처럼 잠이 안 와 나는 창호문을 손바닥만큼 열어놓고 마당을 내다보았다. 아가위나무 근처에서 소곤소곤 밤의 기척이 들리는 것만 같았다.

"…뭐 하고 있어? 안 자?"

자다가 깬 수안이 이불을 뒤척이며 졸린 목소리로 물었다.

"그냥. 낙엽이 바람에 날려서."

"추워. 문 닫자."

"응."

문고리를 닫아걸고 곁에 가서 누웠다. 수안이 등 뒤로 팔을 돌려 나를 꼭 안았다. 나도 마주 안아주었다. 조용한 숨소리가 들리더니 눈을 감은 채 수안이 중얼거렸다.

"요즘 엄마가 식구들한테 화풀이하는 것 같아. 마음은 알겠지만 우리가 잘못한 건 아니잖아."

나는 대답하지 않았다. 잠시 말이 없더니 수안은 고백하듯 속삭였다.

"그 아이랑 키스했었어."

나는 수안이 잠들 때까지 팔베개를 베어주었다. 그건 수안의 첫 키스였겠지. 지금은 사라진 소년에게도.

어느 날 밤 사립문 밖이 소란스러웠다. 우리는 잠옷에 스웨터를 걸치고 울타리로 나와보았다. 이웃집 아주머니가 웬 소녀를 붙잡고 흔들면서 자꾸 말을 걸었고, 마을 사람 두엇이 수군거리며 지켜보았다.

"무슨 일이지?"

발목까지 내려오는 하얀 원피스 잠옷을 입은 성숙한 소녀였다. 예쁘장한 데다 귀한 집 딸 같은 모습이었지만 자다가 쫓겨난 것마냥 맨발이었다.

"얘야, 정신 차려봐라. 여기가 어딘지 아니?"

아주머니가 소녀의 어깨를 연신 흔들어 깨웠다. 빤히 두 눈을 떴는데도 서서 잠든 사람 같았다. 수안이 헉 숨을 삼켰다.

"윤모 선배잖아."

"뭐? 그렇다면⋯."

"승모 누나야."

나는 새삼 놀랐다. 단발머리가 헝클어진 맨발의 소녀. 흰 실크 잠옷 아래로 봉긋하게 부푼 가슴선이 드러나 있었다. 누가 담요를 들고 와 사시나무처럼 떠는 소녀를 감쌌다. 이내 소문이 퍼져 이집 저 집 구경 나온 사람들이 귀신 들린 사람 대하듯 쳐다보았다. 누군가 딱하다는 투로 말했다.

"몽유병이구만."

"아니 그럼 이 밤에 여기까지 걸어온 거야? 그럴 수가 있나?"

잠옷을 입으렴

"꿈꾸면서 오는가 봐요. 이 날씨에 추운 줄도 못 느꼈나 보네."

아낙들이 소녀를 둘러싸고 은근히 신기해하며 속닥였다. 듣는지 못 듣는지 윤모 선배는 시선을 내리깐 채 떨기만 했다. 몽유병이라니. 그건 알프스 소녀 하이디나 걸리는 특별한 병인 줄 알았는데. 현실의 눈앞에서 같은 병을 앓는 사람을 보니 나 역시 이상했다.

"…승모 때문에 충격이 컸나 봐."

수안이 조용히 말했다. 정말로 동생의 죽음이 누나에게 그런 병을 안겨준 걸까. 충분히 그럴 수 있을 것 같았다. 남겨진 가족은 진정 고통스러울 테니까. 부모가 올 때까지 돌봐주겠다며 이웃 아주머니가 데려간 뒤에도 수안은 울타리 밑에 쪼그리고 앉아 있었다.

"안 들어갈 거야?"

"저 사람 돌아가는 거 보고."

나는 방에서 담요를 가지고 와서 수안과 붙어 앉아 나란히 어깨에 둘렀다. 둘 다 말없이 몽유병에 대해 생각했다. 잠결에 정신을 놓아 자기도 모르는 곳으로 정처 없이 걸어간다면 두려울 것 같았다.

"몽유병은 가장 곱게 미치는 방법 같아. 환상적이네."

수안이 나지막하게 중얼거렸다. 그럴까. 다른 사람이 볼 때는 그럴지도 모르지만, 앓는 사람은 괴롭겠지.

"그냥… 병이야."

마을길을 올라오는 자동차 불빛이 어둠을 가르더니 검정색 승용차가 이웃집 울타리에 멈춰 섰다. 부부가 서둘러 뛰쳐나왔다. 흐트러진 옷 위에 바바리코트를 걸쳐 입은 중년 여자가 큰 소리로 딸의 이름을 불렀다.

"윤모야! 윤모 여기 있니? 우리 딸이 여기 왔다면서요!"

담요로 감싸인 윤모 선배가 아주머니 손에 이끌려 나타났다. 부모님을 봐도 무덤덤했지만 어머니는 와락 달려들어 딸을 껴안고 흐느꼈다.

"세상에. 네가 없어져서 얼마나 놀랐는지….."

사정을 들은 인정 많은 아주머니는 덩달아 눈물을 훔쳤고, 승모 아버지는 침통한 표정으로 면목 없다는 듯이 고개를 숙였다. 서점에서 그토록 자상하고 자신감에 차 있던 중년 남자는 몇 달 사이 반백이 되어 십 년은 늙어버린 것 같았다. 승모 어머니는 딸의 어깨에서 담요를 벗기고 챙겨온 털코트를 입혔다. 프릴이 달린 하얀 실크 잠옷이 코트 밑으로 사라졌다.

검은 승용차는 마을을 벗어났다. 가까운 이가 몽유병을 앓으면 남은 사람들은 그를 찾아다녀야 한다. 정신을 놓은 이가 돌아올 수 있다면 다행이지만 그럴 수 없다면 어떡할까. 맨발이 다치지 않도록 걸음 아래 부드러운 융단을 깔아주어야 할까. 만약 수안이 몽유병을 앓게 되면 어쩌나. 이부자리에 누워 잠을 청하면서 나는 꿈결같이 생각했다.

〰〰

계곡 물소리가 들려왔다. 숲 저편에 뾰족한 붉은 지붕이 솟아 있다. 무성한 나뭇가지 사이로 반쯤 가려진 창문. 앳된 얼굴의 여자

　　　　　　　　　　　　　　잠옷을 입으렴

가 나타나 창을 닫고 사라진다. 물가에는 조각도로 분필을 깎는 소
년이 앉아 있었다.

얘야, 저 너머에 뭐가 있니?

소년이 고개를 들어 숲을 보더니 무심히 대꾸했다.

가보면 알겠지.

네가 깎는 그 분필, 내게 주면 안 돼?

안 돼. 넌 한 번 잃어버렸잖아. 잘 간직하라고 했는데.

나는 조금 슬퍼졌다. 소년을 물가에 두고 바스락 나뭇잎이 밟히
는 숲길을 따라갔다. 뾰족한 지붕은 분명히 멀지 않지만 지름길을
찾을 수가 없었다. 이대로 가면 숲을 한 바퀴 돌아야 할지도 모르
는데. 어느새 나는 깊은 숲속을 헤매고 있었다. 푸른 제복을 입은
소년이 깃발을 들고 덤불 사이를 헤치며 다가왔다. 오래전 내가 알
았던 소년이었다.

안녕?

그러자 소년이 내 앞에 왼손을 내밀었다.

스카우트는 왼손으로 악수를 해요. 그게 더 심장에 가까운 손이
기 때문이지요.

그러니? 나도 예전엔 알았을 텐데 잊었나 보다. 낭만적인 규칙이
구나.

소년은 내 손을 잡았다 놓고는 눈살을 찌푸렸다.

대체 몇 살이 된 거죠?

서른여덟.

저런, 완전히 어른이네요.

그래. 하지만 어른도 괜찮아. 살아보니 어른도 좋아.

제복을 입은 소년은 믿지 않는 얼굴로 쓸쓸하게 웃었다.

거짓말일 거야.

소년은 깃발을 챙겨들고 숲을 안내했다. 등에 멘 배낭에서 지도를 꺼내 붉은 지붕이 있는 곳을 찾으려 했다. 동서남북을 확인하고 계곡 위치와 등고선도 훑어보았다. 그러나 쉽사리 찾을 수 없었다. 우리는 버섯이 자라는 쓰러진 나무둥치와 가시덤불에서 줄곧 벗어나지 못한다. 소년의 지도를 들여다보며 내가 말했다.

이건 이십 년도 더 지난 지도잖아. 그래서 못 찾는 게 아닐까.

어디서 날카로운 경고 소리가 들렸다.

그 애한테 그렇게 말하면 안 돼.

돌아보니 뒤쪽은 밤이었다. 소년은 사라지고 달빛이 내린 신작로에 누가 서 있었다. 하얀 잠옷을 입은 소녀는 아마도 백윤모다. 그 아이는 나를 보지 못한다. 손에 신발을 들고서 뒤따라오는 사람이 있는지 살펴보더니, 들고 있던 신발을 논두렁에 던졌다.

그 앤 가짜야. 이리 와, 둘넝아.

수안이 내 손을 잡아끌었다. 우리는 붉은 지붕집 앞에 서 있다.

무거운 나무문을 밀고 들어가니 잘 차려진 저녁 식탁이 우리를 맞았다. 승모와 충하가 식탁 한쪽에 앉아 있었다. 우리도 맞은편에 나란히 앉았다. 사금파리 접시에 담긴 음식은 색깔 곱고 먹음직해 보였다. 포크를 집다가 문득 나는 창가 벽난로 불꽃에 눈길이 간다.

　　　　　　　　　　　잠옷을 입으렴

이상했다. 불꽃은 붉고 아름다우나 타오르지 않았다. 왜지? 갸웃해서 바라보니 그림이었다. 그려놓기만 한 불꽃은 따뜻하지 않다.

타오르지 않네.

웅. 네 마음처럼.

식탁 건너편에서 충하가 말했다. 눈매가 슬퍼 보여서 나는 마음이 아팠다. 그동안 충하가 혼자 슬퍼했다는 걸 알았다. 수안이 음식을 한 입 먹다가 뱉었다.

이건 흙이잖아. 흙밥이야.

이것도 솔잎이야. 입안을 찔러.

승모도 포크를 내려놓았다. 이것은 어쩌면, 함정일지도 몰라. 달아나자. 저마다 붉은 지붕집을 빠져나갔지만 나만 출구로 가는 길을 놓쳤다. 가까스로 문을 찾아 나왔더니 계곡물에 작은 배가 떠 있었다. 수안이 노래를 흥얼거린다. 기억이 날 것 같았다. 스카우트에서 배웠던 노래. 네 명이서 동아줄로 만든 고리 안에 들어가 게임을 하며 부르던 노래였다. 배에도 네 사람이 타고 있었다. 이미 어린 둘넝이가 그 속에 끼어 있으니 나는 갈 수가 없었다.

파도가 심하게 이는데 네 사람 배 타고 가네요.

아 어쩌나 파도 심하니 어서 빨리 달려가서 도와줍시다.

그럼, 갈매기야 안녕 안녕히.

배는 멀리멀리 떠내려갔다.

~~~~

　잠에서 깨어나니 머릿속이 복잡하게 얽힌 것처럼 무거웠다. 그 아이들이 내 눈동자 뒤편에서 집을 짓고 살고 있는 것 같았다. 오늘은 상가 가게를 닫고 나가지 않았다. 대신 온종일 집에서 잠을 잤다. 중간에 깨어나 빵 반쪽을 먹다가 맛없어서 관두고 다시 도피하듯 잠을 청했다.

　잠결에 초인종 소리가 들리지 않나 귀를 기울였던 것 같다. 누군가 문을 두드리지 않을까. 그가 또다시 다가와 내가 쳐놓은 경계를 넘지는 않을까 하고. 허락 없이 경계를 넘으려 할 때 화를 내면 사람들은 대부분 거기서 멈추었다. 살아가면서 몇 번 서로에게 상처를 받다 보면 그렇게 훈련이 되곤 했다. 거리를 지키고 선을 넘지 않았다. 하지만 산호는 그럼에도 불구하고 끝까지 문이 열리기를 기다릴 사람일 것만 같았다. 그런 점이 나를 두렵게 만드는지도 몰랐다.

　나는 느리게 침대에서 일어나 뒷방으로 향했다. 찾아볼 것이 있었다. 어디다 두었을까. 서랍장을 칸칸마다 살피다가 옷장을 열어 수납공간도 뒤졌지만 없었다. 찬찬히 뒷방을 훑어보았다. 천장 가까이, 옷장 꼭대기에 올려놓은 커다란 종이상자가 눈에 띄었다. 의자를 딛고 올라가 먼지 쌓인 상자를 내렸다. 더 이상 입지 않는 옷가지들, 어차피 리폼하지도 않을 거면서 여태 버리지 못한 옛날 소품들 사이에 누런 봉투가 들어 있었다.

　나는 앨범을 만들지 않아, 커다란 봉투에다 살아오면서 찍은 이런저런 사진을 넣어두기만 했다. 연도순도 아니고 그냥 몇 장씩 비닐에 담긴 채였다. 방바닥에 쏟아놓으니 모암마을 외가에서 찍은 것들이 맨 처음 드러났다. 이모부가 카메라를 산 기념으로 툇마루에 걸터앉은 수안과 나를 찍어준 것이었다. 스웨터와 허드렛바지를 입고 마당 장독대 앞에 어색하게 선 외할머니도 있었다. 모암분교 구월산 소풍 때와 중학교 시절 야영장 사진도 굴러 나왔지만, 내가 외가로 보내졌던 열한 살 이전 것은 한 장도 가지고 있지 않았다. 내 첫돌이나 유년의 모습을 본 기억이 없어서, 그 무렵은 마치 인생에서 기록되지 않고 사라져버린 느낌이었다.

그 속에서 나는 두 장의 결혼식 단체사진을 찾았다. 경이 이모 결혼식 때는 교복을 입은 수안과 내가 뒤쪽 가운뎃줄에 나란히 서 있었다. 사진사가 웃으라고 해서 난 조금 입가를 올리며 노력했지만, 수안은 별 표정 없이 카메라를 응시하기만 했다. 한복을 차려입은 외가 어른들이 맨 앞줄에 찍혀 있었다.

다른 하나는 몇 해가 흘러 율이 삼촌 결혼식 때였다. 완연히 늙고 구부정해진 옥색 한복 차림의 외할머니를, 경이 이모 때와 똑같은 한복을 입은 은이 이모가 곁에서 부축하고 있었다. 머리를 틀어 올린 은이 이모는 몇 해 전보다 훨씬 나이 들어 보였고, 뒷줄에 양복을 입고 선 이모부도 희끗희끗한 초로의 신사 같았다. 신부가 부모님을 일찍 여의고 남동생과 둘이 살았기 때문에 식에 참석한 친지가 많지 않았다. 그래서 신랑 측 하객들이 일부러 신부 쪽에 가서 섰던 게 기억난다. 나는 사진 속에서 신부의 남동생을 알아보았다. 누나와 닮은 얼굴에 짧은 고교생 머리를 한 채 그는 내 곁에서 조금 떨어진 같은 줄에 서 있었다. 지금보다 훨씬 앳된 얼굴이지만, 산호였다.

～～～

토담집 느티나무에 낙엽이 지던 어느 저녁 무렵이었다. 부엌에서 외할머니가 손짓으로 부르더니 내게 양은냄비를 들려주고는 귀엣말로 소곤거렸다.

"수안 에미 나가고 없을 때 얼른 갖다주고 오너라."

숨긴다고 모를 리 없고, 알아도 음식 가지고 싫은 소리 할 리도 없건만, 외할머니는 늘 눈에 띄지 않도록 국과 반찬을 챙겼다. 보자기로 묶은 냄비를 들고 사립문을 나섰다. 무너진 돌담 곁에 이르렀을 때 은이 이모가 어디를 갔는지 알게 되었다. 흙집 마당에 율이 삼촌과 함께 있었다. 늘어난 스웨터와 월남치마를 입은 은이 이모는 한때 엄하고 단정한 교사였다고 상상하기 어렵게 초라해 보였다.

"미안하다. 내가 좀 더 잘해야 하는데. 쉽지가 않네."

삼촌은 손을 뻗어 누나의 지친 어깨를 감싸려는 듯했지만 결국 만지지는 못했다. 대신 머뭇거리며 온화하게 말했다.

"누나는 잘하고 있어. 매형도 고맙고. 다들 너무 잘하려고 애써서 그런 거야. 너무 애써서. 그래서."

은이 이모가 왈칵 울음을 터뜨렸다. 얼굴을 감싼 손바닥 사이로

잠옷을 입으렴

흐느낌이 새어 나왔다. 나는 냄비를 든 채 그늘에서 숨소리도 내지 못했다. 이럴 때 아무것도 할 줄 모르는 율이 삼촌의 곤혹이 전해져왔다. 이모는 혼자 감정을 추스르고 소매로 눈가를 닦았다.

"너한테 뭐 하나 제안하려고 왔어. 부탁이라 생각해도 돼."

율이 삼촌은 잠자코 듣고 있었다.

"어차피 네 대학 학자금은 졸업할 때까지 우리 부부가 도와주려고 마음먹고 있었어. 매형도, 사실 그런 사람 없잖니, 성실하고 책임감 강하고. 어쩌다 실수했던 거지⋯."

노을이 지는 뒷산에서 텃새들의 울음소리가 날아왔다.

"네가 학교를 더 이상 다니기 싫다면 취직을 하는 건 어떨까 싶다. 매형이 알아봤는데 도시에 괜찮은 직장을 소개받은 모양이더라. 네가 가겠다면, 남은 학비라 생각하고 우리가 방 얻을 돈을 마련해줄게. 하지만⋯ 계속 이런 식으로 지낸다면 우리도 어쩔 수 없어. 널 놔버릴 거야. 정말이다."

마치 수없이 연습했던 것처럼 마지막 말은 빠른 호흡으로 꺼내놓았다. 널 놔버릴 거야. 정말이다. 율이 삼촌은 침묵 끝에 천천히 고개를 끄덕였다.

"그렇게까지 마음 쓰지 않아도 되는데. 고마워."

은이 이모는 반신반의하며 재차 확인했다.

"우리 말대로 하겠다는 뜻이니? 다시 말하지만 일찍 사회생활을 시작하는 것도 나쁘진 않아."

"알아요, 무슨 말인지."

율이 삼촌은 다 접어버린 것처럼 순순히 답했다. 나는 그게 더 불안했다. 무슨 생각일까. 그러나 이모는 삼촌의 태도가 부드러웠기 때문에 마음을 놓았다. 한 발짝 다가가 자기보다 키가 큰 막냇동생을 껴안더니 톡톡 등을 두드려주고는 한결 편안해진 얼굴로 돌아섰다.

"은이 누나."

이모가 뒤돌아본다.

"…미안하고 고마워."

이모는 표정이 흔들렸지만 곧 입가에 미소를 띠며 고개를 저었다. 이모가 가고 나서도 나는 한참을 더 기다렸다. 뻣뻣해진 걸음을 옮겨 찬바람에 식어버린 국 냄비를 부뚜막에 내려놓았다. 율이 삼촌이 냄비를 보더니 조금 웃었다.

"이런 거 안 가져와도 돼. 앞으로는 할머니가 주셔도 괜찮다고 해."

"왜요?"

삼촌은 대답 대신 성냥을 켜 부뚜막 양초에 불을 붙였다. 보자기를 풀고 냄비 뚜껑을 열자 고등어와 무를 넣고 푹 조린 찌개가 드러났다.

"맛있겠다. 저녁 안 먹었으면 같이 먹을래? 추운데 넌 방에 들어가 있어."

삼촌은 찌개를 아궁이에 데우고 큰 대접에 밥을 가득 푸더니 밥상을 차렸다. 랜턴을 밝혀놓고 우리는 고등어찌개 국물에 밥을 비

잠옷을 입으렴

벼 먹었다. 벽 틈에서 비닐 한 귀퉁이가 찢어져 바람이 스며들었다.

"비닐을 다시 쳐야겠어요."

"괜찮아."

나는 숟가락질을 멈추었다.

"어디로 가려는 건 아니죠?"

그는 내가 무엇을 염려하는지 알아차리고 소리 없이 웃었다.

"한 번씩 넌 내 속에 들어왔다 나가는 애 같다."

"안 갔으면 좋겠는데."

"갈 데가 있어. 다시 오겠다고 거기 식구들하고 약속했거든."

"거기가 어딘데요?"

"아마도… 동쪽. 그리고 그보다 더 동쪽인 곳."

삼촌은 농담처럼 웃었어도 나는 웃음이 안 나왔다. 목이 메어 왔지만 꾹 참았다.

"주소가 있어요?"

"응. 내가 먼저 편지 보내마."

고개를 끄덕였다. 나는 그를 잡을 수 없다. 그는 우리보다 먼 곳에 있는 다른 누군가들을 원하니까. 그들이 누군지는 모르겠지만 나는 왠지 서럽고 알지도 못하는 사람들이 미워지려 했다. 그게 어두운 폐가에서 삼촌과 마지막으로 같이 먹은 밥이었다.

~~~~~

며칠 뒤 폐가에 불이 났다. 한밤중 외딴 흙집이 불탄다는 고함

소리가 퍼지면서 식구들은 혼비백산 뛰쳐나갔지만, 나는 율이 삼촌이 이미 그 집에 없다는 걸 알고 있었다. 불은 삼촌이 지른 게 아니었다. 삼촌은 떠나는 날 새벽에 깨끗이 씻은 양은냄비를 싸리 울타리에 걸어놓고 갔다. 외할머니는 그저 삼촌이 갖다놓은 줄로만 알았지만 나는 그날 그가 떠났구나 짐작했다.

어둠을 사르며 타오르는 커다란 불길은 아름다웠다. 사람이 살지 않고 세간도 없는 폐가. 그래서 마을 사람들은 아무런 걱정 없이 불구경을 했다. 그건 봄날의 꽃구경보다도 좋았다. 땅 주인은 누가 이런 짓을 했느냐, 이건 방화라고 투덜댔지만 내심 잘됐다고 생각하는 줄 누구나 알았다. 어쩌면 땅 주인이 직접 불을 질렀는지도 몰랐다. 또다시 아무나 빈집에 들어가 눌러앉는 건 싫었을 테니.

불꽃은 푹 꺼진 부엌을 태우고, 노파와 율이 삼촌과 우리가 잠을 청했던 단칸방을 살랐다. 벽 사이로 화르르 불길이 솟구치며 지푸라기 지붕과 모퉁이를 허물어뜨렸다. 작은 토담집을 다 태우기까지는 그리 오랜 시간이 걸리지 않았다. 이모부는 삼촌이 마을을 떠난 데 대해 말을 아꼈고, 은이 이모는 한동안 배신감에 사로잡혔으나 차츰 평정을 찾았다. 목돈 마련이 쉽지 않았을 그들 부부에게도 어쩌면 나은 선택이었을 것이다. 외할머니는 마을 사람들이 당신 막내아들이 불을 지른 줄로 여길까 노심초사했지만 기우였다. 그건 중요한 일이 아니었다. 모두가 한밤의 크고 아름다운 캠프파이어만을 기억했을 뿐이다. 누가 폐가를 태웠는지는 그날 밤 떠 있던 달님만이 알리라.

잠옷을 입으렴

~~~~

겨울이 되자 경이 이모가 결혼할 사람을 데리고 왔다. 남자는 읍내에서 제과점을 하는 열한 살 연상의 사람이었다. 처음엔 남자 쪽이 재혼인 줄 알고 놀랐는데 어쩌다 보니 그저 늦어졌다고 했다. 갑자기 결혼이라니 처제까지 왜 이러느냐고 이모부는 표정이 굳어졌고, 은이 이모도 우리 때문이냐고 눈물을 글썽였지만 막내 이모는 한사코 그렇지 않다고 설득했다.

"만난 지는 벌써 일 년쯤 됐어. 어차피 식 올릴 거, 좀 앞당기는 것뿐이야. 이 사람 나이도 많고 해서."

손님 다과상을 차려내고 식구들과 마주 앉은 막내이모는 그날따라 새삼 예쁘고 젊어 보였다. 반면 함께 온 평범한 체구의 남자는 얼굴이 거무스름한 데다 뺨에 깨알 같은 점도 많아 빈말로도 미남이라 하기는 어려웠다. 하지만 성격이 털털해 자주 큰 소리로 웃었고 세상을 잘 아는 것처럼 말도 잘했다.

처음엔 딱딱하던 가족들의 얼굴이 점차 부드러워질 때까지, 남자는 무던하게 대화를 이끌어갔다. 종업원 하나를 두고 제과점을 꾸리는데 직접 주방에서 빵을 굽는다고 했다. 그러던 어느 날 사무실 유니폼 복장으로 빵을 사러 온 경이 이모를 보고 첫눈에 반했다고 했다. 오래 짝사랑했지만 좀처럼 마음을 얻지 못하다가 겨우 일년 전부터야 데이트를 허락받았노라며 쑥스럽게 머리를 긁적였다. 어렵게 얻은 짝인 만큼 평생 잘해주겠다고도 했다. 경이 이모는 외할머니 손을 꼭 잡고 내내 말없이 앉아 있었다. 그동안 우리가 이모를 좋아한다고 생각했던 적은 별로 없었지만, 그날은 어쩐지 마음이 아렸다.

경이 이모는 결혼 준비를 차근차근 시작했다. 그래도 더 생각해볼 시간을 갖도록 이듬해 봄에 하는 게 어떻겠냐고 은이 이모가 권했지만 막내이모는 고개를 저었다. 기왕 결심했으니 이번 겨울에 식을 올리겠다고 했다.

그즈음 율이 삼촌에게서 첫 편지가 날아왔다. 산이 높은 국립공원 근처 여관집 주소가 겉봉에 적혀 있었다. 삼촌은 기념품 가게에서 일하면서 낙화烙畵라는 그림을 그린다고 했다. 불에 달군 인두로 나무 표면에 그림과 글자를 새긴다고. 관광객을 앉혀놓고 그려주는 초상화도 하루에 두어 점은 팔린다고 했다.

나는 답장을 썼다. 삼촌이 그린 그림이 보고 싶다고, 그리고 경이 이모가 결혼한다고 썼다. 여관집 전화번호를 몰랐기 때문에 편지가 유일한 소통 수단이었다. 한참 지나 답장이 왔다. 가지는 못하지만 축하한다고 전해달라고 했다. 편지를 보여주니 경이 이모는 가만히 읽어보곤 고개를 끄덕였다. 언제부턴가 그녀의 느낌이 많이 달라졌다는 걸 나는 깨달았다. 차분해지고 안정감을 찾아가고 있었다. 처음엔 집에서 도망치듯 결혼을 선택했다고 여겼는데, 그게 아닐지도 모른다는 생각이 들었다. 그 남자를 정말로 사랑하고 있는지도 모르겠다고.

결혼식 전날 외할머니는 또 시루떡을 안쳤다. 방앗간에서 쌀을 갈아오고 팥은 밤새 물에 불려 껍질을 벗겼다. 절구에 찧어 고물을

잠옷을 입으렴

내리고, 시루에 안쳐 솥에다 넣고 쪘다. 꼬챙이로 찔러보더니 흰 가루가 묻어나오지 않자, 다 됐다며 시루를 꺼내 한소끔 식혔다. 바쁘게 오가면서도 외할머니는 부엌 아궁이에서 눈물을 훔쳤다.

결혼식 날은 함박눈이 내렸다. 읍내에서 하나뿐인 평범하고 오래된 예식장에서 결혼했다. 양가 혼주들은 시설이 화려한 이웃 도시의 웨딩하우스로 정하자고 했지만, 신부는 이곳 예식장도 그만하면 깔끔하다며 그럴 필요 없다고 했다. 하객들은 신랑신부가 검소하고 야무진 데다 혼인날 눈이 펑펑 와서 잘살겠다고 덕담을 남겼다. 돌아갈 때는 제과점 단팥빵과 크림빵을 넣은 봉지가 선물로 쥐여졌다. 그렇게 막내이모는 함박눈 속에서 모암마을을 떠났다.

며칠 뒤 이모부는 마당 수돗가에 목재 합판으로 손수 벽과 지붕을 세우더니, 그 자리에 새로 나온 전자동세탁기를 들여놓았다. 용달차에 세탁기를 싣고 온 인부가 접지선을 땅에다 묻고 전기선도 끌어왔다. 망가져서 한참 전부터 쓰지 않던 낡은 수동식 백조 세탁기는 고물상에 팔려갔다. 새 세탁기는 빨래를 일일이 탈수기로 옮겨주지 않아도 저 혼자 자동으로 모든 것을 끝냈다. 누구도 새것이 필요하다 한 적 없었지만, 그게 외할머니에게 드리는 이모부의 처량하고 미안한 마음이라는 걸 모두들 알아차렸다. 외할머니는 몹시 고마워하면서도 뭣하러 이런 비싼 것을 샀나, 경이 혼인에도 솔찮이 보탰는데⋯ 하며 연신 뚜껑을 열어보고 닫아보았다.

겨우내 마당에서 세탁기 돌아가는 소리가 요란하게 들렸으나 차츰 외할머니는 다시 수돗가에 쪼그리고 앉아 손빨래를 했다. 그때 그때 빨래거리가 나올 때마다 빨아두는 게 편해서라고 했지만, 아마도 기계가 닳고 전기세가 오르는 게 아까워서 그랬으리라. 한겨울에도 실컷 손으로 빨아 탈수기만 잠깐씩 돌렸다. 그래도 충분하다고, 덕분에 빨래가 빨리 마르니 그것만도 어디냐고 외할머니는 사위가 들을 수 있도록 큰 소리로 세탁기를 칭찬했다.

~~~~

경이 이모가 시집을 간 뒤 외할머니는 가운뎃방에서 웅이를 데리고 자기 시작했다.

"내외가 둘이서만 한 이불에 자는 게 맞는 거다. 그 사이에 어린애가 끼면 금슬이 멀어지기 십상이지."

윗목에 우유병과 내복 상자를 갖다놓으며 외할머니는 중얼거렸다. 한밤중에 웅이가 잠투정을 할라치면 얇은 벽을 사이에 두고 잠귀 밝은 수안이 몸을 뒤척였다. 곯아떨어진 외할머니는 아이가 한참을 칭얼거려야 겨우 곤한 소리로 자장가를 읊조렸다. 어느 밤 잠결에 눈을 뜨니 수안이 벽에 기대앉아 있었다.

"…안 자?"

"잠이 안 와."

그즈음 수안은 부쩍 잠을 못 이루었다. 나는 어둠에 익숙해진 눈으로 천장 사방무늬를 세어보았다. 대각선을 따라 구석까지 갔다가 가로줄을 징검다리로 건너왔다. 한참 단조로운 무늬만 올려다보고 있으니 다시 졸음이 찾아왔다. 그렇게 내가 잠든 동안, 수안

잠옷을 입으렴

은 조용히 혼자 하는 놀이가 생겼다. 밤새 방 안의 가구를 옮겨놓는 일이었다. 책상은 재봉틀 자리로, 재봉틀은 문갑 자리로, 문갑은 뒤란 쪽문 옆으로. 어떻게 소리 하나 없이 옮겼는지, 새벽에 일어난 나는 놀라서 방 안을 둘러보았다. 이부자리만 그대로였고 나머지 세간은 다 자리가 달라졌다. 수안은 이불을 누에고치처럼 돌돌 감은 채, 뗏목에서 표류하는 사람처럼 문갑에 올라가 웅크리고 잠들어 있었다.

"수안아. 일어나봐."

어깨를 흔들자 간신히 눈을 떴다.

"왜 이런 데서 자는 거야. 내려와서 요에서 자."

"…귀가 아파서 그래. 괜찮아."

수안은 중얼거리고는 새우처럼 몸을 웅크리고 다시 새벽잠에 빠져들었다.

달라진 세간 자리는 며칠 못 가 또 바뀌었다. 문갑은 책상 자리로, 책상은 벽장 아래로, 재봉틀은 창호문 옆으로. 수안은 얼마 전부터 왼쪽 귀가 아프다고 했다. 잠을 자려고 하면 누가 귓구멍에 모래를 스르르 흘려 넣는 느낌이 난다고 했다. 허공에 치켜올린 손에서 고운 알갱이가 빠져나와, 마치 모래시계가 떨어지듯 귓속에 쌓여가는 것 같다고 했다. 그게 어떤 느낌인지 알 수가 없어서, 눈을 감고 내 귓속으로 흘러드는 모래를 상상해봤지만 실감이 나지 않았다.

우리 방 몇 안 되는 세간으로는 더 옮겨볼 공간이 없자 수안은 끝방으로 스며들었다. 삼촌이 떠난 뒤 비어 있는 끝방에 이모부는 더 이상 서재 같은 건 만들지 않았다. 밤이면 그 방만 캄캄했고, 마호가니 책상은 옷장과 더불어 뒤란에서 습기를 먹어갔다. 모두가 잠든 시간에 수안은 전등을 밝히고 사물들을 옮겼다. 어느 날 아침은 삼촌이 쓰던 라디오와 모든 책들이 우리 방으로 이사 와 있었다. 끝방 문을 열자, 남겨진 벽돌과 널빤지로 침상을 만든 수안이 그 위에 올라가 지쳐 잠들어 있었다.

"저 애가 아무래도 속에 도깨비불이 들어앉은 모양이다. 어서 내보내야 할 텐데."

외할머니는 수안에게 부엌칼을 갈아놓으라고 시켰다. 일이 잘 풀리지 않거나 몸이 좋지 않을 때, 어쩐지 느낌이 이상할 때는 숫돌에다가 식칼을 싹싹 갈아둬야 한다고 했다. 독촉에 못 이겨 수안은 부엌으로 내려갔다. 숫돌을 놓고 물을 뿌린 뒤 부엌칼 두 개를 번갈아 문질렀다. 도중에 멈추고 잘 벼려지는지 가만히 날을 들여다보기도 했다. 어지간히 갈았다 싶자 수안은 칼을 부뚜막에 툭 내려놓고 방으로 돌아왔다. 기분이 좀 어떠냐고 외할머니가 물으니 그냥 그래요 라고만 했다.

겨울도 끝나갈 무렵, 수안은 책을 옮기다 마침내 내 등허리에 떨어뜨리는 실수를 했다. 어두운 방 안에서 이불에 발이 걸린 모양이었다. 수안은 미안하다고 했지만 나는 부스스 자리에서 일어나 나지막이 한숨을 쉬며 입을 열었다.

"…이제 그만해."

잠옷을 입으렴

"나쁜 일도 아니잖아."

"그렇지만, 이제 그만 전부 놔둬."

밤엔 세간들도 자야지. 너도 자야 되고. 나는 마음속으로 말했다. 수안은 책을 품에 안은 채 말없이 있더니 포기한 듯 알았다고 대답했다. 이불을 덮고 돌아누워 수안은 잠을 청하려 했다. 혼자서 귀를 가만가만 문지르기도 했다. 갈수록 이전보다 자주 귀를 만졌다. 정말 도깨비불이 있는지는 모르지만, 내가 알게 된 건 그런 것이었다. 누군가 힘들 때 그걸 고쳐주는 일은 쉽다. 하지만 곁에서 지켜보며 기다려주는 일은 참으로 어렵다는 걸. 귀에 한번 찾아온 통증이 잦아들기까지는 삼십 초가 걸릴 때도 있고 몇 분이 걸릴 때도 있었지만, 늘 똑같이 긴장하며 기다려야 했다. 집의 사물을 옮기는 일도 마찬가지였다. 다 옮길 때까지, 그리고 또 옮길 때까지, 수안이 그만둘 때까지 나도 기다려야 했다. 도깨비불이 제풀에 사라질 때까지.

~~~~~

뒷산에 겨우내 쌓였던 눈이 녹고 삼월이 오자, 우리는 읍내 여고에 입학했다. 외할머니 일도 덜어드릴 겸 아침마다 도시락은 직접 싸기로 했다. 내가 간단한 반찬을 만드는 동안 수안은 밥을 도시락에 담고 수저와 물통을 챙겼다. 프라이팬에 부치는 계란말이를 지켜보며 수안이 말했다.

"네가 만든 반찬이 더 맛있어."

"그렇겠지. 내 조미료는 특별하니까."

"뭔데?"

"난 별사탕을 빻은 조미료를 쓰거든. 설탕보다 세 배나 달지."

수안이 웃음을 터뜨리더니 돌연 아, 하고 찌푸리며 귀에 손을 가져갔다. 얼마 전 읍내 병원에서 진찰을 받았는데 아무 이상이 없다고 했다. 의사는 평소 귀를 후비지 말라는 충고만 했고 약도 주지 않았다. 약을 먹을 필요도 없다면 별것 아닌 모양이라고, 은이 이모는 아마 날이 추워서 그랬을 거라고 했다. 그 말도 맞는 것 같았다. 추운 겨울날이면 코끝이 빨개지고 입술과 손등도 트는데, 귀도 아플 수 있겠지. 이제 곧 개나리가 필 테고 날이 풀리면 괜찮아질 거라고 생각했다. 아침밥은 뜨는 둥 마는 둥 우리는 서둘러 수돗가에서 양치질을 했다.

"햄릿의 부왕이 이렇게 죽었지. 숙부가 귀에다 독약을 부었거든. 그 느낌이 뭔지 알겠어."

수안이 칫솔질을 하며 짐짓 비장하게 농담하는데, 외할머니가 허드렛바지 주머니에서 물파스를 꺼내 들더니 다짜고짜 덤볐다.

"귀신 씻나락 까먹는 소리 말고 이거나 발라봐라."

수안이 펄쩍 뛰며 고개를 피했다.

"그런 건 소용없어요. 따갑기만 해, 하지 마요."

"아, 발라보라니까. 시원해져."

수안은 서둘러 입을 헹구고는 책가방을 들고 달아나버렸다. 다녀오겠습니다, 나도 인사하며 울타리를 나섰다.

잠옷을 입으렴

신학기라서 선배들이 각 교실을 돌며 부서활동을 소개하곤 했다. 나는 편물부에 들었다. 가정 선생님이 담당이었는데, 뜨개질도 하고 다 같이 패턴을 짜서 조각보도 만들면 재미있을 것 같았다. 인문계 여고였지만 취업을 염두에 둔 학생들을 위한 타자부도 있었다. 간단한 부기와 타자를 배운다고 해 미주는 망설이지 않고 가입했다. 큰아버지가 대학에 보내주겠다고는 했어도, 언제든 마음이 바뀔 수 있으니 취업 준비도 해두겠다는 뜻이었다. 수동식 타자기는 타이핑 소리가 경쾌했으나 전동타자기는 몹시 요란해서 듣기 괴로웠다. 부서활동 시간이면 복도에 타자기 소음이 메아리쳤고 맞은편 편물부가 가장 피해를 입었다.

"별수 없잖아, 너무 구박하지 마. 타자기들이 낡아빠져서 세게 때리지 않으면 받침도 안 찍혀. 그리고 오늘은 주산 수업까지 했다. 요즘 누가 주판을 써? 우리 방앗간도 계산기 쓰는구만. 그래도 너네는 한갓진 바느질하고 비누공예 하면서 뭘 그래?"

끝나고 돌아가는 길에 복도에서 마주치면 미주는 그렇게 투덜대곤 했다.

뜻밖에도 수안은 아직 아무 데도 가입하지 않았다. 당연히 문예부나 독서토론이 활발한 도서부에 들어갈 줄 알았는데, 듣기로는 선배들이 수안을 찾아가 입부 권유도 했지만 거절한 모양이었다. 수안은 아무것도 하고 싶지 않은 것 같았고, 편물부 모임이 있는 날은 운동장 벤치에 앉아 끝날 때까지 나를 기다렸다. 이전까지는 늘 수안이 바빴고 내가 기다렸는데, 입장이 바뀌니까 어딘가 이상했다. 수안은 책도 예전만큼은 안 읽었다. 손에 들고 있어도 페이지를 넘기지 않고 그냥 앉아 있을 때가 많았다.

"집에 가자."

내 그림자가 앞을 가리자 수안은 고개를 들었다. 몽상에서 깨어나 갑자기 현실로 끌려나온 사람 같았다.

"벌써 끝났어?"

"시간 다 지났어."

수안은 천천히 벤치에서 일어났다. 키는 컸지만 몸은 말라 보였다. 머리카락까지 짧게 커트해 얼굴 윤곽도 달라져, 꼭 여윈 사내아이처럼 보였다. 머리를 그렇게 자른 것보다 혼자서 읍내 미용실에 다녀온 게 내겐 더 충격이었다. 언제나 함께 다녔는데 그때는 말도 없이 수안이 혼자 갔던 것이다.

도로변 상점들을 구경하며 우리는 나란히 걸었다. 학교에서 버스 정류장까지는 장날이면 발 디딜 틈 없이 복잡해도 그렇지 않은 날은 한산했다. 정류장 건너편이 남자고등학교여서, 횡단보도에 마주 선 남학생 중에 몇몇은 낯이 익었다. 가매중학교 출신들이었지만 서로 모른 척했다. 저녁 해가 기울고 가로수 그림자도 길어졌다.

"귀에서 기차 소리가 들려."

우리는 책가방을 들고 정류장에 서 있었다. 수안은 고개를 갸웃하더니 비로소 알겠다는 듯이 말했다.

"전부터 이 소리가 뭔가 했는데 방금 깨달았어. 기차가 멀리서 다가오는 소리야. 철길을 따라서 바퀴를 굴리며 희미하게."

잠옷을 입으렴

이명이 들리는 걸까. 가끔은 나도 귀에서 윙윙 바람소리가 들릴 때가 있지만 금세 사라지곤 했다. 외할머니도 절에서 치는 종소리 같은 게 날 때가 있다고 했었다.

"소리가 종일 들려?"

"아니야. 들렸다 안 들렸다 해. 아마 기차를 타라는 계시가 아닐까?"

농담인지 진담인지 수안은 웃지도 않고 말했다 우리는 그렇게 버스를 기다리며 서 있었다.

다닥다닥 담장이 붙은 언덕 동네는 아직도 연탄을 때는 집들이 많았다. 얼어붙은 길에 미끄럽지 않도록 뿌려놓은 연탄재들이 나뒹굴었다. 하얀 재는 밟으면 반쯤 언 채로 바각바각 소리를 내며 부서졌다. 버스회사로 올라가는 길. 늦은 오후 햇살이 내려앉았지만 추운 건 여전했다. 두꺼운 외투를 입고 눈만 내놓을 정도로 친친 머플러를 둘렀다. 마음의 준비를 해야 할 때는 나도 모르게 옷을 많이 껴입게 됐다. 오전에 버스회사 사무실로 전화를 걸어 그가 일요일에도 출근하는지를 물어보았다. 화내거나 따지려는 것도 아니지만, 해명은 들어야 할 것 같았다.

사무실에 들르자 직원이 그가 있는 곳을 가르쳐주었다. 마을버스가 모여 선 주차장을 가로질러 조립식 패널로 만든 반대편 간이 건물로 향했다. 가까이 다가갈수록 소음이 들려오더니, 출입문을 여는 순간 엄청난 소리가 귀를 때렸다. 촤르르 촤르르… 요금통을 일렬로 줄 세워놓고 자동기계가 동전을 세고 있었다. 입구가 열

잠옷을 입으렴

린 요금통이 백동전을 콸콸 토하듯이 쏟아내고, 동전들은 줄을 지으며 빠른 속도로 벨트를 빠져나갔다. 산호는 문 열리는 소리도 못 들은 것 같았다.

"이봐요."

동전 소리에 묻혀버린다. 소리치듯 다시 불렀다.

"이봐요!"

회전의자를 돌리던 산호가 깜짝 놀란 표정이 된다.

"어? 여기까지 웬일이에요."

"마음이 달라졌어요. 할 얘기가 있다고 했었잖아요? 들을 테니까, 해봐요."

산호는 딱딱한 내 표정을 물끄러미 보더니 난처하게 한숨을 쉬며 자동벨트를 가리켰다.

"지금 나가기는 힘들어요. 오늘 여기 근무자가 안 나와서요."

"그럼, 대신 내가 얘기할 테니까 잘 들어요."

나는 몇 발자국 가까이 다가선다. 찬바람을 쐬며 걸어온 탓인지 실내에 켜놓은 전기난로 탓인지, 뺨에서 열기가 달아올랐다. 동전 쏟아지는 소리에 묻힐세라 나 역시 목소리에 힘을 주었다.

"나한텐 외삼촌이 있어요. 삼촌이 결혼할 때 나는 고향을 떠나고 없었지만, 결혼식에 참석하러는 갔었죠. 신부 가족도 그전에 한 번 만났던 적이 있었고요. 어제 그 결혼식 사진을 찾느라 방을 다 뒤졌어요."

나는 마음을 가라앉히려고 애쓰며 말을 골랐다. 그는 이제 내가 무슨 말을 하고 싶은지 깨달은 눈빛이다.

"산호 씨가 누군지 알았어요. 그러니까, 스파이가 맞네요. 정말, 추운 나라에서 돌아온 스파이 같은 거였어. 그걸 실제로 보게 될 줄은 몰랐지만."

"저런. 그건 농담이었는데."

그는 머리를 긁적이더니 생각에 잠긴 얼굴로 계산대에서 빈 통을 내리고 새 요금통을 올려놓았다. 다시 투입구가 열리며 백동전이 쏟아져 나오기 시작했다. 동전은 벨트를 따라 빠르게 이동해가더니 끝에 있는 기계로 빨려 들어가 처리되었다.

"당신이 가끔 편지를 보냈잖아요, 매형한테. 궁금했죠. 아직도 손 편지를 쓰는 사람이 다 있네 하고. 그러다가, 그때 우리 여관에 왔던 누나라는 걸 알았어요."

그는 뭐라고 표현해야 좋을지 염려하는 듯했다.

"걱정이 됐어요. 매형도 늘 걱정했고. 어차피 난 여기저기 떠돌아다니니까 이번엔 당신이 사는 곳에서 한번 살아봐야겠다고 생각했어요."

"내가 어떻게 사는지가 궁금했어요? 다 잊고 행복한지, 아직도 못 잊고 괴로운지 그게 알고 싶어서? 그런데 보다시피 잘 살아요. 일도 하고, 집도 있고, 가게도 있고."

"하지만 친구도 없고, 외로워 보이고, 밤이면 몽유병으로 돌아다니죠."

나는 더 참지 못하고 버럭 소리쳤다.

　　　　　　　　　　　잠옷을 입으렴

"그래서요. 내 인생이 딱한가요? 외롭고 한심하고 동정심이 샘솟아요? 그런 거예요?"

갑자기 산호가 내 팔을 붙잡고 가건물 밖으로 데리고 나왔다. 문이 탁 닫히자 동전 소리가 무뎌지고 세상이 조용해졌다. 적막이 찾아드니 귓속이 멍하니 울리는 것 같았다. 그는 답답한 듯이 한숨을 쉬었다.

"아뇨, 그럴 리가. 한심하지도 않고, 외롭게 살기는 다들 똑같은데요 뭐."

마주 보는 입가에서 입김이 피어올랐다. 산호는 내 눈을 응시하며 차분히 말했다.

"내가 뭘 속인 것 같아서 화내는 거라면 사과할게요. 처음부터 그럴 마음은 아니었지만, 미안해요."

미안하다고? 하지만… 문득 내 긴장한 어깨에서 힘이 빠졌다. 나는 그에게 뭘 따지려고 했던 걸까. 그는 내게 무엇을 잘못했나. 난 어떤 이유로 화를 내려고 이 언덕길을 올라왔던 것일까. 혼란스럽고 허무해졌다. 사무실에서 유니폼을 입은 늙은 기사가 나오더니 마을버스에 올라탔다. 곧이어 시동이 걸리고 버스는 언덕길을 내려갔다. 헐벗은 뒷산에서 불어오는 바람이 머플러 위로 맨살이 드러난 뺨을 따갑도록 스쳐갔다.

"왜… 말 안 했어요. 율이 삼촌 가족이라고."

"가족은 그쪽이죠. 난 단지 처남인 거고."

산호는 풀 죽은 표정으로 어깨를 으쓱하더니 담담히 덧붙였다.

"여기 와서 우연히 그 모습을 먼저 봤어요. 몽유병으로 언덕을 헤매고 다니는 걸. 그 때문인지 모르겠지만, 그냥 낯선 사람으로 자연스럽게 챙겨주고 싶었던 것 같아요. 누군지 알면 불편해했을지도 모르니까."

주차장 응달 얼어붙은 얼음 위로 새 한 마리가 날아와 앉았다.

"몽유병 치료하면 낫는대요. 참견하는 것 같아도, 치료 받아요."

어쩐지 나는 그를 똑바로 쳐다볼 수가 없어 화제를 돌려버렸다.

"율이 삼촌은… 잘 지내나요?"

"네. 누나도 조카들도. 막내가 올봄에 초등학교 입학해요."

나는 고개를 끄덕였다. 눈물이 고여 시야가 흐려졌다. 푸드득 헐벗은 나뭇가지 위를 새들이 날아갔다.

～～～

"우리 기차 타러 가자."

봄날 새벽. 나를 흔들어 깨우는 느낌에 눈을 떴다. 수안이 희끄무레한 어둠 속에서 내려다보고 있었다.

"…뭐라고?"

"발 닿는 대로 어디든 가보자."

나는 잠이 덜 깬 채로 그런 수안을 멍하니 올려다보았다.

"그렇지. 율이 삼촌한테 찾아가면 되겠다."

"지금?"

"응. 내가 배낭도 챙겼어."

잠옷을 입으렴

학교는? 하고 되물으려다 문득 얼마나 하찮은 질문인가 깨닫고 그만두었다. 수안은 이미 필요한 소지품과 옷가지가 든 가방을 챙겨놓았다.

소리가 나면 들킬까봐 세수도 하지 않고 어른들이 깨기 전 새벽같이 집을 나섰다. 신작로에서 첫차를 타고 읍내로 나가 시외버스를 바꿔 타고 이웃 도시로 향했다. 스카우트 단복을 사러 나온 이후 처음이어서 기분이 이상했다. 차창 밖이 점점 푸르스름해져 도시에 도착할 즈음 먼동이 텄다. 기차역은 터미널에서 걸어가는 거리에 있었고, 그제야 나는 그곳이 처음 아빠를 따라서 왔던 역이라는 걸 알아보았다.

차표를 끊고 플랫폼에서 기차를 탔다. 내겐 두 번째였지만 수안은 기차가 처음이었다. 유리창으로 아침 햇살이 쏟아졌다. 수안은 습관적으로 책을 꺼내 무릎에 펼쳐만 놓았다. 둘 다 차창 너머 비치는 풍경에 넋을 빼앗겼다. 순식간에 도시를 빠져나간 기차는 어딘가의 들판을 지나고 있었다. 마주 다가오는 언덕 아래 작은 지붕들과 나무들이 철로변을 스쳐갔다. 봄날은 밝고 따뜻했다. 햇살이 지붕을 눈부시게 내려 덮는다고 생각한 순간 들판은 사라지고, 기차는 언덕의 겨드랑이를 돌아 거침없이 냇물 위를 달렸다.

수안이 혼잣말처럼 중얼거렸다.

"먼지."

"응?"

"먼지가 황금빛이라고."

기차는 냇물을 뒤로하고 또 다른 들판을 달렸다. 잎사귀가 출렁이는 나무와 평온한 논밭, 산과 집들. 소리가 차단된 유리창 너머로 풍경 속을 햇살이 헤집고 다녔다. 바스라진 가루처럼 소리 없이 흩어져 내리는 빛의 입자들 때문에, 만약 우리가 사물이 내는 소리를 듣는 귀를 가졌다면 바깥세상은 온통 카를거리는 나직한 웃음소리로 가득 찬 것을 알 수 있었으리라. 그건 정말 황금빛 먼지와도 같이 웃고 떠돌고 속삭였다. 그러고는 알지 못하는 사이 코와 입으로 춤추며 들어와 재채기를 터뜨리게끔 만들었다. 아직 코끝에 남아 있는 간지러운 졸음의 끝을 잘라내며 문득 현실로 되돌려놓던 봄날 오후 재채기처럼.

차창에 이마를 대고 풍경을 내다보다 내가 말했다.

"…연락도 안 하고 가서 삼촌이 없으면 어떡하지?"

"아무려나. 상관없어."

수안은 무심히 대꾸했다. 어쩌면 꼭 삼촌을 만나려는 마음도 아니었다는 걸 깨달았다. 우린 그냥 기차를 타고 갈 곳이 필요했던 것뿐이었다. 차창에 묻은 먼지에 나는 손가락으로 길을 냈다. 허공에 투명하게 떠올랐다가 스르르 가라앉는 금빛 먼지들은 아름다웠다. 엘리너 파전의 다락방 먼지처럼, 아마도 그 속에서 춤추며 걸어 나올 존재들이 있다고, 채송화 씨앗처럼 작고 미미한 것들이 키득키득 짓궂게 웃으며 고개를 내밀 거라고 믿고 싶었다.

기차는 철로를 달렸고, 세월이 흐르면 이 풍경들도 먼지로 화하리란 걸 알았다. 그래서 지금 이 순간 잘 봐두고 싶었다. 그리고 만

잠옷을 입으렴

약 누군가 먼 곳에서 우리가 탄 기차를 보고 있다면, 이 기차 또한 그에게 하나의 먼지가 되리라고 나는 생각했다.

~~~~

'양지여관'은 관광지 여관촌에서도 구석진 곳에 있었다. 편지 겉 봉에 적힌 주소를 들고 길을 물어가며 우리는 삼촌이 머무르는 곳 을 찾아갔다. 국립공원 진입로를 따라 기념품 가게와 식당들이 즐 비하고, 새잎이 돋아난 은행나무 가로수도 줄지어 늘어서 있었다. 멀리 험준하게 솟은 산줄기에도 봄기운이 푸르게 번져갔다.

단체 관광버스를 세워놓은 공터를 지나자 진입로가 끝나는 곳에 기와를 인 매표소가 보였다. 슈퍼마켓 주인이 알려준 대로 매표소 에서 우측으로 꺾어 뒷길로 접어들었다. 막걸리를 파는 토속 음식 점과 작은 상회를 지나자 여관과 기념품 가게를 겸하는 잿빛 건물 이 나왔다. 복잡하던 대로변과는 달리 여관촌 뒷길은 인적이 드물 었다.

"계시나요?"

우리는 가게를 기웃거렸지만 아무도 내다보지 않았다. 쨍그랑- 처마에 걸린 풍경이 정적을 깼다. 국립공원 이름을 새긴 기념 수건 들만 한가로이 흔들렸다. 평범하고 흔한 관광지 가게였다. 나무로 만든 효자손과 밥주걱, 호두빛깔 호신상들, 대추나무 부적, 크고 작 은 염주와 단주 같은 기념품들이 진열대에 놓여 있었다. 가게는 나 무 특유의 묘한 향이 났다. 벽에 빽빽이 걸린 낙화들이 눈길을 끌

　　　　　　　　　　　　　　　　잠옷을 입으렴

었다. 숯불로 인두를 데워 나무판을 지져서 만드는 그림. 책받침만한 널빤지에 시골 풍경을 그린 것부터, 달마대사 초상화, 눈빛이 형형한 호랑이가 보름달이 뜬 대숲에서 기어 나오는 대작까지 나는 호기심으로 바라보았다. 이 가운데 율이 삼촌이 그린 것도 있을까 짐작해보는데 뒤에서 수안이 불렀다.

"둘녕아, 저것 좀 봐."

수안은 손을 이마에 대고 햇빛을 가리며 옥상을 가리켰다. 초록색 슬레이트 지붕에 수탉 모양의 풍향계가 서 있었다. 수탉은 N과 S의 알파벳이 붙은 화살표 횟대에 올라앉아 머리는 북쪽을, 꼬리는 남쪽을 향하고 있었다.

"…수탉 풍향계네? 특이해."

"그러게. 좀 생뚱맞긴 하지만."

유럽 동화가 실린 책에서 삽화로 본 적은 있어도 저런 풍향계를 실제로 본 건 처음이었다. 산나물을 파는 토속적인 지역에 이국의 풍향계는 부자연스럽기도 했고, 동시에 묘하게 조화롭기도 했다. 그때 가게 안쪽 문이 열리면서 누군가 나왔다.

"손님이세요?"

갓 스무 살을 넘긴 듯한, 학생은 아닌 것 같고 우리보다 서너 살쯤 많아 보이는 단정한 얼굴의 여자였다. 수안이 한 발자국 나서며 대답했다.

"안녕하세요. 조재율 씨를 찾아 왔는데요. 여기서 지낸다고 해서."

"재율 오빠요? 군대 갔는데."

"네? 언제요?"

"지난주에요. 영장이 나와서요."

우리는 말문이 막혔다. 그건 미처 생각 못한 일이었다. 마지막으로 주고받은 편지에 아마도 군대에 갈지 모른다고 적혀 있기는 했지만 언제라고는 듣지 못했다. 당황하는 우리 앞에서 여자는 고개를 갸웃했다.

"그런데 누구세요?"

"아… 조카들이에요."

그러자 그녀는 활짝 웃으며 반가워했다. 눈에 띄는 미인은 아니었지만 웃으니까 밝고 상냥해 보였다.

"어머, 얘기 많이 들었어요! 어서 들어오세요."

얘기를 많이 들었다고? 율이 삼촌이 우리 이야기를 했다니 뜻밖이었지만, 우선은 머뭇거리며 가게 뒤편 여관집으로 여자를 따라갔다. 간판 아래 남색 페인트가 칠해진 대문을 밀자 시멘트로 덮은 마당이 나왔다. 화단 구석에 빈 음료수 박스가 쌓여 있고 곁에는 널빤지로 만든 개집이 있었다. 여관은 단칸방 방문들이 나란히 마당을 향하는 일자식 구조였다. 여자는 한쪽에 따로 지은 살림집 주방으로 우리를 데려갔다.

"점심은 어떻게 했어요? 먼 길 왔는데 배고프죠?"

그러고는 묻지도 않고 밥을 차리기 시작했다. 괜찮다고 말하려다 그날 종일 먹은 것이 기차 안에서 산 비스킷이랑 딸기우유뿐이

　　　　　　　　　　　　잠옷을 입으렴

라는 걸 깨달았다. 갑자기 허기가 몰려와 우리는 식탁에 앉아 그녀가 차려준 산나물밥을 먹었다. 여자는 컵에 물을 따라주고는 잠시 가게에 나갔다가 밥을 다 먹었을 때쯤 돌아와 식탁을 치웠다.

"잘 먹었습니다. 식당에서 사 먹었어도 되는데 일부러 저희 때문에…."

우리는 미안하고 고마워서 인사를 했지만 그녀는 웃으며 고개를 저었다.

"재율 오빠 식구들인데요 뭐."

어쩐지 율이 삼촌이 낯설게 느껴졌다. 그녀가 재율 오빠라고 부를 때 묻어나오는 그에 대한 느낌은 환하고 건강하며 따스했다. 우리도 삼촌의 그런 면을 모르지는 않았겠지만 조금은 거리감이 있었다. 그녀에게 보여준 모습은 모암마을에서의 모습과는 달랐을 것 같았다. 그건 아마도 그녀가 삼촌에게서 자연스럽게 이끌어낸 감정이었을 거라고 생각하니, 그들을 따라가기 힘든 듯한 기분도 들었다.

수안이 그녀에게 말했다.

"빈방이 있으면 하룻밤 자려고 하는데요."

"그건 괜찮지만, 내일 학교는?"

수안은 솔직히 대답했다.

"하룻밤만 가출했어요. 내일 꼭 돌아갈 거니까 걱정 안 하셔도 돼요."

여자는 그런 우리를 바라보다 알았다는 듯이 끄덕였다. 그러고는 나란히 붙은 단칸방들 중에서 두 번째 방으로 안내했다. 수건과 칫솔, 물병을 담은 쟁반을 윗목에 내려놓으며 그녀가 말했다.

"방이 다 작아요. 단체 손님은 어차피 손이 모자라서 못 받으니까. 하지만 여기가 제일 따뜻해요."

그녀가 가고 난 뒤 우리는 방 안을 둘러보았다. 아랫목에 놓인 이불은 보송보송했고 베개도 깨끗해서 마음이 놓였다. 황토색 종이 장판은 오래된 것 같았지만 잘 닦여 있었고, 벽지는 얼마 전에 도배한 듯 색깔이 희었다. 스위치 가장자리를 따라 벽지가 약간 뜯어져서, 그 속에 색이 바랜 옛날 벽지가 엿보였다. 이 여관의 나이는 얼마나 됐을까. 집의 나이테는 겹쳐진 벽지의 두께 같은 거라고 나는 생각했다.

~~~

가방을 여관에 두고 우리는 근처를 산책했다. 손님을 불러대는 식당가 쪽으로는 가고 싶지 않아서 동네 사람들이 다니는 곳으로 접어들자, 숲으로 향하는 길목이 나왔다. 땅에 박힌 팻말을 보니 국립공원과는 별개로 약수터를 오가는 낮은 뒷산 같았다. 수안과 나는 한가로이 산책로를 따라 숲으로 들어갔다. 나무둥치마다 이끼가 끼었고, 지난겨울 떨어진 낙엽들이 쌓여 밟을 때마다 푹신한 양탄자를 걷는 것 같았다.

오솔길이 끝나고 산등성이로 올라가는 흙 계단이 나왔을 때 우리는 그 아름드리나무를 발견했다. 오솔길에서 저만치 떨어진 숲

한가운데 커다란 나무가 쓰러져 있었다. 뿌리째 뽑힌 줄 알았는데 가까이 가보니 굵은 둥치가 뒤틀려 땅에 드러누운 모양새였다. 그제야 그곳이 비탈이라는 걸 알았다. 낙엽으로 뒤덮인 숲은 매우 가파르게 경사지며 밑으로 이어졌고, 비탈 중간에 뿌리를 내린 나무는 둥치가 휘어질 만큼 오랫동안 자라오고 있었다.

"멋진 나무다. 꼭 그네 같아."

수안과 내가 나란히 걸터앉아도 두 사람 무게쯤은 아무렇지도 않은 것처럼 나무둥치는 미동도 없었다. 한동안 그곳에서 풍경을 내려다보았다. 여관촌과 식당들, 매표소, 관광버스가 서 있는 공터가 발아래 펼쳐졌다. 풀냄새 흙냄새로 가득 차 숲은 고요했다. 큰 개미 한 마리가 수안의 손등으로 기어갔다.

"네 손에 개미가 올라갔어. 네가 나무인 줄 아나봐."

수안은 개미가 놀라지 않도록 손을 가만히 두었다.

"개미가 나를 나무라고 생각한다면, 나도 나무인 척해야지 뭐."

그러는 사이 개미는 손등을 타고 넘어가 스웨터를 걸친 팔 쪽으로 방향을 바꾸었다. 바람이 불어와 짧게 자른 머리카락을 스칠 때 수안이 말했다.

"이대로 시간이 멈췄으면 좋겠다."

그 마음을 이해할 것 같으면서도, 이대로 시간이 멈춘다면 우린 영원히 숲속에 있는 걸 텐데 싫었다. 수안이 풋 웃음소리를 냈다.

"난 말이야, 시간이 멈춘다고 하면 커다란 냄비 앞에서 딸기잼을 휘젓는 광경이 떠올라."

"어째서?"

"글쎄. 딸기밭의 임금님 때문에 그런가?"

아아. 나는 고개를 끄덕였다. 그건 북유럽의 동화. 날마다 열두 광주리 딸기로 잼을 만드는 누나 이야기였다. 동생이 숲에서 딸기밭의 임금님을 구해준 덕분에 아침마다 눈을 뜨면 부엌엔 붉은 딸기가 그득히 기다렸고, 누나는 온종일 냄비 앞에서 잼을 만들어야 했던. 수안은 무심코 팔을 뻗어 주걱을 휘휘 젓는 시늉을 했다. 그래도 개미는 끝까지 소매에 매달려 있었다.

"어떻게 끝나는지 기억해? 지금도 그들은 잼을 휘젓고 있을지 모릅니다. 여러분도 한번 찾아가 보세요. 한 번쯤 주걱으로 젓게 해줄지 모르잖아요? …그래서 마음에 들었던 것 같아. 오래오래 행복하게 살았습니다보다, 지금도 그러고 있을지 모릅니다가 더 좋았어. 영원히 늙지 않는다면 잼만 젓고 있어도 괜찮아."

정말 수안은 그런 걸 바라는 것일까. 나는 시간이 멈췄으면 좋겠다고 생각해본 적은 없었다. 다만, 막연히 스무 살이면 어른이 되기 때문에 그때가 오기 전에 많은 것들을 정리해야 할 거라고 마음먹고 있었다. 스무 살 이후의 인생은 상상이 가지 않았고 무엇 하나 기대되지 않았다. 좋은 날들은 다 가버릴지 모르지만, 살아가는 일이 그럴 수밖에 없다면 마음의 준비를 해야 한다고 생각했다. 나는 수안의 어깨에서 개미를 손가락으로 탁 튕겨버렸다. 순식간에 개미는 허공으로 사라졌다.

돌아오는 길에 여관 가게에 들렀다. 진열대 먼지를 털던 여자가 우리를 보고 미소를 띠었다. 외할머니와 웅이에게 줄 선물을 사고 싶었다. 나는 두드리면 딱딱 소리가 나는 안마기를 골랐고, 수안은 매끄러운 돌로 만든 조그만 동자승을 집어 들었다.

"이거 웅이 닮았다."

우리는 함께 웃음을 터뜨렸다. 웅이는 네 살이 될 때까지 머리카락이 제대로 나지 않아 언제나 동자승처럼 보였다. 그즈음에야 간신히 머리카락이 자라서 여느 꼬마들처럼 빗질을 하게 되었다. 여자는 선물도 그냥 주겠다고 했지만, 숙박비도 안 냈는데 또 신세를 질 수는 없어서 우리는 조르다시피 겨우 값을 치렀다. 그녀는 거스름돈을 생각보다 많이 거슬러주었다.

〰〰〰

산이 깊은 동네는 해가 금세 떨어졌다. 저녁을 먹고 씻은 뒤 우리는 방에서 쉬었다. 방문을 열어놓으니 별이 가득한 밤하늘이 마당으로 쏟아질 것 같았다. 양지여관 간판에 들어온 전등도 하얗게 빛나는 별들을 가리지는 못했다. 마당 개집 앞에서 허름한 옷차림의 사내아이가 개와 놀아주고 있었다. 양은그릇에 밥을 담아주고 다 먹을 동안 곁에 쭈그리고 앉아 지켜보았다. 열두 살쯤 됐을까. 막 놀다 왔는지 사내아이 곁에 자전거 하나가 쓰러져 있었다. 우리와 눈이 마주치자 사내아이가 씨익 웃었다.

"재율이 형 가족이라면서요?"

"응."

우린 고개를 끄덕였다.

"좋겠다. 형 좋은 사람인데."

살림집에서 여자가 나와 동생에게 말했다.

"산호야, 놀다 왔으면 손 씻으라니까."

"알았어."

사내아이는 목줄을 맨 까만 개를 한번 쓰다듬어 주고는 일어나 집 안으로 들어갔다. 방에서 묵는 사람은 우리밖에 없었고, 여행철이 아니긴 해도 이렇게 손님이 없으면 어떡하나 걱정될 만큼 여관은 조용했다. 밤바람이 쌀쌀해 그만 문을 닫으려는데 수안이 의아하게 물었다.

"저게 뭐지?"

허공에 길고 하얀 댕기가 날아갔다. 밤하늘을 가로질러 나풀거리는 흰나비처럼.

"그러게. 뭐지?"

곧이어 또 하나가 여관 담장을 넘어 산 그림자 쪽으로 사라졌다. 우리는 슬리퍼를 신고 마당에 나가 밤하늘을 쳐다보았다. 옥상 지붕에서 사내아이가 연 꼬리처럼 잘라낸 종이를 허공에 날리고 있었다. 봄눈도 아닌데 어둠을 가로질러 날아가는 것들이 신기루 같았다. 수탉 풍향계가 낡고 녹슨 소리로 삐걱거리며 바람에 흔들렸다. 외할머니라면 고물상에나 줘버리자고 할 것 같았지만, 수탉이 올라앉은 화살표와 알파벳은 내 마음에 들었다. 추리닝 바지에 손을 찔러 넣고 지붕을 바라보던 수안이 입을 열었다.

잠옷을 입으렴

"연희 선생님이 했던 말 중에서 말야… 풍향계와 나침반 이야기."

나는 약간 긴장했다. 그때 이후로 수안이 연희 선생님을 언급한 건 처음이었다.

"전에는 나도 그 말처럼 나침반 같은 사람이 되고 싶다고 생각했어. 근데 이젠 아닌 것 같아. 바람 부는 대로 따라가도 안 될 건 없잖아. 더 자유로울지도 모르고."

수안의 말투는 평온했지만 그 속에 하나쯤 접어버린 듯한 느낌이 전해져와 조금 속상했다.

"…실은 연희 선생님 집을 괜히 안내했나 후회한 적 있었어. 네가 가보고 싶어 해도 미주한테 부탁하지 말 걸 그랬다고."

수안은 할 수 없지 않느냐는 듯 어깨를 으쓱했다.

"물론 징그럽게 집요하다는 말을 들을 줄 알았다면 안 갔을 거야. 자존심을 많이 다치긴 했지. 하지만 덕분에 나에 대해서도 깨달았어. 그렇구나, 난 꽤나 집요한 아이였구나. 그 집에 가서 뭘 확인하려고 한 걸까. 싫다는 사람한테 폐를 끼치면서까지."

"그렇게 속상하게 될 줄은 너도 몰랐으니까."

"아무튼 이젠 다 괜찮아. 연희 선생님에 대한 환상도 없고 원망도 안 해. 그 사람 잘못도 아니고."

우리는 말없이 마당에 서서 하얀 댕기가 밤하늘에 날리는 모습만 바라보았다. 밤이 깊어 여관방에 요를 깔고 누웠을 때 수안이 속삭였다.

"생각해보니 둘녕이 너야말로 풍향계 같은 사람이야. 내세우지 않고 바람이 불면 부는 대로. 넌 어딜 가든 잘 살 거야."

이상하게도 그 말이 아프게 다가왔다. 못내 다정하면서도 서운 했다. 그 때문인지 밤새 잠을 설치고 말았다.

다음 날 오후 돌아오는 기차 안에서야 나는 졸음이 밀려왔다. 수 안은 내내 창밖을 내다보고 있었다. 밤늦게 읍에서 모암마을로 가 는 마지막 버스를 간신히 탔다. 막차를 놓칠까봐 우리는 기차에서 부터 마음을 졸였다. 신작로를 달리는 버스 뒷자리에 앉아 서로 어 깨를 기대고 졸음에 겨워 꾸벅거렸다. 분명 잘 아는 길인데도 여전 히 여행길의 연장인 듯 느껴졌다. 겨우 하룻밤을 보내고 돌아왔을 뿐인데 몹시 오랫동안 떠나 있었던 것 같았다.

~~~~

신학기가 가까워지면 세진상가 가방 상점에도 새 상품이 늘어났 다. 나는 봄에 초등학교에 입학한다는 여자아이를 위해 책가방을 골랐다. 분홍과 빨강 위주의 캐릭터 가방과 모던한 가방 두 가지 타입이 있었다. 상점 주인의 조언을 받아가며 노랑과 갈색 체크무 늬가 섞인 깔끔한 책가방을 구입하고, 상가 이층 서점으로 계단을 올랐다. 겨울방학을 한 아이들이 서점 소파에 모여앉아 만화 시리 즈와 책을 읽고 있었다.

나는 서가를 둘러보는 대신 직원에게 엘리너 파전의 『작은 책방』 을 찾아달라고 했다. 내 가게를 비워놓고 왔기 때문에 오래 머무를

잠옷을 입으렴

수 없었다. 책날개를 펼쳐 속지를 넘기자 낯익은 삽화가 그려진 서문이 나왔다. 작은 방에서 고개 숙여 책을 읽는 삽화 속의 소녀는 전혀 나이를 먹지 않았다. 나는 속지에 볼펜으로 메모를 남기려다 멈칫했다. 수안과 나는 책에 낙서를 해본 적이 없었기 때문에, 비록 선물용 글귀라도 흔적을 남기는 일이 낯설었다. 그래서 서점 카운터에서 작은 카드를 뽑아 거기다 썼다. 한 줄을 쓰고, 한참 펜을 들고 있다가 그저 한 줄만 덧붙여서 책갈피에 카드를 꽂았다.

재미있게 읽으세요.
　　재봉사 드림.

　새해 다이어리와 색연필, 스탬프가 들어 있는 필기구 세트도 샀다. 책과 다이어리, 필기구는 큰아이를 위한 선물이었다.

　상가 앞 지하도를 건너 맞은편 우체국에서 소포를 꾸렸다. 선물을 갈색 포장지로 감싸 상자에 넣고 테이프로 봉했다. 수취인 자리에 율이 삼촌 이름과 여관집 주소를 쓰면서, 아이들 이름을 산호에게 물어봤더라면 좋았을걸 잠시 생각했다. 소포를 부치고 나오는 길에 우체국 입구에서 나는 누군가와 세게 부딪쳐 하마터면 넘어질 뻔했다.

　"저리 비켜!"

　허옇게 센 머리를 산발한 노숙자 같은 여인이 내게 소리 질렀다. 옷을 겹겹으로 껴입고 때에 전 더러운 외투를 걸치고 있었다. 한눈에도 정신이 온전치 못했다. 온몸이 부어오른 듯한 둔한 몸뚱이의 여자는 손에 든 검은 비닐 보따리를 휘두르며 행인들에게 막무가 내로 욕설을 퍼붓고 시비를 걸었다. 비켜, 비키라니까! 꼴 보기 싫 은 것들아! 길 가던 사람들이 낯을 찌푸리며 피했다. 뒤뚱뒤뚱 지 하도로 내려가는 여자의 뒷모습을 지켜보았다. 돌봐주는 사람도 없으니 머지않아 완전히 망가져버리겠지. 찾아주는 이도 없이. 어 쩌면 저 여자는 젊은 시절 만화방을 꾸렸을지도 몰랐다. 어린 아들 이 있었는지도 모르고. 천막교회를 따라 야밤에 가방을 꾸렸던 사 람인지도 몰랐다. 만약 그렇다 해도 알아볼 길은 없었다. 사라진 여인들은 모두 어디로 갔을까.

~~~~

　무단여행에서 돌아와 근신을 받을 뻔했지만, 이모부가 교감선생 님과 잘 아는 사이여서 우리는 반성문을 쓰는 것으로 대신했다. 다 만 은이 이모한테서 호되게 종아리를 맞았다. 이모는 회초리로 열 대씩 때리고는 도대체 왜 그랬느냐고 물었다. 수안은 아마도 귀에 서 기차 소리가 들려서 그랬던 것 같다고 대답했다. 이모는 어이가 없어 그런 딸을 노려보았다. 방으로 건너오자 외할머니가 혀를 차 며 문갑에서 안티푸라민을 내주었다. 벌겋게 자국 난 종아리에 연 고를 바르며 수안이 웃었다.
　"차라리 유기정학을 받으면 근사했을 텐데."
　나도 같이 바르며 피식 웃어버렸다. 우리의 짧은 가출에 관한 소문이 며칠 학교를 떠돌았다. 시골 아이들의 소문은 순진한 데가 있었고, 새로울 것 없는 좁은 마을에 이야기는 부풀려지기 마련이었지만 오래가지는 않았다.

봄이 끝나가던 무렵, 하굣길 중앙현관에서 누가 우리를 기다리고 있었다. 이학년 문예부장 백윤모였다. 눈이 마주치자 그녀는 계단을 내려오는 수안에게 다가와 말을 걸었다.

"정수안이지. 나 기억해? 승모가 우리집에 한 번 초대했던 것 같은데."

예상치 못한 만남 앞에서 수안은 한순간 멈칫했다. 무심히 잊고 있을 때 불현듯 들려오는 죽은 소년의 이름은 내게도 긴장감을 주었다. 한때 몽유병으로 모암마을까지 밤길을 걸어왔던 소녀가 눈앞에 있었다.

"우리 부원이 그러던데, 문예부 입부를 거절했다면서? 잠깐 얘기 좀 했으면 해."

수안은 망설였지만 잠자코 고개를 끄덕였다.

두 사람이 화단 벤치에서 이야기를 나누는 동안 나는 조금 떨어진 곳에 앉아 기다렸다. 무슨 말을 하는지 알 수 없었으나, 선배를 우리 마을에서 본 적이 있어요, 하는 수안의 목소리만은 또렷이 들렸다. 윤모 선배는 잠시 고개를 숙였다가 다시 들었다. 이제는 이겨낸 듯 웃고 있지만 가슴 아픈 표정이었다. 잠시 후 자리에서 일어난 선배는 수안에게 쪽지 한 장을 건네주더니, 교문 앞에서 헤어지며 이렇게 충고했다.

"보통 초기라고 생각할 때가 2기인 거야. 슬럼프도 마찬가지고. 네가 백일장 타입의 글을 쓰는 게 지루해졌다면 이제부턴 교사들이 읽어선 안 되는 글을 써. 그럼 다시 흥미로워질 테니."

그러고는 내 쪽을 향해서도 다정히 손을 흔들어서 나는 꾸벅 목례를 했다. 성큼 앞서가던 선배가 아, 하며 돌아보았다.

"작년 가매중학교 교지에서 네가 쓴 글 읽어봤어. 잘 썼더라. 그렇지만 하나만 조언하자면, 밤에 쓴 글에선 양초 냄새가 난다는 말이 있어. 네 글은 다분히 감상이 지나쳐. 한번 쓴 걸로 넘어가지 말고 다음 날 아침에 새로 읽어봐. 객관적으로 판단이 될 거야. 고쳐야 할 부분도 눈에 들어올 테고."

선배는 웃으며 가버렸다. 일부러 자극하는 것일까. 어떻게 마음을 건드려야 효과적인지 알고 있는 사람 같았다. 그런 이야기는 말하는 이의 의중을 알면서도 그냥 넘어가기는 힘든 거니까. 수안은 손에 든 쪽지를 펼쳤다.

그믐달 모임. 일요일 밤 아홉 시. 옥상 문예부실.

일요일 밤의 학교는 적막했다. 손전등을 들고 우리는 서쪽 현관으로 살금살금 잠입했다. 어두운 계단을 오르는 동안 목재가 삐걱거려서 재빨리 걸음을 옮겼다. 아까 교문을 통과할 때 수위실은 비어 있었다. 복도에서 순찰을 도는 수위 아저씨와 마주칠까봐 조마조마했다.

문예부실은 학교 옥상으로 올라가는 꼭대기 계단을 개조해서 만든 공간이었다. 계단 입구를 가벽으로 막고 출입문을 달아 문예부원들만 들어갈 수 있도록 했다. 첫 번째 계단을 올라가면 책상 열 개쯤 놓일 만한 작은 공간이 나오고, 두 번째 계단을 올라가면 옥상 일부분을 개조한 더 넓은 공간이 나왔다. 아래층들보다 계단이 길어서 천장이 아주 높았다. 전등을 켜지 않아 캄캄한 공간에 군데군데 어두운 촛불이 밝혀져 있었다.

"어째서 둘이 온 거야?"

커다란 탁자에 앉은 윤모 선배가 우리를 보더니 눈썹을 추켜올렸다. 며칠 전과는 사뭇 이미지가 달라 나는 흠칫 놀랐다. 친절하고 사교적인 사람인 줄 알았는데. 작별할 때 내게 손까지 흔들었고.

"제가 같이 오자고 했습니다. 오늘은 참관하는 거니까요. 저도 아직 문예부원은 아니고."

수안이 나를 변호했다. 한가운데 촛불이 놓인 탁자에 다섯 사람이 둘러앉아 있었다. 처음 보는 얼굴인 그들은 우리를 평가하는 눈길로 훑어보았다. 윤모 선배는 빈 의자를 가리켰다.

"오늘만이야. 다음에도 참석할 마음이 있다면 혼자서 와. 일단 앉아."

초대받지 않은 손님이 되어 불편하게 자리에 앉는데 계단 아래 출입문이 열리고 한 사람이 더 올라왔다.

"방금 온 사람 누구야? 교문을 안 잠그고 통과했던데? 열려 있었어."

"참관하는 일학년들이야. 처음이라 그랬나 보네."

윤모 선배가 대신 대답했다. 새로 온 선배는 낯선 우리를 차갑게 쳐다보고는 자리에 함께했다. 이런 분위기일 줄은 몰랐는데. 나는 주눅이 들 것 같아 그냥 집으로 돌아가고 싶었다. 수안은 어떨까 살짝 쳐다보니 내 사촌은 별 표정 없이 담담하게 앉아 있었다. 유리창에 쳐놓은 쇠창살이 달빛을 받아 탁자에 줄무늬를 만들었고, 벽에 걸린 시화전 패널 그림들이 알아볼 수 없게 얼룩져 어둠 속에 떠 있었다.

"다들 모였으니까 새로 온 사람을 위해서 간단히 설명할게. 우리 문예부는 전 학년 모두 스물한 명이지만, 여기 모인 그믐달 멤버는 학년 불문하고 여섯 명이야. 문예부 활동 실적, 작품 평가, 수상 경력, 또 인간관계를 토대로 학기마다 여섯 명의 정규 멤버와 한 명의 후보가 정해져. 기존 회원은 새로운 후보를 추천할 자격이 있으며, 학기가 끝날 때 투표로 그 일곱 명 중에서 한 명을 탈락시켜. 오늘 온 정수안은 내가 입부를 권유했고 그믐달 후보로도 추천했어. 이의 있는 사람?"

아무도 의사 표명을 하지 않았다. 정작 내가 마른침을 삼켰다. 회원들의 싸늘한 태도가 마음에 걸렸다. 백윤모는 무슨 생각으로 수안을 데려온 걸까. 맞은편에 앉은 단발머리의 몹시 뚱뚱한 선배가 느리게 입을 열었다.

"정식 문예부원이 아닌 상태에서 추천을 받았다는 게 어떨지 모르겠는데, 확실히 입부하겠다면 문제 삼지는 않겠어. 부장이 추천

잠옷을 입으렴

한다면 이유가 있겠지. 나는 다른 멤버들과 똑같이 지켜보면서 판단하겠어."

굉장히 허스키한 목소리였다. 모두 침묵으로 동의했다. 윤모 선배는 회의록으로 보이는 두꺼운 노트와 몇 가지 자료를 챙겨 자리에서 일어났다.

"좋아요. 그럼, 나갑시다."

다들 의자에서 몸을 일으켜서 우리는 당황했다. 창턱 아래에 받침대를 놓고 한 사람씩 쇠창살을 통해 옥상으로 빠져나가기 시작했다. 창살 간격은 소녀들이 몸을 옆으로 돌려 가까스로 빠져나갈 만한 넓이였는데, 모두들 자주 해온 듯 익숙해 보였다. 먼저 나간 이들에게 촛불과 손전등을 건네는 이는 뚱뚱한 단발머리 선배였다. 그이가 우리를 재촉했다.

"뭐 해? 너희도 나가."

수안이 옥상으로 나가자 망설이던 나도 창살 사이로 몸을 밀어넣었다. 언뜻 마주친 선배의 눈길에는 서늘한 미움이 담겨 있어 뒤통수가 따가웠다. 그이는 도저히 빠져나올 수 없는 체구였기 때문에, 처음 온 우리가 밖으로 나가니 기분이 좋지는 않을 것 같았다. 옥상 바닥에 그믐달 멤버들과 우리까지 일곱 명이 둘러앉았고, 뚱뚱한 선배는 창턱에 기대어 쇠창살 사이로 내다보며 참석했다.

한가운데 촛불과 손전등을 내려놓고 멤버들은 둥글게 서로 손을 잡았다. 윤모 선배부터 돌아가며 이들은 긴 암송을 시작했다. 나도 향의 「그믐달」이란 수필이었는데 모임을 시작하며 행하는 그들만의 의례라고 했다.

"나는 그믐달을 사랑한다. 그믐달은 요염하여 감히 손을 잡을 수도 없고 말을 붙일 수도 없이 깜찍하게 예쁜 계집 같은 달인 동시에, 가슴이 저리고 쓰린 가련한 달이다. 서산 위에 잠깐 나타났다 숨어버리는 초생달은 세상을 후려 삼키려는 독부毒婦가 아니면, 철모르는 처녀 같은 달이지마는, 그믐달은 세상의 갖은 풍상을 다 겪고 나중에는 그 무슨 원한을 품고서 애처롭게 쓰러지는 원부怨婦와 같이 애절하고 애절한 맛이 있다."

"보름에 둥근 달은 모든 영화와 끝없는 숭배를 받는 여왕과도 같은 달이지마는, 그믐달은 애인을 잃고 쫓겨남을 당한 공주와 같은 달이다. 초생달이나 보름달은 보는 이가 많지마는, 그믐달은 보는 이가 적어 그만큼 외로운 달이다."

"객창客窓 한등에 정든 임 그리워 잠 못 들어하는 분이나, 못 견디게 쓰린 가슴을 움켜잡은 무슨 한 있는 사람이 아니면 그 달을 보아주는 이가 별로이 없을 것이다. 그는 고요한 꿈나라에서 평화롭게 잠든 세상을 저주하며, 홀로이 머리를 흩뜨리고 우는 청상과 같은 달이다."

"내 눈에는 초생달 빛은 따뜻한 황금빛에 날카로운 쇳소리가 나는 듯하고, 보름달은 치어다보면 하얀 얼굴이 언제든지 웃는 듯하지마는, 그믐달은 공중에서 번득하는 날카로운 비수와 같이 푸른 빛이 있어 보인다."

"내가 한이 있는 사람이 되어서 그러한지는 모르지만, 내가 그

잠옷을 입으렴

달을 많이 보고 또 보기를 원하지만, 그 달은 한 있는 사람만 보아
주는 것이 아니라, 늦게 돌아가는 술주정꾼과 노름하러 나온 사람
도 혹 어떤 때는 도둑놈도 보는 것이다."

"어떻든지 그믐달은 가장 정 있는 사람이 보는 동시에, 또는 가
장 한 있는 사람이 보아주고, 또 가장 무정한 사람이 보는 동시에
가장 무서운 사람들이 많이 보아준다. 내가 만일 여자로 태어날 수
있다면 그믐달 같은 여자로 태어나고 싶다."

암송이 끝나자 잠시 침묵이 흘렀다. 암송 순서는 아마도 모임 내
의 서열이 아닐까 싶었다. 다들 어떻게 한 치도 틀리지 않고 줄줄
이 외우는지 나는 속으로 놀랐다. 멤버들은 잡은 손을 놓았다. 보
온병에 타온 커피를 종이컵에 따라 돌렸고, 제과점에서 파는 복숭
아맛 샴페인을 능숙하게 땄다.

"커피? 아니면 샴페인?"

누군가 우리에게 물었다. 우리는 평소 커피나 술을 마셔본 적이
없었기 때문에 나는 고개를 저었다.

"저는… 됐어요."

"샴페인이요."

곁에서 수안이 대답했다. 수안에게만 샴페인을 따른 컵이 전해
졌다. 호리호리하고 턱이 약간 길긴 했지만 예쁘장하게 생긴 선배
가 복사해온 종이를 모두에게 돌렸다. 창살 너머 앉아 있는 선배에
게도 건네졌다. 일곱 장이어서 수안까지만 받았다. 윤모 선배가 진
지한 목소리로 말했다.

"시작합시다. 원고지."

누가 원고지 한 장을 내밀자, 복사지를 나눠준 호리호리한 선배가 커터 칼을 꺼내더니 자기 손가락에다 긋고 원고지에 몇 방울 피를 묻혔다. 나는 움찔했지만 모두가 태연했기 때문에 혼자 숨을 삼켰다. 피 묻은 원고지는 한가운데 촛불 밑에 놓여졌다. 어두운 옥상에서 촛불이 종이에 묻은 핏방울을 선연히 비추었다.

"오늘 합평할 작품은 김주리의 자작시입니다. 며칠 전에 작품을 받았겠지만, 방금 한 번 더 복사본을 받았습니다. 허정민의 낭송으로 함께 들어보고, 비평을 시작하죠."

발언이 끝나자 창살 안에서 뚱뚱한 선배가 복사지에 실린 시를 읽기 시작했다. 허스키하던 목소리가 시를 낭송할 때는 전혀 딴사람처럼 변했다. 낭랑하지도 않고 고운 음색도 아니었지만 허정민의 낭송에는 기묘한 카리스마 같은 게 풍겨 모두들 조용히 듣고 있었다.

김주리는 눈에 띄게 긴장하는 모습이었다. 본격적인 비평이 시작되자 갈수록 분위기는 뜨거워졌다. 한 명씩 돌아가며 시와 지은이의 작품 경향을 분석하는 걸 듣고 있자니 기가 질릴 것만 같았다. 굳이 저렇게까지 말해야 할까 싶기도 했다.

"김주리 님은 최근 들어 기성 시인들의 시집을 한꺼번에 여러 권 독파한 게 아닌가 싶습니다. 그렇지 않나요?"

희고 예쁘장한 선배의 얼굴에 당황하는 기색이 스쳤다.

"글쎄요, 문단의 시집들은 늘 꾸준히 읽는 편이라서."

잠옷을 입으렴

"지난번 발표 때와는 확연히 달라졌는데, 왠지 자연스러운 발전이라기보다는 기성 시인들의 작품을 섭렵하듯이 읽으면서 서둘러 모방하려 했다는 인상을 강하게 받았습니다. 짜깁기했다는 느낌도 들고요."

"그런 느낌을 받았다면… 유감입니다."

애써 침착하게 답변하며 김주리는 머리카락을 귀 뒤로 넘겼는데 그 손끝이 바르르 떨리고 있었다. 창살 안에서 허정민이 말했다.

"전부터 김주리 님한테 묻고 싶은 게 있는데, 시상이나 소재는 주로 어디서 찾습니까?"

"생활 속의 다양한 경험이요. 상상이나 형이상학적인 소재보다는 일상의 소중함을 표현하고 싶어 하는 편입니다."

"바로 그게 김주리 님의 한계가 아닐까 싶기도 한데, 이번 작품도 그렇고 매번 소재가 지은이의 행동반경에 가깝게 있는 것들입니다. 혹시 시를 쓸 때 항상 개인 공간에서만 쓰지 않습니까?"

"아무래도… 제 방에서 쓸 때가 많겠죠."

"방 안에 갇혀 있는 느낌이 시에서도 묻어납니다. 과잉보호받고 자란 외동딸 같은 느낌이라 할까요. 섬세한 것과 지나치게 소소한 건 다르죠. 좀 더 시야를 넓히는 훈련이 필요할 것 같네요. 솔직히 이번 시는 실망입니다. 한마디로, 소아병적이에요."

어두웠지만 김주리가 눈물을 억지로 참고 있는 게 느껴졌다. 하나같이 신랄했으나 내겐 쇠창살 너머 들려오는 허정민의 품평이 가장 심했던 것 같았다. 노골적으로 그런 표현을 하다니. 마침내 김주리의 뺨으로 눈물이 툭 떨어졌다. 서둘러 닦았지만 마음이 약한 사람인지 눈물이 멈추지 않았다. 윤모 선배가 눈살을 찌푸렸다.

"울지는 말고 합시다. 그러면 다들 솔직하게 말하기가 힘들잖아요?"

"네… 미안합니다."

순간 허정민이 모두에게 경고했다.

"쉿! 기침 소리 들렸어. 수위가 지나가는 것 같아."

한동안 입을 다물고 밤하늘 아래 조용히 기다렸다. 옥상에서 나누는 말소리가 아래층까지 새어 나갔을 리는 없지만, 계단에 켜둔 촛불 빛은 문틈으로 비칠 것 같았다. 문예부실 손잡이가 덜컹거리더니 곧 멈추고 고요해졌다. 계단 밑을 내려다보던 허정민이 다시 창가로 돌아오자 합평회는 계속되었다.

한 시간 반은 족히 흘렀을 것 같았다. 딱딱한 콘크리트 바닥에 엉덩이가 아플 무렵 마지막 비평이 끝났고, 저마다 한숨 돌리며 커피와 샴페인을 더 따라 마셨다. 누가 김주리의 어깨를 만지며 위로했다. 윤모 선배는 갖고 있던 두꺼운 노트를 허공에 들어 보였다.

"잠깐만 주목."

모두들 눈길이 향하자 선배는 좌중을 둘러보며 말했다.

"그믐달 전용 노트에 대해서 할 말이 있어. 알다시피 이건 익명 노트이고, 서로 필체를 알아보는 경우도 있지만 이 노트에 적힌 얘기들은 익명으로 대한다는 게 불문율이잖아? 근데 요즘 특정 글을 누가 썼는지 자꾸 알아내려는 사람들이 있어서 주의했으면 해. 이

　　　　　　　　　　　　　　　잠옷을 입으렴

름은 거론하지 않겠지만 본인들은 알겠지."

맞은편에서 다른 선배가 말했다.

"누가 쓴 글인지 감이 와? 대부분 필체를 바꿔서 쓰잖아."

"글씨체를 바꿔도 문장은 금방 바뀌지 않으니까. 누군지 감이 올 때가 있지."

또 다른 이가 말했다. 윤모 선배는 고개를 끄덕였다.

"감이 온다 해도 마음속으로만 짐작했으면 해. 입 밖에 내서 분란을 일으키는 건 촌스러운 짓이야. 애초에 비평을 받는 게 싫으면 그믐달에 있을 필요가 없잖아. 안 그래?"

다음 순서는 문제의 그 노트를 함께 읽는 시간인 것 같았지만, 다행스럽게도 그것까지 듣진 않아도 되었다. 윤모 선배가 우리에게 가보라고 한 것이다.

"지금부터는 개인적인 얘기들이 오가니까, 너희는 이제 가도 좋아. 수안이는 다음 주까지 참가 여부를 정해서 내게 알려주고."

뻣뻣해진 다리를 펴고 일어나 우리는 좌중을 향해 끄덕 목례하고는, 창살을 통과해 실내로 들어왔다. 계단을 내려오는데 허정민이 말했다.

"정수안이라고 했니? 다음번에 올 거면 자작시 두 편, 산문 한 편 들고 와."

수안이 돌아보더니 심상히 대답했다.

"알았습니다. 그럴게요."

"그리고 너, 또 따라올 거니?"

이번엔 내가 대답했다.

"아니요. 안 따라옵니다."

한 번 구경한 걸로 충분했다. 다시는 따라올 일 없다고, 시화전 패널 사이로 촛불이 켜진 계단을 내려오며 나는 중얼거렸다.

～～～

밤이 깊어 막차가 끊긴 신작로를 따라 집으로 걸었다. 손전등으로 발밑을 비추며 내가 입을 열었다.

"백윤모 선배, 독재자 같아."

"좀 그랬지."

"그래서 모임은 맘에 들었어?"

"글쎄. 사바스다 이거지 뭐."

"입부할 거야?"

수안은 곰곰 생각하더니 대답했다.

"솔직히 흥미롭긴 해. 다들 과장하는 편이긴 했지만, 뭐 원래 문예부들은 그러니까. 실은 그동안 학교 다니는 게 지루했었어. 해도 될까?"

"선배들이 너 싫어하면 어떡해."

"그런 건 상관없고."

수안은 내 염려를 가볍게 일축했다. 조용한 밤길에 비탈 아래서 흐르는 냇물 소리가 들려왔다. 바람이 불어 포플러 잎사귀들이 출렁였다.

잠옷을 입으렴

"원고지에 피를 묻히는 것도 좀 그랬어."

수안이 소리 내어 웃었다.

"그게 나도향 단편 중에 「피묻은 편지 몇 쪽」이라는 게 있거든. 그래서 의례로 정한 걸 거야."

"그렇구나. 나도향이 여자라고 생각했는데. 낭송하는 거 들어보니 남자였나봐. 만약 다시 여자로 태어난다면, 하고 말했잖아."

"응. 남자 작가였지. 스물다섯 살에 죽은."

겨우 스물다섯에? 나는 속으로 생각했다. 그 짧은 인생에 무슨 맺힌 게 그리 많아서 그믐달 같은 여자로 태어나고 싶다고 했단 말인가. 게다가 남자이면서.

나도 고개를 끄덕였다.

"아무튼 뭐, 구경하는 건 재밌었어."

"그래. 하지만 우린 어릴 때 다 했던 거야. 그치?"

수안이 대수롭지 않게 말해서 나는 잠깐 갸웃했다. 어릴 때? 우리가 했었나, 이런 밤의 회합을? 그러나 이내 기꺼이 동의했다.

"그럼. 다 했던 거지, 우린."

그러고 나니 정말 생각이 날 것 같았다. 우리도 손님들을 초대해 한밤의 모임을 가졌던 것 같았다. 어쩌면 우리 회합에는 사람만 온 게 아니었다. 두꺼비도 오고, 풀각시도 오고, 나무신랑도 오고, 달걀귀신도 오고. 우리 사바스가 훨씬 더 멋졌지 라고 나는 생각했다. 기억은 얼마든지 바뀌고 채색되는 것이었다. 없는 추억은 만들면 되는 거라고.

수안이 작은 신음소리와 함께 귀를 만졌다.

"또 아파?"

"조금."

"불빛 비춰볼까? 혹시 정말 벌레인지도 몰라."

"그럴까나."

수안은 시무룩하게 멈춰 섰다. 어두운 신작로에서 나는 손전등을 수안의 왼쪽 귀 가까이 대고 비췄다. 가느다란 불빛이 귓속으로 뻗어갔다. 벌레가 들어갔을 때 이렇게 어두운 곳에서 빛을 비추면 그 길을 따라 나온다고 했는데. 한참 그러고 서 있는데 수안이 쿡쿡거렸다.

"왜 그래."

"그냥. 간지러워. 그리고 웃기잖아. 됐어, 그만해."

손전등을 내리고 우리는 다시 걷기 시작했다. 모암마을 불빛들이 희고 뚜렷하게 반짝이고 있었다.

~~~

그 무렵 은이 이모에게 좋은 일이 생겼다. 가까스로 복직에 성공한 것이었다. 사표 내기는 쉬워도 재임용은 어려웠기 때문에, 이모는 다시 시험을 통과하자 눈에 띄게 행복해했다. 새 학교로 출근하는 다음 학기를 기다리며, 이모는 그간 경력에서 놓친 시간을 만회하려는 듯 밤낮으로 안경을 쓰고 책과 자료를 들여다보았다. 공백기간 동안 검정 교과서가 달라져서 긴장하는 것 같았다.

잠옷을 입으렴

여름방학이 시작된 날, 종업식을 마치고 나오는데 교문 앞에서 은이 이모가 기다리고 있었다.

"엄마가 그간 복직 준비하느라 신경을 많이 못 썼다. 이번 방학 때 귀 아프다는 거 뿌리를 뽑자. 큰 도시로 다니면서 치료하면 낫겠지."

이모는 우리를 데리고 이웃 도시로 가는 버스를 탔다. 번화가에 위치한 대형종합병원 이비인후과에서 수안은 진찰을 받았다. 내가 복도 의자에 앉아 기다리는 동안, 두 사람만 진찰실로 통하는 대기실로 들어갔다. 환자가 얼마나 많은지 시간이 흘러도 좀처럼 나올 생각을 하지 않았다. 로비 접수처와 수납 창구는 줄을 선 사람들로 혼잡했고, 간호사들이 링거줄을 매단 환자 침상을 빠른 걸음으로 밀고 가곤 했다.

한참 기다리니 수안과 이모가 나왔는데 엑스선 촬영과 피 검사를 해야 한다며 복도 저편으로 사라졌다. 그러고도 오후 늦게야 다시 의사를 만나 검사 결과를 들을 수 있었다. 기다린 시간이 허무하게도, 딱히 큰 증상은 없는 것 같다고 했다.

"들었지? 다 신경성이었던 거야. 이제 마음을 고쳐먹어라. 넌 아무렇지 않으니까. 귀에 염증이 좀 있을 뿐이래. 한동안 약 먹으면 괜찮아질 거다."

은이 이모는 딸을 향해 한 마디씩 강조하며 말했다. 마치 스스로에게 하는 소리처럼 들렸다. 그저 신경성일 뿐이니 안심해도 된다는.

방학 중에 이모는 재임용 교사 연수를 가야 했기 때문에 며칠 집을 비우게 되었다. 새로 마련한 정장을 입고 트렁크를 챙겨 마당으로 내려오더니, 툇마루 앞에서 활짝 열린 우리 방을 들여다보았다.

"내가 없는 동안 할머니 잘 도와드리고. 다 큰 애들이니까 걱정은 안 한다만, 무슨 일 있으면 안방 경대에 연수원 전화번호를 놔뒀으니까 연락해도 돼. 물론 꼭 필요한 상황일 때만 말이다."

우리는 고개를 끄덕였다. 내 무릎에 앉은 웅이가 엄마를 보고 고사리 같은 손을 흔들었다. 그즈음 나는 다섯 살이 된 웅이에게 글자를 가르쳐주려고 애썼다. 동시집을 펼쳐 한 글자씩 짚어가며 읽어주곤 했다. '자주꽃 핀 건 자주감자, 파보나 마나 자주감자.' '밤세 톨을 굽다가 제가 태우고 울긴 울긴 왜 울어 누가 어쨌나.' 그러면 아이는 양쪽 엄지발가락을 잡아당기며 듣고 있다가 배시시 웃으며 속닥거렸다. 밤 세 톨이래.

은이 이모가 아이를 보더니 말했다.

"왜 항상 둘넹이가 웅이랑 놀아주니. 수안이 너도 좀 챙겨라."

수안은 시선을 책에 둔 채 귀를 만지작거리며 대꾸했다.

"나보다 둘넹이를 더 좋아해."

"네가 친누나잖아."

"아이가 더 따르는 사람이 돌보면 되죠 뭐. 그게 어때서."

이모는 이맛살을 찌푸리며 나무랐다.

"귀 좀 그만 만져! 아무 이상 없다잖아."

"나는 거슬리는데 어떡해. 신경 쓰지 말고 잘 다녀오세요."

이모는 그만 체념한 듯 여행용 챙모자를 머리에 쓰고 트렁크를

　　　　　　　　　잠옷을 입으렴

끌며 사립문을 나섰다. 나는 웅이를 안은 채 수안에게 물었다.

"타온 약은 먹고 있는 거야?"

"벌써 다 먹었어."

"근데 잘 안 들어?"

"솔직히 말하면, 똑같아."

그러더니 문득 책을 덮고 돌아보았다.

"너 왜 요즘은 약 안 만들어? 예전엔 나한테 환약을 만들어주기도 했었잖아."

"그야… 잘못 만들면 큰일 나니까 그렇지."

"잘 만들면 되지. 네가 만들면 난 먹을 텐데."

마치 뜨개질 코를 빠뜨렸을 때 실을 풀고 다시 뜨면 되지 같은, 당연하고도 무심한 투로 수안은 말했다. 이 아이는 나를 어떻게 생각하는 걸까. 부족에게 인정받은 주술사라도 된다고 여기는 건가. 그런 말들은 반은 농담이고, 내게만 하는 어리광일 뿐이라는 걸 알면서도 솔직히 기뻤다. 낫기만 한다면 뭐든 만들어주고 싶지만, 내 능력 밖의 일이니까 어쩔 수 없기도 했다.

은이 이모가 집을 비운 동안 나는 안방에서 백과사전을 뒤졌다. 약초 항목을 펼쳐 한참 읽어보았지만, 그러나 역시 모르는 건 모르는 것이었다. 그래서 나는 대신 들고만 다닐 약을 만들었다. 백과사전에선 그걸 가리켜 '위약'이라고 했다. 머리가 아플 때 비타민을 두통약이라고 속여 먹게 했더니 아픔이 가셨다는 가짜 약 효과라고.

수안은 부엌 문턱에 앉아 내가 약을 만드는 동안 즐겁게 웃었다. 나는 초콜릿을 냄비에 녹여 우유를 붓고 원기소를 빻아 넣었다. 걸쭉하게 될 때까지 섞은 다음 식혀서 환을 만들었다. 미야리산 가루에 감자 전분을 섞고 별사탕을 녹여 또 색색깔의 알약을 만들었다. 캐러멜 색이 나도록 달군 설탕에 이웃집 울타리에서 따온 산초 열매를 굴려서 굳혔다. 연둣빛도 아니고 보랏빛도 아닌 덜 익은 열매가 설탕 시럽과 섞여 표현하기도 힘든 색깔이 되었다.

모든 환이 식어서 완전히 굳었을 때, 나는 손가락보다 조금 더 긴 작고 가느다란 세 개의 유리병에 종류별로 담아 넣었다. 완성된 약병을 수안은 다소 감동한 얼굴로 받아 들었다. 그 수상한 알약들은 비록 엉터리였지만, 정성스럽고 순한 느낌을 갖고 있었다. 나는 짐짓 엄숙하게 경고했다.

"아무 효과도 없어. 부적처럼 갖고 다니라고 주는 것뿐이니까."

"하지만 먹어도 괜찮은 것들이잖아. 만드는 걸 봤는데."

수안은 빙긋이 웃으며 말했다. 책상에 나란히 올려놓고는 턱에 손을 괴고 꽤나 마음에 드는 눈길로 쳐다보았다.

"흠… 여우 누이 이야기 같은데? 세 가지 유리병을 갖고 도망치다가 위급한 순간 하나씩 어깨 너머로 던지는 거지. 가시덤불이 자라고, 홍수가 지고, 불이 나고. 멋진 약병이야. 고마워, 둘녕아."

나도 고마웠다. 내심 흐뭇해진 마음으로 뒷설거지를 했다. 냄비와 그릇을 씻어놓고 방으로 올라가는데 수안이 뭔가 입에 털어 넣고 삼키고 있었다. 나는 깜짝 놀랐다.

잠옷을 입으렴

"뭐 해, 먹는 게 아니라니까."

수안은 당황했지만 이내 웃음을 보였다.

"아냐. 그거 아니었어."

그러고는 책상에 놓였던 하얀 약봉지를 서랍 속에 넣고 닫았다. 뭐지? 내 기분은 이상해지고 말았다. 말없이 그 자리에 서 있자 수안은 겸연쩍게 뺨을 긁적이며 사실대로 말했다.

"간단한 수면제야. 편하게 잘 수 있으니까 가끔 먹었어."

"…그런 게 어디서 났어?"

"윤모 선배가 조금 줬어. 선배는 매일 두 알씩 먹고 있어. 그러면 깊게 자기 때문에 몽유병으로 돌아다니지 않는대. 나도 잠을 잘 못 자잖아."

그믐달 멤버들은 방학 때도 일주일에 한 번 학교 옥상에서 모였다. 긴 여름낮을 두고 굳이 한밤중에 모이는 규칙을 지키고 있었다. 수안도 꼬박꼬박 참여했으니 아마 거기서 받은 모양이었다. 방학 들어 수안이 전보다 비교적 쉽게 잠드는 이유를 비로소 깨달았다.

다음 날 아침 수안은 늦잠에서 깨어나 부은 얼굴을 하고는 찌뿌둥하게 기지개를 켰다.

"근데 약을 먹고 자면, 일어날 땐 머릿속에 솜뭉치를 쑤셔 넣은 것 같아. 허수아비 기분이 이런가?"

나는 아무 말도 하지 않았다. 전날 열심히 환을 만들 때는 잠시나마 뿌듯했었는데. 하지만 역시 내가 진짜로 해줄 수 있는 일은 없었던 것이다.

여름방학은 나름대로 즐거웠다. 웅이는 곧잘 말을 배우게 되면서 우리 방에서 장난감을 가지고 놀았다. 누나들 물건을 이것저것 만져보고 참견하고도 싶어 했다. 우리는 웅이를 데리고 숨바꼭질을 하며 놀아주었다. 주로 수안이 숨고, 내가 아이와 함께 찾아다녔다. 수안은 뒤란 옷장에도 숨고 마호가니빛 책상 밑에도 숨었다. 오동나무 옷장은 여름밤 웅이가 좋아하는 잠자리였다. 그 속에 들어가 자는 척하길 좋아해서, 밤이 되면 아이를 푹신한 요를 깐 옷장 안에 눕히고 파란 모기장을 못에 걸어 펼쳐주었다. 때로는 나도 그 곁에 나란히 누워 열린 문틈으로 밤하늘을 쳐다보았다. 웅이와 내가 옷장에서 깜빡 잠이 들면, 수안은 초록색 달팽이 모기향을 뒤란 책상에 피워놓았다. 매캐하고 독특한 그 향은 여름밤의 냄새나 마찬가지였다.

낮이면 햇볕은 뜨겁고 마당에 널어놓은 빨래는 금세 말라버렸다. 외할머니가 장독 뚜껑을 열어 볕을 쪼이게 하고 읍내 오일장에 갔던 날, 은이 이모는 안방에 밥상을 놓고 연수를 다녀온 보고서를 썼고 우리는 웅이와 함께 숨바꼭질을 했다.

"이번엔 웅이가 숨어라. 수안이 누나가 찾으세요."

나는 웅이를 부엌 물동이 뒤에다 숨겨놓았다. 수안이 진작 찾았으면서도 못 찾은 척 이름을 부르며 돌아다니자, 아이는 물동이 뒤에서 손바닥으로 입을 가리고 소리 없이 웃었다. 반드시 찾았다고 할 때까지 나오지 않고 진득하게 잘 숨어 있었다.

잠옷을 입으렴

"찾았다! 이번엔 둘넝이 누나가 찾으세요. 웅이야, 숨자."

수안이 아이의 손을 잡고 부엌에서 도망쳤다. 나는 부뚜막에 앉아 손으로 눈을 가리고 숫자를 셌다.

"다 숨었나요?"

대답이 없어 나는 마당으로 나갔다. 널어놓은 빨래 사이를 지나 아가위나무 뒤를 살펴보고, 장독대 근처를 돌아 비어 있는 끝방 문을 열어보았다. 수안은 툇마루 기둥에 기대앉아서 그런 나를 지켜보았다. 웅이가 없네, 들리도록 큰 소리로 말하며 나는 뒤란으로 향했다. 삐걱거리는 오동나무 옷장 문을 열어보고 마호가니 책상 아래도 들여다보았다. 혹시나 해서, 쓰지 않는 농기구가 든 광에도 가봤지만 없었다. 눈을 감고 있었을 때 도로 살그머니 들어왔을지도 모른다 싶어 부엌도 돌아보았다. 다시 마당으로 나가 섰는데 왠지 가슴이 두근거렸다. 나는 툇마루의 수안에게 물었다.

"어디 있어?"

"뭐야, 반칙."

"못 찾겠어. 어디다 숨겼어?"

"말 안 해. 네가 찾아."

수안은 어렴풋하게 웃었다. 나는 머뭇거리다 안방 문을 노크하며 열었다. 보고서를 쓰던 은이 이모가 안경 너머로 쳐다보았다.

"왜 그러니?"

보고서를 심사받을 때 연수 성적이 매겨진다고 했다. 수안이 굳이 이모를 방해하면서까지 안방에 숨기지는 않았을 것 같았다.

"…아니에요."

나는 방문을 도로 닫아주고 마당을 둘러보았다. 이상하게 초조
해졌다. 집 안에서만 숨는다는 규칙이 있었지만 사립문을 나가 울
타리 아래를 살펴보았다. 역시 없었다. 이웃집에 숨겼나? 말도 안
된다. 그러다 문득 울타리 너머 솟아난 널빤지 지붕이 보였다. 나
는 뛰어 들어가 마당 세탁기 뚜껑을 열었다. 빨랫감 사이로 웅이가
통 속에 앉아 있었다.

"아, 세상에."

허리를 굽혀 두 팔로 아이를 끌어 올렸다. 더운 여름날 땀에 흠
뻑 젖은 채, 뺨이 발갛게 상기된 아이는 지친 듯 잠들려고 했다. 웅
이를 안고 화난 눈길로 수안을 쏘아보았다. 기둥에 기대어 수안은
조용히 입을 열었다.

"네 느낌만큼 오래 걸렸던 거 아니야. 안전했어."

그래도 나는 쏘아보고 있었다. 수안은 난처한 얼굴로 한숨을 쉬
었다.

"네가 조금만 더 늦어지면 말해주려고 했었는데. 알았어, 그만하
자. 미안, 내가 잘못했어. 응?"

듣고 싶지 않았다. 웅이를 부엌으로 데려가 목욕을 시키고 물을
먹였다. 내의를 갈아입히고 우리 방에 눕혔다. 웅이는 잠들기 전
졸린 눈으로 무방비하게 웃었다. 참 재미있었던 것처럼. 그냥, 슬퍼
서 눈물이 툭 떨어졌다. 눈물이 웅이 뺨에 흩어져 나는 손으로 닦
아주었다. 여름날의 더위 탓일까. 무엇이 우리 마음을 어지럽게 하

잠옷을 입으렴

는 것일까. 아무려나, 다시는 아이를 데리고 수안과 숨바꼭질을 하지 않겠다고 생각했다.

그믐달과 타자기

웅아.

오늘은 그믐달의 비밀을 들려줄게. 수안이 누나한테 일어났던 이야기예요. 다른 사람들한테 말해선 안 돼. 그럼 누군가 수안이 누나를 미워할지도 모르니까.

멀리 떨어진 깊은 산골짜기에 그믐달이 뜨는 밤에만 보이는 학교가 있었대요. 평소에는 자취도 없다가 매달 음력 마지막 날, 밤이 깊어 새벽으로 갈 때 골짜기에 그믐달이 뜨면 학교가 나타났대. 창문에 불이 켜지고, 조용하던 숲에 스피커 차임벨 소리가 울리면 다들 일어나 공부를 시작했지.

그 학교는 옥상으로 올라가는 계단 꼭대기에 작은 방이 있어서, 일곱 명의 소녀들이 들어가 문을 잠그고 놀았대요. 그 아이들이 가장 즐겨했던 놀이는 노트에다 서로 누군지 알 수 없도록 필체를 바꾸어서 재미난 이야기를 써놓는 것이었어.

그러던 어느 날 한 사람이 나가고, 대신 수안이 누나가 꼭대기 방

　　　　　　　　　　　　　잠옷을 입으렴

에 초대를 받은 거예요. 그래, 우리가 아는 수안이 누나. 촛불을 가운데 놓고 일곱 명이 둥글게 모여 앉았어. 그리고 노트에 적힌 비밀 이야기를 읽으며 달빛 가루가 섞인 샴페인을 마셨대요.

한 모금 마시니 꼭대기 방이 일렁거렸어. 두 모금째 마셨더니 학교는 사라지고, 풀냄새 벌레소리 가득한 숲속에 앉아 있더래. 촛불은 풀밭 한가운데 묵직하게 놓인 마호가니 탁자에서 빛났고, 그들은 푹신한 일곱 개의 자주색 벨벳 의자에 기댔지. 그리고 그믐달이 새벽하늘에서 사라질 때까지 모두들 돌아가며 소리 내어 노트를 읽었어요.

몇 차례 밤의 회합에 익숙해진 무렵, 노트에 이상한 글이 적혀 있기 시작했대. 그건 이런 이야기였어.

그믐달 / 우두머리는 / 남의 글을 / 자기 것으로 / 훔쳤다네

그들은 깜짝 놀랐어. 우두머리 소녀는 노여움으로 새하얗게 질렸지. 누가 이런 거짓말을? 대체 왜 비겁한 모함을 하는 거야? 이렇게 되면 필체를 확인할 수밖에 없어.

하지만 그건 펜으로 쓴 게 아니었어. 다른 종이에 타자기로 친 글자를 오려서 노트에다 붙여놓았으니까. 그러고 보니 탁자엔 처음 보는 타자기가 놓여 있었어. 금속 글쇠가 양초 불빛을 받아서 반짝거렸지. 어디서 났는지, 누가 갖다놓은 건지 아무도 모른다고 했어. 아마 그들 중에 누군가는 거짓말을 하고 있고, 자기 필체를 숨기려고 사용한 거겠지.

타자기를 탁자에서 치우려고 했지만, 마치 못으로 박아놓은 것처럼 꼼짝도 하지 않았대. 서로들 타자기를 경계했지. 예감은 틀리지 않았어. 그 후로 계단 꼭대기 방에선 타자기 소리가 들려오기 시작한 거야. 누군가 기계 활자 뒤에 숨어서 하고 싶은 이야기를 했어.

그녀의 / 몽유병은 / 가짜였으니 / 그건 / 맨발의 연극

종이를 떼어내려고 했더니 풀이 들러붙어서 노트가 찢어졌어. 그 부분만 칼로 긁어내고 감추려고 애썼어. 하지만 더 이상은 감출 수가 없었던 거지.

어느 날 수안이 누나는 한 소녀가 타이핑하는 모습을 목격했어. 들켜버린 소녀는 그간의 일들을 고백하면서, 말하지 말아달라고 간절히 부탁했어요. 꼭대기 방에서 쫓겨나고 싶지 않다고. 누나는 비밀을 지켜주려고 했대. 그때 아이들이 우르르 계단을 올라왔어. 타자기 앞에 있는 그들을 보고는 불같이 화를 냈지. 다급해진 소녀가 수안이 누나를 손가락으로 가리켰어.

저 애가 쓰는 걸 봤어.

그렇지 않다고 말하려고 했지만, 아무도 믿어주지 않을 거라는

잠옷을 입으렴

걸 깨달았대. 그래서 계단 밑으로 피했는데 모두가 분노하며 뒤를 따라오는 거야. 어쩔 수 없이 품에서 유리병 하나를 꺼내 던졌어. 수안이 누나는 세 개의 유리병을 가지고 있었거든. 유리병이 깨지자 숲에서 세찬 바람이 불어왔어. 그리고 그 자리에 계단과 난간을 휘감고 가시덩굴이 솟아났어요. 가시에 찔린 소녀들은 비명을 지르면서 더 이상 다가오지 못했지.

하지만 수안이 누나도 가시에 눈을 긁히고 말았던 거야. 누나는 따가워서 손으로 눈을 감쌌어. 그렇게 가시에 긁힌 눈을 뜨니 소녀들은 더 이상 사람이 아니었대요. 춤추는 도깨비불 같았대. 그건 무섭지도 않고 차라리 슬펐다고 했어.

그래서 학교를 빠져나왔지. 말라버린 삭정이와 부서진 비석과 묘지를 지나서, 숲을 가로질러 시냇가에 다다랐어. 달빛 아래 자기 모습이 물에 비쳤을 때 수안이 누나는 절망했어. 생각지도 못한 모습이 거기에 비쳐서 그만 달아나기를 멈췄지. 달아나본들 소용이 없다고 생각했으니까. 물가에 주저앉아 자기 모습만 내려다보았어.

나는 시냇물 건너편에서 눈을 감고 주문을 읊조렸단다. 유리병아, 깨져라. 그제야 수안이 누나는 정신을 차리고 하나를 더 깨뜨렸어. 냇물을 가로질러 나무다리가 놓이자 어둠 속을 건너올 수 있었지. 그러다 다리 한가운데서 마지막 남은 유리병을 빠뜨리고 말았네. 유리병은 순식간에 물결을 따라 사라졌어. 잃어버리지 않았다면 좋았을 것을.

응? 냇물에 어떤 모습이 비쳤던 거냐고? 모래기둥. 물에 비친 그림자는 모래로 가득 찬 기둥이었대. 누군가 수안이 누나 귓속에다 자꾸 모래를 흘려 넣었으니까. 자, 이제 너도 자야지. 어린아이는 일찍 자야 해요. 잘 자라. 우리는 너를 사랑한단다. 당연히 수안이 누나도 널 사랑하지. 안아주는 걸 두려워할 뿐이야. 그것만은 알아주렴.

잠옷을 입으렴

이학년이 되자 전원 야간 자율학습을 해야 했다. 밤 아홉 시까지 학교에 남아서 공부했고, 진학을 포기한 몇몇 아이들만 집에 일찍 돌아갔다. 같은 반이 된 미주도 일찌감치 자율학습을 면제받아 방앗간 일을 거들었다. 미주 큰아버지가 읍내에 건물을 사들여 가매 마을 방앗간을 옮겨왔기 때문에 규모가 더 커졌다고 했다. 부지런한 미주를 보고 있으니 내가 너무 대책이 없다는 걸 깨달았다. 대학을 갈 수 있을까. 성적이 좋은 편도 아니었지만, 만약 진학한다 해도 또다시 은이 이모 부부에게 기대야 할 텐데 싶어 부담스러웠다. 새삼 경이 이모가 어떤 마음으로 사무실을 다녔던 걸까 생각해 보게 됐다.

수안은 언제부턴가 일요일 밤 그믐달 모임에 가지 않았다. 나는 겨울 동안 추워서 옥상 모임을 하지 않은 줄로만 알았는데, 알고 보니 다른 여섯 멤버들은 문예부실에서 늘 모였다고 했다.

"그런데 넌 왜 안 갔어?"

"그냥. 내키지가 않았어. 불편한 사람도 생겼고."

내가 물끄러미 보고 있으니 수안은 할 수 없이 솔직하게 고백했다.

"좋은 얘기 아니라서 말 안 하려고 했는데. 실은 윤모 선배하고 좀 껄끄러워."

"왜?"

"선배 몽유병 아니었대. 연기한 거래."

뜻밖의 사실에 나는 당혹스러웠다. 연기를 하다니. 몽유병을? 수안도 기분이 착잡한지 쓴웃음을 지었다.

"승모 때문에 무너지는 부모님들, 정신 들게 하려고 그랬대. 당신들 딸이 살아 있다고, 이렇게 하나가 남았는데 왜 이러느냐고. 나를 보라고. 그분들 상태가 너무 심각해서 극약처방을 할 수밖에 없었다는 거지."

나는 뭐라 말이 안 나왔다. 그날 밤 맨발로 모암마을까지 걸어왔던 윤모 선배의 겁먹은 얼굴이 아직도 생생했다. 그게 다 연기였다니 어쩐지 질리는 느낌이었다.

"그럴 수도… 있는 거구나."

나는 약간 충격을 받고 나지막하게 중얼거렸다. 수안은 한숨을 쉬며 읽던 책을 덮었다. 뭐가 어떻든 더 이상은 상관없다는 표정이었다.

"나도 모르겠어. 선배는 계속 변명하는데, 갑자기 귀에서 이명이 막 울려서 잘 안 들렸어. 그날 신발은 마을로 들어오기 전에 논두렁에 버렸대. 맨발로 걸어온 것처럼 보여야 더 놀랄 테니까."

잠옷을 입으렴

선배의 몽유병이 거짓이어서 수안은 환멸을 느끼고 실망해버린 걸까. 하지만 나는 윤모 선배의 행동을 어쩌면 이해할 것도 같았다. 부모님이 눈앞에서 허물어진다면, 곧 아들을 따라갈 것처럼 위태로워 보인다면, 선배는 그럴 수밖에 없지 않았을까 하고. 수안은 그 비밀을 다른 선배한테서 들었다고 했다. 아는 척하지 말라고 했지만, 수안은 받아들이지 못하고 윤모 선배한테 직접 사실을 듣고 싶어 찾아갔다고 했다.

"가지 말지 그랬어."

나는 안타깝게 나무랐다. 윤모 선배가 잘한 건 없지만, 그래도 그렇게 코너에 몰리면 슬펐을 것 같았다. 수안은 후회하는 얼굴로 씁쓸히 어깨를 으쓱했다.

"그럴 걸 그랬나. 하지만, 그땐 왠지 참을 수가 없었어."

결국 누구에게나 건드릴 수 없는 사적인 영역이 있겠지만, 승모에 관한 부분은 수안에게 타협이 힘들었다. 이미 죽어버린 아이를 남은 사람들이 이길 수는 없을 테니까.

며칠 후 하굣길에 윤모 선배가 중앙현관에서 기다리고 있었다. 수안이 그냥 지나치려는데 선배는 손에 든 것을 내밀었다.

"이거 가져가."

나는 긴장했다. 그건 마치 마법의 색처럼 느껴지는 파란 알약이 담긴 포장이었다.

"모임은 안 나와도 좋으니까 약은 받아. 밤새 괴로울 건 없잖아. 네가 필요하다면 계속 타다 줄게."

선배는 외롭고 쓸쓸해 보였다. 수안은 고개를 저으며 거절했다.

"그럴 필요는 없어요. 왜 나 때문에 연기를 해요. 약은 다른 데서도 구할 수 있고, 안 먹어도 되니까."

윤모 선배를 뒤로하고, 우리는 묵묵히 버스를 타고 집으로 돌아왔다. 그날 밤 수안은 책상 서랍을 열었지만 남은 수면제가 없었다. 그제야 나는 그동안 윤모 선배가 약을 먹는 척만 하고 숨겨뒀다가 모두 수안에게 주었다는 걸 깨달았다. 내가 조심스레 물었다.

"그 약이 도움이 됐었어?"

"그야 며칠씩 못 자면 괴로우니까."

수안은 서랍을 닫고 그만 단념한 듯 덧붙였다.

"괜찮아. 예전으로 돌아간 것뿐인데 뭐."

나는 말없이 지켜보고 있었다.

~~~~

"수면제 좀 주세요."

약사는 나를 아래위로 훑어보더니 서랍을 열고 낱장으로 포장된 약을 꺼냈다. 카운터에 툭 던져진 납작한 포장에 여섯 정이 들어 있었다.

"며칠치인가요?"

"한 알씩 먹으면 돼."

삼십 대 중반의 남자 약사는 못마땅하다는 듯 대꾸했다. 공연히 주눅이 들어 나는 약을 챙기고 지갑을 열어 돈을 치렀다. 일요일 오

잠옷을 입으렴

후, 혼자 읍내에 나와 몇 군데 약국을 돌며 수면제를 샀다. 한꺼번에 많이 팔지 않았기 때문에, 세 번째 약국까지 들르니 겨우 보름치가 모였다. 이 정도면 당분간 수안이 필요할 때 하나씩 줄 수 있을 것 같았다. 약국 모퉁이를 돌아 나오는데 누군가 내 팔을 툭 쳤다.

"야, 나 좀 봐."

물 빠진 청재킷에 짧은 치마를 입고 앞머리에 스프레이를 뿌린 여자아이가 서 있었다. 맨다리를 내놓고 어른처럼 숄더백을 멨지만, 아는 얼굴이었다.

"우리 같은 반이지?"

"응."

"네 이름이 뭐더라? 암튼 부탁이 있는데, 나 약 좀 대신 사줄래?"

"…무슨 약?"

그러자 아무렇게나 귀퉁이를 찢어낸 종이쪽지를 내밀었다. 약 이름이 연필로 적혀 있었다.

"이거 달라고 하면 돼."

라식스. 처음 듣는 이름이었다.

"네가 직접 사면 되잖아."

"매일 샀더니 약사들이 내 얼굴을 알아."

의심스럽게 바라보자 그 아이는 입에 발린 웃음을 지으며 얼른 내 손에 천 원짜리 지폐를 밀어 넣었다.

"내가 얼굴이 잘 부어서 그래. 살 빼는 약이야. 돈은 여기 있어."

망설이던 나는 다시 약국 유리문을 밀었다. 카운터 너머 약사가 흘깃 고개를 들었다.

"저, 라식스도 필요한데요."

순간 약사는 이맛살을 팍 찌푸리며 언성을 높였다.

"너, 무슨 약을 자꾸 사는 거야? 나가!"

"네?"

"나가라고! 안 팔아."

나는 당황한 나머지 약국을 뛰쳐나왔다. 모퉁이에서 기다리던 여자아이가 다가왔다.

"안 팔겠대. 화냈어."

그 아이는 하, 콧방귀를 뀌더니 짜증스런 얼굴을 했다.

"진짜 까탈스럽게들 구네. 그냥 돈 받고 팔기나 할 것이지."

그러더니 내 손에서 지폐를 휙 낚아채고는 모퉁이를 돌아 가버렸다. 약사한테서 싫은 소리를 듣고 내 마음만 언짢아졌다. 라식스가 뭘까. 시험기간에 학생들이 잠을 자지 않으려고 타이밍이란 약을 먹는 건 본 적이 있었다. 직장에 다니는 언니를 둔 아이가 가끔 학교에 그 약을 가져오곤 했다. 세상에는 약사가 화를 내는 약들도 있구나 싶었다.

"이건 머리가 꽤 아프네. 계속 먹지는 못하겠다."

내가 사온 수면제를 먹고 잔 다음 날, 수안은 이마 옆 관자놀이를 지그시 누르며 중얼거렸다. 먼젓번 약은 머릿속에 솜뭉치가 들어간 것처럼 멍하긴 했어도 두통을 유발하지는 않았는데. 나는 조금 속상해졌다.

잠옷을 입으렴

"전에 먹던 약하고 느낌이 많이 달라? 약국마다 다른 종류를 들여놓나봐."

"윤모 선배 약은 병원에서 타온 거니까. 충하네 아버지 병원 말이야. 어쨌든 됐어. 고마워."

고맙다고는 했지만 수안은 앉은뱅이책상 서랍에 내가 사온 약을 집어넣고 잘 꺼내지 않았다. 쉽게 잠이 든다 해도 이튿날 종일 두통에 시달리는 건 내키지 않았을 테니까. 며칠 연달아 잠을 못 자서 정말 괴로울 때만 한 알씩 먹었다. 똑같이 수면제라 불려도 저마다 가격이 다르고, 약효도 부작용도 다르다는 걸 나는 새삼 알게 되었다. 무엇이든 더 좋은 것, 가장 좋은 것이 있지만 모든 사람이 그걸 원할 때마다 얻을 수 있는 건 아니라는 사실도.

～～～

은이 이모가 수안의 약을 발견한 것은 휴일 오후, 안방 휴지통을 집 뒤편 구덩이에 갖다 비울 때였다. 집 안에서 나온 쓰레기를 모아 태우던 구덩이에서 이모는 약을 뜯어낸 자리가 듬성듬성 비어버린 포장지를 발견했다.

"이게 무슨 약이야? 너희 방 쓰레기에서 나왔는데."

이모는 그걸 주워와 우리에게 내밀었다. 뒷면에 한글과 영문 알파벳으로 약 이름이 반복해서 인쇄돼 있었다.

"두통약이에요."

수안이 대답했지만 은이 이모는 속지 않았다. 눈을 가늘게 뜨고 그 작은 글자들을 읽었다.

"이런 진통제는 들어본 적 없어. 바른대로 말해. 어차피 내일 출근길에 약국 들러서 물어보면 금방 알게 돼. 무슨 약이야?"

수안이 난감해하며 문집을 만지작거리자, 나도 뜨개질하던 스웨터를 무릎에 내려놓고 긴장했다.

"수면제야. 별거 아니에요."

"뭐? 너 이런 걸 먹어야 자는 거야?"

이모는 굳은 표정으로 딸을 쳐다보더니 재차 추궁했다.

"가진 대로 다 내놔봐. 어서."

수안은 천천히 책상 서랍을 열고 약봉투를 꺼냈다. 은이 이모가 봉투를 낚아채더니 거꾸로 뒤집어 방바닥에 쏟았다. 흰색과 파란색 알약이 든 낱장 포장들이 우르르 모습을 드러냈다. 이모는 기가 막힌 모양이었다.

"이걸 다 네가 산 거니?"

"네."

"어느 약국이야! 가서 따져야겠다. 미성년자가 달라는 대로 이만큼이나 수면제를 팔다니 어디야, 거기가?"

수안은 곤혹스럽게 머뭇거렸다.

"손님이 달라고 하니까 팔았을 뿐이지. 합법적인 약이고, 독약도 아닌데."

"말대꾸 그만해. 어디 약국이냐니까?"

나는 가슴이 두근거려 뜨개질감을 손에 쥔 채 불안한 목소리로 끼어들었다.

"저… 읍내 사거리에 있는 약국들인데, 제가 산 거예요."

은이 이모가 멈칫하며 내 쪽을 돌아보았다.

"한 약국이 판 게 아니고 제가 여러 군데 돌아다닌 거니까… 가서 따지진 마세요."

"내가 사달라고 해서 그래."

수안이 나를 감싸고돌자 마침내 은이 이모는 참지 못하고 버럭 소리를 질렀다.

"둘 다 입 다물어! 얘네들이 정말."

나는 고개를 수그렸다. 이모는 잠시 심호흡을 했다. 몹시 화가 난 것 같았지만 애써 감정을 누르더니, 방바닥에 흩어진 약들을 주워 책상 휴지통에 처박듯이 집어넣었다.

"의지가 약한 사람들이 이런 약에 의존하는 거야. 밤에 산책을 해라. 마을을 달리거나 줄넘기를 해. 그리고 자기 전에 따뜻한 우유를 마셔라. 내가 매일 퇴근하면서 우유를 사가지고 올 테니까. 아, 양파를 잘라서 머리맡에 두면 휘발되는 성분 때문에 잠이 잘 온다더구나. 이건 과학적으로도 증명된 사실이야."

그러고는 휴지통을 가리키며 수안에게 말했다.

"네 손으로 구덩이에 버리고 와. 어서."

수안은 말없이 일어나 휴지통을 들고 툇마루를 내려갔다. 슬리퍼를 신고 사립문을 나서는 딸을 확인하고서야, 은이 이모는 속상한 한숨으로 자리에서 일어났다. 하지만 방문을 나서다 말고 의심스럽게 물었다.

"혹시 약이 더 있는 건 아니니?"

"그게 다예요."

잠깐 침묵이 흐르고 은이 이모는 수안의 책상으로 다가갔다.

"…확인해보는 게 좋겠다. 비켜보렴."

서랍 두 개를 끝까지 잡아당기자 정돈된 문구들 사이로 세 개의 약병이 주르르 굴러 나왔다. 나는 흠칫 놀랐다. 그건 나도 까맣게 잊었던 지난해 만들어준 유리병이었다. 이모의 얼굴이 놀라움으로 일그러졌다.

"이건 또 뭐야. 환약이잖아."

수안이 여태 그걸 가지고 있는 줄은 몰랐다. 내가 위로 삼아 빚어준 것들. 진작 다 상해버렸을 텐데. 나는 이모의 낮은 목소리가 들려오는 게 두려웠다.

"뭔지 설명해봐. 이것도 약국에서 산 거야?"

나는 대답하지 못했다. 이모의 음성이 한 번 더 가라앉았다.

"둘녕아."

"산 건 아니고… 위약이에요."

"위약?"

"가짜 약이요. 진짜 먹는 게 아니라 그냥 갖고 있으면 마음이 좀 편해지는… 그런 거예요."

나는 얼굴이 발개진 채 무안해서 숨도 못 쉴 것 같았다. 은이 이모는 그런 나를 가만히 지켜보다 유리병 하나의 뚜껑을 열어 다갈

잠옷을 입으렴

색 환약을 손바닥에 조금 부었다. 신중히 냄새를 맡아보더니 고개를 갸웃하며 미간을 모았다. 무슨 성분일까 수상쩍은 듯이.

"도대체 뭘로 만든 거지?"

혼자 중얼거리던 은이 이모의 시선이 채근하듯 나를 향했다. 마음을 졸이며 나는 어렵게 대답했다.

"나무열매 같은 건데… 초콜릿하고 밀가루도 섞였고요."

"네가 만든 거니?"

"…네."

은이 이모는 할 말을 잃었다가 이내 노여움을 터뜨렸다.

"이런 짓이 하고 싶으면 공부를 열심히 해서 약학대를 가렴. 약대를 나오면 제약회사 연구원이 되거나 약사가 될 수도 있으니까. 그때 마음껏 해. 사람을 상대로 이런 놀이를 하면 안 되는 거야. 이게 무슨 짓이야!"

"그래서 내가 죽기라도 했어?"

어느새 수안이 방으로 돌아와 창호문 앞에 서서 화를 냈다.

"멀쩡하잖아. 비타민이었을 뿐이야. 그건 원기소 염색한 거고. 백 알을 먹어도 아무렇지 않아요. 그냥 재밌자고 한 장난이었어."

"재밌자고 한 장난? 그래, 이게 재밌니, 너는? 염색은 뭘로 했는데. 물감칠이라도 했어?"

"식용색소였어. 가게에서 파는 아이스바보다도 덜 해로워."

"그런 걸 어디서 구해, 너희들이!"

"화학 시간에 쓰다 남은 거야. 색소 착색되는 과정 실험했어요."

수안은 거짓말을 하고는 약간 외면한 채 활짝 열린 책상 서랍을 도로 닫았다. 은이 이모의 그늘진 눈 밑이 어둡게 짙어졌다.

"너희가 몇 살이라고 생각하는 거야. 아직도 이런 소꿉장난이나 하고. 게다가 둘넝이 넌, 네가 뭐라도 되는 것 같니? 무슨 자격으로 다른 사람한테 환약을…."

이모의 그런 모습은 처음이었다. 외가에서 지내는 동안 은이 이모가 가끔 나를 불편해하는 걸 느낀 적은 있었지만, 지금처럼 밉거나 싫은 감정으로 본 적은 없었는데. 단순히 소녀들의 장난으로 넘기기에는 그렇게나 꺼림칙했던 것일까.

"이제 이런 짓, 다 금지다. 썩 갖다 버려!"

이모는 약병을 방구석에다 팽개치고 우리 방을 나가버렸다.

그 후 며칠 동안 은이 이모는 내 얼굴을 똑바로 대하지 않았다. 눈길을 피하거나 좀처럼 말을 걸지도 않았다. 어쩌다 시선을 느끼고 고개를 들면 이모는 어딘가 불안한 빛으로 나를 바라보고 있었다. 살아오는 동안 그 기억이 떠오를 때마다 생각해보곤 했다. 은이 이모는 어쩌면 딸이 자신의 향이 언니 같을까봐 두려웠는지도 모르겠다고…. 언젠가 가매마을 문방구에서 노인이 잔인하게 말했던 것처럼, 유전되는 피가 염려스러웠던 게 아닐까 하고. 나를 보는 이모의 눈빛은 이렇게 묻고 있는 것 같았다. 왜 네가 그렇지 않지? 어째서 내 딸이지? 그건 나를 슬프게 했고, 그런 무언의 말을 전해 들을 때면 가슴이 꽉 눌리는 것만 같았다. 그건 내 탓이 아니었으니까.

잠옷을 입으렴

~~~~~

'실과 바늘'의 셔터를 내리고 돌아오는 길. 초승달 아래 언덕 동네 밤 풍경이 고즈넉했다. 서고슈퍼 앞을 지나치는데 미닫이문이 드르륵 열리며 봉란이 불렀다.

"이봐요, 빅뉴스!"

발길을 멈추니 봉란이 싱긋 웃으며 소식을 전했다.

"5구역 주민 합의 끝났대요. 재개발 날짜 나왔나봐."

갑자기 전해 들으니까 오히려 실감이 안 났다.

"날짜가 나왔다고요?"

"응. 내년 가을까지 모두 이주 완료시키고, 다음 겨울부터 철거 시작하기로 했다네? 좀 전에 위원회 대표가 왔다 갔어."

기분이 이상했다. 몇 년째 말들은 많았어도 왠지 이 동네는 소문만 무성할 뿐 언제까지나 남루한 언덕 풍경 그대로일 것 같았는데. 개발이 시작되면 집에 관해 아무 권리가 없는 나는 다시 여기로 돌아올 수 없다. 지금까지 나와는 상관없는 일이라 여겼지만, 막상 동네가 허물어진다니 은연중 내 마음은 재개발을 바라지 않았다는 걸 깨달았다.

"이제 딸이랑 같이 살겠네요."

봉란은 그러게요 하듯이 웃더니 온장고에서 따끈한 캔커피를 꺼내 내 손에 쥐어주었다.

"이거 마셔요. 내가 기분으로 주는 거."

"고마워요."

그러고 보니 가게 앞 자동판매기엔 며칠째 '고장'이라 쓰인 쪽지가 붙어 있었지만, 봉란은 고칠 마음이 없는 것 같았다. 아마 동네가 철거될 때까지 이대로 방치되리라. 캔 뚜껑 고리를 벗겨 커피를 한 모금 마시는데 봉란이 말했다.

"내가 보니까 엄마란 여자는 세 종류야. 낳고 키우거나, 낳고 버리거나, 낳고 키우다가 버리거나. 그중에서 제일 나쁜 건 세 번째고. 근데 드물게 예외가 있죠."

"뭔데요."

"낳고 버렸다가, 다시 찾아 키우는 거."

나는 피식 웃었다.

"아이 아빠는 이제 안 만나요?"

"그렇지 뭐. 만날 일도 없고."

봉란은 차가운 밤공기를 심호흡하며 가로등 빛이 흘러드는 가게 처마를 올려다보았다.

"어머, 고드름 얼었다. 춥긴 추운가 보네. 나 어릴 때 옆집 살던 남자애가 날 좋아했는데, 그땐 우리집이 그런대로 잘살아서 마당에 그네가 있었어요. 마주 보고 타는 그네 있잖아. 그거 같이 타고 노는데 겨울에 그네 지붕에 고드름이 언 거라. 둘이 고드름을 몇 개나 빨아먹었는지 몰라요."

"고드름을?"

"응. 그 애가 맛있다면서 먹으니까 나도 잘 보이려고 먹은 것 같아. 나중에 어찌나 배가 아픈지. 난 그때부터 실속은 없었던 거지."

잠옷을 입으렴

나는 웃으며 생각해보았다. 그런 추억이 내게도 있었던가.

"음… 난 비를 손바닥에 받아서 마셔본 적은 있어요. 상상했던 맛과 비슷했던 것 같아요. 아니면 비슷하다고 믿었거나."

봉란은 깔깔 웃었다. 행복해 보였다.

돌아오는 길에 산호가 보고 싶었다. 지난 주말 그가 잠시 고향 집에 다녀오겠다고 갔을 때, 나는 그동안 지은 잠옷을 건네주었다. 수안에게 전해달라고. 그도 돌아오면 내게 보여주고 싶은 게 있다고 했다. 가져올게요, 라고. 벌써 다녀왔을 텐데 며칠째 얼굴을 보지 못했다. 밤이 깊어가는 언덕은 고요해서 이제는 사라질 동네라는 게 실감이 났다. 좁은 골목길, 낮은 집과 창문들, 마치 눈을 감은 듯 듬성듬성한 불빛들이 새삼 허전하게 내 맘을 파고들었다.

집에 돌아와 옷을 갈아입고 침대로 기어들었다. 피로하고 졸린데 향이가 다가왔다.

뒷방할머니가 이상한 소리를 해.

뭐라고 하는데.

동네를 허문다고. 그러면 우리도 사라질 거라고.

나는 아무 말도 하지 않는다. 향이가 침대 곁에 서서 물끄러미 내려다본다.

이 집도 허문대?

그래.

…넌 좋겠네. 나도 사라지게 돼서.

아니, 슬플 거야.

진짜로?

진짜로.

나는 향이를 안아주었다. 향이는 이불 속으로 스며와 내 팔을 베고 누웠다. 젖은 나뭇잎과 흙냄새가 났다. 그 몸을 놓치고 싶지 않다고 생각했다. 너무 가여웠으니까.

~~~

어느 화창한 토요일 봄날. 은이 이모는 같은 학교 선생님의 부친 칠순잔치에 참석하느라 좀 늦는다고 했다. 외할머니는 가운뎃방에 누워 다디단 낮잠에 들었고, 웅이는 사립문 앞에 쭈그리고 앉아 흙바닥에 막대기로 그림을 그리며 놀았다.

햇볕이 따뜻해 노곤한 오후였다. 아지랑이처럼 졸음이 오는 눈꺼풀을 깜빡이며 나는 툇마루 기둥에 기대어 다음 달 학예전에 전시할 스웨터를 짜고 있었다. 읍내 여고는 매년 유월에 학예전을 열었기 때문에 봄부터 저마다 틈틈이 공을 들여 준비했다. 수안은 방에서 시화전에 낼 시를 다듬고 있는 것 같았다. 나는 내 손에 길든 대바늘을 습관적으로 움직이며, 간간이 사립문 밖에서 혼자 노는 웅이를 내다보았다. 땅에 그림을 그리던 웅이는 이제 흙을 제 앞으로 끌어모아 조그만 언덕을 만들고 막대기를 그 위에 꽂았다. 막대기가 쓰러지지 않게 언덕 테두리부터 조금씩 흙을 빼오는 놀이였다. 얼마 전 나와 함께 했던 흙장난이어서 나는 빙긋이 웃었다.

깜빡 졸았는지도 몰랐다. 스웨터 코 하나를 빠뜨린 걸 보고 털실

잠옷을 입으렴

을 잡아당겨 방금 뜬 서너 줄을 풀어냈다. 그리고 무심코 고개를 드는데 사립문에 웅이가 없었다. 처음엔 울타리 밑에서 노는 줄 알고 그다지 마음 쓰지 않았다. 다시 몇 줄을 뜨는 동안에도 별다른 기척이 들려오지 않았다. 나는 뜨개질하던 손을 멈추고 울타리 너머로 불렀다.

"웅아?"

대답이 없었다.

"웅아, 거기 있니?"

툇마루에서 내려와 슬리퍼를 신고 나와보니 방금까지 놀던 조그만 흙언덕이 무너지지 않고 그대로였다. 싸리 울타리를 한 바퀴 돌았는데도 아이가 보이지 않았다. 옆집을 지나 마을 앞길을 내다보았지만 마찬가지였다. 나는 뛰다시피 돌아와 마당에서 소리쳤다.

"웅이가 없어, 수안아!"

수안은 책상에서 고개를 들고 의아하게 내다보았다.

"뭐라고?"

"방금 전까지 집 앞에 있었는데 없어. 찾아봐야 돼, 빨리!"

"…혼자 숨바꼭질 놀이 하고 있는 거 아냐?"

숨바꼭질을? 설마. 수안과 나는 혹시나 싶어 집안 구석구석을 뒤졌다. 툇마루 밑을 들여다보고 뒤란과 끝방, 부엌에도 가보았지만 찾지 못했다. 그 바람에 낮잠에서 깨어난 외할머니는 웅이가 보이지 않는다고 하자 늙은 얼굴이 노랗게 질렸다.

"그게 무슨 소리냐. 아니 애가 어딜 갈 데가 있어서."

우리는 외할머니를 집에 두고 마을을 헤매고 다녔다. 여섯 살짜리 아이의 다리로 기껏 가봐야 집 주변일 거라고 생각했다. 시간이 많이 흐르지도 않았으니 금방 찾을 것 같았지만 그렇지 않았다. 길에서 만난 이웃 사람을 붙잡고 혹시 지나가는 아이를 보았냐고 물었으나, 보지 못했다는 대답만 들었다.

"대체 어떻게 된 거야."

마침내 심상치 않은 느낌이 들자 수안이 애가 타서 말했다. 나도 입술이 바작바작 말랐다. 논밭 한가운데를 가로지르는 흙길에 서서 우리는 막막하게 사방을 둘러보았다. 푸른 논밭 너머 버스가 신작로를 달려갔고, 불타버린 토담집 근처에 잎이 무성한 느티나무가 여느 때처럼 서 있을 뿐이었다. 햇살은 너무 환해서 이런 일이 더 비현실처럼 느껴졌다. 마을 어귀 모암상회에 들어가 물어보았을 때 우리는 이상한 소리를 들었다.

"아까 어떤 여자가 애를 데리고 지나갔지, 아마? 몰라, 나도 얼핏 본 거라."

모암상회 주인아주머니가 고개를 갸우뚱하며 말했다. 수안이 초조하게 다시 물었다.

"어떤 여자요? 나이는 얼마쯤 돼 보였어요? 그리고 아이는, 우리 웅이였나요? 가게에 저희가 자주 데리고 왔었잖아요."

"그럼, 나도 웅이 알지. 근데 애는 자세히 못 봤어. 여자가 손 붙잡고 지나가니까 그냥 별생각 안 했지. 서른 몇 살? 아니 마흔 몇 살쯤인가… 암튼 우리 마을 여자는 아니었어. 그건 확실해."

　　　　　　　　　　　　　　잠옷을 입으렴

아주머니가 단호하게 얘기하자 나는 심장이 빨리 뛰었다. 신문이나 텔레비전 뉴스에서 본 '유괴'라는 낱말이 자꾸 떠올라, 뇌리에서 지우려고 해도 떨어지지 않았다.

"전화 좀 쓸게요."

"그래라."

아주머니는 미닫이문 안에 이불이 깔린 좁은 가겟방을 가리켰다. 수안이 문지방에 앉아 다이얼을 돌리는 동안 나는 먼지 낀 유리문 너머 마을길을 불안하게 내다보았다. 아이 손을 붙잡은 여자의 그림자가 아직 어딘가에 있을 것만 같았다.

"안녕하세요, 저는 조은이 선생님 딸인데요. 급한 일이라서 그런데 오늘 칠순잔치 하는 식당 전화번호를 알 수 있을까요?"

수안은 두 군데 더 전화를 걸었고 은이 이모와 통화할 수 있었다. 이모가 시키는 대로 읍내 파출소에 신고 전화까지 하고 우리는 일단 집으로 돌아왔다. 외할머니는 그때까지 사립문 앞에서 서성이고 있었다.

"웅이는?"

우리가 고개를 젓자 외할머니는 다리에 힘이 빠진 나머지 울타리를 붙잡고 주저앉으려 했다. 부축해서 툇마루까지 겨우 올라가니 늙은 눈가가 그렁해 떨리는 목소리로 넋두리했다.

"내가 낮잠을 자서 그렇다. 늙은이가 백주대낮에 잠을 자느라고…."

오래지 않아 택시가 집 앞에 섰다. 연락이 닿았는지 부부가 함께 내렸다. 창백하게 핏기가 가신 은이 이모와 달리, 이모부는 애써 침착한 태도로 우리에게 지시를 내렸다.

"순경이 올 때까지 주위를 더 샅샅이 찾아보거라. 어디 좁은 공간에 들어가 못 나오는지도 모르니까. 나는 이장님 댁에 가서 마을에 방송을 부탁해야겠다."

은이 이모는 툇마루에 털썩 주저앉으며 두 손으로 머리를 감싸 안았다. 금방이라도 쓰러질 것처럼 조마조마한 모습이었다. 우리가 웅이 이름을 부르며 이웃집들까지 찾아다니는 동안 마을 전신주에 매달린 스피커에서 아이를 찾는다는 안내방송이 쩌렁쩌렁 울려 퍼졌다. 이장님은 바쁜 일이 없는 사람들은 같이 나와서 찾아주면 좋겠다는 말도 덧붙였다. 마을 사람들 몇몇이 흩어져서 신작로와 구월산 아래까지 훑어보러 갔다. 어린애 발걸음으로 산에 갔을 리는 없다고 하면서도, 아이들 머릿속은 모르는 법이라며 가보자고들 했다.

나는 읍에서 순경이 왔기 때문에 수안과 집에 남아 그날 오후의 상황을 여러 번 반복해 설명해야 했다. 툇마루에서 뜨개질을 하고 있었던 일. 사립문 앞에 쭈그리고 앉아 웅이가 했던 흙장난. 아무도 보이지 않았던 울타리 앞길.

"아이가 혼자 있었다는 말이냐?"

"제가 보고 있긴 했지만…."

"어쨌든 집 바깥에서는 혼자였단 말이지?"

"네."

잠옷을 입으렴

"마을 입구에 있는 가게 주인이 어떤 여자가 아이를 데려가는 걸 봤고?"

"네. 하지만 그게 웅이였는지는 모르겠다고 했어요."

수첩에 정황을 기록한 순경은 이모부와 함께 더 알아보기 위해 모암상회 쪽으로 내려갔지만 별 수확을 얻진 못했다. 가게 아주머니는 낯선 여자가 언뜻 보라색 옷을 입었던 것 같은데 확실하지 않다고 말했고, 얼굴은 전혀 기억이 안 난다고 했다. 그러는 사이 오후도 저물어 구월산 등성이에 노을이 졌다.

은이 이모는 읍내 파출소에 전화해 보라색 옷을 입은 여자가 혹시 아이를 데리고 다니지 않는지 거리를 순찰해달라며 사정했다. 저쪽에서 알았다고 전화를 끊자, 이모는 한동안 망연히 주저앉았다가 충혈된 눈으로 수안을 노려보았다.

"둘넹이가 뜨개질하면서 웅이 볼 동안 넌 뭐 했는데."

가라앉은 목소리 아래로 분노가 전해졌다. 아무도 처마 전등을 켤 생각을 하지 않아 툇마루는 금세 어스름이 깔렸다. 수안은 어둑한 그늘 아래 앉아 조용히 대답했다.

"…시화전 준비했어요."

"시 쓰고 있었니?"

수안은 대답하지 못했다. 이모는 질린다는 듯이 가늘게 몸서리를 쳤다.

"어린 동생을 남한테만 맡겨놓으면 끝이구나. 네 머릿속은 온통 네가 하고 싶은 일로만 가득 차 있어. 그렇지? 이기적인 것 같으니."

수안은 말이 없었다. 은이 이모는 이번엔 내게 화살을 돌렸다.

"그리고 둘녕이 넌, 누가 너한테 유모 노릇하라고 한 적 없다. 아이는 너 좋을 때 데리고 노는 존재가 아니야. 제대로 볼 자신 없고 책임지지 못할 것 같으면, 아예 나서지 마!"

그러고는 마지막 통첩처럼 매섭게 쐐기를 박았다.

"두고 봐라. 웅이 이대로 못 찾으면, 내가 너희를 용서할 것 같니?"

탁- 안방 문이 닫히고 이내 가슴을 짓누르며 숨죽여 우는 소리가 들려왔다. 아이를 영영 잃어버릴까 두려움에 사로잡힌 흐느낌이었다. 수안은 돌이 된 것처럼 고요했다. 내게도 눈물이 맺혔다. 아무리 꾸지람을 들어도 실감나지 않았고, 웅이만 돌아온다면 어떤 비난을 받든 무슨 상관일까 싶었다.

밤새 식구들은 누구도 잠들지 못하고 뜬눈으로 지새웠다. 순경과 함께 파출소로 나간 이모부는 돌아오지 않았다. 대책을 의논하고 막연히 읍내 밤거리를 헤매고 다니며 아이를 찾고 있을 것 같다. 우리 마음도 진흙탕처럼 어지러웠다.

~~~~

뜻밖에도 웅이는 이틀날 낮에 자기 발로 타박타박 걸어서 집에 돌아왔다.

"웅아!"

사립문에 들어서는 아이를 보고 내가 소리치자 안방에서 은이

잠옷을 입으렴

이모가 맨발로 뛰쳐나왔다. 정말 웅이였다. 이모는 아이를 부둥켜
안고 소리 죽여 울었다. 수안이도 외할머니도 구르듯 마당으로 뛰
어 내려왔다.

"아이고, 신명님 감사합니다. 내 새끼를 돌려주셨구나, 돌려주셨
어!"

외할머니는 눈물이 글썽해 어린 손주의 몸을 어루만졌다. 웅이
는 집에서 입고 놀았던 허름한 내복이 아니라 못 보던 예쁜 새 옷
을 입고 있었다. 그걸 깨달은 은이 이모는 흠칫했지만 정작 웅이
는 누나들을 향해 빙그레 웃기만 했다. 손에는 조그맣고 빨간 불자
동차 장난감을 쥐고 있었다. 아무 일도 없었던 양 평온한 얼굴이었
고, 머리카락도 깨끗하게 잘 빗겨진 채였다. 외할머니는 마당에 쭈
그리고 앉아 아이 손을 쓰다듬으며 감격에 겨워 말했다.

"나쁜 일을 겪은 것 같진 않다. 새 옷 입혀놓은 것 좀 봐라. 애가
이뻐서 데려갔던 게야. 누군지 몰라도 무사히 데려다줘서 고맙기
그지없구나…"

"엄마는 대체 무슨 소리예요!"

은이 이모는 울컥해서 신경질적으로 아이 옷을 벗기기 시작했
다. 멜빵이 달린 바지를 확 끌어 내려 팽개치고 보니 신발까지 새
것이었다. 조끼와 티셔츠를 머리 위로 잡아당기자 웅이는 불자동
차를 떨어뜨리지 않으려고 꽉 쥐었다.

"그거 놔. 이 옷 벗어야 돼."

이모가 빼앗아 던져버린 불자동차는 바닥에 부딪쳐 산산조각이

났다. 웅이가 울음을 터뜨렸다. 아랑곳없이 윗옷을 끌어 올렸지만 단추가 목에 걸렸다. 아이는 옷 속에 얼굴이 가려진 채 비틀거리며 울었고, 이모는 마치 유괴범에게 분노하듯 억지로 벗기려 했다.

"…다치겠어요. 애가 놀라잖아요."

나도 모르게 그 팔을 붙잡고 만류했다. 아이 옷을 도로 내리고 목에 걸린 단추를 풀어주려 했지만, 이모는 내 손을 뿌리치고 기어이 강제로 벗겼다. 단추가 뜯어지며 웅이 얼굴에 발갛게 쓸린 자국이 났다. 벌거벗겨진 아이는 못내 겁에 질려 울었다.

"이딴 옷들 아궁이에 처넣고 다 태워버려."

"애가 울어요. 살살해도 되잖아요! 이제 막 왔는데."

내가 웅이를 감싸듯 끌어안는 순간 철썩 이모의 손바닥이 내 뺨을 세게 때렸다. 깜짝 놀란 수안이 소리쳤다.

"엄마! 이게 뭐 하는…."

"수안이 너도 입 다물어. 웅이 데려가서 씻겨주기나 해."

은이 이모는 나를 쏘아보며 나직하게 내뱉었다. 그녀의 눈빛이 서늘했다. 맞은 뺨이 아픈 줄도 모르고, 나는 맨살이 드러난 아이를 안은 채 그녀와 마주했다.

외할머니가 슬픈 낯빛으로 내 품에서 웅이를 떼어놓았다. 나와 눈이 마주치자 외할머니는 보일 듯 말 듯 고개를 저었다. 그만해라, 둘녕아. 그러지 말아라. 가만히 있어. 안쓰럽게 전해져오는 그 말을 읽고 나는 스르르 팔을 떨어뜨렸다. 수안은 입술을 꾹 깨문 채 웅이를 안아 부엌으로 데려갔다. 내 마음속 무엇인가가 그 마당

잠옷을 입으렴

에서 스러져갔다.

그날 밤 나는 열이 오르며 몹시 앓았다. 수안이 차가운 물에 수건을 적셔서 이마에 올려주었지만 열은 쉽게 떨어지지 않았다. 온몸이 방바닥으로 가라앉는 것 같았고 두들겨 맞은 것처럼 아팠다. 외할머니는 이부자리 끝에 앉아 딱하다는 듯이 내 머리를 쓰다듬었다.

"맥이 한꺼번에 풀려서 그렇다. 네가 많이 놀랐구나."

수안이 대야에 찬물을 떠오려고 마당 수돗가로 내려간 사이 외할머니가 중얼거렸다.

"그나저나 누가 그랬을까…. 새 옷을 사 입힌 걸 보니 해코지하려던 마음은 아니야. 아마 아기를 못 낳는 여자였지 싶다. 모암마을은 피차 다 아는 처지니 아닐 테고, 이 근방에서… 애를 좋아하는 걸 보면 나쁜 이는 아니고…."

나쁜 사람이죠. 나는 신열에 들떠 들리지 않게 속삭였다. 아이가 예뻐서 그랬어도 몰래 데려갔으니 나쁜 거죠. 목구멍이 불에 덴 듯 따갑고 건조해 소리가 안 나왔다. 외할머니는 내 이마에 놓인 수건을 조곤조곤 눌러주며 골똘히 혼잣말을 이었다.

"분명 여인네 소행이다. 외로운 과부거나… 그래, 근래에 자식을 여읜 아낙이지 싶다. 데려다 키우려다가, 자기도 자식 잃은 부모 마음을 알 테니 도로 데려다놓은 거지. 하늘이 도우신 게다. 그 마음을 돌려놨으니."

그만하세요. 듣고 싶지 않아요. 나는 타는 목으로 헛되이 소곤거렸다. 수안이 대야를 들고 방으로 돌아와 수건을 찬물에 빨아서 다시 올려주었다. 밤이 깊어갈 동안 외할머니는 모르는 여인의 이야기를 짚어보고 또 짚어보았다. 나는 아슴아슴 열에 사로잡힌 채 잠이 들었다.

~~~~

이틀을 앓고 일어나니 머릿속도 마음도 텅 빈 것 같았다. 아침에 세수할 때 내 얼굴이 홀쭉해진 것이 손끝에 느껴졌다. 제출한 결석계를 담임은 읽어보지도 않고 책상 서랍에 툭 집어넣었다. 내가 결석했던 걸 과연 알기나 할까 싶었다.

담임은 '납작보리'란 별명을 가진 사회 선생님이었다. 숱이 적은 머리칼을 보리쌀처럼 앞가르마를 타서 양 갈래로 빗고 머릿기름을 발랐다. 종례 시간에 그가 툭하면 훈계하던 말은 이러했다.

"모름지기 사람은 세 종류가 있다. 꼭 필요한 사람, 있어도 그만 없어도 그만인 사람, 반드시 없어야 할 사람. 그러니 너희들도 항상 학급에 필요한 구성원이 되도록 해라."

그래서 급훈도 '꼭 필요한 사람이 되자'였다. 솔직히 가끔은 나야말로 있어도 그만 없어도 그만인 사람이 아닐까 싶기도 했다. 미주가 복도 나무계단을 왁스를 묻힌 마른걸레로 빡빡 문지르면서 투덜거렸다.

"그 말 들을 때마다 무지 스트레스야. 나더러 들으라고 하는 말 같아. 내가 우리 반 평균을 깎아먹잖냐."

잠옷을 입으렴

복도와 계단 마룻장이 반질반질 윤이 나야 청소 검사를 통과하기 때문에 다들 지루해하면서 꼼꼼히 닦았다. 언젠가는 누군가 호되게 미끄러져 어디가 부러질 날이 있을 것 같았다. 미주는 시큰둥하게 덧붙였다.

"사실 말야, 따지고 들면 모든 사람이 그렇지 않아? 나한테 중요하면 그 사람이 잘났든 못났든 꼭 있어야 하는 거고. 내가 전혀 모르는 사람이라면 있으나 없으나 알 게 뭐야."

"그런 말 신경 쓰지 마."

하지만 나 역시 씁쓸하기는 마찬가지였다. 누군가에겐 무척 소중한 사람도, 어떤 이에겐 아무 관심도 상관도 없는 타인일 뿐인 걸까. 다 그런 줄 알면서도 마음이 스산했다.

며칠 후 학급별로 진학 상담이 시작됐다. 번호순으로 교무실로 불려가 담임 책상 옆에 앉아서 짧은 상담을 하고 돌아왔다. 매번 중간고사와 기말고사가 끝날 때마다 전교생 스스로 지망하는 대학과 학과를 쓰게 했다. 내 차례가 되어 교무실로 들어가자 담임은 의자를 턱 끝으로 가리키며 내 이름이 적힌 진로계획서를 내밀었다. 일차 지망부터 삼차 지망까지 적어 넣을 세 개의 빈칸에 이어 조그만 '진학 포기' 활자가 눈에 띄었다. 중간고사 석차표를 훑어보던 담임이 망설이는 나를 향해 의문스럽게 눈썹을 올렸다.

"뭐 하느냐? 지망 대학 적고 가거라."

"저는… 아무래도 진학을 포기할 것 같아서요."

담임 맞은편 자리의 가정 선생님이 고개를 들고 나를 쳐다보았다. 담임도 새삼 금테 안경을 코끝으로 내렸다.

"진학을 안 한다고?"

"네."

"그럼 따로 취업 준비를 하고 있느냐?"

"그건 아니지만… 취업은 하려고 해요."

담임은 턱을 문지르며 잠시 생각하더니 책꽂이를 뒤져 가정환경 조사서를 꺼냈다. 그가 서류를 읽을 동안 나는 복잡한 기분으로 앉아 있었다. 그렇게 대답해놓고 실은 내가 더 낯설었다. 진학 문제를 외가 어른들과 상의한 것도 아니었지만, 막상 내 입으로 말하고 나니 언젠가는 이렇게 되지 않을까 줄곧 느껴왔다는 생각이 들었다. 꽃병 너머로 가정 선생님이 넌지시 말을 걸어왔다.

"둘넝이 대학 안 가게?"

"네…."

담임이 탁 서류철을 덮더니 할 수 없다는 듯이 말했다.

"알았으니 그만 가봐라. 다음 번호 오라고 하고."

나는 일어나 꾸벅 인사를 하고 교무실을 뒤로했다. 부기도 타자도 못하고 취업하기엔 상업고교를 나온 학생들보다 불리할 테지만, 그 순간만큼은 아무것도 생각하고 싶지 않았다. 앓고 난 뒤로 나는 어떤 부분들에 대해 접어버렸고, 그래서 차라리 마음이 편했다. 복도 창문으로 쏟아지는 초여름 햇살이 눈부셨다.

　　　　　　　　　　　　　　　　　　　잠옷을 입으렴

~~~~~~

　유월이 오자 학예전이 열렸다. 학교 강당 마룻바닥에 구조물을 세워 공간을 나누고 부별로 작품을 전시했다. 저마다 똑같은 넓이의 공간이 제공됐지만, 인원과 작품 수가 달랐기 때문에 서로 살짝살짝 가벽을 밀어 공간을 넓히려고 신경전을 벌였다.

　편물부는 부스 한가운데 빨간 천을 씌운 테이블을 놓고 우리가 만든 인형과 소품들을 올려놓았다. 삼면을 에워싼 가벽에는 스웨터와 카디건, 원피스 같은 뜨개질 옷을 전시했다. 이웃한 부스는 공예부여서 비누공예와 박공예, 종이접기로 만든 작품들이 놓였다. 비누에 리본을 차곡차곡 동여매 만든 열두 마리 백조 앞을 지날 때마다 온갖 향내가 건너왔다.

　서예부와 미술부를 지나 코너를 돌면 문예부가 시화전을 열고 있었다. 문예부원들은 새벽부터 나와서 포대에 담아온 나뭇잎을 부스 바닥에 뿌렸다. 벽에 걸린 시를 읽으며 걷다 보면 발아래 나뭇잎이 서걱서걱 밟혔다.

　무대 한쪽에서는 방송부가 뮤직박스를 설치해 음악을 내보냈다. 리퀘스트 창구에 축하 메시지와 음악이 신청될 때마다 스피커로 사연이 흘러나왔다. 학생회 임원들은 가슴에 꽃을 달고 강당 현관에 서서 학예전 팸플릿을 나눠주었다. 방문객은 대부분 이웃 학교 학생들이었는데 간혹 지역 주민들이 들르기도 했다. 오가며 전시를 구경하다가 프로그램 시각에 맞춰 악기부와 무용부가 무대에서 공연을 할 때는 다 같이 박수를 쳤다.

오후 늦게 강당이 한산해지자 나는 다시 문예부로 건너가 보았다. 수안은 아침나절엔 모습을 보이더니 좀처럼 부스에서 얼굴을 보기 힘들었다. 문예부원들은 테이블에서 기다리다가 관람객이 시를 쓴 사람을 찾으면 곁에 가서 해설을 했다. 나는 장미 한 송이를 수안의 패널 아래 셀로판테이프로 붙였다.

"방명록 작성 부탁합니다."

부원이 펼쳐놓는 방명록을 내려다보며 나는 곁에 놓인 펜을 들었다. 뭐라고 쓸까 망설이다 꾹꾹 펜을 눌렀다.

수안에게

시화전 들렀어.

내게는 네가 쓴 시만 보였어. 정말이야.

  날짜를 적고 이름은 남기지 않았다. 내 글씨를 알아볼 테니까. 그러고 보니 내가 자리를 비운 사이 편물부에 수안이 왔을지도 모른다는 생각이 들었다. 우리 부스로 돌아가 방명록을 뒤적이자, 수안이 남겨놓은 글귀가 눈에 띄었다. 길이 엇갈렸구나 싶었다.

사랑하는 고둘녕.

네가 스웨터를 짜고 있을 땐

나는 곁에서 같이 아늑해져.

넌 털실을 짜고

잠옷을 입으렴

난 시간을 허비하지.

넌 물레를 돌릴 테고

난 딸기잼을 휘젓겠지.

축복할게, 내 사촌.

언제나 마법 같은 손길 지니기를.

수안.

가만히 방명록을 덮고 고개를 드는데, 내 스웨터 앞에 남학생이 서 있었다. 교복 바지 주머니에 손을 찔러 넣고 혼자서 작품을 바라보고 있었다. 뒷모습이 낯설지 않아 왠지 가슴이 두근거렸다. 충하가 돌아섰을 때 우리는 눈이 마주쳤다. 중학교를 졸업한 후로 만난 건 처음이었다. 열여덟 살의 소년은 키가 훌쩍 커지고 어깨가 벌어져 어른처럼 보였지만, 물끄러미 응시하노라니 기억을 헤집고 야영장 비누 냄새와 계곡의 물 냄새, 밤의 모닥불 냄새가 흘러올 것 같았다.

"…안녕? 오랜만이네."

"응. 정말."

충하는 이제 수줍어하지는 않았지만 여전히 능숙하게 말을 찾지는 못했다. 머뭇거리던 그가 고백했다.

"나, 언어 교정 치료해. 더듬지, 않아."

나는 그만 입가에서 웃음이 새어 나왔다. 묻지도 않았는데 그런 말부터 하다니. 하지만 그 순간 조용히, 이상하리만치 평온하게 잦아들던 내 마음이 지금도 느껴진다. 공기는 잔잔히 흐르고 소년은 그대로 내게 눈부셨다. 비로소 나는 소년이 지난날 내 첫사랑이었음을 깨달았다.

충하는 편물부만 둘러보고는 오래 머무르지 않고 강당을 나섰다. 방명록 작성도 하지 않았다. 벽돌이 깔린 담장 길을 따라 교문까지 바래다주면서 내가 물었다.

"다른 전시는 안 봐?"

"별 관심 없어."

"그럼 내 것만 보러 온 거야?"

충하는 고개를 끄덕였다. 그러고는 천천히 힘주어 말했다.

"가끔 생각해봤는데 그러니까 난, 이 읍에서 만난 여자아이들 가운데… 비교적 널, 편애하는 것 같아."

나는 풋 웃으면서도 코끝이 찡해왔다. 눈물이 날 것 같아서 함께 걷는 동안 바닥에 깔린 벽돌을 밟는 데만 신경 쓰는 척했다. 강당에서 교문까지 길은 너무 짧았다. 나는 작별인사를 건넸다.

"와줘서 고마워. 다음에 또 만나자."

"글쎄… 너는 그렇게 말해놓고 안 만날 것 같은데."

그가 솔직하게 말해서 나는 웃으며 고개를 저었다. 그동안 손바닥만 한 읍내를 버스를 타고 오가면서 우연이라도 그를 만난 적은 없었지만, 돌이켜보면 길에서 그의 모습이 보이지 않나 가끔 기대했던 것도 사실이니까. 충하는 자신 없는 얼굴로 새삼 물었다.

"그럼 다시 만날 수 있는 거야?"

잠옷을 입으렴

"응."

그제야 소년은 약간 웃더니 충동적으로 내 어깨에 손을 짚고 꾹 힘을 주었다. 짧은 순간 나는 가만히 서 있었고 정작 당황해 얼어 붙은 건 그 아이였다.

"그럼, 다, 다, 다음에."

충하는 살짝 얼굴을 붉히며 돌아서더니 저만큼 가다가 손을 흔들었다. 나도 마주 흔들었다. 그와 만난다고 해서, 언제까지나 즐겁게 지낼 수 있을 거라고는 생각되지 않았다. 소년은 나와 많은 것이 달랐고 나는 그걸 잘 알고 있었다. 하지만 그래도 그가 보고 싶을 거라고 내 마음은 속삭였다.

～～～

가정 선생님이 복도에서 나를 불러 세운 건 학예전이 끝나고 며칠 뒤였다.

"둘녕아."

그녀는 재빨리 손짓했고 우리는 학생들이 뜸한 복도 끝 별관 계단 쪽으로 향했다. 가정 선생님은 출석부와 교과서를 옆구리에 긴 채 온화하게 말했다.

"학생이 아르바이트하는 건 원칙적으로는 허락 못 하지만 말이야. 취업 활동이라면 좀 다르지. 네가 진학을 안 하겠다면 소개시켜주고 싶은 사람이 있는데."

"누군데요?"

"선생님이 아는 사람인데 읍내에서 뜨개질가게를 해. 학예전 구경 왔다가 네가 짠 스웨터 보고 감탄하고 갔다. 그 솜씨면 가게에서 팔아줄 수도 있겠다고 하더라. 한번 만나볼래?"

예상하지 못한 제안에 솔직히 설레었다. 내가 뜨개질한 옷을 쇼윈도에 걸어놓고 팔 수도 있다니. 정말일까. 느긋하고 낙천적인 성품의 가정 선생님은 유일하게 내가 좋아하는 선생님이었고, 편물부 시간에도 자주 격려를 해준 분이어서 더 고마웠다. 조만간 꼭 들러보겠다고 하자 선생님은 가게 이름과 위치를 알려주었다.

그날 밤 자율학습을 마치고 수안과 버스를 타고 오는 길에, 논두렁을 따라 개구리 울음소리가 차창으로 스며들었다. 버스가 정류장을 지나칠 때마다 마을의 불빛들이 고요해 보였다. 수안에게 이야기하고 싶은 게 많았는데 지금은 입이 안 열렸다. 함께 자라오는 동안 무엇이든 서로에게 말할 수 있었지만, 이번만은 아니었다. 수안은 책가방을 무릎에 올려놓고 내 곁에 나란히 버스에 흔들리며 앉아 있었다. 그러다 문득 조용히 중얼거렸다.

"웅이 말야."

"…웅."

"어딜 갔다 온 걸까."

수안의 눈길은 막연히 버스 유리창 너머 어두운 신작로를 향한 채였다. 그건 굳이 대답을 들으려고 묻는 건 아니었다. 그저 마음속에 맴돌던 질문이 무심코 밖으로 새어 나온 듯한 분위기였다.

그래서 나도 아무 말도 하지 않았다. 식구들은 이제 의식적으로

388   잠옷을 입으렴

그 이야기를 피했지만, 혼자 있을 때는 불현듯 그날 일이 떠오르곤 했다. 어른들은 아이를 붙잡고 많은 것을 물었다. 어떤 여자였는지, 어디서 하룻밤을 잤는지, 그 집을 도화지에 그릴 수 있는지. 아이는 자꾸 고개를 저었다. 꼭 한 번, 어떻게 돌아왔느냐는 물음에만 대답을 했다. 버스를 타고 왔어요 라고. 하지만 사실이 아니었다. 그날 모암마을을 지나갔던 모든 버스들의 회사를 찾아가 수소문했으나 기사들은 아무도 웅이 얼굴을 기억하지 못했다. 아마 다른 방법으로 돌아왔겠지만, 어쩌면 스스로 기억하고 싶지 않아서 그러는 게 아닐까 싶어 나중에는 물어보기를 그만두었다. 아이는 무사히 돌아왔고 그것만으로도 감사했기 때문에, 아무리 애써도 알 수 없는 일은 묻어두기로 했다. 세상에는 그렇게 영영 모르게 되는 일들이 있었다.

달리는 버스의 차창을 조금 더 열었다. 바람이 여름밤 냄새를 안고 불어와 수안과 나의 앞머리를 날렸다. 뺨에 닿는 차가운 바람이 좋았다. 돌아오는 동안 차창 너머 개구리 울음소리가 자욱했고, 나는 결국 수안에게 뜨개질감게 이야기를 못하고 말았다.

~~~~

가게에는 미주와 함께 갔다. 읍내 사거리에서 한 블록 안쪽으로 들어가 옷가게가 밀집된 골목에 자리잡고 있었다. 주인은 언뜻 평범하고 살집이 있는 중년 아주머니였는데, 첫인상이 상냥하고 밝아 보여서 나는 마음이 놓였다.

"와줘서 고맙다. 너희 가정 선생님이 내 중학교 때 짝꿍이란다. 우리 둘 다 여기가 고향이거든."

아주머니는 수다스럽게 인사하며 호호 웃었다.

"몰랐어요. 그런 말씀은 안 하셔서."

"그랬겠지. 애들 가르치다가 피곤하면 잠깐 여기 와서 낮잠도 한숨씩 자고 가. 물론 이런 얘기는 학교엔 비밀이다."

"네."

나는 조금 웃었다. 아주머니는 우리에게 의자를 권하고 얼음을 띄운 주스 두 잔을 대접해주었다. 여자들이 모여 앉아 뜨개질하는 장소인지 둥근 탁자에는 편물책과 털실이 담긴 바구니가 놓여 있었다.

"네 스웨터 봤는데, 그 무늬는 도안을 보고 짠 거니?"

"아뇨. 제가 생각해서 넣어본 거예요."

"그래, 그렇지 않을까 싶더라. 솜씨가 참 좋구나."

나는 고개를 숙여 감사하다는 표시를 했다. 주스를 마시면서 우리는 실내를 둘러보았다. 그리 넓지 않은 공간이었지만 알뜰하게 활용을 잘한 것 같았다. 한쪽 벽엔 선반을 촘촘하게 짜 넣어 털실과 뜨개용품을 진열했고, 다른 벽엔 작품들을 보기 좋게 걸어놓았다. 쇼윈도 역시 먼지 하나 없이 깨끗하게 닦여 있었다.

"그런데 실은 내가 저녁때부터 가게 볼 사람이 필요한데."

아주머니가 조심스레 운을 뗐다. 나는 약간 긴장해서 주스 잔을 내려놓았다.

잠옷을 입으렴

"가게를 본다고요?"

"당분간 저녁때만 말이야. 만나자마자 좀 그렇다만, 요즘 우리집 어른이 오늘내일 하신단다. 내가 그 시간에 병원에 가서 다음 날 아침까지 있다가 와야 하거든. 나 아니면 돌볼 사람이 없어."

"아, 네…."

가게를 본다는 말은 듣지 못했는데. 아마 가정 선생님도 몰랐던 모양이었다.

"학생이 원치 않으면 상관없어. 그냥 뜨개 일만 해도 괜찮아. 하지만 혹시 일자리를 원한다면, 내가 월급을 좀 주고 도움을 받을 수 있지 않을까 싶은 거야."

나는 망설이며 미주와 눈을 마주쳤다. 미주도 애매한 표정으로 어깨를 으쓱했다.

"그건… 제가 좀 더 생각해보고 대답할게요."

"물론이지. 그래라."

그리고 아주머니는 내게 수고비에 대해 말했다. 작품 하나를 짜서 넘겨주면 들어가는 실의 양에 따라 얼마 정도씩 책정해주겠다는 이야기였다. 후한 건지 박한 건지 비교해볼 곳도 경험도 없는 내가 도무지 알 수는 없었지만, 물어보기도 그랬다. 보다 못한 미주가 곁에서 나섰다.

"저, 그 정도면 평균쯤은 되는 건가요?"

"내 생각은 그렇다만, 아직 고등학생이니까 평균보다 조금 밑돌 수는 있어. 하지만 손님들한테 반응이 좋으면 실력만큼 수고비를 쳐줄 거다. 그건 약속하마.”

“만약에 가게도 보게 되면요. 식비도 주시나요? 저녁을 사 먹어야 할지도 모르고.”

나는 깜짝 놀라서 미주 옆구리를 팔꿈치로 꾹 찔렀다. 아주머니는 괜찮다는 듯이 싱긋이 웃었다.

“친구가 아주 야무지네. 저녁은 여기 앞으로 달아놓고 배달시켜 먹으면 돼. 내가 그렇게 박한 사람은 아니야.”

어느덧 가게를 나섰을 때 내 머릿속은 여러 가지 문제로 가득했다. 쇼윈도가 이어지는 거리를 책가방을 들고 같이 걸어오면서 미주가 물었다.

“가게 볼 마음 있어? 돈은 확실히 더 벌 텐데.”

“그렇긴 하겠지만, 매일 막차를 타고 집에 돌아가야 하잖아. 어쩌면 막차도 놓칠지도 모르고.”

미주는 그 생각을 못했다는 듯 참, 그러네 하고 중얼거렸다. 다음 순간 갑자기 내 등을 손바닥으로 탁 치며 눈을 빛냈다.

“차라리 읍내에다 방을 얻어라. 그거 어때?”

“아, 아파…. 방?”

“응. 우리 방앗간 옥상에 옥탑방 있어. 이번에 수리해서 큰어머니가 월세 놓으려고 하던데. 내가 부탁하면 좀 싸게 줄걸?”

나는 고개를 저었다.

“그건 안 될 거야. 어른들이 허락 안 하실걸.”

미주는 수긍하는 듯 끄덕거리면서도 시큰둥하게 아랫입술을 내

잠옷을 입으렴

밀었다.

"그래도 언젠가는 너도 외갓집에서 독립해야 하는 거잖아. 어차피 수안이는 대학 갈 텐데, 너 혼자 그 집에 남아 있는 것도 좀…."

뒷말은 흐려졌지만 무슨 말인지 이해할 수는 있었다. 수안이 대학생이 되면 예전 율이 삼촌처럼 집을 떠나 도시로 가게 될 거다. 먼일도 아니었다. 고작 내후년의 일이니까. 솔직히 그때도 나 혼자 이모 내외 밑에서 계속 지낼 수 있을지 망설여지긴 했다. 외할머니가 계시긴 해도 내게 외가는 은이 이모 부부의 집이나 마찬가지였으니까.

우리는 사거리 분식집에서 저녁밥으로 칼국수를 사 먹었다. 미주는 진한 바지락 국물이 맛있다고 했지만 나는 생각이 많아 맛을 잘 못 느꼈다. 미주와 방앗간 앞에서 헤어져 나 혼자 버스정류장까지 걸었다. 걱정과 설렘, 그리고 기대와 불안이 내 속에 떠다녔다. 읍내 풍경은 처음 봤을 때와 변함이 없는데 나는 그렇지 않았다. 어떻게 살아야 할지, 이제는 정말 현실을 외면할 수는 없을 것 같았다.

~~~~

"…뭐라고 했어?"

수안은 책가방을 챙기던 손길을 멈추고 되물었다.

"다음 주부터 자율학습을 안 한다고 했어."

벽장에서 이불을 꺼내 펴놓고 나는 괜스레 까슬까슬한 여름 베개의 구김을 문지르며 말했다. 수안은 잘 이해가 안 가는 듯했다.

"자율학습을 어떻게 빠지려고. 안 보내줄걸?"

"담임도 허락했어. 나, 읍내 뜨개질가게에서 일할 것 같아."

"하지만 내년에 수험생이 되는데 아르바이트할 시간에 싫어도 공부는 해야지. 용돈이 부족해서 그렇다면 내가 엄마한테…."

"아니. 대학은 안 갈 거야."

수안은 말문이 막혀서 나를 응시했다. 비로소 무슨 뜻인지 이해하고 낯빛이 변했다. 나는 차근히 설명하려고 노력했다.

"내 진로에 대해 생각을 해봤어. 지금처럼 이모와 이모부한테 자꾸 신세만 지기는 그래서…."

"이상한 얘기 좀 그만해."

수안은 별안간 신음소리와 더불어 손바닥으로 왼쪽 귀를 감싸고 몸을 구부렸다. 예고 없이 아무 때나 찾아오는 귀 통증이었다. 나는 당황했다.

"귀가 또 아파?"

수안은 대답을 못 하고 내버려두라는 듯이 고갯짓만 했다. 나는 숨죽인 채 수안의 어깨에 손을 올리고 증상이 지나가기를 기다렸다. 방 안에는 침묵만 흘렀다. 이윽고 수안은 허리를 펴고 낮게 한숨을 몰아쉬었다.

"괜찮아?"

"…거봐. 해로운 소리를 들었더니 귀가 더 아프잖아. 그러니까, 이 얘긴 하지 말자."

잠옷을 입으렴

그러고는 짐짓 아무 일 없었던 것처럼 다시 책가방을 챙겼다. 그 고집스런 뒷모습에 나는 따로 방을 얻을지도 모른다는 말은 꺼내지도 못했다.

나는 뜨개질가게에서 일하기 시작했다. 학교를 마치면 바로 가서 청소를 하고 차를 끓여놓고, 아주머니와 나란히 뜨개질도 하고, 배우려고 찾아오는 여자들에게 기초를 가르쳐주고 게이지도 내주면서 조금씩 일에 정을 붙였다. 아주머니 솜씨는 전문가 이상이어서 내게 새롭고 까다로운 도안도 얼마든지 알려주었다. 그 사이 미주는 큰어머니에게 부탁해 방앗간 옥탑방을 싸게 얻었다. 자기가 지금까지 열심히 일을 거든 공이 있으니 그런 부탁도 들어준 거라며 은근히 뿌듯해했다.

어느 날 밤 가게 셔터를 내릴 즈음 미주가 데리러 왔다. 방앗간은 더 빨리 문을 닫는데 나 때문에 일부러 기다려준 것 같았다. 막차를 놓칠까봐 나는 마음이 급했다. 어두운 골목에 나와 쇠막대를 허공에 치켜들고 셔터를 당기려는데 잘 되지 않았다. 몇 번 헛손질을 하니까 미주가 쇠막대를 빼앗더니 한 번에 고리에 끼우고 잡아당겼다. 요란한 소리와 함께 셔터가 내려지고 우리는 단단히 자물쇠를 채웠다.

인적 드문 골목을 벗어나 대로변으로 나오니 불빛이 환했다.

"그래서 언제 이사할 거야? 설마 아직도 말 안 한 건 아니지?"

"내일쯤 말하려고 해."

미주는 그런 나를 딱하게 보더니 덩달아 고민이 되는지 콧잔등을 문질렀다.

"에이, 난 모르겠다야. 괜히 내가 너랑 수안이 갈라놓는 것 같을까봐 겁난다. 수안이한테 말 잘해. 내가 너 억지로 집에서 나오라고 한 거 아니다? 나 수안이 무서우니까."

"무섭기는. 수안이가 왜….”

나는 쓴웃음을 지었지만 미주가 괜한 엄살을 떠는 것만은 아니었다. 어릴 때부터 누구나 만나면 스스럼없이 친해지는 미주도 수안이만은 줄곧 어려워했으니까.

막차로 돌아오니 어른들이 내게 어째서 요즘 혼자 따로 귀가하고 더 늦느냐고 물었다. 더 이상 미루기도 어렵던 터라 나는 안방에 올라가 사실대로 고백했다. 벌써 일하고 있다고 했더니 이모 내외의 얼굴이 어두워졌다. 이모부는 당연히 나까지 대학을 보낼 계획이라며 나무랐지만, 나는 나름대로 깊이 생각해서 내린 결정이라고 열심히 설득했다. 이모부는 끝내 서운해했고, 은이 이모는 우울하게 자책하는 느낌이라 왠지 내가 더 미안했다. 그러지 않아도 된다고 말하고 싶었다. 두 사람은 오랫동안 너무 많은 책임감을 가지고 살아왔으니까. 싫으면 싫다고, 힘들면 힘들다고 말했어도 좋을 텐데 그러지 않았다. 그래서 식구들 서로가 더 보이지 않게 조금씩 상처 주고 상처받고 했는지도 몰랐다.

마당을 건너오니 외할머니는 처마 백열등도 켜지 않고 툇마루에 앉아 도라지 담배를 피우고 있었다. 나는 그 곁에 나란히 걸터앉았다. 외할머니의 거칠거칠한 손바닥이 내 무릎을 쓸었다.

잠옷을 입으렴

"돈이 필요할 게다. 할미 모아놓은 쌈짓돈 다 주마. 들고 가거라."

희미한 약초향이 섞인 담배 연기 속에서 나는 눈물이 핑 돌았지만 꾹 참았다.

"아니에요. 괜찮아요."

"들고 가. 나야말로 갖고 있은들 무슨 소용이겠나. 우리 손녀가 쓰는 게 낫지."

그러고는 슬프게 내 뺨을 어루만졌다. 외할머니가 그러면 마음이 약해질 것 같아 나는 그 몸을 꼭 껴안았다. 나 아니어도 외할머니 마음은 평생 많이 고달팠는데 나 때문에 서글퍼하지는 말았으면 싶었다.

수안은 잠든 것처럼 누워 있었다. 나도 옷을 갈아입고 이부자리에 누웠지만 잠이 안 왔다. 고요한 어둠 속에서 우리는 한참이나 잠들지 않고 있었다. 갑자기 수안이 벌떡 일어나더니 벽장에서 이불을 꺼냈다. 뒤란으로 향한 쪽문을 열고 나가버리고는 문을 탁 닫았다. 오동나무 옷장이 삐걱 열리는 소리가 들렸다.

잠시 후 나는 일어나 뒤란 쪽문을 열고 따라 나갔다. 수안이 옷장 속에 들어가 이불을 돌돌 말고 누워 있었다.

"…뭐 하는 거야. 들어와."

대답이 없었다. 뒤란 울타리 아래서 찌찌- 밤벌레가 울었다.

"모기 많아. 그리고 아직 밤에 쌀쌀해. 들어와."

"상관하지 마. 너도 네 뜻대로 하잖아."

수안은 옷장 벽을 향해 돌아누워 이불을 머리끝까지 올렸다. 나는 막막했다. 수안의 웅크린 등이 아득해 보였지만, 이미 나는 저질렀고 이제는 그만둘 수가 없었다. 나는 앞으로 나아가야 했다.

"주말에 방 보러 가는데… 같이 가자."

수안은 돌아보지 않았다.

"방앗간 옥탑방이래. 알아두면 놀러올 수 있잖아."

"…됐어. 놀러 안 갈 거야."

마음을 닫아버린 듯 조용한 목소리가 내 가슴을 아프게 했다. 언제나 전부가 아니면 아무것도 아닌 것처럼, 내 사촌은 그랬다. 그런 점이 함께했던 시절 동안 나를 힘들게도 했지만, 그 순간은 다 고마운 기억뿐인 것 같았다. 습한 바람이 불어와 오동나무 옷장 문이 삐걱거렸다.

"…미안해, 수안아."

움직임도 없고 대답도 없었지만 그 얼굴에 눈물이 흘렀을까봐 이불을 들춰볼 수가 없었다. 나도 글썽한 채 뒤란 쪽문에 쪼그리고 앉아 옷장 속에 들어간 수안을 오래 바라보고 있었다.

잠옷을 입으렴

청개구리와 막차

율이 삼촌.

우리가 웅이를 잃어버릴 뻔했던 이야기를 전에 한 적이 있었나
요? 웅이는 무사히 돌아왔고 시간이 흐르면서 그 일은 식구들에게
도 잊혀졌지만, 나는 가끔 웅이를 데리고 돌아오는 풍경을 오래된
삽화처럼 떠올려보곤 합니다. 우리는 함께 막차를 탔던 거예요.

버스가 신작로를 달릴 때 열어놓은 차창으로 개구리 울음소리가
따라옵니다. 막차는 언제나 쓸쓸하고, 밤늦게 집으로 돌아가는 사
람들의 모습에는 하루치의 피로한 사연이 졸음처럼 묻어 있습니다.

어느 정류장에 멈췄을 때 승객 한 사람이 내렸습니다. 그리고 문
이 닫히기 직전 뭔가 올라타는 걸 보았습니다. 초록색 작고 납작한
무엇이 폴짝폴짝 승강구 계단을 뛰어올랐습니다. 개구리 한 마리
였습니다. 나는 잠든 웅이를 안은 채 졸리던 눈꺼풀을 억지로 들어
올리고 그 아이를 바라보았습니다. 개구리가 내게 물었어요.

이 버스가 막차인가요?

네, 개구리 씨.

나는 개구리가 어디서 나왔는지 알 것 같았습니다. 그건 『청개구
리와 막차』라는 이야기에 등장하는 아이였어요. 무릎에 앉혀놓고
동화책을 읽어줄 때면 웅이가 가장 좋아하던 이야기였습니다.

개굴개굴 엄지손가락만 한 청개구리가 신작로에 나왔습니다. 그 길은
아득한 지평선까지 똑바로 뻗쳐 있었습니다. '아아, 저어 길 끝까지
가보았으면.' 하고 생각하며 청개구리는 목을 길게 뽑고 멀리를
내다보았습니다. 바로 그때, 어둠 속에서 큰 눈 두 개를 번쩍이며
무엇이 달려오고 있었습니다. "뿅뿅 빵빵!" 하고, 소리를 지르며
잠깐 사이에 눈앞에까지 왔습니다. 그것은 버스였습니다.
플라타너스 그늘에서 어떤 사람이 손을 들고 있었습니다.
"막차예요." 하는 여차장의 목소리가 졸리웁게 울려 나왔습니다.

여름밤 집으로 돌아가는 막차 안에서 손님들이 도란도란 얘기꽃
을 피웁니다. 그 버스에 타고 있던 사람들은 광목저고리를 입은 엄
마와 갓난아기, 소탈한 털보 아저씨, 목장을 운영했다던 늙은 운전
사였습니다. 그들이 뭐라고 말했는지 기억이 아슴아슴합니다. 아
마도 '자식들 공부시키기 힘드네요…' 라고도 했고 '사는 데 통 신
이 안 난단 말이야…' 라고도 했습니다. 달빛이 차창으로 흘러 들
어올 때 버스엔 졸리운 공기가 다정히 내려앉았습니다.

400 잠옷을 입으렴

또 한 손님이 있습니다. 의자 밑에 들어가 있군요. 버스가 멈추었을 때 청개구리가 깡충 뛰어오른 것입니다. 물론 차삯도 안 내고, 그렇지만 아무도 청개구리를 보지는 못하였습니다. 차 안에 있는 사람들은 모두 다 피곤해 보였습니다. 까박까박 졸고 있는 여차장에게 털보 아저씨가 말을 걸었습니다. "힘들지, 하루 종일 차를 타면?" 여차장은 눈을 가늘게 뜨고 힘없이 웃었습니다. 대신 운전사 영감님이 말을 받아 대답하였습니다. "고된 일이죠. 나는 삼십 년 동안 차를 타고 다녔지만 할 일이 아닙니다." 청개구리는 고개를 갸우뚱했습니다. 자동차를 타고 있으면 이렇게 신이 나는데 무슨 말들인지 알 수가 없었습니다.

낡은 책을 펼쳐 들여다봅니다. 차장이 있었군요. 맞아요, 까박까박 졸고 있는 피곤한 앳된 차장이 있었습니다. 모암마을 가는 버스의 차장도 딱 고만한 또래로 보였습니다. 나도 졸리웠습니다. 그들과 같은 버스에 타고 있는 것 같았습니다. 승객들이 두런두런 나누는 말들이 자장가 같았고, 그래서 졸리운 공기가 내가 앉은 뒷자리까지 흘러왔습니다. '졸린'보다는 '졸리운'이 좋고 더 졸리웁게 느껴집니다.

아기 엄마는 저고리 고름을 조금 풀어 아기에게 젖을 물렸습니다. 좀 부끄러운지 살짝 돌아앉았다고 했습니다. 그러다 그들은 개구리를 발견한 거예요.

"어머나, 개구리 아니야?" 하고 아기 엄마가 맑은 소리로 말했습니다.
"허어, 개구리도 막차를 탔구먼." 하고 털보 아저씨도 큰 소리로
말했습니다.*

개구리는 자랑스레 고개를 쳐들고 버스 바닥에 앉아 있었지요. '말했습니다'의 동어 반복과 '개굴개굴'의 운율에 맞춰 막차는 덜컹거렸습니다. 그 바람에 웅이도 잠에서 깨어납니다. 개굴개굴. 웅이가 손가락으로 가리키며 외쳤습니다. 개구리! 그렇게 우리는 돌아오고 있었습니다.

버스는 타이어가 터져서 종점까지 가지 못하고 한밤중에 길가에 멈춰 섰습니다. 모두들 내려서 어두운 신작로를 따라 집이 기다리는 마을까지 걸어가기 시작했습니다. 무임승차했던 개구리도 계단을 내려왔습니다. 저 멀리 마을의 불빛이 낮게 엎드려 반짝이고 있었습니다. 그날 밤 막차를 탔던 개구리는 어디까지 갔을까요.

모암마을 어귀에서 나는 멈춰 섭니다. 웅이에게 집까지 찾아갈 수 있지? 하고 묻습니다. 웅이는 고개를 끄덕입니다. 둘넝이 누나가 집을 떠나요. 누나는 이제 읍내에서 일을 하기로 했단다. 혼자 돌아가게 해서 미안하구나. 웅이는 물끄러미 나를 쳐다봅니다. 나는 그 손을 꼭 잡고 머리를 쓰다듬습니다. 지금처럼 매일 보지는 못할 거야. 하지만 누나는 부지런히 살 거니까 웅이도 잘 커야 해요. 그리고 수안이 누나를 돌봐주렴. 너는 씩씩하니까.

　　　　　　　　　잠옷을 입으렴

그리고 나는 웅이 손을 놓았습니다. 웅이는 어두운 마을길을 지나 타박타박 집으로 돌아갑니다. 웅이가 내 말을 이해했는지 모르겠습니다. 고사리 같은 손을 흔들고 걸어갑니다. 나는 마을 어귀에서 그 모습을 바라보고 있는 거예요.

*『청개구리와 막차』, 최효섭.
계몽사소년소녀세계문학전집 한국현대동화집. 1976년 발행본.

잠옷을 입으렴

이사하고 처음 오일장이 서던 날, 미주와 함께 살림을 장만했다. 전파상에서 제일 작은 전기밥솥을 사고, 장터에 나가 냄비와 프라이팬, 그릇과 수저 두 벌씩을 골랐다. 미주는 내 보호자라도 되는 양 난전의 물건들을 들었다 놨다 하며 참견했다. 그러더니 무엇인가를 집었다.

"맞아. 이걸 꼭 사야 된다고 생각했어."

진분홍빛 액체가 가득 담긴 방향제였다. 미주는 유리병을 허공에 치켜올려 햇살에 비쳐보았다. 진달래꽃보다도 발간 액체가 기묘한 향을 내뿜으며 반짝거렸다.

"방에 향기가 나면 좋잖아. 이건 내가 사줄게."

"고마워."

깨지지 않도록 신문지로 감싼 방향제를 장바구니에 잘 담았다. 사야 할 것들이 많아서 우리는 장터와 옥탑방을 두 번 더 오가야 했다. 마지막으로 비키니옷장을 사서 조립하고 나니 점심때가 홀쩍 지나 있었다. 내가 분식집 칼국수를 사주겠다고 했지만, 미주는 첫 살림으로 밥을 지어 먹어야 한다며 전기밥솥에 쌀을 안쳤다. 반찬가게에서 사온 김치와 밑반찬을 놓고 마주 앉아 밥을 먹었다. 반찬도 그렇지만 김치까지 시장에서 사 먹을 수 있다는 게 낯설었다. 배추는 덜 절여져 밭으로 갈 것 같았고 반찬들은 너무 달았다.

설거지를 하고 들어오니 미주가 그새 밥상을 깨끗이 닦아 방향제를 올려놓았다. 램프 모양 유리병에서 흘러나오는 진한 분홍빛 향기가 금세 작은 방에 퍼졌다. 미주는 살림을 정리하고 비키니옷장에 옷을 거는 것까지 도와주고는 저녁 무렵에야 옥탑방을 나섰다.

"하룻밤 자고 가면 좋은데, 엄마한테 혼날 거야."

"그래. 걱정 말고 어서 가봐."

철제계단을 내려가 방앗간 입구까지 미주를 배웅했다. 방으로 돌아와 걸레로 바닥을 닦는데 미주가 다시 부엌문을 두드렸다.

"둘녕아, 나야."

걸쇠를 벗기고 문을 열자 나프탈렌 주머니가 쑥 들어왔다.

"가다가 이게 보이잖아. 옷장에 걸어. 그럼 진짜 간다."

미주는 후다닥 다시 계단을 뛰어 내려갔다.

나는 걸레를 빨아 옥상 빨랫줄에 널고, 난간에 기대어 노을이 지는 읍내 풍경을 내려다보았다. 사거리 뒤편 동네는 미로처럼 이어진 골목길을 사이에 두고 집들이 비좁게 지붕을 맞대고 있었다. 내가 고양이라면 맨발로 지붕들을 디디며, 동네가 끝나는 저 냇가 굴다리까지도 건너갈 것 같았다.

잠옷을 입으렴

이웃집 담 밑에서 자라는 키 큰 두 그루 해바라기가 내가 있는 옥상까지 꽃대궁을 올렸다. 꽃 속에 주근깨 같은 씨앗이 잔뜩 맺혀 있었다. 다음에 미주가 놀러오면 둘이서 몰래 해바라기 씨앗을 뽑아 먹어야지 생각했다. 미주와 함께 있으면 편했다. 수안과 지낼 때처럼 즐겁고 두근거리는 놀이는 없지만, 걱정스럽고 가슴 아픈 감정 또한 없으니까 아무렇지 않아서 좋았다. 나는 수안이나 내가 갖지 못한 장점을 가진 친구를 원했고, 미주가 바로 그런 아이였다.

사위가 어둑해질 때까지 옥상 난간에 앉아 있었다. 겨우 며칠 지났을 뿐인데 모암마을은 멀리 떨어져 있는 것만 같았다. 포플러 신작로를 따라가면 그곳 하늘에도 똑같이 노을이 지고 낯익은 집들이 있다는 걸 알지만, 지금은 너무 멀었다. 내 곁에서 사라진 풍경과 더불어, 내가 알던 촉촉하고 부드럽고 좋은 냄새를 풍기던 어떤 것들이 내게서 영영 떨어져나갔다는 것. 좋은 날들은 가버렸으며 다시는 돌아오지 않으리란 사실을 비로소 깨달았다.

〜〜〜

주말이면 충하와 만나 같이 시간을 보내고는 했다. 우리가 늘 가는 장소는 한적한 거리의 카페 겸 레스토랑 '마당'이었다. 읍내에는 두 군데 그럴듯한 레스토랑이 있었는데, 다른 하나는 '피렌체'였다. 피렌체는 나름 유럽식 로코코풍으로 레이스가 깔린 탁자에 벨벳 의자, 장식 문양이 복잡한 칸막이로 자리가 꾸며져 있었다. 조명도 어둡고 은은한 분위기라서 주로 연인들이 찾는 공간이었다. 충하와 나는 딱 한 번 피렌체에 갔지만 공연히 어색해져 다음부터는 가지 않았다.

반면 마당은 밝고 넓은 홀에 띄엄띄엄 테이블이 놓였고, 홀 가운데 둥근 무대에 피아노가 있어 아르바이트 대학생이 정해진 시간에 연주를 들려주곤 했다. 충하가 그곳을 마음에 들어한 것은 피아노 연주 때가 아니면 대부분 음악이 없어서 조용하다는 점이었다. 어쩌다 오디오에서 음악이 흘러도 무난한 클래식 소품이나 경음악 정도였다. 일주일에 한 번 우리는 돈가스나 함박스테이크 같은 메뉴를 골라 간간이 이야기를 나누며 식사를 했다. 후식으로 커피나 주스가 나오면 테이블을 깨끗이 치워달라고 부탁해, 충하는 참고서를 꺼내 공부하고 나는 일감으로 주문받은 뜨개질을 시작했다.

둘 다 말이 많은 편은 아니었기 때문에 그런 데이트가 심심하다고 생각한 적은 없었지만, 가끔은 그가 나를 어떻게 생각하고 있는지 궁금하기는 했다. 마주 앉아 두세 시간씩 수학문제를 풀고 뜨개질을 하고 나면 충하는 음료수를 더 주문했고, 우리는 쉬면서 또 이야기를 주고받았다. 충하는 바쁜 중에도 시간을 내어 언어치료를 꾸준히 받는다고 했다. 말하는 걸 아직도 약간 두려워했지만 전보다는 훨씬 편안해 보였다. 그리고 한번은 광명극장에서 영화를 본 적도 있었다. 그게 우리 데이트의 전부였다.

음식값은 언제나 충하가 계산했는데, 그에게는 별 부담 없는 가격이었겠지만 나는 늘 마음에 걸렸다. 그래도 선뜻 내가 내겠다고 말하기 힘들었던 건 그렇게 레스토랑에서 주문한 음식값을 치르기

　　　　　　　　　　　　　잠옷을 입으렴

에는 내 한 달 생활비에 비해 너무 지출이 컸기 때문이었다.

어느 일요일, 충하를 만났을 때 우리는 사거리 분식집에 갔다. 그날은 내가 꼭 비용을 내고 싶었고, 그 집 칼국수와 만둣국 맛도 꽤 괜찮았기 때문에 같이 먹고 싶기도 했다. 탁자를 사이에 두고 등받이 없는 원형 나무의자에 우리는 마주 앉았다. 가방을 한쪽에 내려놓고 충하는 벽에 걸린 메뉴판에서 만둣국을 골랐다. 나도 같은 걸 주문하고는 조금 웃으며 말했다.

"오늘은 내가 낼게. 먼저 계산하려고 하지 마."

"그래."

충하는 선선히 고개를 끄덕였다.

뜨거운 김이 오르는 만둣국 두 그릇이 나왔다. 여름철 분식집 실내는 후덥지근했다. 천장에 매달린 선풍기가 회전했지만 우리는 금세 이마에 땀이 송송 맺혔다. 활짝 열어놓은 창문으로 도로를 달리는 자동차 소음이 들려왔다. 서빙하는 아주머니가 빈 그릇을 가져가자 충하는 무심히 가방 지퍼를 열더니 영어 참고서와 필통을 꺼냈다. 키에 비해 의자가 낮았기 때문에 그는 탁자 밑에서 다리를 불편하게 움직였지만, 곧 집중하기 시작했다. 잠시 그를 바라보던 나도 할 수 없이 뜨개질감을 꺼내 묵묵히 떠나갔다.

얼마나 지났을까. 손님들이 들어와 음식을 시켜 먹고 나가기를 몇 차례, 참다못한 주인아주머니가 주방에서 홀을 내다보며 싫은 소리를 했다.

"아니, 학생들! 여기가 독서실인 줄 알아? 장사하는 집에 자리

차지하고 한없이 그러고 있으면 어떡해, 다른 손님들 생각도 해야지!"

"죄송합니다."

나는 당황하며 서둘러 뜨개질감을 가방에 넣었다. 충하는 제대로 듣지 못했는지 어리둥절한 표정이었지만, 곧 눈치를 채고 참고서를 덮고 함께 자리에서 일어났다. 거리로 나와 우리는 한동안 어색하게 서 있었다. 무작정 걷기도 그렇고, 나는 마음이 쓰였다.

"지금이라도 마당으로 갈까? 너 공부도 많이 못 했잖아."

"글쎄, 그러기엔 배가 부른데."

충하는 중얼거리더니 흘끔 손목시계를 보았다.

"사실은 이따 도서관에 갈 생각이었어. 지금 마당에 가면 시간이 애매해서."

"그렇구나. 그럼 어떡하지?"

충하는 고개를 갸웃하더니 마음을 정했다.

"이대로 좀 일찍 도서관에 가는 게 낫겠다. 다음 주가 기말고사라, 공부할 게 많아. 시험 끝나고 만나자."

나는 잠자코 고개를 끄덕였다. 자세히 묻지는 않았지만, 소문에 듣기로 충하는 읍내 남자고등학교에서 전교 톱을 다투는 서너 명 가운데 하나라고 했다. 충하는 가방을 어깨에 메고 작별인사를 했다.

"만둣국 잘 먹었어."

"응. 열심히 해."

그는 길을 건너 도서관 쪽으로 멀어져갔다.

　　　　　　　　　　　　　잠옷을 입으렴

기말고사가 끝나고 여름방학이 오자 충하는 이웃 도시 친척집에 머무르며 큰 입시전문학원에서 종일 강의를 듣기 시작했다. 주말에 다니러 오면 잠깐 만나서 함께 밥을 먹었고, 집에서 빨아준 옷과 책을 가방에 담은 채 시외버스를 타고 도시로 돌아갔다. 여름은 더웠다. 에어컨 바람이 서늘한 레스토랑에 머물다 나오면 달아오른 아스팔트 지열이 후끈 끼쳐왔다. 어느 주말, 여느 때처럼 충하를 터미널까지 배웅하려 했을 때였다.

"괜찮아. 오늘은 부모님 차를 타고 가."

사거리 가로수 밑에 은회색 승용차가 미리 와서 기다리고 있었다. 나는 걸음을 멈추고 더 가까이 다가가지는 않았다. 충하가 손을 흔들고 뒷자리에 타자 승용차는 매끄럽게 속도를 높이며 읍내를 빠져나갔다.

옥탑방으로 돌아오는 길에 어쩔 수 없이 충하와 나에 대해 생각했다. 소년은 야영장에서나 지금이나 변함이 없었다. 여전히 수줍으면서도 진지하고, 무심하지만 내겐 거짓이 아닌 마음을 갖고 있다고 느꼈다. 하지만 어떤 의미에서 백지 같은 면이 있었고, 순수한 만큼 남을 잘 알지는 못했던 것 같다. 타인이 가진 소외감이나 걱정거리를 잘 파악하지 못했기 때문에, 그가 중요하지 않다고 생각하는 부분에 대해선 내가 다르게 느낄 수 있다는 걸 이해하지 못했다. 그는 언제나 내가 사랑하는 소년이었지만, 날이 갈수록 무엇인가 달라지고 있었다. 아마 변해가는 건 나였을 것이다.

~~~~

　미주는 여름 동안 큰어머니와 함께 방앗간 귀퉁이 떡 코너에서 일했다. 한길로 튀어나온 차양 아래 알록달록한 떡이 진열됐다. 대신 낯선 소년이 방앗간 일손을 돕고 있었다. 통통한 체구에 작은 키였는데 제법 재빠르게 오가며 일을 거들었다.

　"재덕이잖아. 많이 컸지?"

　만화방 구석에서 헐벗은 채로 울던 아이가 어느새 방앗간 심부름을 할 만큼 자란 것을 미주는 꼭 자기가 키운 것마냥 기특해했다.

　옥탑방에는 늘 털실뭉치가 굴러다녔다. 뜨개질가게 아주머니의 시어머님이 결국 돌아가시는 바람에, 나는 저녁 늦게까지 가게를 보는 일을 할 필요가 없어졌다. 그래도 자주 나가 아주머니와 마주앉아 뜨개질을 했다. 여름에 부지런히 스웨터나 카디건을 짜놓아야 가을 겨울철 쇼윈도에 다양하게 걸어놓을 수 있었다.

　새로 일감을 맡아 털실을 한아름 받아 돌아올 때면 사거리 제과점에서 갓 구워낸 향긋한 빵 냄새가 풍겨왔다. 유리창 너머 배가 잔뜩 부른 경이 이모가 손님들에게 빵을 싸주고 계산하는 모습이 보이곤 했다. 결혼할 때보다 덩치가 커진 그녀의 남편은 하얀 제빵사 복장을 하고 주방에서 부지런히 빵을 구워 홀에 바구니째 내갔다. 부부가 애정 어린 눈길로 이야기를 주고받을 때, 경이 이모의 웃음은 평온하고 밝아서 내가 알던 그녀가 아닌 것 같았다. 처음부터 이 자리에서 따뜻하고 안정된 일상을 살아오던 빵집 주인의 아내로만 보였다.

　　　　　　　　　　　　　　　　잠옷을 입으렴

엄마와 함께 온 어린 사내아이가 탁자에 앉아 크림빵을 먹고 있으니, 경이 이모가 다가와 꽈배기 도넛을 작은 손에 쥐어주었다. 출산을 앞둔 산모가 동질감을 표시하듯 이모는 아이 엄마를 향해 다정하게 웃었다. 그러다 유리창 너머로 나와 눈이 마주쳤다. 그녀의 표정이 흔들렸을 때 난 비로소 모암마을의 막내이모를 잠시나마 엿본 것 같았다. 살짝 고개를 끄덕여 인사하고 돌아서는데 횡단보도의 파란 불이 켜졌다. 도로를 건너는 동안 제과점 문이 열리고 이모가 뒤에서 나를 불렀다.

"둘녕이 아니니? 둘녕아!"

나는 멈춰 서서 돌아보았다. 경이 이모가 제과점 문 앞에 나와 있었다.

"잘 지내니?"

"네."

"놀러 와. 빵 먹으러도 오고."

"네."

경이 이모는 마음이 급해져 다시 말했다.

"아니다. 지금 좀 가져가. 잠깐만 기다려."

그녀는 서둘러 제과점 안으로 사라졌고 나는 횡단보도 한가운데 서 있었다. 금세 신호등은 빨간불로 바뀌고 차들은 날카롭게 경적을 울려댔다. 나는 길을 마저 건넜다. 맞은편에서 다시 돌아보니 막내이모는 빵 봉지를 든 채 제과점 앞에 있었다. 나는 그녀를 향해 손을 흔들었다. 어쨌든 고마워요. 그녀는 그런 나를 바라보며 서글프게 웃었다. 아직도 날 좋아하지 않는구나 말하는 듯했다. 그렇지 않다고 나는 속삭였다. 서로가 살갑지는 못했어도 한 번도 싫어한 적은 없었다고. 우리는 설명하는 데 서툴렀고 모든 관계에 서툴렀다. 다정히 다가가 등을 껴안으며 그동안 내 마음은 이러했답니다 고백하기엔, 저마다 진심을 전하는 법을 잘 알지 못했다. 그녀는 식구들 모르게 집 나간 아버지를 찾아가 용돈을 주곤 했던 어린 사무원이었다. 그때는 경이 이모가 무슨 생각을 하며 사는지 몰랐었지만, 세월 지나 돌이켜보니 그녀도 스물 몇 살 외롭고 고단한 아가씨였구나 싶어진다.

내가 방앗간 골목으로 접어들 때까지, 막내이모는 우두커니 빵봉지를 들고 서 있었다. 그 뒤로 읍을 떠날 때까지 내가 사거리 제과점 문을 밀고 들어선 적은 없었다. 다만 그날 이모의 모습이 아직도 유리조각처럼 남아 내 마음을 아프게 한다.

~~~

그해 교련 선생님은 간호장교 출신의 깐깐한 중년 여자였다. 플라스틱 자를 들고 다니며 여학생들의 머리카락 길이를 재고 거세게 쥐어박는가 하면, 치맛단이 조금 뜯어진 정도의 사소한 복장 불량에도 인격 모독 수준의 흉한 말을 퍼부어댔다. 점점 학생들은 교련 교사들이 포진해 있는 양호실을 꺼리게 돼, 갑자기 아파도 트집 잡히는 게 두려워 꾹 참고 가지 않았다.

전교에서 유일하게 긴 머리카락을 고수했던 아이는 우리 반의

잠옷을 입으렴

송인화였다. 어릴 때부터 길러왔는지 입학할 때 이미 허리까지 오는 길이였는데, 언제나 두 갈래로 한 올 흐트러짐 없이 땋아서 검은 고무줄로 묶고 다녔기 때문에 조선시대 처자처럼 단정했다. 그래서 지난해까지 송인화만은 열외를 인정받았었다. 하지만 서광자 선생은 그런 인화한테까지 '평등한 원칙'을 거론하며 자르라고 했다. 있는 듯 없는 듯 말이 없고, 키가 커서 뒷자리 창가 자리에 앉던 인화는 하얗게 질린 얼굴로 쳐다보기만 할 뿐 쉽사리 자르지 않았다. 때문에 수업 때마다 서광자는 인화를 쥐어박았고, 나중엔 누가 이기나 보자 싶었는지 교련 수업이 없는 날도 교실로 찾아와 머리를 확인하며 어디서 감히 반항이냐고 소리를 질렀다. 인화는 점점 침울해져갔다.

그러다 하루는 교련 시간을 앞두고 사탕바구니가 교탁에 올라갔다. 서광자는 입이 귓가에 걸렸다. 평소 흔한 매점 음료수조차 받기 힘들었는데, 인기 높은 남자 교사들이나 받을 수 있는 사탕바구니였던 것이다.

"아니, 누가 나한테 이런 걸."

그녀는 좋아하며 바구니를 열었지만 순식간에 표정이 굳어버렸다. 길게 땋은 검은 머리카락 한 타래가 그 속에서 나왔으니까. 우리는 그제야 뒷자리 인화가 한쪽 머리카락만 길다는 걸 알아차렸다. 그날 인화는 기절하기 직전까지 맞았다. 뺨을 수도 없이 맞고 꼬집히고 머리를 쥐어뜯기고, 마침내 교탁 옆에 쓰러졌다. 모두가 딱딱하게 질려버렸고 나도 고개를 숙인 채 손바닥으로 귀를 막았다. 그리고 그 사건은 '인화의 난'이라 이름 붙여져 한동안 전교를 떠돌았다.

그렇게 두발 단속이 심했기 때문에, 2학기가 시작됐을 때 나는 복도에서 수안을 보고 많이 놀랐다. 언제 머리카락이 그렇게 자랐는지 목덜미까지 오는 차분한 단발머리를 하고 있었다. 고교생이 된 뒤로 늘 짧은 커트머리였는데 방학 한 달 새 저렇게 길었나 싶었다. 숱 많고 곱슬거리던 머릿결이 지금은 단정한 생머리였다. 복도에서 삼삼오오 모여 있던 옆 반 아이들이 수군거렸다.

"저 애 저거 가발이지?"

"정수안? 응, 모발이 자연스럽지가 않더라. 인조 머리카락이야."

"근데 서광자가 내버려두네?"

"그러게. 지난번에 양호실로 불려가던데."

가발이라니. 수안이 가발을 왜? 나는 몹시 물어보고 싶었지만 복도에서 만날 때마다 수안이 무표정하고 차가운 데다, 나를 투명인간처럼 못 본 듯이 지나쳐버려 다가갈 수가 없었다. 수안은 나를 계속 거절하고 있었고 나는 그게 견디기가 힘들었다.

개학과 동시에 교련 위생병 훈련이 시작됐다. 교실에서 서로 짝을 이루어 신체 부위별 붕대감기와 삼각건 끝매기법을 연습했다. 아이들은 끝매기 매듭을 지을 때마다 바짝 긴장했다. 묶는 방법이 일정해야 하고, 매듭을 풀 때는 구령에 맞춰 일시에 풀어야 했다. 잘못 묶어서 제대로 풀리지 않으면 단단한 출석부가 뒤통수나 정수리를 곧바로 후려쳤다. 맞은 아이들 말에 의하면 진짜 별이 번쩍

잠옷을 입으렴

거린다는 게 어떤 건지 실감할 수 있다고 했다. 나는 그것만은 실감하고 싶지 않았다. 서광자에게 출석부로 뒤통수를 맞은 뒤에도 학교를 계속 다닐 마음이 과연 남아 있을지 의문이었다.

이학년 전체 시간표를 조정하고 단체 합반 수업을 위해 운동장으로 나가는 길이었다. 저마다 하얀 바탕에 빨간 적십자 마크가 그려진 위생가방을 어깨에 멘 채, 신발을 손에 들고 왁스가 반들반들 칠해진 나무계단을 내려갔다. 같이 가던 미주가 약간 망설이며 말했다.

"저, 그 얘기 들었어? 수안이가 신경쇠약이래."

"…누가 그래?"

"내가 아는 애가 수안이하고 같은 반이거든. 그 애가 여름방학 때 뭘 잘못 먹고 식중독에 걸리는 바람에 병원에 갔었대. 근데 내과 맞은편에 정신과가 있대나? 거기 수안이가 대기실 의자에 앉아 있더란다, 자기 엄마하고."

나는 속이 철렁 내려앉았다. 미주는 평소답지 않게 사뭇 심각한 얼굴이었다.

"그런데 갑자기 수안이 엄마가 벌떡 일어나더니 가자, 네가 왜 이런 데 와야 하냐, 잠시 신경쇠약일 뿐이야 하면서 진료실에 들어가지는 않고 도로 갔대. 다 봤다더라, 그 애가."

나는 그만 말이 없어졌다. 교실마다 우르르 몰려나온 아이들로 계단은 혼잡하고, 방금 들은 이야기는 내 마음을 더 어지럽게 했다. 떠밀리듯 함께 내려와 현관에서 신발을 신으며 미주가 다시 물었다.

"수안이 좀 이상하니?"

"아니, 안 이상해."

"그럼 왜 정신과 같은 델 갔을까."

"안 들어갔다며."

"그래도 거기 대기실까지 갔었다는 게. 그 애 말로는 교실에서도 수안이 좀 이상하대. 애들하고 밥도 안 먹고 혼자 학교를 돌아다니다 오후 수업도 늦고 그런다더라."

내가 묵묵부답 신발을 신고 운동장으로 나가자 미주도 입을 다물었다.

바람 한 점 없는 여름 막바지, 땡볕 아래 대열을 이루어 우리는 뛰어다녀야 했다. 반별로 두 줄씩 위치를 잡아 한 줄은 팔이 부러진 부상병이, 다른 한 줄은 위생병이 되었다. 팔과 어깨에 부목을 댄 채 부지런히 압박붕대를 감고 삼각건을 둘렀다.

"사경을 헤매는 부상병이 있는데 빨리빨리 못하나? 언제 붕대 매듭 풀고 앉아 있을 거야! 다시, 역할 반대로!"

교련 선생의 카랑카랑한 목소리가 울리자 연습 때마다 짝이 되는 미주가 구시렁거렸다.

"부상자가 어디 있다고 이 난리를 쳐야 하는 거야? 간호사는 숨도 안 쉬나, 진짜 급하면 그까짓 매듭 잘라버리면 되지."

미주는 번번이 끝매기법을 틀렸고, 역시나 그날도 뒤통수를 맞았다.

　　　　　　　　　　　　잠옷을 입으렴

다음은 머리 부상 처치로 넘어갔다. 옆 반 대열에서는 수안이 자기 짝과 마주 앉아 부상자 역할을 하고 있었다. 나도 미주 머리에 압박붕대를 빙빙 둘러 감았다. 제한 시간 안에 끝내야 했기 때문에 손길이 바쁜데, 갑자기 여학생들 사이에 술렁이는 느낌이 잔물결처럼 밀려왔다. 이상한 기분에 고개를 드니 수안의 짝이 망연자실 어쩔 줄 모르고 서 있었다. 수안의 머리에 감았던 붕대가 미끄러져 가발이 벗겨진 채였다. 그 장면을 본 아이들은 모두 숨을 죽였다. 서광자가 흘끔 보더니 아무 말 없이 다가가 붕대를 떨어뜨린 아이의 등짝을 픽 때렸다.

수안은 탈모가 너무 심했다. 숱 많던 곱슬머리는 짧게 잘린 채 군데군데 두피가 다 드러나 보였다. 미주 머리에 감았던 압박붕대가 스륵 풀어졌다. 내 눈에 비친 모습을 믿을 수가 없었다. 수안은 침착하게 땅에 떨어진 가발을 털어서 다시 머리에 쓰더니, 붕대를 주워 짝에게 건넸다. 미주가 내 팔을 건드리며 정신을 차리게 했다. 나는 붕대를 감기 시작했지만 손끝이 떨리고 어느새 눈물이 맺혀 시야가 흐려졌다. 결국 시간 내에 끝내지 못하고 점수를 깎이고 말았다.

~~~~

그날 밤 옥탑방 바깥에서 귀에 익은 목소리가 들려왔다. 잠결에 눈을 뜨니 조그만 창에 불빛이 어른거렸다. 낮게 두런대는 소리였지만 그게 누구인지 바로 알아차렸다. 나는 벌떡 일어나 부엌문을 열었다.

수안이야?

숲속엔 작은 모닥불이 타고 있었다. 수안은 담요를 두른 채 등을 보이고 앉아 불 속에 나뭇가지를 올려놓았다.

왔구나. 이리로 와. 순례자를 만났어.

옥탑방은 사라져버리고, 밤의 숲은 달빛 아래 어둡고 적요했다. 모닥불 곁에는 두건이 달린 긴 망토를 걸친 세 명의 순례자가 기다리고 있었다. 나는 그들에게로 다가갔다. 숲의 나무들이 잠잠히 그 모습을 지켜보았다.

이것 봐. 우리한테 주고 싶다고 했어.

수안이 손바닥을 펼쳐 유리알을 내밀었다. 타닥타닥 섶나무를 사르며 타오르는 모닥불이 투명한 단면에 황금빛으로 일렁였다.

들여다볼래? 향이 이모가 보일지도 몰라.

나는 유리알을 건네받아 한쪽 눈앞에 가져다 댔다. 멀리 그리운 사람들이 보일 것 같았다. 희미한 형체가 점점 뚜렷해지며 이쪽을 향해 걸어왔다. 순례자들이 말했다.

이 세상 아름다운 건 그 속에 다 있다. 어떠하냐.

유리알은 얼음처럼 차갑고, 나는 손이 시렸지만 놓고 싶지 않았다. 고운 먼지가 햇볕 속에 날아다니는 봄의 철로변이 보였다. 어린 소녀가 아빠 손을 붙잡고 기차를 탔다. 순례자들은 말했다.

그걸 너희에게 주마. 대신 우리에게 동전 한 닢을 다오.

…동전 한 닢?

잠옷을 입으렴

값을 받지 않으면 안 되니까. 훗날 그것이 필요 없어지면 너희도 지금보다 적은 값에 팔아야 할 거다.

하지만, 동전 한 닢보다 적은 돈은 없어요.

내가 망설이며 중얼거리자 수안이 내 곁에서 소곤거렸다.

그래도 난 가지고 싶어.

나는 유리알을 눈앞에서 내렸다. 봄의 들판은 스러지고 우리는 여전히 모닥불가에 있었다. 유리알을 마지막으로 꼭 쥐었다가 그들에게 내밀었다.

살 수 없어요. 그보다 적은 값은 없으니까.

순례자들이 유리알을 받아든 순간 그들과 모닥불은 자취를 감췄다. 순식간에 차가워진 숲의 공기에 어깨를 떨었다. 수안이 쓸쓸하게 속삭였다.

왜 돌려준 거야. 보고 싶었는데.

…넌 그 소년을 봤던 거야?

아니야. 난 너를 봤어. 유리알 속엔 네가 있었는데.

그리고 수안은 숲 저편으로 사라져버렸다.

~~~

꿈에서 깨어나 멍하니 앉아 있었다. 도로를 달리는 자동차 소음이 옥탑방까지 스며왔다. 손에 쥐었던 유리알의 감촉이 아직도 생생했다. 이불을 걷고 일어나 추리닝 바지를 입고 카디건을 걸쳤다. 옥탑방은 굳이 문을 잠그지 않아도 가져갈 만한 것도 없어, 그대로 철제계단을 내려와 깊이 잠든 읍내 뒷골목을 벗어났다.

가슴속에 무엇인가 덜컥거려서 이대로 그 작은 방에 있으면 터질 것만 같았다. 대로변을 따라 버스가 끊긴 정류장을 지나, 나는 포플러 신작로로 접어들었다. 빨리 수안에게로 가고 싶었다. 마음껏 뛸 수 있다면, 바람을 가르며 달릴 수 있다면 하고 처음으로 생각했다. 두 달 만에 돌아가는 길은 어둡고 멀었다. 그새 개구리 울음소리는 사라지고 풀섶에서 벌레들이 울었다. 가끔 승용차들이 헤드라이트를 밝히고 빠르게 지나쳐갔다. 바람이 불어 포플러 잎사귀들이 흔들려 손짓하며 나를 불렀다. 세월 지나 언제라도, 나는 이 신작로의 포플러들을 알아볼 수 있을 거라고 생각했다.

얼마나 걸었을까. 어둠에 묻힌 모암마을이 보였다. 양철 덧문을 닫은 모암상회 처마에 전등 하나가 밝혀져 있었다. 마을길을 따라 외가 사립문까지 종종걸음을 치자 낯익은 싸리 울타리가 나를 맞이했다. 툇마루로 올라가 우리 방 창호문의 쇠고리를 붙잡고 소리 없이 열었다.

수안은 방 한가운데 웅크리듯 잠들어 있었다. 나는 곁으로 파고들어가 나란히 누워 그 아이를 안았다. 수안이 놀란 듯이 잠에서 깨더니 믿을 수 없는 눈빛으로 물끄러미 바라보았다. 그러고는 팔을 돌려 나를 안고 내 품에 고개를 묻었다.

"뭐야… 왜 온 거야."

네가 사라지는 줄 알았어. 나는 들리지 않게 귀엣말을 했다. 고개 숙인 수안의 머리가 어둠 속에서도 선연해 마음이 아렸다.

잠옷을 입으렴

"머리카락은 왜 이런 건데."

"나도 몰라."

"아는 게 뭐야 그럼. 도대체 왜 이래. 응?"

"그냥 다 무섭고 불안해. 밤도 무섭고, 낮도 무서워. 내가 무서워한다는 사실이 가장 무서워."

수안은 고통스럽게 대답했고 나는 목이 메었다.

새벽까지 수안은 내 팔을 베고 잠들었다. 나는 수안에게 베개를 살그머니 베어주고 부엌으로 내려갔다. 천장에 매달린 백열전구를 켜고 프라이팬을 꺼냈다. 부뚜막에 놓인 석유곤로에 불을 붙여 계란말이를 만들었다. 수안은 파를 넣은 건 싫어했기 때문에 계란에 물을 조금 섞어 부드럽게 부쳐서 돌돌 말았다. 찬장을 뒤져 그릇을 꺼내 수안의 도시락을 싸놓으니 먼동이 트려 했다. 교복으로 갈아입어야 했기 때문에 늦기 전에 읍내로 돌아가야 했다.

부엌문을 열고 나오다 나는 멈칫했다. 푸르스름한 새벽하늘 아래 잠옷에 숄을 걸친 은이 이모가 서 있었다. 둘 다 조금 어색하게 머뭇거렸다. 내가 고개 숙여 인사하자 이모가 입을 열었다.

"언제 왔니?"

"…간밤에요."

"수안이 보러?"

"네."

이모는 마치 마음이 추운 사람처럼 숄 아래 두 손으로 양팔을 감싸고 있었다.

"생각해줘서 고맙다. 하지만, 이제 그러지 마라."

미안한 듯 차분하게 말하는 그녀의 목소리가 나를 아프게 파고들었다.

"수안이는 스스로 이겨내야 해. 너 나가고 많이 힘들어했다. 그동안 너한테 너무 의지했던 것 같기도 하고. 네가 평생 그 애 곁에 있을 수도 없는데. 이렇게 밤에 불쑥 왔다 가는 건…."

이모는 말끝을 흐렸고 나는 눈길을 떨어뜨렸다.

"그냥 평범하게 주말 낮에 놀러오렴. 할머니도 보고 웅이도 보고. 이런 식으로 수안이 흔들진 말고. 무슨 뜻인지 이해하겠니?"

"…네."

내가 사립문을 나설 때까지 은이 이모는 외로운 얼굴로 배웅했다. 부뚜막에 도시락을 놔두었다고 말해주려 했는데. 수안이 잠든 방 창호문을 한 번 바라보고 나는 외가를 뒤로했다. 구월산 산새들 소리가 새벽 공기 속에 울렸다.

~~~

며칠 뒤 아침 조례 시간에 담임은 평소보다 길게 주의사항을 전달했다.

"최근 일부 학생들이 문제를 일으켰는데, 우리 반은 그런 학생이 없겠지만 혹시나 해서 말하겠다. 교내에서 특정 장소에 숨어 들어가 술을 마신다거나, 바람직하지 못한 모임을 가지는 일이 있어서는 안 된다. 너희들은 한창 공부에 집중해야 할 시기인 만큼 그릇

잠옷을 입으렴

된 문화에 물들지 않기를 바란다."

오전 수업을 받고 있을 때, 복도에서 무슨 소리가 나 창문을 쳐다보니 작업복을 입은 인부 두 명이 커다란 쇠창살과 공구함을 들고 지나가고 있었다. 창살이 커서 마룻바닥에 끌리지 않도록 어깨에 멨는데, 계단 쪽으로 방향을 틀 때 복도 벽에 부딪쳐 잘깡 쇠붙이 소리가 울렸다.

잠시 후 학교 옥상에서 건물 전체가 울릴 만큼 시끄러운 기계음이 들려왔다. 비로소 나는 어떻게 된 일인지 알 것 같았다. 문예부 창문의 쇠창살을 교체한다는 것을. 아마도 간격이 더 좁은 창살일 테고, 그건 그들의 밤의 회합이 들켰다는 뜻이었다.

그날 문예부는 전부 상담실로 불려갔다. 그중에서 일부 예닐곱 명이 지목되었고, 삼학년 문예부장은 근신을 받을지도 모른다는 소문이 금세 퍼졌다. 점심시간에 책상을 붙이고 함께 도시락을 먹으며 서로가 여기저기서 들은 이야기를 주고받았다.

"학교 옥상에서 술을 마셨대. 아마 담배도 피웠을걸?"

"문예부 웃긴다. 옥상이 자기들 거야?"

"근데 어떻게 들킨 거야? 문 잠그고 했을 텐데."

"누가 고발했대. 근데, 그게 문예부원이란다."

"어머, 내부고발이네?"

여학생들은 재미있다는 듯이 숟가락을 든 채 까르르 웃었다.

나는 도시락 뚜껑을 덮고 교실을 나왔다. 옆 반에 갔지만 수안은 자리에 보이지 않았다. 어디로 갔을까. 공사를 끝내고 교사들이 당분간 감시하기 시작한 문예부실은 아닐 것 같았다. 나는 사층 복도 끝에서 연결되는 통로를 따라 북쪽 별관 건물의 도서실로 향했다.

수안은 거기 혼자 앉아 있었다. 창가 둥근 탁자에 앉아 두꺼운 책들을 쌓아놓고 그 위에 오른손을 얹고 있었다. 마치 책에다 세례를 주는 것처럼. 나는 가까이 다가가 그 손등을 노크하듯 살며시 두드렸다.

"뭐 하고 있어?"

"…아."

수안은 표정에 변화가 없었다. 의미 없는 짧은 소리만 내고 아무 말도 안 했다. 멍하니 상념에 잠긴 듯도 하고, 아무런 생각이 없는 것 같기도 했다. 탁자에 놓인 책들은 대부분 검고 어두운 표지의 공포소설이었다. 『검은 고양이』, 『어셔 가의 몰락』, 『레베카』, 『나사의 회전』, 『흰 옷을 입은 여인』, 『그리고 아무도 없었다』, 『그림자 없는 사나이』….

"그 책을 다 읽으려는 거야?"

수안은 여전히 책에 손을 얹은 채, 곁에 있는 나를 제대로 보지도 않았다. 다만 내키지 않는 투로 천천히 입을 열었다.

"지금 기를 모으는 중이라서…. 이 책들에 스며 있는 호러 기운을 다 모아서 저주할까 해."

아무렇게나 내뱉는 농담인지 속에 사무친 진심인지 알 수가 없었지만, 수안은 아랑곳 않고 스산하게 말했다.

"가. 거기 서 있으면 기껏 불러낸 저주가 너한테 흘러갈지도 모

잠옷을 입으렴

르잖아. 피해.”

“그렇게 말하지 마.”

“난 진지해.”

학교가 지어진 세월만큼 낡아온 도서실 서가에서, 책에 묻은 해묵은 먼지 냄새가 났다. 창가에 쳐놓은 흰색 커튼은 마지막으로 세탁한 게 언제였는지 가장자리에 까뭇까뭇 때가 묻어 있었다.

“그믐달은… 왜 들킨 건데.”

수안은 재미있다는 듯이 나직하게 웃었다.

“주리 선배가 노트에다 타자기로 이상한 글을 써놨어. 삼학년들은 처음에 그게 나라고 생각했나봐.”

뜻밖의 이야기에 나는 당혹스러웠다.

“그럼 그 사람이 썼다고 말하면 되잖아.”

수안은 냉소적으로 어깨를 으쓱하더니 책에서 손을 내렸다.

“부원들한테 말하지 말아달라고 선배가 사정했으니까. 누군가를 몹시 미워하고 증오하면서도 그 곁에 있고 싶은 마음. 넌 이해되니?”

“…모르겠어.”

“난 이해해. 어쩔 수 없이 주리 선배 같은 사람들이 있어. 하찮은 취급을 받으면서도 그 무리에서 못 떠나는 거지.”

“그렇다고 네가 누명을 쓸 필요는 없었잖아.”

“누명은 무슨. 뭐 대단한 일이라고. 어차피 문예부에 더 있고 싶지도 않았고, 결국은 모임도 들켜버렸으니까. 이젠 다 끝났어.”

나는 수안을 위로하고 싶었지만, 어떻게 해야 도움이 될지 알 수
없었다. 도서실 유리창으로 바람이 불어와 수안이 쓴 단정한 가발
이 흔들렸다. 나는 그 머릿결을 쓰다듬어주고 싶었다. 잘 빗겨주면
서 모든 게 다 괜찮아질 거라고 말해주고 싶었다.

"…그날 밤에 와줘서 고마웠어."

수안은 그렇게 말하고 창밖으로 시선을 외면했다.

"이제 혼자 있고 싶다. 그만 가줄래?"

찌르르 바늘로 찌르는 것처럼 심장이 아파왔다. 우리가 만난 이
후로 그런 말을 들은 건 처음이었으니까. 혼자 어두침침한 별관 복
도를 돌아오는 길에 운동장을 산책하는 여학생들의 웃음소리가 창
문 너머로 들려왔다. 교정은 햇볕이 짠했고, 아픈 것들은 그 웃음
소리 뒤에 모두 가려져 있었다.

~~~~

충하와는 주말에 마당에서 다시 만났다. 홀 가운데 무대에서 아
르바이트생이 무료하게 피아노를 연주했다. 「아드린느를 위한 발
라드」, 「시인과 나」, 「별밤의 피아니스트」 같은 경음악을, 들어도
그만 안 들어도 그만 같은 느낌으로 쳤다.

충하는 방학 동안 학원에서 공부한 특강노트에 완전히 몰두해
있었다. 미리 다 잘라놓은 돈가스를 가끔 한 점씩 포크로 집어 먹
으며, 노트의 중요한 부분에 펜으로 표시를 했다. 혼자 빨리 먹기
도 그래서 나 역시 털실을 몇 줄 뜨고 돈가스 한 점을 찍어 먹곤 했

잠옷을 입으렴

다. 그렇게 먹으니 금방 맛이 없어져 절반 이상을 남겼다.

피아노 연주도 지루해질 무렵 내가 입을 열었다.

"재밌는 얘기 해줄까? 우리 막내삼촌이 해준 이야기인데."

그는 비로소 참고서에서 고개를 들었다.

"그래."

"북쪽 어느 미지의 마을에서는, 추위가 하도 심해서 사람들이 말을 하자마자 바로 말이 얼어붙었대. 그래서 아무도 알 수가 없다가 봄이 되어 그 얼음 결정이 녹으면 말을 들을 수가 있었어. 그런데 어떤 아가씨가…."

"아, 그거 플루타르크 영웅전에 나오는 거 아냐?"

"…응?"

충하는 무심히 말했다.

"그 책에서 본 거 같은데. 안티파네스였나? 농담을 잘하는 인물이 등장하잖아. 그 사람이 그런 허풍을 떨었던 것 같아."

그러고는 다시 노트를 들여다보았다. 애매한 곳을 찾았는지 슬쩍 미간을 모으다가 곁에 놓인 사전을 손에 집었다.

"…허풍이 아니야."

그는 의아하게 다시 나를 건너다보았다.

"난 슬픈 얘기를 하려던 거였어."

충하는 약간 당황하더니 고개를 갸웃거리며 대답했다.

"아, 그랬어? 하지만, 그건 슬픈 얘기가 아닌데. 플루타르크 영웅전은…."

"알았어. 내가 잘못 알았나봐."

나는 고개를 숙이고 뜨개질을 계속했다. 보풀이 많은 까슬까슬한 털실이었고, 그즈음 하도 대바늘을 붙잡고 있어서 손끝이 아팠다. 충하는 말없이 그런 나를 보고 있었다. 이윽고 사과하는 목소리가 들려왔다.

"응. 다시 생각해보니까 슬픈 얘기일 수도 있겠다."

갑자기 눈물이 툭 떨어졌다. 참으려고 해도 자꾸 눈물이 나왔다. 충하는 몹시 당황해버렸다.

"어, 어어어째서… 저기, 내, 내가… 미미미안해."

나는 뜨개질하던 손을 멈추고 울어버렸다.

~~~

연말연시가 지나자 날씨는 더 추워졌다. 웃풍 때문에 손발이 시려 뒷방에서 소형 전기난로를 가져와 발치에 틀어놓았다. 나는 작업대 앞에 앉아 작년 한 해 '실과 바늘'의 수입이 얼마나 됐는지 계산해보고 있었다. 예년보다 더 벌지는 못했어도 그럭저럭 대출금을 갚아나가고 있었으니 나쁘지는 않았다. 다들 불황인데 이보다 더 바라지도 않지만, 몇 달 뒤 상가 재계약 때가 되면 임대료가 오르지 않을까 염려되기는 했다.

턱을 괴고 물끄러미 장부를 내려다보는데 창문 너머 어떤 목소리가 밤공기에 울려 퍼졌다.

"군고구마가 있어요, 군고구마!"

요즘 서고슈퍼 근처에서 누가 리어카 드럼통에다 고구마를 구워 팔고 있던데, 그 사람인 줄 알고 신경쓰지 않았다.

"먹고 싶지 않습니까, 고둘녕 씨?"

뭐? 그제야 볼펜을 장부에 내려놓고 창문을 여니, 담장 너머 가로등이 켜진 공터에 산호가 서 있었다.

"나오세요. 같이 먹게요."

내 입가에도 웃음이 번졌다. 외투를 걸치고 대문 밖을 나섰다. 밤 언덕 리어카에서 드럼통이 따뜻한 열기를 내뿜으며 손님을 기다리고 있었다. 장사치가 뚜껑을 열자 활활 타오르는 불꽃이 속에서 엿보였다. 봉지에 담아온 군고구마를 우리는 셔터가 내려진 서고슈퍼 평상에 앉아 나눠 먹었다. 바람은 추웠지만 손끝에 닿는 고구마는 뜨거워 후후 불어야 했다.

"오늘 운행 끝났나 보네요."

"네. 방금 갖다놓은 게 막차였어요."

"주말엔 고향집에 잘 다녀왔고요?"

"그럼요. 심부름도 잘했죠. 나, 칭찬받아야 되는데."

정말 칭찬해주길 기다리는 듯이 그가 짓궂게 쳐다봐서 나는 피식 웃었다. 속이 샛노란 호박고구마는 달고 맛있었다. 바삭바삭 탄 껍질을 벗겨 평상 아래 쓰레기통에 던져 넣으며 내가 말했다.

"나는 어릴 때, 읍내까지 나가는 버스와 터미널에서 타는 고속버스는 힘이 다른 줄 알았어요. 읍내 버스는 공장에서 처음부터 약하게 만들어서 가까운 곳만 다니고, 고속버스는 튼튼하게 만들어서 서울에서 부산까지도 갈 수 있는 건 줄 알았죠."

산호가 고개를 젖히며 하하 웃었다. 나도 따라 웃으며 덧붙였다.

"근데 보니까 아니잖아. 읍내 버스도 운전사가 마음만 먹으면 땅끝까지도 갈 수 있는 거였죠. 다만 안 가는 거지, 못 가는 게 아니었어. 팻말을 내걸었으면 딱 거기까지만 가는 거예요."

듣고 있던 산호가 군고구마 봉지를 내게 안기더니 벌떡 일어나며 내 손을 잡아끌었다.

"이리 와봐요."

"어딜?"

그는 손을 잡고 성큼성큼 버스회사를 향해 언덕을 올라갔다. 이 늦은 시간에 산책을 하자는 걸까. 밤바람 부는 적막한 차고지에 왔을 때 산호는 사무실에서 키를 꺼내왔다. 나는 깜짝 놀랐다.

"뭐 하려고요?"

"빨리 타요. 들키기 전에."

산호의 눈동자가 장난스럽고도 진지하게 빛났다. 아마도 방금 그가 세워둔 막차였을 버스의 출입문을 열고 그는 내 등을 떠밀었다.

"타요. 이 연약한 마을버스로 노선이 아닌 곳에 갈 수 있을지 없을지 궁금하지 않아요?"

"말도 안 돼. 쫓겨나려고 그래요?"

"그러면 더 좋고요. 2교대 근무 힘들어 죽겠는데."

그는 나를 태우고 버스에 올라 운전석에 털썩 주저앉았다. 출입문을 닫자 금세 고요한 어둠이 사위를 채웠다. 시동이 걸리고 마을

잠옷을 입으렴

버스는 언덕을 내려가기 시작했다. 산호가 유쾌하게 말했다.

"자, 어디로 갈까요? 이대로 바다까지 가는 건?"

나는 군고구마 봉지를 무릎에 얹고 운전석 뒷자리에 앉았다. 하지만 나중 일을 생각하지 않을 수 없었다.

"누가 회사에 전화해서, 차 끊긴 시간인데 버스가 돌고 있다고 신고할지도 몰라요."

"그럼 유령버스인 척하면 돼요. 그 시간에 당신은 마을버스를 보았군요. 헛것이었습니다 하고."

능청스런 대답에 결국 웃어버렸다. 한밤중 이런 일탈이 두근거리기도 했다. 마을버스 노선은 언덕을 내려가 변두리 동네 열다섯 정거장을 훑고, 세진상가 전철역 고가다리를 돌아서 원래 위치로 올라오는 루트였다. 일곱 번째 텅 빈 정류장을 통과할 때 산호가 말했다.

"그때 준 잠옷은, 그 자리에 가서 태웠어요."

실내등을 켜지 않은 버스 안에서 나는 천천히 고개를 끄덕였다.

"잘했어요. 고마워요."

"매형하고 누나가 안부 전해달라고 했는데. 아이들 선물도 고맙다고요."

나는 또 말없이 끄덕였다. 산호의 누나는 단 두 번 짧게 만났을 뿐이지만 참 좋은 느낌을 준 사람이었다. 열일곱 살 봄날, 우리의 기차 여행길에 만났던 인연. 내 기억 속을 헤집고 그날 밤의 풍경이 떠올랐다.

"가끔 궁금했는데, 그때 우리가 양지여관에 갔던 날 밤하늘에 날리던 하얀 댕기 같은 게 있었어요. 그게 뭐였죠?"

산호는 핸들을 잡은 채 갸웃했다.

"댕기? 뭘 말하는 거지?"

"옥상에서 여관집 꼬맹이가 날렸었는데."

나는 놀리듯이 말했다.

"아하. 그 꼬맹이를 보셨군요."

산호는 짐짓 비꼬는 척하더니 룸미러 속에서 싱긋 웃었다.

"두루마리 휴지였을 거예요."

"에?"

"밤에 옥상에서 두루마리 휴지를 조금씩 뜯어 날리면, 그렇게 밤하늘을 하염없이 날아갔어요. 어린 마음에 그게 근사하더라고요. 누나한테 휴지 낭비하고 길거리 더럽힌다고 혼나고, 다음 날 찾아다니면서 빗자루로 쓸고. 그래도 또 밤이 되면 옥상에 올라갔어요. 그거 날리려고."

나는 웃으며 가볍게 혀를 찼다.

"저런, 실망이네요. 괜히 물어봤다."

"하하, 미안해요."

그러더니 산호는 점퍼 주머니에서 무엇인가 꺼내 뒷자리 내게로 팔을 뻗었다. 손을 내밀어 그가 건네는 것을 받아 들었다. 조그맣고 매끈한 돌멩이 하나였다.

"여관 뒤편 숲에 그 나무둥치 아래, 예쁜 돌탑이 있어요. 매형 부

잠옷을 입으렴

부가 오가며 하나둘 쌓아서 만든 건데 거기다 꽃도 꺾어다놓고 명절날이면 술도 한잔 붓고 그래요. 그 돌탑에 있던 돌멩이예요. 하나만 가져다가 전해주겠습니다— 인사하고 가져왔어요."

나는 뭉클해져 그 작은 돌을 가만히 바라보았다. 마을버스는 불이 꺼진 전철역 쪽으로 내려가고 있었다.

"자, 이제 이 차는 노선을 이탈합니다. 어디로 가죠?"

나는 피식 웃으며 고개를 저었다.

"됐어요. 무리하지 말고 다시 돌아가요."

"후회할 텐데요? 땅끝까지 갈 수 있는 기회인데."

"이 시간에 버스 한 대를 나 혼자 전세 낸 걸로 만족할래요. 전용기사도 있었고."

산호는 빙그레 웃더니 고가다리 아래서 유턴해 세진상가 앞을 지나 길을 되짚어 간다. 몇 정거장을 우리는 편안한 침묵 속에 통과했다. 군고구마는 어느새 식어버렸고, 차창에 기대어 덜컹이는 진동에 몸을 맡기고 있으니 마음이 잔잔히 가라앉았다.

"줄곧 하고 싶은 말이 있었어요."

운전석에서 그가 입을 열었다.

"그 누나가 왔을 때, 나는 바로 알아봤죠. 지난해 찾아왔던 누나들 중에 하나라는 걸. 늦은 밤에 도착해서 하룻밤 자더니 이튿날 낮에 가방을 두고 나갔어요."

나는 유리창에 머리를 기대고 듣고 있다.

"내가 마침 학교에서 돌아왔는데, 우리 누나가 느낌이 이상했는지 나더러 따라가 보라고 했죠. 혼자 여기까지 찾아온 게 맘에 걸린다고. 그때 누나는 여관 손님들 때문에 나갈 수가 없었거든요."

그 풍경이 손에 잡힐 듯이 애달프게 떠올랐다. 내가 그들이 되어 그날을 함께했던 것만 같다. 산호는 담담히 말을 이었다.

"자전거를 끌고 따라가다 친구들을 만난 거예요. 우린 다들 자전거에 빠져 있었고, 나는 두 번 생각도 안 하고 친구들과 자전거를 타러 갔어요. 밤늦게까지 쌩쌩 쏘다니며 놀다가 집에 오니까 누나가 울면서 내 등짝을 막 때렸어요. 왜 시키는 대로 하지 않았냐고. 그때 누나한테 처음 맞았는데… 하나도 아프지 않더라고요. 난 열세 살이었고, 벌어진 일이 무서웠고, 그래서 자꾸 변명했죠. 그럴 줄 몰랐다고. 알았으면 따라갔을 텐데, 정말 몰랐다고."

눈물이 맺혀 차창 밖이 뿌옇게 흐려졌다. 산호는 크게 심호흡을 하더니 마침내 오랫동안 속에 담아두었던 말을 꺼냈다.

"난 말썽꾸러기였지만 그날만큼은 누나 심부름을 잘할 걸 그랬어요. 내 탓도 아니고 누구 탓도 아닌 줄은 아는데, 그래도 꼭 한 번 하고 싶었던 말은 이거예요. 나는 그날, 자전거 타고 노느라 심부름을 안 했습니다. 미안해요, 누나들. 당신들 모두."

나는 소리 없이 울었고 또 눈물을 닦았다. 손바닥 속의 돌멩이는 내 체온으로 따스해졌다. 마을버스는 언덕으로 돌아가고 있었다.

~~~~~

가을날 우리 학년은 강원도 국립공원으로 수학여행을 갔다. 모

잠옷을 입으렴

처럼 교복을 벗고 자유로운 복장을 한 여학생들은 가볍게 흥분해서 연신 까르르 웃어댔다. 학급별로 관광버스를 나눠 타고 유스호스텔에 도착해 방을 배정받았다. 온돌방은 서른 명이 들어가 자도 될 만큼 넓었지만, 교사들의 예약 실수였는지 유스호스텔 측의 부주의였는지 다른 지방에서 온 수학여행팀과 방이 겹치고 말았다. 로비에 배낭을 내려놓고 학생들이 우왕좌왕하는 가운데, 프런트에서 직원과 두 학교 교사들이 언성을 높이고 다투다가 뒤늦게 근처 여관을 더 수배하는 것으로 결론을 지었다.

각 반 담임들은 학생들에게 유스호스텔 이층침대방과 이웃한 여관의 온돌방 중에서 하나를 택하게 했다. 아무래도 여관이 허름할 테니 거기서 숙박하면 수학여행 경비에서 차액만큼을 돌려주겠다며 달랬다. 우리 반에서는 미주가 제일 먼저 배낭을 들고 로비 바닥에서 일어났다.

"난 여관으로 갈란다. 얼마라도 돌려준다잖아."

나도 미주를 따라 여관으로 가는 그룹에 끼었다. 유스호스텔과 도보로 오 분 거리였고 우려했던 것보다는 깔끔해서 다들 그런대로 숙소에 만족했다.

근처 관광지를 단체로 돌고 저녁식사를 마친 뒤 여자아이들은 비좁은 세면실에 여럿이 들어가 이를 닦고 씻으며 부산을 떨었다. 우리 방은 여섯 명이 자는 온돌방이었는데, 밤이 되자 유스호스텔에서 같은 반 아이들 두 명이 파자마에다 점퍼만 걸치고 건너왔다. 방문 아래 신발을 아무렇게나 벗어던지고 그들은 우리가 깔아놓은

437

이부자리에 벌렁 드러누웠다.

"아아, 여기서 잘래. 이층침대라고 솔깃해서 갔더니 우리집 축사 송아지 잠자리도 그거보단 넓겠더라."

함께 온 다른 아이도 투덜거렸다.

"맞아. 말만 그렇지, 철봉으로 칸 두 개 나누고 합판에다 매트리스 깔아놓은 거 있지?"

"그러냐? 잘 왔어. 여기서 실컷 놀다가 자."

미주가 방장처럼 인심 좋게 말했다.

밤이 깊을 때까지 우리는 그 방에서 웃고 떠들고 과자를 나눠 먹었다. 여행지란 그런 것일까. 별것 아닌 일에도 즐거워했고, 너무 웃어서 나중엔 배가 다 아팠다. 자정 무렵이 되자 담임이 한 바퀴 돌면서 어서 자라고 주의를 주었다. 다들 대답만 네 하고 담임이 돌아서는 순간 다시 킥킥거렸다. 하나둘 배낭에 숨겨온 맥주와 머루주도 등장했다. 오후에 관광지를 다닐 때 상인들이 교사가 안 보는 틈을 타서 학생들에게 몰래 팔았던 과일주였다.

"야, 불 꺼. 무서운 얘기 해야지."

누군가 말을 꺼내기 무섭게 아이들은 기대감으로 웃음 반 비명 반 소리부터 질렀다. 커다란 이불을 가운데 펼치고 둥글게 모여 앉아 다리를 이불 속에 집어넣었다. 한 아이가 혼자 담요를 어깨까지 두르고 있다가, 옆에서 확 벗겨버리자 다시 내놓으라고 끄트머리를 잡고 매달렸다.

"안 돼, 난 뒤쪽이 무섭단 말이야. 등에도 담요를 둘러야 돼!"

잠옷을 입으렴

"시끄러, 너만 뒤집어쓰고 있냐? 이리 내놔. 너도 무릎만 덮어."

"조용히 해. 나부터 시작한다. 빨리 불 끄라니까?"

누가 일어나 전등을 끄고 자리에 앉았다. 이불 한가운데 회중전등 하나만이 놓였다. 맞은편에 앉은 아이가 처음으로 이야기를 시작했다.

어떤 여고에서 수학여행을 갔어. 단체로 대나무숲 근처를 지나가는데, 한 여자아이가 대숲이 너무 낯익다는 느낌이 든 거야. 거기에 오솔길이 있다는 게 기억났지. 그래서 혼자 숲으로 들어갔더니… 아니나 다를까, 오솔길이 있어. 그걸 따라가니까 오래된 기와집 한 채가 나오는 거야. 그 집도 너무나 낯이 익어서 여자애는 마당을 기웃거리는데, 방문이 열리고 누가 나왔어. '뉘시오?' 그러다 그 사람은 여자애 얼굴을 보고는 그만 기절해버렸지. 이상한 기분에 그 사람을 깨우려고 흔들다가 툇마루 벽에 걸린 사진을 봤어. 액자 속에 가족사진이 들어 있는데, 자기하고 똑같이 생긴 여자애가 한복을 입고 마당 우물가에 서 있는 사진이었어. 거기 적힌 날짜를 보니 삼십 년 전이었어. 그제야 여자애는 전생이 기억났어. 마당을 휙 돌아보니까 아까는 분명히 없었는데, 거기에 삼십 년 전 자기가 빠져 죽은 우물이!

담요를 둘렀던 아이가 까악 새된 비명을 질렀다. 우리는 그 소리에 더 놀라서 덩달아 소스라쳤다.

"야, 너 때문에 더 놀랐잖아!"

"난 무서운 얘기 정말 약하단 말이야."

곁에서 발로 툭 차며 핀잔을 주는 것도 아랑곳없이 그 애는 바닥에 깔린 이불 속으로 숨으려 했지만, 딱하게도 도로 끌어내졌다. 순서는 오른쪽으로 돌아가면서 이어졌다. 방문 밖에서 여관 복도를 돌아다니는 다른 방 아이들의 어지러운 발자국 소리, 떠드는 소리가 들려왔다. 우리 방은 다시 고요해지고 옆에 앉은 아이가 다른 이야기를 시작했다.

이건 사실 무서운 얘기는 아닌데, 느낌이 되게 이상하고 묘하더라고. 서로 사랑하는 젊은 부부가 있었어. 남편은 나무 가꾸는 게 취미라서, 하루는 정원 나무가 예쁘게 자란 걸 보고 화분에 심어 거실로 가지고 들어왔어. 날마다 나무에 말을 걸고 쓰다듬어주고 정성을 들였지. 나중엔 부인이 질투를 했어. 나보다 나무를 더 좋아하는 것 같다고. 남편은 말도 안 되는 소리다, 어떻게 당신보다 나무를 더 좋아하겠느냐 그랬지. 그러다가 막 천둥 번개가 치고 비가 쏟아지는 밤에 대판 부부싸움을 했어. 나무가 도저히 꼴 보기 싫으니까 밖에 내다 파묻어버리라고. 할 수 없이 남편이 숲에 가서 삽으로 땅을 파고 묻어주면서 말해. 미안하다, 너를 너무 싫어하니까 어쩔 수가 없네…. 그리고 집에 돌아와 침대에 들어가는데, 이불을 걷으니까 거기 나무가 누워 있는 거야. 내가 이걸 에이에프케이엔 채널에서 봤거든.

잠옷을 입으렴

"그게 뭔데?"

"미군방송이잖아."

"너네 집엔 미국방송도 나와? 우리집엔 안 나오는데."

"미국방송이 아니고 미군방송이라니까. 귀 좀 후벼라!"

질문했던 아이는 베개로 퍽 얻어맞았지만 그래도 좋다고 깔깔
웃었다. 다시 오른쪽으로 순서가 넘어갔다.

**사람이 많이 죽어나간 병원이 있었어. 신입 의사가 새로 왔는데
며칠 뒤 혼자 야간근무를 서게 된 거야. 그 자리가 시체실 바로
위층이었는데, 문밖에서 무슨 소리가 들렸어. 누구냐고 물어도
대답이 없는 거라. 갑자기 오싹한 기분이 들어서 이렇게 말했어.
'찾아오신 환자분이면 한 번 노크하고, 병원에 있는 분이면 두 번
노크하시오.' 똑똑. 두 번 노크 소리가 들렸어. 의사는 긴장했어.
그 시간에 병원엔 자기밖에 없었거든. 그래서 다시 말했어.
'사람이면 한 번 노크하고, 귀신이면 두 번….'**

똑똑.

방문에서 실제로 노크 소리가 났다. 순간 모두들 진짜로 비명을
질렀다. 나도 마찬가지였다. 어두운 방에 회중전등 빛이 가느다랗
게 퍼지는데 방문 손잡이가 돌아가는 게 보였다. 아무도 다가가서
열어줄 생각을 못 했다. 문이 삐걱 열리고, 수안이 놀란 얼굴로 복
도에 서 있었다. 그 아이 등 뒤로 복도 형광등 불빛이 비쳐왔다.

"…고둘녕 찾아왔는데."

나는 놀란 가슴을 진정하며 이부자리에서 발을 빼고 일어났다.

"아, 놀래라. 정수안 아냐? 방금 진짜 귀신 같았어."

"나도. 간 떨어지는 줄 알았네."

십년감수했다는 듯이 엄살 섞인 말들을 뒤로하고 방문을 나섰다. 복도에는 소녀들의 신발이 우르르 뒤엉켜 있었다. 신발들을 밟지 않도록 피하며 여관 슬리퍼를 신는데 방 안에서 누군가 내게 말했다.

"빨리 와야 돼, 다음 네 차례야."

손을 뒤로 해 문을 닫고 수안과 마주했다.

"어서 와. 무슨 일이야?"

"산책하자. 할 얘기가 있어."

회색 추리닝 바지에 눈에 익은 초록색 스웨터를 입은 수안은 부쩍 마른 모습이었다.

"…산책?"

"응. 나오기 힘들어?"

"그런 건 아니지만… 그럼 잠깐만 기다려. 애들한테 말하고 옷 갈아입고 올게."

"아니야, 그냥 여기서 말할게. 우리 둘이… 작년 그곳에 함께 갔으면 좋겠어."

함께 가자니. 난데없이 어디를 말하는 걸까. 내가 혼란스러워하니 수안은 다시 말했다.

잠옷을 입으렴

"양지여관 말이야. 율이 삼촌 찾아갔던 곳."

"거기를 지금?"

수안은 불안정하게 웃었다.

"아니, 지금은 차가 끊겼잖아. 내일 낮에 여길 나가자. 도망가는 거지. 이곳은 시끄럽기만 하고, 재미없으니까."

수안은 내게 동의를 구했지만 나는 금방 대답하지 못했다. 머뭇 거리는 나를 수안은 조용히 지켜보았다. 방에서 또 비명과 웃음소리가 들렸다. 이야기가 끝난 모양이었다. 망연히 다음은 내 차례인데… 생각했다. 옆방에선 베개 싸움이 벌어져 어떤 아이가 베개를 껴안고 복도를 맨발로 뛰쳐나와 자지러지게 웃었다. 나는 사과하듯 말했다.

"괜찮다면, 내일 낮에 다시 얘기하자. 나 지금… 애들하고 뭐 하고 있었어."

수안의 표정이 흔들렸지만 이내 고개를 끄덕였다.

"그래. 그럼 내일 봐."

좁고 기다란 복도 끝의 출입문을 열고 그 아이는 바깥으로 사라졌다. 길 건너 유스호스텔 창문마다 불빛이 환했다. 수안이 자야 할 방도 그 가운데 하나일 것이다. 방문이 벌컥 열리더니 미주가 내다보았다.

"뭐 하냐?"

"어. 들어갈 거야."

나는 방으로 돌아가 이불 속에 다리를 넣고 자리를 잡았다. 잠옷을 입은 소녀들이 이야기를 기다리고 있었다. 막막했다. 내가 아는 무서운 이야기는 하나밖에 없었다. 어릴 때 수안과 함께 텔레비전에서 보았던 흑백 디즈니 영화였다. 나는 천천히 입을 열었다.

어떤 소년의 가족이 빈집으로 이사를 갔어. 그 집엔 지하실이 있었는데, 먼저 살던 가족이 떠나고 오랫동안 비어 있었대. 그 집 딸이 납치돼 실종됐기 때문에 뿔뿔이 흩어지게 된 거지. 소년이 마당에서 놀 때마다 하얀 드레스를 입고 품에 인형을 안은 소녀가 나타나 주위를 맴돌아. 같이 놀고 싶어 했어. 밤새 둘이 놀다가 새벽이 오면 소녀는 지하실로 가버렸어. 한번은 소년이 몰래 따라갔더니 거기 소녀의 침대가 있었어. 침대는 뚜껑이 열린 관이었는데, 소녀가 인형을 재우면서 노래를 불렀어. 인형 이름이 앤이었거든. 아 유 슬리핑… 아 유 슬리핑… 시스터 앤… 시스터 앤….

"어휴, 야. 그 동요를 어떻게 그렇게 무섭게 부르냐."
담요를 둘렀던 아이가 울상을 지으며 항의했다.
"분위기 좀 깨지 말라니까. 넌 이제 말하지 마! 차라리 들어가라, 들어가."
결국 그 애한테 이불을 푹 뒤집어씌우며 아이들은 즐겁게 웃었다. 나도 함께 웃었다. 밤이 이슥하도록 여덟 개의 괴담이 계속되는 동안 우리는 웃고 떠들고 무서워했지만, 내 마음 한구석에는 수안의 모습이 어쩔 수 없이 맴돌았다.

　　　　　　　　　　　　　　　잠옷을 입으렴

그 밤에 아이들이 모두 잠든 뒤에도 나는 깨어 있었다. 대나무 숲 사이 기와집으로 걸어가는 여자아이와 인형을 안고 다니는 어린 소녀가 천장을 뛰어다녔다. 인형의 배 속에는 보석이 숨겨져 있었다. 소녀는 소년에게 말했다. 내 인형이 가진 걸 네게 줄게. 그 사람들이 날 찾지 못하게 해줘. 나는 도로 일어나 앉았다. 창으로 달빛이 새어드는 방 안을 둘러보니 소녀들은 아무렇게나 몸을 구부리고 평화롭게 잠들어 있었다. 내내 무섭다고 담요를 찾던 아이는 이불을 차 던지고 방바닥에 굴러가 자고 있었다. 나만 혼자 오랫동안 잠이 오지 않았다.

~~~

  이튿날 단풍도 끝물인 국립공원 산에서 내려와 학생들은 대형 음식점으로 인솔됐다. 구운 생선과 약간의 불고기볶음을 가운데 놓고 몇 가지 마른 반찬이 곁들여진 늦은 점심식사였다. 밥이 너무 푸슬푸슬해서 여학생들은 묵은쌀인가 보다고 투덜거렸지만, 몇 시간이나 등산을 하고 내려온 터라 다들 바닥까지 보이도록 싹싹 긁어먹었다. 먼저 먹고 나갔던 우리 반 아이가 내가 앉은 식탁에 오더니 말을 전했다.

  "얘, 네 사촌이 불러달랜다."

  나는 수저를 내려놓고 의자를 밀고 일어났다. 다리를 움직이자 파스를 붙여놓은 발목이 욱신 쑤셨다. 오전의 산행 코스가 내겐 무리였지만 모처럼 아이들과 어울리면서 티를 내고 싶지 않아 끝까지 일정을 같이 했던 탓이었다.

수안은 식당 앞에서 배낭을 메고 기다리다가 내가 나오자 발목부터 내려다보았다.

"너 정말 산에 갔던 거야? 괜찮아?"

"응."

수안은 놀랍고 기특해하는 표정이면서도, 조금은 서운한 빛을 띠고 있었다.

"난 네가 남아 있을 줄 알고 오전에 여관으로 갔어. 그런데 없길래 산에 갔구나 싶어서… 힘들진 않았니?"

"힘들긴 했지만 많이 뒤처지진 않았어."

수안은 희미하게 웃었다.

"멋지네. 정말 잘 지내는 거구나, 넌."

식당에서 몰려나온 여학생들이 즐겁게 수다를 떨며 우리 곁을 스쳐갔다. 그들은 카메라를 꺼내 어깨동무하듯 붙어 서서 산을 배경으로 서로 사진을 찍어주었다. 코닥필름 광고지가 붙은 근처 슈퍼에서 몇몇 아이들이 필름을 샀다. 하나 둘 셋- 하얀 아스팔트가 깔린 거리를 소녀들이 카메라를 들고 명랑하게 돌아다녔다.

"어제 한 얘기는 생각해봤어?"

수안이 조용히 물었다. 나는 막막해졌다. 수안은 가끔 여행이나 모험 같은 걸 꿈꾸긴 했어도 언제나 이성적이었다. 하지만 지금은 불안정해 보였다. 체중이 줄어서 턱선이 날카로워졌고, 총기 있게 반짝이던 눈빛도 옅은 안개처럼 모호해 보였다. 내 앞에 서 있는

잠옷을 입으렴

열여덟 살의 여자아이가 낯설었다. 아침에 눈을 떴을 때부터 줄곧 속으로 연습했던 대답을, 나는 목에 걸린 것처럼 되새겼다.

"응. 내 생각은… 우리가 여기 같이 남는 게 좋겠다는 거."

수안의 얼굴에 그늘이 졌다.

"역시 싫은 거구나."

"싫은 게 아니야. 우리… 방학 때 가는 건 어때? 아니면 집에 돌아갔다가 다음 주말에 둘이서 기차 타고 가도 되잖아. 여기서 도망가지 말고. 응?"

수안이 이대로 돌아설까봐 걱정스러웠다. 나는 어떻게든 그 아이를 붙잡고 싶었고, 그래야만 할 것 같았다.

"널 위해서도 그래. 선생님들한테 불려다니고 벌 받는 거 싫잖아. 근신 받을지도 모르고. 만약 무단이탈한 일이 기록으로 남으면… 난 상관없지만, 너는 나중에 입시에도 좋지 않을 거야."

순간 수안은 참 이상한 소리를 들었다는 듯이 물끄러미 나를 응시하더니, 문득 이마를 찌푸리며 손을 귓가에 가져다 댔다. 가만가만 만지다가 손을 내리고 중얼거렸다.

"그래… 그렇긴 해. 하지만 그 말을 고둘녕한테서 들으니까 어쩐지 이상하다."

"그렇지만 그게 현실이니까…."

"알아. 네 말이 맞아."

수안은 포기해버린 얼굴로 쓸쓸히 웃어 보였다.

"난 그냥, 여긴 너무 복잡하고 정신이 없어서. 편안한 곳에 너하

447

고 같이 있으면 안 될까 했던 것뿐이야. 뭐, 이제 됐어."

그러고는 내 손에 쪽지 한 장을 맡겼다.

"버스 시간표야. 혹시 네 마음이 바뀌면 말이야."

"여기 있어, 수안아. 내일이면 집에 가잖아."

나는 한 발자국 다가섰지만 수안은 다가오는 걸 가로막는 것처럼 내 어깨에 손을 짚으며 미소 지었다.

"괜찮아. 먼저 가 있을게."

배낭을 추슬러 메고 혼자 여행지를 벗어나는 수안의 뒷모습을 바라보았다. 나 자신이 무력하게 느껴졌다. 내 사촌은 어느새 내가 위로할 수 있는 범주를 넘어 멀리 가버린 것만 같았다. 수안은 아직도 내가 곁에 있어주기를 바랐고, 나 또한 그럴 수 있다면 좋겠지만 그날만은 너무 버거웠다.

오후에 나는 같은 방을 쓰는 아이들과 기념품 가게를 구경 다녔다. 가을 햇살 아래 아스팔트가 환하게 반짝였다. 아이들은 부모님 선물을 고르고, 단짝끼리 우정의 증표를 교환하기도 했다. 어떤 아이는 짝사랑하는 선생님에게 선물할 기념품에다 선생님 이름과 자기 이름을 하트 모양과 더불어 새겼다.

똑같은 기념품이라도 가격을 비교하느라 우리는 비슷비슷한 가게들을 돌아다녔다. 마지막에 들른 곳에서, 나는 발길을 멈추었다. 낙화 그림이 많은 가게였다. 낯익은 목향 때문에 언젠가 이곳에 들렀던 것만 같은 기분이었다. 입구 쪽에 의자를 놓고 청바지에 스웨터를 걸친 청년이 무료하게 낙화를 그리고 있었다.

잠옷을 입으렴

"둘넝아, 안 가?"

"잠깐만. 너희들 먼저 가."

아이들을 보내고 나는 청년에게 다가가 말을 붙였다.

"초상화도 그리시나요?"

청년은 흘끔 쳐다보더니 당연하다는 듯 고개를 끄덕였다. 그가 내주는 간이의자에 걸터앉아 나는 가방을 무릎에 내려놓고 정면을 응시했다. 그는 노트 크기만 한 새 나무판을 받침대에 올리고, 곁에 놓인 화덕에 인두를 넣어 불에 달구었다. 나도 모르게 긴장이 됐다. 청년이 옆으로 손짓했다.

"좀 비스듬히 앉아요. 살짝 옆모습으로."

나는 시키는 대로 몸을 약간 틀었다.

"표정도 편안하게."

금세 편안해지기엔 청년의 인상이 무뚝뚝했지만 그래도 긴장을 풀었다. 나는 한동안 미동 없이 앉아, 그가 인두를 움직이는 손놀림과 그림에 집중하는 모습을 지켜보았다. 율이 삼촌도 관광객들의 초상화를 그렸다고 했었다. 내 마음이 양지여관으로 날아가는 것을 느끼며 나는 단풍이 지는 산과 하늘로 눈길을 돌렸다. 국립공원에 부는 맑은 바람이 자유 시간을 즐기는 여고생들의 웃음소리를 실어왔다. 형언할 수 없이, 나는 그 순간을 평생 잊지 못하리란 걸 깨달았다. 모르는 타인이 나를 그리고 있는 순간이, 두고두고 그날의 기억이 잊히지 않으리란 걸. 나는 가방을 쥐고 간이의자에서 일어섰다.

"저, 지금 가봐야겠어요."

청년이 나무판 너머 고개를 들었다.

"덜 그렸는데?"

"괜찮아요. 여기, 그림 값 받으세요."

지갑에서 지폐를 꺼내 건네주고 그리다 만 초상화를 가방에 넣고는, 시내로 나가는 버스정류장을 찾아 큰길가로 나섰다. 저만치 관광지와 시외버스터미널을 운행하는 버스가 가로수 아래로 달려오고 있었다. 팔을 뻗어 버스를 세우는데 미주와 아이들이 나를 발견하고 깜짝 놀라 물었다.

"야, 너 어디 가?"

나는 재빨리 승강구에 올랐다. 버스는 눈이 동그래진 아이들 곁을 지나 큰길을 달려 내려갔다.

터미널에 수안의 모습은 보이지 않았다. 시각표를 확인하니 수안이 탄 시외버스가 삼십 분 전에 출발해버렸고 다음 차는 두 시간 뒤에 있었다. 붉은 글자로 행선지가 적힌 매표소 창구 앞에서 지갑을 열었다.

"다섯 시 출발, 한 장이요."

표를 끊고 나는 대합실 플라스틱 의자에 앉았다.

한 시간이 흘렀다. 의자에서 기다리던 사람들은 하나둘 승차장으로 나가고, 새로 온 이들이 내 곁에 앉았다. 출발 시각이 다가올수록 두근거렸다. 막연히 나는 불안했고 확신이 서지 않았다. 내가 버스를 타게 될지 스스로도 알 수가 없었다. 이대로 수안을 따라가

잠옷을 입으렴

면 모든 것이 처음으로 돌아갈 것만 같았다. 이제 겨우 내 길을 찾은 것 같은데. 살아가는 법을 배우게 된 것 같은데.

대합실 벽에 걸린 커다란 원형시계가 다섯 시를 가리켰을 때 나는 일어서지 않았다. 터미널 바닥에 석양이 드러눕고 이내 어스름이 깔렸다. 어두침침한 전등이 켜진 승차장에 야간 버스들이 도착하고, 또 떠났다. 마침내 매표소 창에 판지를 대고 창구를 닫을 때까지, 나는 손에 표를 쥔 채 정물처럼 앉아 있었다.

꽃과 잠옷을 위해

산호 씨.

보내준 사진은 잘 받았습니다. 나무 아래 작은 돌탑도, 그 앞에 놓인 예쁜 꽃들도 손에 잡힐 듯이 선명했습니다. 지나가던 등산객은 그게 누구를 위한 꽃인지 알 수 없겠지만, 저마다 다른 소원을 빌며 그 자리에 자그마한 돌 하나를 또 얹곤 하겠죠. 그 기도하는 마음들이 수안에게도 전해진다면 좋겠습니다.

언젠가부터 나는 그 아이에게 잠옷을 지어주고 싶었습니다. 많이 늦긴 했어도 평안한 잠을 함께할 고운 옷을 주고 싶었어요. 당신은 하룻밤 그곳에 내가 지은 잠옷을 놓아두고 이튿날 태워주었습니다. 수안이가 가져갔을 거라고 생각해요. 산호 씨에게 고맙습니다.

당신이 언덕 동네에서 지낸 건 단지 석 달뿐이었지만, 내게 삼년보다 많은 기억을 남겼습니다. 새로 찾은 일은 마음에 드나요? 방랑벽을 따라 살고 있어도 아직은 젊으니 괜찮겠지요. 어딜 가든 좋은 인연을 만나고 즐겁게 일하기를 바랍니다.

내 근황이라면, 얼마 전 세진상가 가게를 넘겼습니다. 다른 이가 들어와 십자수 가게를 열 예정이라더군요. 옷 수선집보다는 환하고 정다운 가게가 될 거예요. 잘됐으면 합니다. 그리고 조만간 어릴 때 자라던 곳에도 가보려 합니다. 고향은 아니지만 내겐 고향이나 마찬가지인 마을이었습니다. 그곳에 가까웠던 친구가 있어요. 오래 연락을 주고받진 못했어도 언제 만나도 어제 본 듯이 반가워해줄 거라는 걸 알아요. 어쩌면 내가 있을 곳을 다시 찾게 될지도 모르겠습니다.

가끔은 소도시 버스터미널에 대해 생각해봅니다. 어두컴컴한 대합실. 바닥에 들러붙은 수많은 껌 자국. 지린내 건너오는 화장실과 철제 수납꽂이에 잡지와 신문, 얇은 퀴즈책을 파는 매점도 떠올려봅니다. 터미널에 도착하고 떠나는 사람들의 등에는 살아가는 일에 대한 무감각한 피로가 내려앉아 있습니다. 그 남루한 풍경에 때때로 발랄하고 젊은 여행객들이 찾아와 대합실을 잠시 들뜨게도 만들겠죠.

뜨내기 승객들이 거쳐가는 터미널 대합실에 앉아 있으면 그 가을날 오후가 떠오릅니다. 나는 그 아이를 따라가는 버스를 일부러 놓쳤습니다. 캄캄한 밤이 되어 매표소 창구가 닫힐 때까지 앉아 있었죠. 나는 두려웠어요, 원점으로 돌아가는 것이. 그래서 버스를 타지 않았습니다.

숲에서 낙엽을 줍고 있었다던 아주머니에 대해서도 떠올려보곤 합니다. 단체로 관광버스를 타고 단풍여행을 왔던 분이었다죠. 낙엽이 예뻐서 주워가려고 숲을 산책하고 있었다고 합니다. 어디 사는 사람이었을까요. 어떤 사람이었을까요. 나는 아직도 그 아주머니에 대해 아는 것이 없습니다. 이름도, 어디 사는 누군지도 모릅니다. 나는 무척이나 그분을 만나보고 싶었는데, 그래서 묻고 싶은 게 있었는데, 어른들은 끝내 그분의 주소도 이름도 내게 가르쳐주지 않았습니다. 나를 위해서였다는 걸 알지만 그땐 모두가 원망스러웠습니다.

아주머니는 낙엽을 줍다가 오솔길 저편에 쓰러진 아름드리나무를 보았습니다. 누가 나무를 벴나 했는데 가까이 가보니 비탈 아래서 굽은 채 자라온 나무였다고 했죠. 그 둥치 아래 수안이 누워 있었습니다. 낙엽더미에 자는 것처럼 누운 소녀를 처음 보았을 때 여인은 어떤 생각을 했을까요. 잠든 거라고 생각했을까요. 아니면 한눈에 숨이 없다는 걸 알아차렸을까요.

수안이 곁엔 약병이 많았다고 했습니다. 수습했을 때 약병들 틈에 작은 유리병 세 개가 같이 있었습니다. 텅 빈 채로 발견된 유리병은 나를 두고두고 고통스럽게 했습니다. 어린 시절 나는 한때 만병통치약을 만들고 싶었어요. 하지만 어느 순간부터 그 꿈을 잊어버렸습니다. 내가 할 수 있는 일이 아니었기 때문입니다. 그게 잘못이었을까요. 설령 해줄 수 있는 일이 없었어도, 함께였다면 좋았

잠옷을 입으렴

을지 모른다고 뒤늦게 생각했습니다. 우리는 서로에게 무엇인가 해주어야 한다고, 사랑하니까 도움이 되어야 한다고 믿지만, 실은 그렇지 않은지도 모릅니다. 그 아이는 내게 많은 걸 바라지 않았다는 걸 나중에서야 깨닫습니다.

그날 밤 마을버스를 운전하며 당신이 말했죠. 그럴 줄 몰랐던 거라고. 그 말이 내겐 사무쳤습니다. 나 역시, 그럴 줄 몰랐습니다. 다시 그날 오후로 돌아간다 해도 내가 터미널에서 다음 버스를 탈지 알 수가 없습니다. 우리는 아무도 그다음에 일어날 일을 모릅니다. 누구 탓도 아니었다고, 어떻게 하든 일어날 일은 일어나는 거라고, 살아오는 동안 그렇게 생각하려 했습니다. 비록 잘되진 않았지만요.

산호 씨가 동네를 떠난 뒤 긴 겨울이 가고, 봄이 오면서 주민들은 이주를 시작했습니다. 이미 허물어져가는 보금자리에 더 살고 싶어 하는 이는 많지 않습니다. 나도 곧 떠날 생각입니다. 봉란 씨가 안부 전해달라고 합니다. 아파트가 다 지어질 때까지 전철역 근처에 방을 얻어 지낼 거라고 하네요. 딸이 곧 온다고 해요.

부디 안녕히. 건강하길 바랍니다. 그럼 이만 총총.

여름 오후 터미널에 도착했을 때, 지난날 읍이었던 고장은 소도시로 변해 있었다. 신축한 터미널은 넓고 번듯했고, 개천 너머 들판에 들어선 고층 아파트는 시외버스에서 내리는 사람들의 시야를 가로막았다. 가방을 들고 하차장을 나서는데 장딴지까지 오는 바지와 남색 티셔츠 차림의 여자가 뛰다시피 다가와 와락 나를 껴안았다.

"둘녕아!"

"미주야."

나도 마주 껴안았다. 오는 동안, 행여나 미주를 만나 서먹서먹하면 어쩌나 걱정했지만 역시 바보 같은 생각이었다. 파마머리를 질끈 묶은 옛 친구는 내 기억보다 키가 작았다. 어쩌면 나잇살이 붙어서 그런지도 몰랐다. 미주는 반가워서 눈물을 다 글썽거렸다.

"이게 얼마만이야. 꿈이냐 뭐냐."

그러고는 내 손을 꼭 잡았다가 풀며 서둘러 다시 말했다.

잠옷을 입으렴

"내가 일하다가 버스 시간 보고 부랴부랴 뛰어나오느라고 지갑을 안 들고 왔지 뭐냐. 이놈의 건망증. 잠깐 우리 가게에 들르자."

"됐어, 내가 있는데 뭘."

"그 핑계로 나 사는 것도 봐야지. 방앗간 오랜만이잖아, 너도."

미주는 내 팔을 붙잡고 이끌었다.

일기예보는 오늘이 올해 들어 가장 무더운 날씨가 될 거라고 했다. 냉방이 서늘했던 터미널을 나서자 뜨거운 뙤약볕이 머리 위로 쏟아졌다. 아스팔트를 달구는 햇볕 때문에 나는 눈을 가늘게 뜨고, 소도시의 낯선 방문자가 되어 주위를 둘러보았다. 시가지는 어디가 어딘지 알아보기 힘들었다. 예전엔 사거리 뒤편으로 작은 길들이 골목으로 이어졌는데, 지금은 큰 화단이 조성된 원형 교차로를 중심으로 오거리가 되어 있었다. 도로는 차량들이 복잡하게 얽혀 주차장으로 변했고 높은 건물도 많아져서, 기억 속의 익숙한 읍내 모습과 금방 일치되지 않았다. 오일장이 선다 해도 좌판을 깔아놓을 만한 곳이 없을 것 같았다.

하지만 미주를 따라 뒷골목으로 들어선 순간 나는 한눈에 그곳을 알아보았다. 뒤편 거리는 마치 세월이 고인 것처럼 그리 변하지 않았고, 눈에 익은 방앗간 건물이 여전히 그 자리를 지키고 있었다. 다만 공휴일도 아닌데 간판 곁에 내걸린 태극기가 생경해 보였다. 기계 소리가 들리는 방앗간 출입문을 열면서 미주는 진작 손들었다는 듯이 웃었다.

"그이가 절대 태극기를 포기 안 해서 말이야. 총각 때 공무원 시험 치는 족족 떨어진 게 한이 됐나, 이거 하나만 달아놔도 눈에 확 뜬대나? 이젠 다들 우리 간판 눠두고 '태극기 방앗간'이라 부르잖아. 그래서 그냥 내버려둔다."

미주가 지갑을 가지러 간 사이, 나는 건물 옥상으로 향하는 철제 계단을 천천히 올라갔다. 햇볕에 뜨거워진 난간을 짚으며 계단 가운데 서서 내가 살던 옥탑방을 쳐다보았다. 자그마한 부엌 창문이 반쯤 열렸고 출입문에는 자물쇠가 걸려 있었다. 빨간 장지갑을 들고 나오던 미주가 계단을 내려오는 나를 보더니 빙긋이 미소를 지었다.

"너 살던 방이 궁금했냐? 지금은 재덕이가 살아. 근데 다음 달에 장가가니까, 그럼 또 비겠지."

"그렇구나. 재덕이가 올해 몇 살이지?"

"벌써 서른이지. 여기 휴대전화 대리점에서 일해. 얼마나 여문데."

세월은 상처를 잊기엔 너무 느리고, 무심했던 이들의 근황을 따라가기엔 너무 빨랐다. 만화방집 아들은 어느새 서른 살이 됐고, 내 마음은 일찍 늙어버린 것만 같았다.

미주와 대로변 횡단보도 앞에서 신호를 기다렸다. 건너편 경이 이모네가 운영했던 빵집 자리가 유명 베이커리 체인점으로 바뀌어 있었다. 경이 이모네는 오래전 이웃 도시로 이사를 했고, 거기서도 제과점을 한다는 소식은 들은 적이 있었다.

"체인점이 됐네."

잠옷을 입으렴

미주는 내 시선을 따라 도로 건너편을 바라보더니 고개를 끄덕이며 말했다.

"너희 이모 다음에 다른 사람이 인수했었는데, 빵 맛이 영 별로였어. 장사 잘 안 되다가 저게 들어선 지 한참 됐지. 주인이 누군지도 몰라, 아르바이트 애들만 있어가지고. 왜, 저기 들어갈까?"

"…그러자."

횡단보도를 건너 미주와 나는 베이커리 유리문을 밀고 들어섰다. 실내를 맴도는 에어컨 바람이 소매 없는 원피스를 입은 내 팔에 차갑게 와 닿았다. 진열대에서 빵을 고르고 아이스커피와 오렌지주스를 주문해 쇼윈도 옆에 자리했다. 어느 지방이나 인테리어가 똑같은 체인점이지만, 경이 이모가 있을 땐 한 번도 들어오지 않았던 공간에 이제 와 앉아 있으니 기분이 이상했다. 빵 쟁반을 내 앞으로 밀어주며 미주가 조심스레 말을 꺼냈다.

"외할머니 임종 때 마지막으로 왔었지? 통 안 내려왔잖아."

"응."

"수안이 생각나서 잘 안 온 거야?"

"아무래도. 그렇겠지."

나는 잔잔히 웃어 보였다. 미주는 이해한다는 듯이 끄덕이더니 지난날을 돌이켰다.

"그 애는 다가가기 힘든 데가 있었어. 이런 말 해도 되는지 모르겠지만."

"괜찮아. 듣고 있는 것도 아닌데 뭐."

459

우리는 함께 피식 웃었다.

"넌 어떻게 지냈어?"

"나야 뭐, 일찍 결혼해서 큰애가 중학생이니 바쁘게 살았지. 요즘은 방앗간도 예전 같지 않아."

미주는 어릴 때 일하면서 삼촌이라 부르며 따르던 남자와 결혼했다. 남자는 한동안 시험 준비를 하다가 잘 안 되어 다시 방앗간 일을 했고, 몇 해 전 부부가 가게를 미주 큰아버지한테서 샀다고 했다.

"그래, 무슨 바람이 불어서 내려온 거야? 정말 여기로 돌아오려고 그래?"

"잘 모르겠어. 조만간 이사를 해야 하는데 한번 와보기나 하자 싶어서."

나는 솔직히 대답했다. 언덕 동네는 가을까지 모든 주민의 이주가 끝나야 했지만, 나는 아직도 어디로 갈지 마음을 정하지 못했다. 미주는 듣는 것만으로도 반색하며 기뻐했다.

"네가 오면 난 너무 좋지. 어릴 때 친구만큼 좋은 게 어디 있냐. 살아보니 사람한테 치이고 사람한테 질리고. 그런데도 또 남는 건 사람뿐이더라."

그런 걸까. 나는 생각에 잠겨 빨대로 오렌지주스 유리잔 속의 얼음을 건드렸다. 아무도 빵은 손대지 않았다. 무심코 쇼윈도 밖을 내다보던 미주가 말했다.

"의사 선생 나왔다."

　　　　　　　　　　　　　　　잠옷을 입으렴

방금 건너왔던 횡단보도 신호등 아래 한 남자가 옆모습을 보인 채 서 있었다. 갈색 바지와 희고 짧은 셔츠. 더위에 지친 행인들 틈에서 혼자 여름이 아닌 계절을 사는 것처럼, 아무래도 상관없는 표정을 하고 있었다.

"누군지 알겠어?"

"누군데?"

"이충하잖아."

그제야 나는 새삼 쇼윈도 너머의 그를 다시 바라보았다.

"꽤 근사해졌지? 어릴 때는 말 심하게 더듬고, 좀 괴짜였잖아. 여기 병원 내과의사야."

미주는 그렇게 말했지만, 그는 그 시절에도 내겐 설레도록 근사한 소년이었다. 부지깽이처럼 말랐던 소년은 이제 적당한 체격과 세월의 흔적이 머문 얼굴을 하고 있었지만, 컬러 사진 속에 혼자 흑백으로 찍힌 사람 같은 느낌은 여전해 보였다. 초록불이 들어오자 충하는 횡단보도를 건너가더니 맞은편 어느 건물로 들어갔다. 그 뒷모습을 눈으로 따라가는데 미주가 넌지시 덧붙였다.

"근데 이혼했다더라, 몇 년 전에."

"…왜?"

"몰라. 서로 같이 살기 힘들었겠지 뭐."

주문하신 카페모카 나왔습니다. 아르바이트 학생의 목소리가 홀에 울리자 다른 테이블에서 손님이 일어나 가지러 갔다. 미주는 언급할까 말까 망설였다.

"그 일 생각나냐? 내가 크리스마스 때 빵집 케이크 사 가지고 옥탑방에 갔었잖아. 그때 너희 이모가 어떻게 나를 알아봤는지 한사코 돈을 안 받았지. 내가 또 그런 건 잘 기억하거든."

그리고 미주는 뒷말을 흐렸지만 나는 뒤에 생략된 이야기를 안다. 미주가 그날을 기억하는 건, 그렇게 들고 온 케이크를 앞에 두고 내가 먹지도 않고 밤새 울었기 때문이리라. 미주는 집에도 못 돌아가고 그 밤을 나를 달래면서 보냈다.

그해 내 기억 속의 슬픈 크리스마스는 경이 이모네 제과점에 있었다. 겨울이 오자 이모는 가게 유리창에 하얀 솜을 동그랗게 뭉쳐 눈송이마냥 붙이고, 셀로판 트리 장식을 커튼처럼 달았다. 밤이 되면 오색 꼬마전구 불빛이 반짝이던 경이 이모네 제과점에 실은 꼭 한 번 오려고 한 적이 있었다.

늦가을 수안이 떠나고 난 뒤, 나는 충하를 만나지 않았다. 겨울 방학이 시작된 날 밤 충하는 방앗간 옥탑방으로 찾아왔지만 난 문을 열어주지 않았다. 그는 한참이나 추위에 서 있다가 문 너머 내게 말했다.

네가 힘들다는 건 알아. 시간이 필요하다는 것도. 모레 크리스마스이브날 저녁에 사거리 제과점으로 나와. 기다릴게. 그날도 안 오면, 그땐 정말 귀찮게 안 할게.

나는 가지 않았다. 언제나 그랬다, 우리는. 혼자 행복한 건 미안했다. 이튿날 크리스마스 아침에 그는 겨울방학 특강을 듣기 위해 이웃 도시 친척집으로 가버렸고, 나는 모든 게 그렇게 될 수밖에

잠옷을 입으렴

없었던 거라고 생각했다. 그리고 다 괜찮아질 거라고 여겼다. 그날 밤 미주가 케이크를 들고 찾아오기 전까지는.

지난날의 추억을 뒤로하고 우리는 베이커리 매장을 나와서 길을 건넜다. 미주는 물가에 아이를 내놓은 사람마냥 안달하며 또 한 번 물었다.

"정말 혼자 갈 거야? 정류장 위치도 달라졌고… 같이 가줄 수 있는데."

"괜찮아. 혼자 가도 돼."

"택시 타, 그럼."

"알아서 할게."

미주는 할 수 없이 고개를 끄덕였다.

"대신 오늘 밤 꼭 우리집에서 자야 해. 내가 너 온다고 포목점에서 새털같이 가볍고 시원한 여름이불을 사놨거든. 그거 안 덮고 가버리면 서운하다, 너?"

"알았어. 꼭 자러 올 거야. 고마워."

미주와 헤어지고 모암마을 가는 버스정류장을 향해 도로변을 걸었다. 늦은 오후 햇볕은 여전히 뜨거웠다. 택시를 타면 빠르겠지만 그러고 싶진 않았다. 나는 정류장을 보고 싶었고, 그렇게 많이 오갔던 길을 못 찾을 리 없다고 생각했다. 거리는 대부분 낯선 간판들이었지만, 찬찬히 길을 걷다 보니 한자리에서 오래 버텨온 낯익은 가게들이 숨은 그림처럼 섞여 있었다. 시계방도 도장집도 예전 간판 그대로였다. 그러다 맞은편에서 걸어오는 그와 만났다. 나를 못 알아보고 시선이 비껴가나 했는데, 다음 순간 충하는 우뚝 그 자리에 멈춰 섰다.

"…고둘녕?"

믿기지 않아 마치 헛것을 보았나 싶게 당혹스런 얼굴로 그는 나를 응시했다. 내게 미소가 떠올랐다.

"안녕?"

그는 눈을 깜빡이더니 비로소 표정을 수습했다.

"너 맞구나. 언제 온 거지?"

"오늘. 도착한 지 얼마 안 됐어."

행인들이 우리 곁을 바쁘게 스쳐갔다. 그제야 우리가 길을 막고 있다는 걸 깨닫고 길가 은행나무 가로수 아래로 몇 발자국 옮겨갔다. 그가 다시 물었다.

"잘 지냈어? 결혼은, 했겠지?"

"아니. 아직 별 인연을 못 만났어."

"아… 그렇구나. 난, 지금은 아들하고 둘이 지내."

나는 말없이 고개를 끄덕였다. 가로수 이파리가 햇빛 아래 한들거리고, 거리 소음에 섞여 어디선가 환청 같은 매미 소리가 들렸다. 충하는 잠시 머뭇거렸다.

"건강하지?"

"그럼. 건강하지."

그러고는 짧은 침묵이 흘렀다. 평범하고 뻔한 인사말들. 그를 당황스럽게 만들어버린 이 순간이 서글펐다. 나는 어쩐지 견딜 수가 없어져 불현듯 고백했다.

"근데 나, 몽유병이 있어."

"몽유병?"

"응."

나는 웃었지만 충하는 신중해졌다. 기억하던 모습 그대로 고개를 갸웃 기울이며 천천히 말했다.

"오래됐어?"

"아마도."

"수면클리닉에 가보는 게 좋겠다. 우리 병원에도 있긴 한데… 하지만 넌 다른 데 살지."

문득 그의 얼굴이 쓸쓸해 보인 건 착각인지도 몰랐지만 내 마음이 그래서였을까, 그의 쓸쓸함이 조금은 고맙고 위로가 되었다. 바지 주머니에 끼워둔 호출기가 신호음을 울리자 그는 흘끔 메시지를 확인했다. 나는 한 걸음 가로수 그늘 밖으로 물러섰다.

"바쁘겠다, 그만 가봐. 만나서 반가웠어."

충하는 체념한 것처럼 쓸쓸히 웃었다.

"내 눈엔 네가 더 바쁜 것 같은데?"

"그렇진 않지만… 해 지기 전에 모암마을에 가보려고."

"여긴 언제까지 있을 거야?"

"하룻밤 자고 내일 가. 오늘은 방앗간 하는 친구 집에서 신세지려고."

충하는 담담하게 말했다.

"다음에 또 보기는 힘들겠지? 넌 거의 안 내려오니까."

나는 아무 말도 하지 못했다. 충하가 손을 내밀었고 우리는 작별의 악수를 했다.

"그럼 잘 가."

"응. 너도 잘 지내."

그가 돌아서는 모습은 해묵은 기억을 건드리고, 나는 세월이 흘러도 여전히 가슴이 아팠다. 멀어지는 뒷모습을 향해 속삭였다. 꿈을 꾸었다고. 넌 물가에서 분필로 기둥을 깎았고 난 그걸 잃어버렸지. 너는 다시 주지 않겠다고 했지만 나는 또 한 번 물어보고 싶다고. 다시는 소중한 이들을 잃어버리고 싶지 않았다.

"실은 나, 돌아올까 해!"

충하가 걸음을 멈추고 뒤돌아보았다.

"가을에 이사 올지도 몰라. 여기서 살고 싶어."

충하는 그런 나를 바라보더니 무슨 말을 들은 건지 깨닫고 미소를 지었다.

"조, 좋은 생각이야. 자, 자자잘됐다."

그러고는 순식간에 얼굴을 붉혔다. 소년은 변했지만 또 변치 않았다. 내 속의 소녀도 변했지만 또 변치 않은 것처럼.

~~~

버스에서 내려 마을로 들어가는 길은 아스팔트로 깨끗이 포장돼 있었다. 논밭이었던 마을 어귀에 태양열전지판을 지붕에 설치한 전원주택이 몇 채 들어섰다. 모암상회 자리도 낯선 집으로 바뀌었다. 마을로 깊이 걸어 들어오니 비로소 옛날 집들이 눈에 띄었다. 저마다 수리하고 지붕을 바꾸고 페인트를 칠했지만 기본 골격은 그대로인 집들이었다.

싸리 울타리가 사라진 외가는 대신 야트막한 벽돌 담장을 두르고 있었다. 사립문 자리에 들어선 칠이 벗겨진 고장난 대문을 나는 살그머니 밀었다. 시멘트를 바른 마당 풍경이 저물어가는 저녁 햇살 속에 모습을 드러냈다. 툇마루는 유리 새시를 달아 베란다처럼 만들어 놓았고, 창호문들은 나무 문짝으로 바뀌었다. 마당 아궁이는 없어지고, 예전에 세탁기를 놓았던 자리는 기름보일러실이 되어 있었다.

유리 새시를 열자 갇혀 있던 더운 공기가 비로소 해방된 듯이 밖으로 밀려나왔다. 먼지가 보얗게 앉은 툇마루 끝에 나는 가만히 걸터앉았다. 빈집에서 저 혼자 기다리던 아가위나무가 잠에서 깨어나 나를 마주 보았다.

안녕. 내가 다시 왔어.

아가위나무는 한쪽 가지가 비록 죽었으나 숨결만은 그대로였다. 나무는 소리 없이 웃는 것 같았다.

외할머니는 돌아가시기 이태 전까지 외가에서 혼자 살았다. 이모부가 타 지역에 교감으로 발령을 받았을 때, 은이 이모는 함께 가자고 했지만 외할머니가 집을 떠나기를 원치 않았다. 그것도 오래전 일이다. 외할머니 산소는 다른 곳에 모셨고 나는 이삼 년에 한 번쯤 찾아가 절하고 꽃을 꽂고 오곤 했다. 매년 들러야지 하면서도 살다 보니 그렇게 되지 않았다.

이 툇마루에서 외할머니는 주름진 눈에 눈물이 가득 고인 채 내게 말했다.

수안이를 좀 찾아보려무나.

다들 외할머니가 충격을 받을 걸 우려해서 바른대로 말해주지 않았다. 은이 이모가 안방 문을 걸어 잠그고 몇 날 며칠 밖으로 나오지 않았을 때, 경이 이모는 노모의 팔을 붙잡고 수안이 여행지에서 어디론가 떠나 행방이 묘연한 거라고 흐느끼면서 말했다. 하지만 내게 부탁하는 짓무른 젖은 눈가에서, 나는 외할머니가 새끼를 잃은 어미처럼 본능적으로 알고 있다는 것을 깨달았다.

마지막으로 외가에 왔던 날을 기억한다. 읍내 여고를 졸업하고 나는 한 해 더 방앗간 옥탑방에서 살았다. 그리고 스물한 살 때 이 고장을 떠나면서 외할머니에게 인사하러 들렀다. 허리가 구부정해진 외할머니는 내 손을 쓰다듬으며 글썽해서 물었다.

뭐 주랴. 갖고 싶은 거 있냐.

나는 멍하니 생각했다. 아무것도 필요 없어요. 아니, 그렇지 않아요. 모든 것을 다 주세요. 하지만 뼈마디가 튀어나온 외할머니의 손을 잡으며 대답했다.

…재봉틀을 주세요.

한때 내 것이었다가 나를 떠난 것도 있고, 내가 버리고 외면한 것도, 한 번도 내 것이 아니었던 것도 있다. 다만 한때 몹시 아름다

잠옷을 입으렴

웠던 것들을 나는 기억한다. 그것들은 지금 어디로 달아나서 금빛 먼지처럼 카를거리며 웃고 있을까. 무엇이 그 아름다운 시절을 데려갔는지 알 수가 없다.

해가 저물어 밤이 내릴 때까지 툇마루에 앉아 있었다. 어둠이 깃들자 기척이 들려왔다. 누군가 오고 있고, 나는 그걸 안다. 그 아이는 내게 묻겠지. 왜 이제 왔어. 그럼 나는 대답해야지. 그러게, 어딘가 다녀오느라 늦었네 라고. 그게 어디냐고 묻는다면 나는 대답하기를, 아마도 풍향계가 가리키는 곳. 언젠가 삼촌이 말한 것처럼, 북쪽보다 더 북쪽이고, 남쪽보다 더 남쪽인 곳이었다 하리라.

어느새 담장은 사라지고 그곳엔 싸리 울타리가 있었다. 사립문이 열리는 기척에 나는 숨을 들이쉬고 고개를 든다.

"어서 와, 수안아."

울타리 너머 바람이 불어왔다. 마당은 고요하고 잠옷을 입은 그 아이가 사립문 앞에서 웃고 있다. 모든 것이 제자리로 돌아온 순간, 우리는 행복했다.

잠옷을 입으렴

작가의 말

어린 시절 나는 늘 '스무 살이면 어른이 되는 것'이라고 생각했습니다. 막연히 스물이라는 숫자가 그랬고, 고등학교를 졸업하면 그 나이가 되니까 그랬을 것입니다. 나는 어른이 되고 싶지 않다고 생각하던 아이였습니다. 어른이라니. 어른의 삶은 얼마나 재미없을까. 건조하고, 바쁘고, 하기 싫은 일도 해야만 하고, 늙어갈 것이고, 결국은 죽음에 이르기밖에 더하겠는가 하고 생각했습니다.

그건 지금도 다 맞는 말이지만, 그러나 숲에서 더 이상 자라지 않는 소년을 다시 만난 둘녕의 말은 "하지만 어른도 괜찮아. 살아보니 어른도 좋아."였습니다. 그 말을 할 수 있을 때까지 내게도 오랜 시간이 걸렸다는 걸 알겠습니다.

『잠옷을 입으렴』 초판에는 책 뒤에 작가의 말을 쓰지 않았습니다. 전작과는 달리 아프게 썼던 이야기였기 때문에, 마지막 문장을 쓰고 나니 아무것도 더 보태고 싶지 않았던 것 같아요. 무엇을 말한대도 내 마음 같지 않을까봐, 수안과 둘녕의 모습이 뒤에 남겨진

잠옷을 입으렴

내 목소리에 희미해질까봐, 나는 발소리도 내지 않고 조용히 이야기 밖으로 사라지고 싶었습니다. 그런데 이번에는 작가의 말을 싣고자 노트를 펼친 걸 보니, 지난 몇 년간 두 소녀의 이야기를 독자들께 떠나보내고 나는 많이 편안해졌다는 걸 문득 깨닫습니다.

오랫동안 『잠옷을 입으렴』이 나의 데뷔작이라고 생각해왔습니다. 책이 세상에 나온 순서로는 『사서함 110호의 우편물』이 먼저였지만, 실제로 첫 초고를 쓴 것은 『잠옷을 입으렴』이 훨씬 먼저였기 때문입니다. 대학을 휴학하고 읍내로 가는 버스가 한 시간에 한 대씩 다니던 시골 마을에 틀어박혀서, 이 이야기를 워드 프로세서에 써내려갔던 시절이 있었습니다. 지금보다 서투르고 손끝은 더 여렸던 데다, 내 유년의 자전적인 모습과 상상이 빚은 허구가 한데 뒤섞여 제대로 인물을 손안에 넣기도 어려웠던 때. 수안과 둘녕을 사랑하는 마음은 그때도 매한가지였지만 잘 맞는 잠옷을 입혀주는 일이 쉽지 않아서 힘겨웠던, 그러나 지나고 보니 온전히 내 젊은 마음을 다 주었던 고마운 나날이었구나 싶습니다.

서랍 속에 초고의 형태로 잠자던 이야기를 세월이 흘러 다시 처음부터 써내려갔습니다. 나이 들어 다시 쓰는 이야기는 내겐 여전히 아프긴 했어도, 마지막 문장을 마칠 때까지 그 아이들을 담담하게 바라볼 수 있는 눈길과 좀 더 차분해진 손끝을 가져다주었습니다. '모든 것이 제자리로 돌아온 순간, 우리는 행복했다.' 라고 끝맺고 싶었습니다. 제자리로 돌아온다는 게 어떤 의미인지, 과연 행복하다는 건 어떤 형태인지, 나 또한 묻고 싶을 때가 있지만 수안과 둘녕은 그 마음을 알아주었을 거라고 생각합니다.

잠을 자는 일이 힘들었던 어린 시절, 책이 없었더라면 많이 고단했을 것입니다. 이 책에 등장하는 동화들과 이야기의 조각들은 나의 유년을 함께 해준 벗이기도 했고, 평생 무언가를 읽고 쓰면서 살아가고 싶다는 생각을 갖게 만든 마법과도 같은 존재들이었습니다. 황금빛 먼지의 치명적인 심상을 동공 뒤편에 영원히 남긴 엘리너 파전, 그리고 알베르데스, 마더 구스, 전후 피폐하던 한국 땅에 주옥같은 아동문학을 남겨주신 윤인수, 최효섭 선생님을 비롯해 많은 문학가분들께 평생 이어질 정서의 원천을 물려받았습니다. 마음 깊이, 더할 수 없이, 감사합니다.

처음 『잠옷을 입으렴』이 나온 뒤로 간간이 독자분들의 메일을 받았습니다. 모암마을 외가의 풍경과도 같은 어린 시절의 향수를 공유하는 비슷한 세대의 독자들도 있었고, 지금 막 수안과 둘녕의 나날을 살아가는 학생 독자들도 있었습니다. 소녀가 아가씨가 되고, 아가씨가 중년 여인을 거쳐 마침내 노파가 된다 하여도, 우리 내면 어딘가에는 지나온 날들의 소녀와 아가씨가, 그리고 미래의 할머니가 된 모습까지도 다 공존한다고 믿고 싶습니다. 앞선 세대가 다음 세대에게 물려주는 것인지 애초 유전자 속에 가지고 태어나는 것인지는 모르겠지만, 겉모습은 끝없이 변한다 해도 눈빛이 마주치면 우린 알아보게 될 것입니다. 서로의 안에 살고 있는 지난

날 수안과 둘녕의 모습을요.

아픈 손가락처럼 애틋하던 이 이야기를, 다시 단장해 세상에 선보일 수 있어 감사하기만 합니다. 수안과 둘녕을 아껴주신 분들을 잊지 못할 거예요. 산다는 건 녹록지 않은 일이지만, 그럼에도 행복하시길 바랍니다. 모든 게 다 고맙습니다. 그럼 이만 총총.

2025년 2월

이도우 드림

잠옷을 입으렴

초판 1쇄   2025년 02월 06일

지은이   이도우
펴낸이   김도민
편집인   이말리
일러스트   Dear Marilla(인스타그램 @dear_marilla)
디자인   lookbook studio
펴낸곳   ㈜수박설탕
등록   2020년 7월 6일(제2020000143호)
주소   경기도 고양시 일산동구 백마로 213번길 36, 1019호
전화번호   031-8070-3736
메일   mallilee@soobakpub.com
인스타그램   @bookbutler

ISBN   979-11-976717-7-7 (03810)   값 19,000원